Rob Thomas · Jennifer Graham

Veronica Mars

Mörder bleiben nicht zum Frühstück

Rob Thomas und Jennifer Graham bei script5:

Veronica Mars – Zwei Vermisste sind zwei zu viel
Veronica Mars – Mörder bleiben nicht zum Frühstück

Rob Thomas
Jennifer Graham

veronica MARS

Mörder bleiben nicht zum Frühstück

Thriller

Aus dem Amerikanischen von
Sandra Knuffinke und Jessika Komina

script5

FSC
www.fsc.org
MIX
Papier aus verantwortungsvollen Quellen
FSC® C014496

ISBN 978-3-7855-8329-6
1. Auflage 2015
First published under the title *Veronica Mars – Mr. Kiss and Tell.*

Dieses Werk wurde vermittelt durch
die Literarische Agentur Thomas Schlück GmbH, 30827 Garbsen.

script5 ist ein Imprint der Loewe Verlag GmbH, Bindlach
Aus dem Amerikanischen übersetzt von Sandra Knuffinke und Jessika Komina
Umschlagkonzept: Mark Abrams
Umschlagfotos: © Adam Gryko/Shutterstock.com;
Motion Picture Artwork © 2014 Warner Bros. Entertainment Inc.
All rights reserved. Unter Verwendung eines Fotos von Robert Voets.
Umschlaggestaltung: Franziska Trotzer
Printed in Germany

www.script5.de

PROLOG

In Neptune regnete es. Was selten vorkam, selbst Anfang März. Normalerweise war der Himmel über dem kleinen südkalifornischen Städtchen das ganze Jahr über strahlend blau. Jetzt aber hatten sich Wolken über den Pazifik herangewälzt und dicke Tropfen klatschten auf die Häuser von Arm und Reich – die einzige ausgleichende Kraft in einer Stadt ohne Mittelschicht.

Ein schmuddeliger weißer Kleinbus rollte gemächlich durch die Straßen am östlichen Rand der Stadt, wo die sorgsam gehegten Feng-Shui-Gärten immer mehr brachliegenden, unkrautüberwucherten Grundstücken wichen. In dieser Gegend gab es keine Millionärsvillen, keine Boutiquen, keine Surferläden, keine Ferienapartments, in denen sich gut betuchte Damen von ihren Schönheitsoperationen erholten. Hier draußen gab es auf Betonziegeln aufgebockte Fertighäuser, Bikerbars, illegale Autowerkstätten. Die Gebäude waren ausgeblichen und schäbig und die Straßen voller Schlaglöcher, die den Bus mit seinen abgenutzten Stoßdämpfern buckeln ließen.

Frank Kozlowski war Schrotthändler, genau wie sein alter Herr es gewesen war. Seine verstorbene Frau hatte immer behauptet, er handle mit »Antiquitäten«, dabei waren neunzig Prozent von dem, was er aufgabelte, nichts als Müll – kaputte Elektrogeräte, die er ausschlachtete, oder Altmetall, das er für ein paar Kröten das Kilo vertickte. Aber hin und wieder mal fand er auch etwas richtig Gutes. In einer Stadt wie Neptune, wo die Reichen schon immer mehr gehabt hatten, als sie mit vollen Händen ausgeben konnten, sahnte ein Typ mit einem fahrbaren Untersatz und ein bisschen Einsatzbereitschaft ab und an ganz ordentlich ab. Noble Möbel, die bloß neu gepolstert oder ein bisschen restauriert werden mussten, Designerklamotten mit winzigen Flecken oder Rissen. Ausrangierte Gemälde, antike Straßenschilder oder Frühstücksdosen aus Blech mit Comicfiguren aus den Siebzigern auf dem Deckel. Die besten Sachen nahm Frank mit und verkaufte sie anschließend in seiner Garage, hauptsächlich an junge Typen mit ironisch getragenem Tirolerhut und Mädchen mit Karottenjeans aus zweiter Hand und kurz rasiertem Haar, die seine Waren mit Vokabeln wie »naiv« oder »authentisch« beschrieben. Kozlowski war ihre Affektiertheit egal – wenn sie ihm denn überhaupt auffiel. Diese Snobs sorgten dafür, dass er seine Hypothek abbezahlen konnte und immer genug Bier im Kühlschrank hatte.

Er kutschierte gemächlich durch den Regen, immer Ausschau haltend nach dem allerkleinsten Blitzen im Gestrüpp am Straßenrand. An seinem Rückspiegel schaukelte ein Rosenkranz beinahe synchron mit den Scheibenwischern hin und her. Auf dem Beifahrersitz saß Gus, sein kleiner, struppiger Hund, in Habachtstellung, die Ohren aufgestellt. Es war kurz nach sieben Uhr morgens und Frank war schon seit zwei Stunden unterwegs. Bis jetzt beschränkte sich seine Ausbeute auf einen Stapel verzogener Kanthölzer, einen Schubladenknauf aus Messing und einen mit Zigarettenbrandmalen übersäten Formschalenstuhl.

Aber so lief das nun mal in seinem Geschäft. Manche Tage waren die komplette Pleite. Dafür ließ die Schrottfee an anderen einen glitzernden Pfad erscheinen, der zu einem wahren Schatz führte. Das war es, was Kozlowski immer wieder dazu bewegte, um vier Uhr aus dem Bett zu kriechen und raus in den dunklen, schweinekalten Morgen zu fahren. Weniger die Aussicht auf Bares, sondern auf einen kräftigen Adrenalinstoß, auf den Kick beim nächsten großen Fund. Die Vorfreude auf eine einzige magische Entdeckung, die hundert beschissene, verschwendete Fahrten auf einen Schlag wettmachte. Das hatte er Nell nie so richtig erklären können. Sie hatte immer nur die Augen verdreht, wenn er mal wieder mit einer Ladung Ramsch vom Straßenrand nach Hause gekommen war. »Mensch, Frank, kannst du nicht einfach ganz normal Haushaltsauflösungen abklappern? Oder Flohmärkte? Secondhandläden? Dieser Krempel ist doch völlig wertlos.«

Wertlos. Allein das Wort – seine schiere Bedeutung – hatte ihm die Sprache verschlagen. Nichts war wertlos. Nicht wenn man wusste, wer es vielleicht gebrauchen konnte. Nicht wenn man wusste, was sich daraus machen ließ. Aber dafür hatte sie nie einen Sinn gehabt.

Und doch … in dem Jahr, nachdem sie gestorben war (Lungenemphysem – sie hatte einfach nie die Finger von den verdammten Zigaretten lassen können), hatte er erstaunt festgestellt, wie still es im Haus auf einmal war, wie schwer ihm das Einschlafen ohne ihre eisigen Füße an seinen Waden fiel. Kinder hatten sie keine. Und so waren nur noch Gus und er und diese kribbelige Rastlosigkeit übrig, die ihn von Zimmer zu Zimmer tigern ließ, in den eisigen Morgenstunden weckte und aus dem Haus trieb, zu den Müllkippen und leer stehenden Gebäuden am Stadtrand von Neptune. Er wäre nie auf die Idee gekommen, dieses Gefühl als Trauer zu bezeichnen.

Während Kozlowski so durch die verlassenen Straßen kurvte, hing er seinen Gedanken nach. Er dachte an die Donuts, die er sich immer auf dem Rückweg von der Arbeit kaufte, an die heiße Dusche, sobald er den Bus ausgeladen hatte. Gus würde heute auch ein Bad nötig haben nach dem ganzen Regen und Schlamm.

Er war kurz davor, es für heute gut sein zu lassen und nach Hause zu fahren, als er etwas sah.

Da vorne.

Er lenkte den Bus auf den Seitenstreifen und schaltete den Motor aus. Die Böschung fiel an dieser Stelle steil ab, hin zu einer von wildem Buchweizen und Sumach gesäumten Brachfläche – ein verwahrlostes Grundstück mit einem Zu-verkaufen-Schild auf einem Holzpfosten. Das Schild stand schon seit mindestens zehn Jahren dort. Die Grundstücke hier draußen am Stadtrand in der meilenweiten Öde zwischen einer heruntergekommenen Wohnwagensiedlung und der Balboa-County-Jugendvollzugsanstalt waren nicht gerade heiß begehrt auf dem Immobilienmarkt. Stattdessen nutzte halb Neptune die Gegend zur kostengünstigen Müllentsorgung, ein Umstand, der Kozlowski auf seinen Runden regelmäßig herlockte. Über die Jahre war er hier schon auf so einige Schätze gestoßen. Eine Kiste voller eselsohriger *Playboys*. Einen eins achtzig hohen Kunststoff-Cheeseburger von irgendeinem lange geschlossenen Drive-in-Imbiss. Die vordere Hälfte eines 68er Buick Skylark, die er an eine Schrauberwerkstatt verkauft hatte. Und auch jetzt hatte er im Dämmerlicht etwas erspäht – etwas, das es wert sein könnte, dafür die Böschung hinunterzustolpern.

Gus machte einen federnden Satz aus dem Bus und stürmte mit wedelndem Schwanz los. Er liebte ihre Schatzsuchen genauso sehr wie Kozlowski, spürte die Aufregung seines Herrchens und ließ sich davon anstecken.

Kozlowski stieg ebenfalls aus und knallte die Tür hinter sich zu. Wie eisige Nadeln trafen die Regentropfen auf seinen Hals und seine Wangen. Zum Schutz vor der Kälte zog er die Schultern hoch, während seine Stiefel im Matsch versanken. Einen Moment lang konnte er gar nichts erkennen und fragte sich, ob seine Augen ihm einen Streich gespielt hatten. Doch dann sah er es erneut: schmutzig rosa, halb vom hohen Gras verdeckt. Eine Schneiderbüste vielleicht, oder eine Schaufensterpuppe? Sein Herz machte diesen vertrauten kleinen Hüpfer, der fast immer auf einen guten Fund hindeutete.

Kozlowski ging neben Gus in die Hocke und kraulte dem Hund die bebende Flanke. »Na, was meinst du? Lohnt es sich, dafür nass zu werden?«

Gus rannte aufgeregt im Kreis. Mehr Ermutigung brauchte sein Herrchen nicht.

Der Hang war steil und rutschig. Schritt für Schritt schlitterte er hinunter, immer schön nach hinten gelehnt, um bloß keinen Adler zu machen. Gus stürmte vor ihm her und blieb am Fuß der Böschung kurz stehen, um sich trocken zu schütteln.

Kozlowskis Blick fand den Gegenstand im Gras wieder. Kein Zweifel, eine Schaufensterpuppe – jetzt konnte er auch die im Matsch ausgebreiteten Arme und Beine erkennen. Sauber und ein bisschen aufgemöbelt könnte sie ihm locker einen Hunni von irgendeinem Vintage-Laden oder einem Schneider einbringen. Und dann bestand natürlich immer noch die minimale Chance, dass sie richtig was wert war. Er hatte von antiken Schaufensterpuppen gehört, die für sieben-, achthundert das Stück über den Ladentisch gingen, manchmal sogar noch mehr, wenn es seltene Modelle in besonders gutem Zustand waren.

Aber selbst aus fünfzehn Metern Entfernung konnte man deutlich sehen, dass diese hier ziemlich ramponiert war. Die Haare waren so verfilzt und dreckverkrustet, dass es schwer zu sagen war, welche Farbe sie ursprünglich gehabt hatten. Der linke Arm, vermutlich abgebrochen, lag in einem unnatürlichen Winkel zum Rumpf. Der bleiche Körper war von dunklen Schlammstriemen überzogen.

Gus schoss auf das Ding zu und rannte ein paarmal wild drumherum, während Kozlowski heranstapfte.

Er war noch ein paar Meter weit weg, als sich ihm unvermittelt die Nackenhaare aufstellten. Irgendetwas war faul an diesem Bild.

Das hautenge Kleid der Schaufensterpuppe war ihr bis über die Hüfte hochgerutscht und gab den Blick auf hübsch gewölbte Pobacken frei. An jedem anderen Tag hätte Kozlowski darüber gelacht und sich gefragt, warum zum Teufel jemand eine Puppe mit einem so realistischen Hintern designen sollte. Aber hier draußen im Regen, mitten im Matsch, wirkte der Anblick so traurig – so verstörend –, dass ihn ein schleichendes Unbehagen überkam und die Dollarzeichen vor seinen Augen verdrängte.

Gus stupste den Torso mit der Pfote an und gab ein dünnes Winseln von sich.

Über dem prasselnden Regen hörte Kozlowski das ferne Krächzen eines Raben irgendwo in den Bäumen am Rand des Grundstücks. Er ging weiter, bemerkte weder das dumpfe Pochen in seinem Knie noch das eisige Gewicht seiner durchweichten Jeansjacke und hockte sich schließlich neben die lädierte Gestalt im Ginstergestrüpp.

Dann geschahen zwei Dinge auf einmal.

Als Erstes bestätigten Kozlowskis Augen den Verdacht, den er schon die ganze Zeit dumpf gehegt hatte: dass diese blasse pfirsichfarbene Textur kein Kunststoff war, sondern Haut. Dass das Kleid regelrecht in Fetzen gerissen worden war. Dass sich unter den dunklen Dreck Schlieren von Rot mischten.

Das Zweite war, dass die linke Hand der Frau – die in groteskem Winkel zum Rest des Körpers lag – zuckte und sich ihre Finger in den Schlamm gruben.

Sie lebte noch.

KAPITEL 1

Drückende Julihitze erfüllte Gerichtssaal Nummer drei. Die Zuschauer auf der Galerie hatten ihre Jacken ausgezogen und die Kragen aufgeknöpft, Hemden und Blusen feucht von Schweiß. Überall wedelten zu Papierfächern umfunktionierte Flyer einer Verbrechensbekämpfungskampagne. Die Klimaanlage in diesem Teil des Gerichtsgebäudes von Balboa County war ausgefallen. Und da Eli *Weevil* Navarros Verurteilung bei der Justizbehörde von Neptune, Kalifornien, sowieso schon als beschlossene Sache galt, hatte es offenbar niemand für nötig befunden, die Verhandlung in einen kühleren Teil des Gebäudes zu verlegen. Alles deutete darauf hin, dass es ein kurzer Arbeitstag werden würde, da lediglich ein einschlägig bekannter Latino, dessen Vorstrafenliste bis in seine Grundschulzeit zurückreichte, rückfällig geworden war.

Was normalerweise auch eine ziemlich sichere Annahme ist, dachte Veronica Mars, die im hinteren Teil des Gerichtssaals neben ihrem Vater saß. *Die Cops von Neptune kassieren selten jemanden ein, der sich einen langen Prozess leisten kann. Für die Armen und Nicht-Weißen dieser Stadt mahlen die Mühlen unserer Justiz schnell, aber nicht zwangsläufig gerecht.* Sie öffnete ihren obersten Blusenknopf und zupfte an ihrem Kragen, um sich die Erleichterung zu verschaffen, die die kaputte Klimaanlage ihr verwehrte. *Aber eins muss man sagen: Wenn wir jemanden grundlos verurteilen, dann wenigstens in klassischem Hollywood-Stil. Brütend heißer Gerichtssaal, knisternde Papierfächer, eine Gerichtsschreiberin mit Schweißperlen auf dem Dekolleté. Alles, was jetzt noch fehlt, sind Gerichtsdiener in weißen Colonel-Sanders-Anzügen und Zuschauerränge voll ernst dreinblickender Schwarzer in Arbeiterkluft.*

»Im Laufe der letzten Woche konnten Sie miterleben, wie die Beweise gegen meinen Mandanten einer nach dem anderen widerlegt wurden.« Cliff McCormack stand am Kopfende des Gerichtssaals, seine schwarzen Haare klebten ihm feucht in der Stirn. Er war um die fünfzig, gut eins fünfundachtzig groß, hager und trug einen grauen Anzug mit einer Krawatte im Farbton Tropentraum, die gleichzeitig »Effekthascherei« und »Ausverkauf bei JC Penney« zu schreien schien. Seine Stimme war tief und Whiskey-trocken, als er sich an die Jury wandte. »Der sogenannte Zeuge, der behauptet hat, Mr Navarro die Waffe verkauft zu haben, hat seine Aussage bereits wenige Wochen nach dem Vorfall zurückgezogen. Die Aufzeichnung von Celeste Kanes Notruf wiederspricht ebenfalls ihrer Schilderung des Tathergangs – die Anschuldigung, Mr Navarro habe sie verbal bedroht, mit eingeschlossen.«

Bilde ich mir das bloß ein oder hat irgendjemand Cliff McCormack eine Extraportion Sambal in sein Pad Thai gemischt? Der alte Haudegen zieht ja alle Register für Weevil.

Veronica kannte den Anwalt schon fast ihr ganzes Leben lang; er und ihr Vater waren alte Freunde. Er hatte eine selbstironische Art und bezeichnete sich selbst gern als Discount-Strafverteidiger, aber Veronica wusste es besser. Cliff arbeitete hart, um seinen Klienten einen fairen Prozess zu sichern. Ein fast aussichtsloses Unterfangen in einer Stadt wie Neptune, wo die Gerechtigkeit in der Regel an den Meistbietenden ging.

»Die Staatsanwaltschaft hat keine Mühen gescheut, um meinen Mandanten als abgebrühten Verbrecher darzustellen, der wieder in alte Verhaltensmuster verfallen ist. Aber was ist mit den fünf Jahren zwischen seiner letzten Verurteilung und den Vorfällen in der Nacht des fünfundzwanzigsten Januar? Fünf Jahre, in denen Eli Navarro sich als verantwortungsvoller, gesetzestreuer Bürger erwiesen hat, und das immer wieder. Sie haben die Aussagen Dutzender Leumundszeugen gehört: Freunde, Kollegen, Kirchenvertreter, die Mr Navarro ausnahmslos als hart arbeitenden Mann und liebenden Vater und Ehemann beschrieben haben – als einen völlig verwandelten Menschen.«

Hmm … jetzt trägst du aber ein bisschen dick auf, Cliffy, dachte Veronica. Gut, bis vor sechs, sieben Monaten hatte Weevil Navarro tatsächlich wie ein neuer Mensch gewirkt – oder zumindest Welten entfernt von dem Highschool-Gangsterboss, als den Veronica ihn zehn Jahre zuvor kennengelernt hatte. Damals war Weevil noch der Alpha-Kieferbrecher einer lokalen Bikergang gewesen. Sein Foto hatte einen Stammplatz in BUST*ed! gehabt, dem Fahndungsfoto-Klatschblatt der örtlichen Polizei. Aber als Veronica ihm auf ihrem Klassentreffen vor weniger als einem Jahr wiederbegegnet war, hatte es ausgesehen, als wäre er endlich zur Ruhe gekommen. Er war glücklich verheiratet, völlig vernarrt in seine Tochter und führte sein eigenes kleines Geschäft.

Das alles hatte sich geändert, als er versucht hatte, Celeste Kane zu helfen, deren Auto in einem der »bunteren« Viertel der Stadt liegen geblieben war. Weevil war im Krankenhaus wieder aufgewacht, mit einer Schusswunde in der Schulter und einem Haufen Anschuldigungen am Hals, unter anderem wegen versuchten Raubüberfalls, versuchter Körperverletzung und Waffenbesitzes. Celeste behauptete, er habe sie bedroht. Die Polizisten gaben an, ihn mit einer gestohlenen Glock in der Hand am Tatort aufgefunden zu haben. Weevil dagegen schwor Stein und Bein, seit Jahren keine Schusswaffe angerührt zu haben.

In den Monaten danach war seine einst so erfolgreiche Autowerkstatt pleitegegangen. Neptunes reiche Bürger weigerten sich, ihre Bentleys und McLarens jemandem anzuvertrauen, der verdächtigt wurde, eine Waffe gegen eine der ihren erhoben zu haben. Jetzt schob Weevil hin und wieder ein paar Schichten in der Autowerkstatt seines Onkels, aber damit konnte er sich kaum über Wasser halten. Kein Wunder also, dass er seither wieder öfter mit ein paar seiner zwielichtigen Bikerkumpels herumzog. Weevil achtete darauf, Veronica nicht mehr zu erzählen, als sie, Privatdetektivin und Tochter des ehemaligen Sheriffs von Neptune, Keith Mars, seiner Meinung nach wissen musste. Und diese neue Verschwiegenheit machte umso deutlicher, dass er hin und wieder den Pfad der Tugend verließ, um sein Einkommen aufzubessern.

»Die Anschuldigungen der Staatsanwaltschaft«, fuhr Cliff fort, »sind nichts als ein Kartenhaus, das am Ende unter dem Gewicht all der unbeantworteten Fragen und schlicht absurden Annahmen in sich zusammenbrechen wird. Bedenken Sie bitte, dass der angebliche Überfall *sechzehn Minuten* nachdem Mr Navarro den Babysitter nach Hause gebracht hat, stattgefunden haben soll.« Er hielt kurz inne, damit die neue Information ihre Wirkung entfalten konnte.

Veronica konnte von ihrem Platz aus nur Weevils Hinterkopf sehen. Er war kahl rasiert und glänzte vor Schweiß. Über dem Rand seines Kragens schlängelten sich die verblichenen Ausläufer eines Tattoos seinen Hals hinauf. Hinter ihm bevölkerten seine Geschwister, Cousins, Cousinen, Tanten und Onkel die Galerie, angespannt und schweigend. Veronica erkannte Chardo, den Cousin, der Weevil vor Jahren seinen eigenen Kreditkartenbetrug in die Schuhe geschoben hatte. Aber das schien inzwischen Schnee von gestern zu sein.

Ein paar Reihen vor Chardo saß, die Schultern angespannt,

Weevils Ehefrau Jade und ließ die Geschworenenbank nicht aus den Augen. Die hübsche, rehäugige Frau wirkte jedes Mal, wenn Veronica sie sah, ausgemergelter – mit dunklen Ringen unter den Augen und einem Schlüsselbein, das sich beunruhigend scharf unter ihrem Top abzeichnete. Angesichts der pleitegegangenen Werkstatt, der Arztrechnungen, der Anschuldigungen gegen Weevil und der wieder aufgeblühten Freundschaft zu seinen alten Kumpanen musste Jade sich fühlen, als hätte jemand eine Reihe von Dominosteinen zum Umstürzen gebracht. Heute geriet nun auch noch der Allerletzte ins Schwanken und man durfte gespannt sein, in welche Richtung er fallen würde.

»Ms Ortiz' Aussage zufolge war Mr Navarro nüchtern, zurechnungsfähig und guter Dinge, als er sie zu Hause abgesetzt hat. Sollen wir also allen Ernstes annehmen, dass er den Abend bei seinem zehnjährigen Highschool-Klassentreffen dazu genutzt hat, noch schnell einen Überfall zu planen, bevor er ein paar Windeln kaufte und anschließend zu seiner Frau und seiner Tochter nach Hause gefahren ist? Das ergibt doch nun wirklich keinen Sinn. Warum sollte ein erfolgreicher Kleinunternehmer, der eine Familie zu ernähren hat, all das aufs Spiel setzen, um einer von Neptunes einflussreichsten Einwohnerinnen das Auto zu klauen? Warum sollte ein Mann, der unermüdlich dafür gearbeitet hat, einem Leben in Armut und Kriminalität zu entfliehen, eines Tages aufwachen und beschließen, das alles wegzuwerfen?«

Cliff war eindeutig auf der Zielgeraden zum Sieg. Doch Veronica wusste, dass er nicht die Fragen stellte, die ihn wirklich interessierten. Während der Vorbereitung für Weevils Verteidigung hatte er Keith gebeten, den sich seit Jahren häufenden Vorwürfen gegen das Sheriff's Department nachzugehen, es manipuliere Beweismittel. Keith hatte Dutzende von Leuten ausfindig machen können, die aus persönlicher Erfahrung darüber berichten konnten. Wie zu erwarten, waren sie ausnahmslos leichte Opfer – arm und vorbestraft, sodass die meisten von ihnen sich freiwillig schuldig bekannt hatten, anstatt es auf ein langwieriges Verfahren und immer wildere Anschuldigungen ankommen zu lassen. Cliff und Keith hatten vorgehabt, mithilfe der Aussagen ein Netz aus Korruption aufzudecken und damit Weevils guten Ruf wiederherzustellen. Dann aber waren sämtliche Zeugenaussagen kurz vor Prozessbeginn abgeschmettert worden. Richter Oglesbee hatte sie für »irrelevant« erklärt.

Veronica hatte über die Jahre miterlebt, wie Cliff einiges an Rückschlägen einstecken musste, aber dieser hier war besonders bitter.

Cliff entfernte sich ein paar Schritte von den Geschworenen, bevor er sich wieder zu ihnen umwandte.

Einer von Veronicas Jura-Professoren an der Columbia hatte sich damit gebrüstet, jedes Urteil anhand der Mienen der Jurymitglieder während der Schlussplädoyers vorhersagen zu können. Als Veronica nun die zwölf unbewegten Gesichter betrachtete, kam sie zu dem Schluss, dass das, bei allem Respekt, Professor, gequirlte Kacke war.

»Meine Damen und Herren Geschworenen, ich möchte Sie bitten, bei Ihren Beratungen Folgendes zu berücksichtigen: Hat die Staatsanwaltschaft auch nur *eine* dieser Fragen beantwortet? Hat sie die Lücken in der Beweislage hinreichend erklärt, die Ungereimtheiten im zeitlichen Ablauf, das Fehlen eines glaubhaften Motivs? Wenn das nicht der Fall ist, dann sollte Eli Navarro als ein freier Mann gehen dürfen. Ich danke Ihnen vielmals.«

Gemurmel erfüllte den Saal. Der Richter ließ zwei kurze, zackige Hammerschläge ertönen. »Die Geschworenen ziehen sich nun zurück. Bitte führen Sie die Jury ins Beratungszimmer.«

Veronica und Keith wechselten einen Blick. Ringsum war das Scharren von Stuhlbeinen zu hören, als die Leute aufstanden.

Jetzt hieß es abwarten.

KAPITEL 2

»Wie kannst du dich jetzt auf *so was* konzentrieren?«

Gut zwei Stunden später saß Keith Mars mit seiner Tochter im Miki's, einer kleinen Surferkaschemme gleich gegenüber dem Gerichtsgebäude. In seiner Zeit als Sheriff war Keith öfter hier gewesen und seitdem hatte sich das Diner kaum verändert. Klar, inzwischen hatten die Kunstlederbänke ein paar mit Teppichklebeband geflickte Risse mehr, die Surfbretter an den Wänden hier und da eine neue Delle, aber der Speck war immer noch knusprig und es gab rund um die Uhr Pfannkuchen, genau so, wie der liebe Gott es vorgesehen hatte.

Keith sah von dem Kreuzworträtsel, über dem er gerade brütete, zu Veronica auf, deren French Toast unangetastet in einer inzwischen glibberigen Siruppfütze lag, während sie ungeduldig mit den Fingern gegen ihre Kaffeetasse trommelte.

»Es ist dir vielleicht noch nicht aufgefallen, aber dein alter Herr hat eben ganz schön was auf dem Kasten.« Triumphierend hielt er die Zeitung hoch und präsentierte ein tintenblaues, nahezu unleserliches Gekrakel in den ordentlichen Kästchenreihen. »Na? Wie viele Leute, glaubst du, haben den Mumm, so etwas mit Tinte auszufüllen?«

»Schon klar, Steve McQueen, du lachst dem Tod ins Gesicht und Regeln sind was für Warmduscher.«

»Ich bin der Typ, der furchtlos auf dem Tian'anmen-Platz

steht. Und dieses Rätsel ist der Panzer – im Zickzack auf der Flucht vor der drohenden Erniedrigung!« Keith grinste, dann nickte er gewichtig und trug ein weiteres Wort ein.

Veronica verdrehte die Augen. »Schieb dein Gangsterkinn noch ein Stück weiter vor, dann lässt Kanye West dich vielleicht seine Auswahl an *B-Bitches* unterhalten.« Sie seufzte und trommelte noch nervöser mit den Fingern gegen ihre Tasse. »Was meinst du, wie lange die noch brauchen?« Sie wollte gerade nach dem Henkel greifen, aber Keith kam ihr zuvor und zog die Untertasse ein Stück von ihr weg.

»Vielleicht solltest du es langsam mal gut sein lassen mit dem Kaffee. Das ist schon deine vierte Tasse, seit wir hier sitzen.«

»Ja, du hast ja recht. Gut, dass wir nicht auf die Idee gekommen sind, in einer Kneipe zu warten. Dann würde ich jetzt wahrscheinlich auf meinem Barhocker stehen und die Leute zum Mitgrölen bei *Livin' on a Prayer* animieren.« Veronica stützte das Kinn in die Hand und seufzte. »Cliffs Fall will mir einfach nicht aus dem Kopf. Ich grübele die ganze Zeit darüber nach, wie die Jury sich wohl entscheiden wird, damit ich darauf vorbereitet bin. Seine Argumentation war absolut überzeugend. Er hat die Beweisführung demontiert und die Staatsanwaltschaft mit ihrer Geschichte ziemlich dumm dastehen lassen –«

»Hör sich das einer an«, fiel Keith ihr ins Wort. »Man könnte fast meinen, du hättest Jura studiert.«

Veronica hatte das Jobangebot einer Topanwaltskanzlei in New York ausgeschlagen und war zurück nach Neptune gekommen – eine Entscheidung, die zu akzeptieren Keith noch sechs Monate später seine Schwierigkeiten hatte. Dass seine Tochter eines Tages in seine Privatdetektiv-Fußstapfen treten würde, war nicht gerade das, was er sich für sie gewünscht hatte.

»Schön wär's, wenn man das nur *fast* meinen könnte.« Veronica schloss kurz die Augen. »Aber egal, ich habe jedenfalls das Gefühl, als könnte es in beide Richtungen gehen. Wenn sie doch nur die Aussagen zu den fingierten Beweisen zugelassen hätten ...«

»Ich weiß, haben sie aber nun mal nicht. Und sich darüber Gedanken zu machen hilft uns jetzt auch nicht weiter.« Keith langte über den Tisch und tätschelte ihre Hand. »Hör mal, Cliff war doch in Höchstform. Er hat eine klasse Leistung hingelegt, wenn man unsere Ausgangslage berücksichtigt. Jetzt können wir nur noch warten und hoffen, dass die Geschworenen das genauso sehen. Wir müssen uns damit abfinden, dass es Dinge gibt, die wir nicht beeinflussen können.«

Veronica antwortete eine Weile nicht, sondern wägte ihre Worte sorgsam ab. »Kann ich unzensiert sagen, was ich denke?«

»Klar.«

»Dad, das, was du da gerade vom Stapel gelassen hast, ist eine Plattitüde zum Thema Gelassenheit, wie alte Leute sie auf Facebook posten, keine echte Keith-Mars-Reaktion auf eine derbe Klatsche. Du hast dir ein Bein für diese Sache mit den fingierten Beweisen ausgerissen und jetzt war das alles umsonst. Ganz abgesehen davon, dass Lamb mal wieder davonkommt, selbst wenn Weevil freigesprochen wird.« Sie warf ihrem Vater einen Seitenblick zu. »Und von dem Autounfall will ich gar nicht erst anfangen. Du solltest *toben* vor Wut.«

Keith tat so, als konzentrierte er sich wieder auf sein Rätsel.

Veronica versuchte schon seit Monaten, ihm Einzelheiten über den Unfall zu entlocken, und er würde ihr auf keinen Fall nach all dieser Zeit noch auf den Leim gehen. Er wusste, dass sie die Wahrheit ahnte – dass er sich mit Deputy Jerry Sacks wegen der manipulierten Beweise getroffen hatte. Dass Sacks kurz davor gewesen war, mit der Geschichte an die Öffentlichkeit zu gehen, als ihnen im letzten Moment ein Lieferwagen in die Seite gerast war, der gleich darauf umgedreht hatte, um ihr Auto noch mal zu rammen. Sacks war gestorben und Keith kurz davor gewesen.

Er ermittelte seit sechs Monaten in der Sache, aber bislang hatte sich seine Mühe nicht ausgezahlt. Laut der offiziellen Version hatte Sacks sich von einem seiner Kontakte in der Unterwelt schmieren lassen, der sich dann tragischerweise gegen ihn gewendet hatte. Aber Keith hatte keinerlei Hinweise gefunden, dass Jerry Sacks korrupt gewesen war. Wenn er auch nicht beweisen konnte, dass der Fahrer des Wagens im Auftrag von Sheriff Lamb gehandelt hatte, sein Bauch sagte ihm, dass daran kein Zweifel bestand.

Und darum würde er auf keinen Fall zulassen, dass Veronica mit in die Geschichte hineingezogen wurde. Lamb und Konsorten hatten bewiesen, dass sie über Leichen gingen, um ihre Geheimnisse zu wahren. Und Keith würde nicht auch noch seine Tochter in Gefahr bringen – egal wie gern er die Korruptheit des Sheriff's Departments auffliegen lassen wollte.

»Warum sollte ich toben? Du tobst doch genug für uns beide.« Er lächelte schwach und trug *Ramis* in zwölf senkrecht, bei *Bebrillter Geisterjäger* ein. »Im Moment hoffe ich einfach nur, dass Eli nicht in den Knast wandert. Wenn wir ihn freibekommen, verbuche ich das als Erfolg.«

Veronica senkte seufzend den Blick, aber sie widersprach ihm nicht. Sie musste wissen, dass er recht hatte. Neptunes Rechtssystem war schon immer ein Morast aus Korruption gewesen und daran würde sich in nächster Zeit auch nichts ändern, mit oder ohne Lamb. Wenn Eli freikam, hätten sie wenigstens ihn davor bewahrt, als jüngstes Justizopfer zu enden.

Aber Veronica war noch nie gut darin gewesen, einem Konflikt aus dem Weg zu gehen – das hatte sie ganz klar von ihrem Vater geerbt. Keith hatte viel Zeit damit zugebracht, seinen Laptop mit Informationen über Lamb zu füllen, er hatte Dutzende von Leuten befragt, die der Meinung waren, das Sheriff's Department habe ihnen Beweise untergejubelt, unnötig Gewalt angewendet oder sie mittels völlig aus der Luft gegriffener Durchsuchungs- und Beschlagnahmungsmaßnahmen um ihr Eigentum gebracht.

Anhand all dieser Justizopfer war es Keith gelungen, sich ein ziemlich klares Bild des korrupten Polizeibetriebs in Neptune zusammenzupuzzeln. Lamb hatte Mauscheleien im Stil eines organisierten Verbrecherrings am Laufen. Ortsansässige Geschäftsleute, die brav zahlten, wurden geschützt; die anderen, die sich weigerten, mussten in Angst vor Diebstahl, Brandstiftung und sogar tätlichen Angriffen leben. Das Geld ging verschlungene Wege, die nahezu unmöglich zurückzuverfolgen waren. Aber Keith wusste, dass Lamb sich das Strandhaus, das er vor Kurzem gekauft hatte, unter normalen Umständen niemals hätte leisten können, ganz zu schweigen von seinem jährlichen Skiurlaub in Tahoe, dem nagelneuen SUV und den Karten für die erste Reihe bei Lakers-Spielen fünf- bis sechsmal pro Saison.

Es hatte mal eine Zeit gegeben, da hätte Veronica all diese Vorgänge in Echtzeit verfolgt, nachdem sie Keiths Schreibtisch durchsucht und den Code seines Safes herausgefunden hatte. Vielleicht hätte er sie von Anfang an stoppen sollen, gleich an jenem Abend vor elf Jahren, als ihm aufgefallen war, dass sie in den Akten zum Fall Lilly Kane geschnüffelt hatte. Aber aus irgendeinem Grund, der ihm bis heute nicht ganz einleuchtete, hatte er es nicht übers Herz gebracht, sie auszuschließen. Sie hatte sich mit wilder Entschlossenheit auf die Jagd nach Lillys Mörder gemacht, bis Aaron Echolls sie – und Keith – am Ende beinahe umgebracht hätte. Die Erinnerung an die Flammen, die nach seinen Beinen züngelten, während Veronica dahinter in der Falle saß, ließ ihn noch immer unwillkürlich erschaudern.

Aber das war lange her. Sie waren jetzt Partner. Veronica war fast neunundzwanzig, sie bearbeitete ihre eigenen Fälle, führte ihr eigenes Leben. Für Keith hatte es den Anschein, als respektierte sie seine Entscheidung, sie bei den Ermittlungen gegen das Sheriff's Department auf Sicherheitsabstand zu halten.

Die Bedienung kam und schenkte ihnen Kaffee nach. Veronica zog ihre Tasse wieder zu sich und begann mit ihrem zwanghaften Ritual. Mit stiller Belustigung sah Keith ihr dabei zu, wie sie das Zuckertütchen schüttelte – viermal, wie immer –, bevor sie es aufriss und den Inhalt in ihren Kaffee schüttete, gefolgt von einem großzügigen Schuss Milch. Am Schluss schlug sie dreimal mit ihrem Löffel an den Rand der Tasse und legte ihn auf die ordentlich gefaltete Serviette.

»Was meinst du, hat es für Folgen für Lamb, wenn Weevil davonkommt?«

Die Frage war ganz unvermittelt aus ihr herausgeplatzt. Keith legte das Kreuzworträtsel neben seinen leeren Teller auf den Tisch.

»Dann könnte es zu Ermittlungen wegen der gestohlenen Glock kommen. Aber wie ich Lamb kenne, findet er auch da wieder einen Weg, sich herauszuwinden. Du weißt schon, die Schuld auf ein paar rangniedere Deputys abwälzen, sie feuern und dann groß herausposaunen, wie sauber sein Laden doch ist.«

Veronica zog eine Grimasse. »Wenigstens würde es dadurch einiges an schlechter Presse geben. Das könnte ihm bei der Wahl zum Verhängnis werden.«

»Na ja, im Moment hat er ja nicht mal einen Gegenkandidaten, darum glaube ich kaum, dass Weevils Fall den Wahlausgang groß beeinflussen wird. Dafür wäre schon ein richtig haarsträubender Skandal nötig, der ihn für das Amt komplett disqualifiziert.« Keith deutete auf die Titelseite der Zeitung, wo ein grinsender Lamb zu sehen war, der bei irgendeiner Preisverleihung dem Bürgermeister die Hand schüttelte.

»So langsam kommt mir das Konzept der Demokratie vor wie die Siri unter den politischen Systemen: viel besser in der Theorie.« Veronica stützte den Ellbogen auf den Tisch und lehnte ihre Wange in die Hand. »Aber ich hoffe immer noch, dass Lamb uns vielleicht noch in letzter Sekunde ein knackiges Katasträphchen liefert. Unzucht mit Nutztieren in der Öffentlichkeit, Einführung des Scharia-Gesetzes, einen milchkaffeebraunen Filmstar, den er nicht erkannt und getasert hat. Irgendetwas so Himmelschreiendes, dass die Leute nicht mehr weggucken können.«

»Ganz mein Mädchen, immer voll der Hoffnung, dass es jemandem die Beine unter dem Hintern wegreißt.« Keith wandte sich wieder seinem Rätsel zu. »Aber jetzt hilf mir mal hiermit. *Achilles' anatomischer Unterbau* – zehn Buchstaben. Müsste mit F anfangen, es sei denn, *Farrah Fawcett* bei dreizehn senkrecht ist falsch, aber ich glaube eigentlich nicht –«

Er brach ab, als ihrer beider Handys piepsten. Er warf einen Blick auf das Display.

Eine Nachricht von Cliff.

> **Jury hat sich entschieden.**
> **Urteilsverkündung in zehn Minuten.**

Über den Tisch hinweg sahen sie sich an. Bei aller vorgetäuschten Ruhe geriet Keiths Herz kurz ins Stolpern.

»Bereit?«, fragte er.

»Und ob.« Veronica schnappte sich ihre Tasche und schlüpfte in ihre Jacke. »Ach und übrigens: Fersenbein. Das ist der Knochen unterhalb der Achillessehne.«

»Schon klar, du Schlauberger.« Keith boxte ihr sanft gegen den Arm. »Na komm, dann lass uns mal nachsehen, ob wir heute Abend etwas zu feiern haben.«

KAPITEL 3

»Herzlichen Glückwunsch!«, empfing Cindy *Mac* Mackenzie sie an der Tür von Mars Investigations.

Veronica pfefferte ihre Handtasche auf einen Beistelltisch. »Achtung, bitte zurücktreten! Hier kommt ein freier Mann!«

Hinter ihr marschierten Keith und Cliff herein. Weevil folgte als Letzter, einen benommenen Ausdruck im Gesicht.

In den Büroräumen von Mars Investigations war es schummrig und kühl, eine wahre Erleichterung nach der sengenden Hitze draußen. Staub glitzerte in den Sonnenstrahlen, die durch die Spalten der Rollos hereinsickerten. Die gemieteten Räumlichkeiten verströmten einen industriellen Charme, was allerdings mehr auf ihren ursprünglichen Zweck zurückzuführen war – das Brauen enormer Mengen von Lagerbier – als auf irgendwelche bewussten Design-Absichten. Die Decke war sechs Meter hoch und der Betonboden fleckig. Die Räume waren so groß, dass es schwer war, sie ordentlich auszuleuchten, weshalb sich in den Ecken tiefe Schatten bildeten. Der einzige Teil des Hauptraums, den man als modern und stylish hätte bezeichnen können, war Macs Schreibtisch, beladen mit Computerzubehör. Manche Klienten mochten sich wundern, wofür eine Empfangssekretärin fünf verschiedene Monitore brauchte. Aufmerksamere Zeitgenossen kamen auf den Gedanken, dass Mac möglicherweise nicht nur Anrufe entgegennahm.

»Freigesprochen in *allen* Punkten?«, fragte Mac jetzt an Weevil gewandt.

»Bis hin zum allerletzten.« Weevil grinste. Er hatte sein Jackett ausgezogen und das säuberlich gebügelte blaue Hemd aufgeknöpft, unter dem ein weißes Unterhemd zum Vorschein kam.

Vom anderen Ende des Raums erscholl Cliffs patentierter Zeitungsjungen-Pfiff und brachte die Anwesenden zum Verstummen. »Meine Damen und Herren!«, rief er. »Wenn ich kurz um Ihre ungeteilte Aufmerksamkeit bitten dürfte. Hiermit erkläre ich die Bar für eröffnet. Zur Feier des Tages habe ich uns einen Scotch aus dem *mittleren Regal* gekauft. Nicht den billigen Fusel, den wir sonst immer trinken.« Cliff hielt die Flasche hoch.

»Heute sind wir Sieger und Sieger haben sich einen Johnnie Walker Red Label verdient.« Keith trat in die kleine Küchenzeile in der Ecke und begann, Gläser aus dem Schrank zu holen.

»Cliff ist ja ganz schön aus dem Häuschen«, sagte Mac zu Veronica.

»Dazu hat er auch allen Grund. Unser lieber Mr McCormack hat nämlich heute eine absolute Glanzleistung hingelegt«, erwiderte Veronica so laut, dass Cliff sie hören konnte. »Nachdem er seine gesamten berechtigten Zweifel aufgezählt hatte, war ich mir nicht mehr ganz sicher, ob Weevil überhaupt existiert.«

»Danke, Veronica«, sagte Cliff. »Von einer Beinahe-Anwältin bedeutet mir das Kompliment umso mehr.« Er nahm ein Glas von Keith entgegen. »Aber wenn ich ehrlich sein soll, hatten wir einfach auch eine Menge Schwein. Wenn dieser eine Informant seine Aussage nicht zurückgezogen hätte, wäre die Geschichte wahrscheinlich ganz anders ausgegangen.«

Keith warf Veronica einen durchdringenden Blick zu. »Ja. So ein Glück aber auch.«

Sie tat so, als bemerkte sie nichts. Gut, dann war sie eben diejenige gewesen, die Weevil erzählt hatte, wer ihn angeschwärzt hatte. Aber sie hatte ihn schließlich nicht darum gebeten, den Typen ausfindig zu machen und ... zu tun, was auch immer dessen Meinungsumschwung bewirkt hatte. Sie schob den Gedanken beiseite. Das alles spielte jetzt keine Rolle mehr. Das Wichtigste war, dass Weevils Ruf bereinigt worden war. Cliff hatte recht: Wenn dieser Kerl trotzdem bereit gewesen wäre, seine Aussage vor Gericht zu wiederholen, hätte die Staatsanwaltschaft möglicherweise gewonnen und Weevil müsste für ein Verbrechen einsitzen, das er nicht begangen hatte.

Cliff hob sein halb mit der bernsteinfarbenen Flüssigkeit gefülltes Glas. »Worauf sollen wir anstoßen? Den besten Strafverteidiger, den man mit Steuergeldern bezahlen kann?«

»Hey!« Veronica runzelte die Stirn. Cliff, Keith und Weevil hielten alle Gläser in der Hand. Mac und ihr hatte Keith keins mitgebracht. »Sind wir hier bei *Mad Men*, oder was? Die Sechziger sind lange vorbei, Leute – wo ist mein Glas?«

»Seit wann trinkst du denn Scotch?« Keith zog eine Augenbraue hoch.

»Sieges-Scotch immer!«, antwortete Veronica über die Schulter, während sie schon auf dem Weg in die Küche war.

»Nur fürs Protokoll«, sagte Mac. »Ich trinke auch Scotch. Und ich bin da nicht wählerisch. Ich trinke Sieges-Scotch, aber ich habe auch nichts gegen einen gepflegten Frust-Scotch nach einer Niederlage. Oder billigen Fusel.«

Veronica kam mit zwei Gläsern zurück. Eins drückte sie Mac in die Hand, bevor sie Cliff die Flasche wegschnappte und Keiths amüsierten Blick ignorierte, während sie ihnen zwei XXL-Portionen einschenkte.

»Gut, wie schon gesagt«, fuhr Cliff fort. »Auf ... mich. Und vielleicht auch ein kleines bisschen auf alle, die mitgeholfen haben.«

Sie hoben ihre Gläser und ließen sie aneinanderklirren.

Veronica nippte an ihrem Scotch – der Alkohol brannte ihr in der Kehle, aber sie schluckte ihn mitsamt dem aufsteigenden Hustenreiz hinunter.

Mac grinste und nahm, ohne eine Miene zu verziehen, einen langen Zug aus ihrem eigenen Glas.

»Lamb wirkte ja nicht gerade begeistert, was?«, bemerkte Cliff und seine Augen blitzten über dem Rand seines Glases.

»Ich habe mir die Pressekonferenz angesehen, bevor ihr gekommen seid«, sagte Mac, setzte sich auf die Kante ihres Schreibtisches und schlug die Beine übereinander. »Lamb will das Sheriff's Department ›gründlich filzen‹ – das waren seine Worte. Und sie wollen jetzt ›mit Hochdruck daran arbeiten‹, das gestohlene Beweisstück zu finden. Bla, bla, bla. Der typische hirnamputierte Bockmist, den unsere lokalen Medien normalerweise schlucken wie ausgehungerte Goldfische. Aber diesmal hat es nicht funktioniert. Die haben den Kerl ganz schön auseinandergenommen. Im Ernst. Ich dachte, er bricht jeden Moment in Tränen aus, als Martina Vasquez ihn gefragt hat, ob es im Sheriff's Department vielleicht ein ›grundlegenderes Führungsproblem‹ gibt.«

Während regelmäßig die Gläser nachgefüllt wurden, gewann die Nachbesprechung der Verhandlung zunehmend an Schwung. Die Gruppe lästerte noch eine Weile genüsslich über Sheriff Lamb, bevor sie sich Celeste Kane, dem Staatsanwalt und den Bewohnern von Neptune im Allgemeinen zuwandte. Keith und Cliff schwelgten in gemeinsamen Erinnerungen an vergangene Fälle, während Cliff – je weiter sich die Scotchflasche leerte – langsam etwas Schlagseite bekam. Mac beugte sich über ihren Computer und blödelte mit der Zusammenstellung einer Neunzigerjahre-Rap-Playlist herum.

Veronica beobachtete Weevil, der am Fenster stand und hinausblickte. Draußen schlenderten Leute von den benachbarten Bürogebäuden und Lagerhallen zu ihren Autos. Sie trugen den für ein aufstrebendes Viertel typischen Mix aus mit Farbe bekleckssten Overalls und legerer Businesskleidung. Mit einem Mal fiel ihr auf, dass Weevil gar nicht das Treiben auf der Straße betrachtete, sondern sein eigenes schwaches Spiegelbild in der Fensterscheibe. Sie trat neben ihn und stellte ihr leeres Glas auf die Fensterbank. »Und, was hast du vor, jetzt, wo du dein Leben zurückhast?«, fragte Veronica, bemüht, ihre Stimme fröhlich klingen zu lassen.

Weevil blickte sie an, dann drehte er sich wieder zum Fenster. »Wenn das hier das Leben ist, das ich zurückkriege, dann liegt die Messlatte aber verdammt niedrig.« Er starrte in sein Glas und ließ die Flüssigkeit darin kreisen. »Versteh mich nicht falsch. Ich freue mich tierisch, dass ich nicht in den Knast muss. Aber meine Firma ist pleite. Ich arbeite gerade nur halbtags in der Werkstatt – und selbst wenn sie mir mehr Stunden anbieten würden, könnte ich das nicht annehmen, weil meine Schulter im Arsch ist. Bei mir zu Hause stapeln sich die Arztrechnungen und dann muss ich auch noch Cliff und euch bezahlen –«

»Nein, musst du nicht«, fiel Veronica ihm ins Wort. »Wir haben doch eigentlich überhaupt nichts gemacht.«

Weevil schüttelte den Kopf. »Erzähl mir nichts, ich weiß genau, dass ihr diese ganzen Leute zusammengetrommelt habt, denen sie Beweise untergeschoben haben. Die Arbeit habt ihr gemacht, auch wenn wir nichts davon verwenden konnten.«

»Schwamm drüber.« Veronica winkte ab.

»Du weißt doch, dass ich meine Schulden immer bezahle, V.«

Veronica gab auf. Natürlich hätte sie weiter mit ihm streiten und versuchen können, ihm klarzumachen, dass sie kein Problem damit hatte, gratis für ihn zu arbeiten – aber was hätte das gebracht? Dafür kannte sie ihn zu gut. Denn in vieler Hinsicht waren sie und Weevil einander ziemlich ähnlich. Stolz, freiheitsliebend und extrem stur.

Er überraschte sie mit einem wehmütigen Lachen. »Na los, spuck's aus, Veronica: ›Heul nicht rum, Navarro, sei lieber froh, dass sie dich nächste Woche nicht nach Chino verschiffen und einbuchten.‹«

Veronica lächelte. »Das hast *du* jetzt gesagt. Aber mal ehrlich, bald hat deine Pechsträhne bestimmt ein Ende. Und Jade muss doch überglücklich sein. Wo ist sie überhaupt? Ich dachte, sie würde vielleicht mit uns anstoßen.«

Weevils Gesicht verzog sich fast unmerklich und er senkte schnell die Lider.

Veronicas Magen krampfte sich zusammen.

»Ich, ähm ... ich habe ihr gesagt, dass wir uns später sehen.« Er seufzte. »Um ehrlich zu sein, Jade und ich ... wir hatten ein paar Probleme in den letzten Monaten. Sie ... ähm ... wohnt im Moment bei ihrer Mom draußen in Pan Valley.«

»Ach, Weevil ...«, murmelte Veronica bestürzt.

Weevil presste die Lippen aufeinander. »Ist momentan einfach praktischer, weißt du? Rita kann tagsüber auf Valentina aufpassen. Ich hatte ja so viel um die Ohren mit Cliff und den Vorbereitungen für den Prozess und so, und Jade muss gerade auch mehr Schichten schieben, nachdem ich die Werkstatt dichtmachen musste.«

»Und ich wette, sie ist auch nicht gerade begeistert davon, dass du wieder im Motorradsattel sitzt«, wagte Veronica sich vor, die eine gute Gelegenheit witterte, dieses heikle Thema anzuschneiden. *Und davon, dass deine Kumpels dich wahrscheinlich zu jeder Tages-und Nachtzeit Gott weiß wohin mitschleppen.*

»Tja, ja. Gibt gerade ziemlich viel in meinem Leben – und an mir –, wovon sie nicht begeistert ist.« Er rieb sich den Hinterkopf. »Und das werfe ich ihr auch überhaupt nicht vor. Sie hat als Kind immer jemanden gehabt, der auf sie aufgepasst hat. Sie musste sich nie entscheiden, ob sie lieber das Gesetz brechen oder in einem Entwässerungsgraben pennen will.« Er zuckte mit den Schultern. »Und es wär schön, wenn Valentina das auch nie müsste.«

Veronicas Augen wurden schmal. An jenem Abend vor dem Vorfall mit Celeste Kane hatte sie gesehen, wie glücklich er gewesen war – wie sehr er seine Frau und seine kleine Tochter vergötterte. Er hatte ihr Fotos von sich gezeigt, auf denen er Valentina als Baby im Arm hielt, auf denen sie zusammen am Strand spielten oder zu Halloween als Rotkäppchen und der böse Wolf verkleidet waren. Und jetzt wollte er ihr weismachen, dass es okay für ihn war, seine Familie zu verlieren? Dass es so für alle am besten war? Veronica war selbst von einem Elternteil, von ihrer Mutter, verlassen worden, die nicht in der Lage gewesen war, Verantwortung zu übernehmen. Und es hatte mehr als zehn Jahre gedauert, bis sie ihrer Mom verziehen hatte.

Doch bevor sie etwas erwidern konnte, ertönte von der Tür her eine tiefe, männliche Stimme. »Entschuldigen Sie?«

Alle sahen zu dem Mann auf, der in der offenen Tür erschienen war. Er trug einen dunkelgrauen Anzug und hatte eine schwarze Aktentasche in der Hand. Leicht verwirrt blickte er sich im Raum um.

»Tut mir leid, wenn ich störe«, sagte er laut, um Missy Elliott zu übertönen. »Ich bin doch hier richtig bei Mars Investigations, oder?«

Ein paar Sekunden lang herrschte Schweigen. Mac schaltete die Musik aus und Keith erhob sich vom Sofa und eilte mit ausgestreckter Hand auf den Mann zu.

»Ja, sind Sie. Bitte entschuldigen Sie den Lärm. Wir haben nur gerade einen Fall abgeschlossen und das ein bisschen gefeiert. Ich bin Keith Mars.«

Der Mann ergriff Keiths Hand und drückte sie flüchtig. »Mein Name ist Joe Hickman. Ich bin Schadensachbearbeiter bei der

Preuss Versicherungsgesellschaft. Wir haben gerade ein etwas heikles Problem, das ich gern mit Ihnen besprechen würde. Sobald es Ihnen gelegen ist.« Er ließ den Blick durch den Raum schweifen, über die schäbigen Möbel, den beschwipsten Anwalt auf dem Sofa und den tätowierten Biker am Fenster.

Keith machte eine Geste in Richtung seiner offenen Bürotür. »Wenn Sie kurz mit durchkommen würden, dann können wir uns ungestört unterhalten.«

Hickmans Gesicht blieb vollkommen unbewegt. »Tut mir leid, Mr Mars, aber ich glaube, da liegt ein kleines Missverständnis vor. Ich würde gern mit Ihrer Tochter sprechen. Petra Landros vom Neptune Grand Hotel hat uns an sie verwiesen.«

Mit einem Mal wurde es mucksmäuschenstill im Raum und alle Blicke ruhten auf Veronica. Mac zuckte hilflos mit den Schultern. Veronica brachte es nicht über sich, ihrem Dad in die Augen zu sehen.

Ein Plätschern riss sie aus ihrer Starre. Veronica drehte sich zum Sofa um, wo Cliff sich gerade den nächsten Drink einschenkte. Als ihm bewusst wurde, dass ihn alle ungläubig ansahen, hob er eine Augenbraue.

»Was denn? Wisst ihr eigentlich, wie selten ich mal einen Fall gewinne? *Ich* habe noch nicht zu Ende gefeiert, auch wenn das hier gerade 'ne ziemlich unangenehme Situation ist.«

Veronica trat vor, sowohl um die Spannung im Raum zu lösen als auch um vor Hickman einen kompetenten Eindruck zu machen. Sie ging an Keith vorbei und öffnete ihre eigene Bürotür. »Bitte«, sagte sie. »Hier entlang.«

Hickman folgte ihr. Kurz bevor sie die Tür hinter ihnen schloss, erhaschte Veronica noch einen Blick auf Cliff, der das Glas ihres Vaters auffüllte.

KAPITEL 4

Veronica hätte nicht gedacht, dass so etwas je passieren würde – dass ein Klient sie ihrem Dad vorzog. Mars Investigations war immer ein Gemeinschaftsunternehmen gewesen, auch zu der Zeit, als sie offiziell nur die Empfangskraft gewesen war. Keith und sie hatten immer zusammengearbeitet und einander unterstützt, auch wenn sie die Aufträge aus Effizienzgründen unter sich aufteilten. Es wäre Veronica nie in den Sinn gekommen, dass dieses Modell eines Tages ins Wanken geraten könnte. Und sie war auch nicht ganz sicher, was sie davon halten sollte.

Einen Moment lang blieb sie mit dem Gesicht zur geschlossenen Tür stehen, die Hand noch immer auf der Klinke. Dann setzte sie ein kühles, geschäftsmäßiges Lächeln auf und drehte sich zu ihrem potenziellen Klienten um.

»Was genau kann ich für Sie tun?«, fragte sie, während sie mit knappen Schritten zu ihrem Schreibtisch ging und dahinter Platz nahm. Sie griff nach dem gelben Notizblock auf der Schreibtischunterlage und ließ ihren Kugelschreiber klicken.

»Ich möchte, dass Sie wegen einer Schadensforderung, die an einen unserer Kunden gerichtet wurde, ermitteln«, sagte Hickman. Seine Haltung war steif und kerzengerade und seine Hände lagen blass und reglos in seinem Schoß wie ein Paar Handschuhe. »Was wissen Sie über Gastgewerbeversicherungen, Ms Mars?«

»Gastgewerbe? Also zum Beispiel für Hotels?«

»Genau. Wir bieten Hotels und anderen Beherbergungsbetrieben Versicherungsschutz, wenn beispielsweise ein Unfall oder irgendetwas anderes passiert, wofür das Unternehmen verantwortlich ist. Wie Sie sich vorstellen können, ist dieses Risiko in einer solchen Branche recht hoch. In den USA übernachten knapp drei Millionen Menschen pro Tag in einem Hotel. Da kommen eine ganze Menge Unbekannte zusammen – unzählige Punkte, an denen etwas schieflaufen kann. Und bei einem Umsatz von hundertfünfzig Milliarden Dollar im Jahr gibt es natürlich immer Leute, die versuchen, sich ein Stück von dem Kuchen zu sichern – einige davon auf ziemlich skrupellose Weise.«

»Also zahlen Sie für das Hotel, wenn jemand in Verklagungslaune ist«, hakte Veronica nach.

Hickman stieß ein beinahe entrüstetes Schnauben aus. »Ganz so einfach ist das nicht. Zunächst einmal müssen wir ermitteln, ob die Forderung berechtigt ist. Ob der Fehler wirklich beim Hotel lag und wenn ja, wie schwerwiegend er war. Dann entscheiden wir, ob es kostengünstiger ist, es auf einen Prozess ankommen zu lassen oder sich auf eine Schadenszahlung zu einigen.«

Veronica legte ihren Stift hin. »Und wie kann ich Ihnen da helfen?«

Der Mann rutschte auf seinem Stuhl hin und her. »Am Morgen des siebten März dieses Jahres wurde eine neunzehnjährige Frau auf einem brachliegenden Grundstück am Stadtrand gefunden«, sagte er. »Sie war … na ja, ziemlich übel zugerichtet. Sie wurde … missbraucht.«

»Vergewaltigt«, korrigierte Veronica automatisch. Sie mochte keine Euphemismen.

»Ja. Vergewaltigt und fast totgeprügelt. Die Polizei hat DNA-Spuren gefunden, aber es gab dazu keinen Treffer in ihrer Datenbank. Damals im März hat die junge Frau behauptet, sich an nichts zu erinnern. Sie konnte den Täter nicht beschreiben und hat angegeben, sie wisse nicht, wie sie auf diesem Grundstück gelandet ist. Alles, was sie uns sagen konnte, war, dass sie am Abend des Übergriffs im Neptune Grand gewesen war.«

Veronica nickte. Darum also hatte Petra Landros sie weiterempfohlen. Petra war die Inhaberin besagten Hotels und hatte Veronica im vergangenen März im Auftrag der Handelskammer schon einmal angeheuert. Damals waren zwei Mädchen während der lukrativen Spring-Break-Saison verschwunden und den Unternehmern von Neptune war sehr daran gelegen gewesen, dass Veronica die beiden fand, bevor der Geldstrom der Touristen versiegte.

»War sie ein Hotelgast?«

Hickman schüttelte den Kopf. »Sie wohnt in Neptune. Sie war an dem Abend lediglich in der Hotelbar.«

Veronica runzelte die Stirn. »Ich verstehe nicht ganz. Das Neptune Grand ist eins der bestüberwachten Gebäude der Stadt. Die haben an jedem Eingang Kameras. Wenn die Frau mit ihrem Angreifer das Hotel verlassen hat, müssten die Kameras das aufgezeichnet haben.«

»Tja, genau das ist das Problem«, sagte Hickman. »Auf dem Videomaterial ist zu sehen, wie sie ankommt. Wie sie eine Weile in der Bar sitzt. Dann sieht man sie ins Treppenhaus gehen. Und danach ist sie einfach verschwunden.«

»Verschwunden?«

»Sie taucht auf keinem Video wieder auf. Sie hat um Viertel vor zwölf dieses Treppenhaus betreten und am nächsten Morgen gegen sieben wurde sie mehrere Meilen entfernt halb nackt auf einem verwilderten Grundstück gefunden. Kein Hinweis darauf, was in der Zwischenzeit passiert ist.«

Veronica versuchte, das Ganze zu begreifen. Es war unmöglich, sich unbemerkt aus dem Neptune Grand zu schleichen. Zumindest war sie davon ausgegangen.

»Und dann vor ein paar Wochen hat das Opfer sich plötzlich – man könnte sagen: *praktischerweise* – erinnert«, fügte Hickman hinzu und in seiner Stimme lag ein Hauch von Verachtung. »Sie hat eine Beschreibung des Angreifers abgegeben, die perfekt auf Miguel Ramirez passt, einen ehemaligen Wäschereimitarbeiter des Neptune Grand. Aus der Sicht ihres Anwalts erklärt das, warum niemand gesehen hat, wie sie das Hotel verlässt. Er behauptet, der Täter habe das Gebäude gut genug gekannt, um die junge Frau unbemerkt nach draußen schmuggeln zu können.«

»Und das Problem bei der Geschichte ist …?«

»Das Problem ist, dass der angebliche Täter letzten Monat von der Immigrationsbehörde abgeschoben wurde. Niemand scheint zu wissen, wo er sich jetzt aufhält, darum ist es auch unmöglich, eine DNA-Probe von ihm zu bekommen. Und jetzt fordert das Opfer drei Millionen Dollar vom Neptune Grand. Ihr Anwalt behauptet, das Hotel habe fahrlässig gehandelt, indem es illegale Arbeiter beschäftigte.«

»Und wofür brauchen Sie nun meine Hilfe?«, fragte Veronica.

»Na ja, entweder sagt die Frau die Wahrheit und irgendjemand hat sie auf dem Hotelgelände überfallen und an den Kameras vorbei aus dem Gebäude geschleust«, antwortete Hickman, »oder sie lügt, ist selbst irgendwie unbemerkt aus dem Hotel gelangt und die Tat hat sich anderswo ereignet. Wir wollen, dass Sie herausfinden, wie und mit wem sie das Hotel verlassen hat.«

Draußen senkte sich langsam die Dunkelheit über die Dächer der Lagerhallen. Von der Straße drangen Geräusche zu ihnen hoch: Rufe, Gelächter, Autohupen, Techno-Beats, die die Fensterscheiben erzittern ließen. In einem nahe gelegenen Live-Club wurden Mikrofone getestet und E-Gitarren gestimmt, was das wartende Publikum zu rauen Begeisterungsrufen veranlasste.

Hickman machte kein Geheimnis daraus, dass er der Geschichte der jungen Frau nicht traute. Und Veronica konnte es ihm nicht verdenken. Die Details – zumindest die, von denen er ihr gerade erzählt hatte – passten einfach nicht zusammen.

Doch in diesem Moment zupfte eine eigene Erinnerung am Rand ihres Bewusstseins. Sie war sechzehn gewesen, als sie in einem zerknitterten weißen Kleid ins Büro des Sheriffs von Balboa County gewankt war. Von Kopf bis Fuß zitternd, hatte sie am Schreibtisch des damaligen Sheriffs Don Lamb gesessen und ihre Geschichte erzählt. Wie sie am Abend zuvor auf Shelly Pomroys Party gewesen war. Wie sie ohne Unterwäsche in einem fremden Bett aufgewacht war, verstört und gedemütigt. Wie sie sich an nichts mehr hatte erinnern können.

Sie erinnerte sich so lebhaft an das Gespräch in Lambs Büro, als liefe in ihrem Kopf ein Film ab. Daran, wie der Sheriff sich in seinem Stuhl zurückgelehnt und sie über seinen Schreibtisch hinweg anzüglich angegrinst hatte. Daran, wie sie um Fassung gerungen hatte, während er ihr immer wieder dieselben Fragen gestellt und darauf gelauert hatte, dass sie sich in Widersprüche verstrickte. Lambs Stimme, die kalte, unverhohlene Verachtung darin: »Ich habe nicht den kleinsten Beweis für deine Behauptung, aber das spielt in eurer Familie ja keine Rolle …«

Hickman holte einen Ordner aus seiner Aktentasche und reichte ihn Veronica. Sie schlug ihn auf. Ganz oben lagen Fotos von einem misshandelten, böse malträtierten Frauenkörper. Irgendjemand hatte diesem Mädchen das angetan. Und war bis jetzt damit davongekommen.

»Okay«, sagte Veronica beherrscht und streckte die Hand aus. »Ich werde mein Möglichstes tun, um in Erfahrung zu bringen, was ihr zugestoßen ist.« Im nächsten Moment fühlte sie Hickmans weiche, trockene Hand in ihrer und schüttelte sie.

»Wunderbar«, sagte er.

KAPITEL 5

»Tja«, brach Cliff schließlich das Schweigen und legte Keith den Arm um die Schulter. »Wie fühlen wir uns denn so, Papa Bär?« Cliffs Atem traf heiß und alkohollastig auf Keiths Wange.

Ein Stück weiter stand Mac an Veronicas Bürotür und versuchte zu lauschen. Neben ihr hatte sich Weevil postiert, der ebenfalls hin und wieder so tat, als sei er neugierig, obwohl er das Gespräch zwischen Keith und Cliff in Wirklichkeit offenbar weitaus unterhaltsamer fand.

Keith hob die Augenbrauen. »Papa Bär? Ist das dein neuer Spitzname für mich oder spricht da die Flasche Scotch aus dir, die du fast alleine geleert hast?«

»Du weißt schon, was ich meine«, erwiderte Cliff. Er sah sich im Raum um, als wartete er auf Unterstützung von anderer Seite. »Wir haben doch alle mitgekriegt, was hier gerade abgelaufen ist, oder? Wie aus einem Stück von Mamet: Der aufstrebende Nachwuchs verdrängt seinen müden alten Herrn vom Thron.« Er streckte fordernd die Hand nach Keiths Glas aus. »Scotch ist nur was für Gewinner.«

Keith lächelte und nahm demonstrativ einen Schluck. »Veronica ist schon lange ohne Stützräder unterwegs. Sie hat ein paar ziemlich hochkarätige Fälle bearbeitet und sie ist fantastisch in dem, was sie tut. Ich bin stolz, nicht überrascht.«

»Ich auch«, schaltete Mac sich ein. »Und wo wir gerade dabei sind, wollte ich noch loswerden: Ich unterstütze euch alle beide jederzeit, ohne irgendwen zu bevorzugen, egal wer –«

In diesem Moment ging Veronicas Bürotür auf. Sie kam heraus und fegte durch den Raum, an dem plaudernden Grüppchen vorbei zum Empfangsschreibtisch.

»… *Death Proof* – okay, der vielleicht schon, dafür darfst du dir meinetwegen auf die Schulter klopfen«, improvisierte Mac, als Veronica eine Schublade aufzog und einen Ordner herausholte. »Aber ansonsten kann man nicht so platt sagen: ›Der Typ macht einfach Filme über Filme.‹ Es ist bei ihm so was wie ein – wie nennt man das?«

»Leitmotiv«, sagte Keith.

»Genau! Danke. Ein *Leitmotiv*, das sich durch sein gesamtes Œuvre zieht«, sagte Mac mit einem Blick auf Veronica, die neben dem Sofa stehen geblieben war und die Gruppe verwirrt musterte. »Ach, hey, Veronica, wir quatschen hier gerade nur ein bisschen über Filme.«

»Okay … Dann lasst euch nicht stören.« Veronica warf ihnen allen einen letzten argwöhnischen Blick zu, dann eilte sie zurück in ihr Büro und zog die Tür hinter sich zu.

Als wäre gar nichts gewesen, nahm Keith den ursprünglichen Faden wieder auf. Er lehnte sich auf dem Sofa zurück und streckte die Beine aus. »Wie gesagt: Nein, ich bin kein bisschen böse über die Aufmerksamkeit oder Verantwortung, die Veronica bekommt. Um ehrlich zu sein, bin ich sogar ein bisschen froh darüber. Ich kann ein paar Wochen in meiner Hängematte gut gebrauchen.«

»Reif fürs Gnadenbrot wie ein abgehalftertes Muli«, kommentierte Cliff.

»Oder«, entgegnete Keith leicht pikiert, »reif für den Urlaub. Wie ein Mann, der buchstäblich unter die Räder gekommen ist, nachdem er monatelang in der politischen Kloake von Neptune herumgefischt hat.«

Er hatte die letzten Monate damit zugebracht, die Vorwürfe hinsichtlich der manipulierten Beweise zu prüfen, die sich in Dan Lambs vierjähriger Amtszeit angehäuft hatten. Das war nicht einfach gewesen. Das Sheriff's Department hatte seine Opfer mit Bedacht gewählt: Viele von ihnen waren vorbestraft und keiner hätte sich einen langen Prozess leisten können. Keith hatte sich in Kellerbars herumgetrieben, in verkommenen Mietskasernen, besetzten Häusern, hatte versucht, das Vertrauen von Menschen zu erlangen, die keinen Grund hatten, irgendjemandem zu trauen. Ein paar, die gehört hatten, dass Keith Mars einer der wenigen war, die Leuten wie ihnen halfen, hatten ihre Geschichten bereitwillig erzählt. Die meisten allerdings hatten nicht reden wollen – aus Angst, was ihnen und ihren Familien dann passieren würde. Keith konnte es ihnen kaum verübeln. Er spürte immer noch einen dumpfen Schmerz im Rücken, der von dem Unfall herrührte, der ihn um ein Haar das Leben gekostet hatte. Und jedes Mal, wenn er in sein Auto stieg, war ihm einen Moment so – nur für den Bruchteil einer Sekunde –, als würde sein Herz kurz aus dem Takt geraten und wild in seiner Brust flattern.

In den vergangenen Wochen hatte Keith sich rastlos und gleichzeitig ausgebrannt gefühlt und so unkonzentriert wie seit den ersten Tagen nach dem Unfall nicht mehr. Er hatte sich abgerackert, um Beweise gegen Lamb zusammenzutragen – letztendlich völlig umsonst. Was er eben Cliff gegenüber geäußert hatte, war nicht einfach nur so dahingesagt gewesen. Er hätte diesem ganzen Wahnsinn wirklich gern für eine Weile den Rücken gekehrt und ein bisschen verschnauft.

Veronica war also auf dem Weg nach oben, schön. Das war kaum verwunderlich – nach dem Dewalt-Scott-Fall hatten die Medien großes Interesse an ihr gezeigt. Und kurz davor hatte sie den Mord an einem der größten Popstars des Landes aufgeklärt, was ihr sogar einen kurzen Artikel in der Vanity Fair eingebracht hatte. In Keiths zwölf Jahren als Privatdetektiv hatte er es auch manchmal zu Ruhm gebracht. Wenn auch vielleicht nicht bis in die Vanity Fair. Er war nun mal keine hinreißende neunundzwanzigjährige Blondine.

Veronicas Bürotür ging wieder auf. Der Anzugtyp kam als Erster heraus, sein Mund und seine Augenbrauen wie schnurgerade, parallele Linien in seinem Gesicht. Veronica folgte ihm mit einem Notizblock in der Hand.

Hickman hielt schnurstracks auf den Seitenausgang zu, blieb in der Tür jedoch noch einmal stehen. »Es gibt ein paar Kisten Beweismaterial. Die schicke ich Ihnen morgen früh.«

»Klingt gut«, erwiderte Veronica. »Danke, dass Sie gekommen sind.«

Er nickte ihr knapp zu und schloss die Tür hinter sich.

Veronica schob den Riegel vor, dann drehte sie sich um und ließ den Blick durch den Raum schweifen, ein ironisches Lächeln auf den Lippen. Keith fiel auf, dass sie seinen Blick mied.

»Wow, ganz schön still hier. Ich hoffe, die Lauscherei hat euch nicht allzu sehr vom Feiern abgehalten«, sagte sie.

»Wir haben nicht gelauscht«, verteidigte sich Mac.

»Nee«, stimmte Weevil ihr zu. »Damit haben wir sofort aufgehört, als wir gemerkt haben, dass die Tür zu dick ist.«

Keith beobachtete, wie Veronica zum Empfangsschreibtisch ging und sich auf die Kante setzte. Er hatte sein berühmtes Pokerface aufgesetzt – es ließ ihn emotionsloser wirken als ein Alien aus der Area 51. Das erwies sich oft als nützlich, wenn er an Informationen gelangen wollte, ohne allzu offensichtlich danach zu bohren. Seine Tochter wusste, dass seiner Miene nicht zu trauen war, aber im Moment sah sie ihn sowieso nicht an.

»Und, willst du uns vielleicht verraten, worum es da drin gerade ging?«, erkundigte sich Mac und breitete fragend die Arme aus.

»Nichts Besonderes. Petra Landros hat ihn nach dem Dewalt-Fall an mich verwiesen«, antwortete Veronica. »Kann sich einer von euch vielleicht an einen Vergewaltigungsfall im März erinnern? Eine junge Frau, die jemand auf einem verlassenen Grundstück am Stadtrand abgeladen hat? Ich glaube nicht, dass ich darüber etwas in den Nachrichten gehört habe.«

Und da war er wieder: der Grund, warum Keith sie trotz allem nicht hierhaben wollte. Weil ihn allein beim Gedanken daran, dass sie sich mit einem Fall wie diesem befassen könnte, eiskalte Furcht durchzuckte. Er konzentrierte sich darauf, langsam und mit Bedacht zu atmen, die Finger um sein Scotch-Glas geklammert.

Es war Cliff, der antwortete. »Daran erinnere ich mich. Es gab einen Polizeibericht. In der Woche, bevor Hayley Dewalt vermisst gemeldet wurde – wahrscheinlich ist es darum in dem allgemeinen Chaos untergegangen.« Er lehnte sich auf dem Sofa zurück und sah zu Veronica hoch. »Ich weiß noch, dass kurz die Frage aufkam, ob es einen Zusammenhang zwischen den Fällen gibt. Das Opfer war im selben Alter wie Hayley und Aurora, aber die Polizei hat eine Verbindung ziemlich schnell ausgeschlossen. Und dann habe ich nichts mehr darüber gehört.«

»Tja, scheint, als wäre der Fall noch nicht aufgeklärt«, entgegnete Veronica. »Sie haben nie herausgefunden, was passiert ist. Oder vielleicht haben sie es auch einfach gar nicht ernsthaft versucht. Die Version, die ich gerade zu hören bekommen habe, könnte ziemlich … subjektiv gefärbt gewesen sein.«

»War der Typ da eben ihr Anwalt?«, wollte Mac wissen. »Sollen wir den Vergewaltiger ausfindig machen?«

Veronica zögerte und in diesem winzigen Augenblick sah Keith sie ganz leicht erröten.

»Das war ein Versicherungsmensch. Und er möchte tatsächlich herausfinden, wer der Täter ist.« Ihr Blick huschte kurz zu Keith und genauso schnell wieder weg. »Wir sollen die Schuldfrage nicht selbst klären, sondern die Rechtsabteilung des Hotels dabei unterstützen. Aber, na ja, es besteht natürlich immer die Chance, dass wir den Vergewaltiger im Rahmen dieses ehrbaren Unterfangens trotzdem finden, als netter Nebeneffekt sozusagen.«

»Wow, wie … deprimierend«, sagte Mac, das Kinn auf die Hand gestützt. »Hey, tut uns leid, die zuständigen Justizbehörden haben leider nichts auf die Kette gekriegt, aber versuchen Sie doch mal, jemandem Geld abzuknöpfen, dann sind wir sofort zur Stelle und helfen … dem anderen.«

Weevil grinste hämisch. »Herzlich willkommen in Neptune.«

Veronica griff nach einer der wenigen verbliebenen Scotch-Flaschen, in der noch ein paar Schlucke übrig waren. »Tut mir ja leid, dass ich euren eitel Sonnenschein mit meinem Nebel der moralischen Fragwürdigkeit trüben muss.« Sie goss einen Fingerhut voll Scotch in ihr Glas und stellte die Flasche mit einem lauten *Klonk* zurück.

Keith lachte. »Kein Problem.« In ihrem Metier gab es eine Menge Grauzonen und er hatte selbst schon einiges erlebt, von den größten Triumphen über ehrenhafte Niederlagen bis hin zu ausgewachsenen Reinfällen. Er trank seinen letzten Schluck Scotch, legte die Beine auf einen Hocker und widmete sich wieder seinen eigenen Gedanken. Plötzlich murmelte er: »Versuchen Sie doch mal, jemandem Geld abzuknöpfen …«

»Was?«, fragte Cliff.

»Ach, nur etwas, das Mac eben gesagt hat. Das hat irgendwas in meinem Kopf in Bewegung gesetzt.«

»Zu Veronicas neuem Fall?«, hakte Cliff nach, immer noch verwirrt.

»Nein, zu unserem. Zu Lamb. Fahren wir ihm doch einfach ganz direkt an den Karren.«

Cliffs Miene hellte sich auf, als er endlich begriff. »Für ein abgehalftertes Muli bist du noch ganz schön auf Zack. Wie kann ich helfen?«

»Na ja, für den Anfang: Wie sieht's mit deinen Kontakten im Zivilgericht aus?« Keith beugte sich vor und stützte die Ellbogen auf seine Knie.

»Horowitz ist gut, aber der steckt im Moment bis zum Hals in Arbeit.« Cliff zog mehrere Hefter und einen Stapel Papiere aus seiner Aktentasche. »Jarvis und Partner haben ein gutes Team. Choi hat gerade einen ziemlichen Senkrechtstart hingelegt – die würde bestimmt allein der Publicity wegen mitmachen.«

»Worüber redet ihr zwei da eigentlich?« fragte Veronica. Ihr Glas halb an die Lippen gehoben, blickte sie zwischen den beiden hin und her.

Anstatt zu antworten, wandten sich Keith und Cliff Weevil zu.

»Eli«, sagte Keith. »Was würdest du von einem Verfahren gegen das Balboa County Sheriff's Department halten?«

Weevil zuckte leicht zusammen und blinzelte hektisch. »Ich weiß nicht, ob Sie's gemerkt haben, aber ich habe gerade erst ein Verfahren gegen die Typen hinter mir. Und bin irgendwie ziemlich froh darüber.«

»Diesmal wäre es anders«, sagte Cliff. »Diesmal wären *wir* die Kläger. Wir würden versuchen zu beweisen, dass der Deputy dir damals am Tatort die Waffe untergeschoben hat.«

Veronica sog scharf die Luft ein. »Dann könntet ihr doch noch das Material benutzen, dass der Richter abgelehnt hat. Und diese ganzen Leute, die bereit gewesen wären, wegen der manipulierten Beweise auszusagen – damit könntet ihr Lamb in aller Öffentlichkeit einen Denkzettel verpassen. Wenn wir's richtig anpacken, kann er anschließend vielleicht sogar seinen Job an den Nagel hängen.«

»Und wenn wir's nicht richtig anpacken?«, fragte Weevil, der breit grinste, weil er sich die Antwort denken konnte.

»Wird aus dem Zivilprozess höchstwahrscheinlich trotzdem ein Strafprozess und Dan Lamb wandert für fünf, vielleicht auch zehn Jahre in den Knast.«

Die Spannung im Raum war beinahe mit Händen greifbar. Keith stellte sich Lambs Gesicht vor, wie er auf der Anklagebank sitzen würde, ein öffentliches Zeugnis seiner eigenen Korruptheit.

»Das wäre wenigstens eine kleine Entschädigung für das, was Sie verloren haben, Eli«, sagte Cliff. »Auf die Gefahr hin, dass das hier nach einem billigen Anwaltswerbespot klingt: Sie könnten einen Ausgleich für Ihre Arztrechnungen und für Ihr verlorenes Einkommen verlangen und natürlich Schmerzensgeld. Und es würde mich auch nicht überraschen, wenn die Sache ein paar andere Verfahren nach sich ziehen würde. Ihre Tochter könnte in einem vollkommen anderen Neptune aufwachsen als Sie damals.«

Weevil begann langsam auf- und abzugehen. Langsam schien die Aufregung auf ihn überzuspringen. »Und Sie glauben im Ernst, wir hätten eine Chance?«

Keith grinste. »Den größten Teil der Drecksarbeit habe ich ja schon erledigt. Wir haben knapp dreißig Zeugen, die alle behaupten, dass ihnen falsche Beweise untergeschoben wurden. Ein paar von denen könnten vielleicht sogar aus dem Strafregister getilgt werden, wenn Lamb ein bisschen mehr als ein blaues Auge davonträgt.«

»Und die Medien sitzen Lamb sowieso schon wegen der verschwundenen Glock im Nacken«, fügte Cliff hinzu. »Wir müssen bloß dafür sorgen, dass sie nicht das Interesse verlieren.«

Weevil blickte auf seine Füße und verharrte ein paar Sekunden völlig reglos. Als er schließlich wieder hochsah, lag ein schiefes Grinsen auf seinem Gesicht. »Okay«, sagte er. »Ich bin dabei.«

KAPITEL 6

Veronica, Keith, Weevil, Cliff und Mac machten den Scotch leer und diskutierten noch stundenlang über mögliche Strategien. Man einigte sich darauf, dass Keith alles Nötige für die Klage zusammentragen würde, da die »Star-Detektivin«, wie er es ausdrückte, sich schließlich um ihren eigenen Fall zu kümmern habe. Veronica entging das Augenzwinkern nicht, das den Seitenhieb ihres Vaters begleitete. Sie quittierte es mit einem ironischen Lächeln, war ihm jedoch insgeheim wirklich dankbar.

Es war nach zweiundzwanzig Uhr, als schließlich jeder seiner Wege ging. Keith und Cliff machten sich auf die Jagd nach irgendeinem fettigen, glutenhaltigen Abendessen – sie luden Veronica noch ein mitzukommen, die jedoch ablehnte – und Mac traf sich mit ein paar ehemaligen Kollegen von Sun Microsystems in einer Kneipe. Veronica wollte nach Hause. In der vergangenen Woche hatte sie sich ununterbrochen Sorgen gemacht und jetzt, nachdem Weevil wieder auf freiem Fuß war, wollte sie nur noch schlafen.

Der silberne Toyota RAV4, den sie sich nach dem Hayley-Dewalt-Fall gekauft hatte, parkte vor dem Büro am Straßenrand. Sie hatte den kleinen SUV gewählt, weil man darin beim Observieren einfach mehr sah. Sosehr sie es auch vermisste, in Logans BMW-Cabrio den Küsten-Highway unsicher zu machen, hatte der Toyota doch den entscheidenden Vorteil, dass sie von ihm aus besser den Verkehr überblicken konnte. Sie fuhr los in Richtung Süden und wälzte dabei im Kopf immer noch die Einzelheiten ihres neuen Falls hin und her.

Ein Großteil der glitzernden Küste von Neptune war im Besitz der hiesigen Elite. Dort hatten Filmstars und Firmenbosse ihre Villen mit Pazifikblick. Den Rest des Gebiets nahmen Jachtklubs, Privatstrände und Fünf-Sterne-Hotels ein. Nur der Hundestrand, ein vier Meilen breiter Streifen aus goldenem Sand und rauschender Brandung, war schon immer fest in der Hand des gemeinen Volkes gewesen. Wie jeder öffentliche Strand bot er den üblichen Spinnern eine Heimstatt: Surfern, Hippies, Musikern, Kleinkünstlern, Bikern und Junkies, zusammen mit dem ganzen Rest der finanziell minderbemittelten Einwohnerschaft. Und nun auch Veronica. Nachdem die Ärzte Keith nach seinem Unfall für vollständig genesen erklärt hatten, war sie aus seinem kleinen Bungalow ausgezogen und hatte sich eine Wohnung genommen, die sich gerade mal eine Viertelmeile vom Meer entfernt befand. Das Gebäude war eine verblichene Schönheit mit einem im spanischen Stil gekachelten Dach und tiefen Flügelfenstern.

Sie parkte ihren Wagen und stieg die Außentreppe hoch. Desorientierte Motten umflatterten die Verandalampen. Hinter einer Tür hörte sie das leise Murmeln eines Fernsehers. Ihre Nase fing den scharfen, salzigen Geruch des Meeres ein paar Häuserblocks weiter auf.

In ihrer Wohnung im zweiten Stock war es warm und stickig, als sie die Tür öffnete. Das kleine Fensterklimagerät tat nicht viel mehr, als Staub aufzuwirbeln, sodass Veronica es meistens gar nicht erst einschaltete. Wenn sie zu Hause war, machte sie einfach die Fenster auf und ließ die Meeresbrise hereinwehen. Jetzt knipste sie den Deckenventilator und eine Lampe an, stieg erleichtert aus ihren High Heels und tappte barfuß über die Holzdielen.

Die Wohnung war klein, aber gemütlich, die Einrichtung eine Mischung aus Flohmarktfunden und Sachen, die sie aus dem Haus ihres Dads gemopst hatte. Gegenüber einem niedrigen Bücherregal aus Walnussholz stand ein grau-weiß gestreiftes Sofa, flankiert von zwei Stehlampen mit Vintage-Schirmen. An den Wänden hingen alte Reiseposter, die in knalligen Farbflächen für den Yellowstone-Nationalpark, den Grand Canyon und den Crater Lake warben. Auf einem Beistelltisch standen halb heruntergebrannte Kerzen zwischen einem phrenologischen Kopf und einem gerahmten Foto ihres Halbbruders Hunter.

Als sie nach dem Studium bei ihrem Vater eingezogen war, hatte sie sich unwillkürlich wieder ein bisschen wie ein Teenager gefühlt, zurückkatapultiert in eine Zeit, die sie so dringend hatte hinter sich lassen wollen. Ihre eigene Wohnung dagegen rief ihr in Erinnerung, dass sie sich bewusst für diese Stadt, dieses Leben, diese Karriere entschieden hatte. Was dabei auch nicht schadete, war, dass sie um Längen schöner war als alles, was sie sich je in New York je hätte leisten können. Ihre komplette Studentenbude damals in Brooklyn hätte in ihr jetziges Schlafzimmer gepasst.

Die offene Küche, kirschrot-weiß gefliest, lag jenseits einer hohen Theke mit ein paar Hockern davor. Veronica öffnete den Kühlschrank und holte die Reste ihres Essens vom Vorabend heraus. Sie machte sich nicht einmal die Mühe, es aufzuwärmen, sondern schnappte sich bloß eine Gabel und ging zum Schlafzimmer. Ein schmaler Lichtstreifen drang unter der Tür hindurch.

»Du bist ja noch wach«, bemerkte sie leise, als sie die Tür aufschob.

Logan saß mit freiem Oberkörper aufrecht im Bett, die Decke über seinen Schoß gezogen. Im Fernseher auf der Kommode gegenüber lief gerade die *Daily Show*. Beim Anblick seiner durch den Militärdienst trainierten Armmuskeln spürte sie ein Flattern in der Brust.

Okay, was zuerst? Das Sesam-Hühnchen runterschlingen, Schlafanzug anziehen oder doch lieber gleich zu deinem halb nackten Freund ins Bett springen? Sie entschied sich für einen Kompromiss, bestehend aus einem Bissen Hühnchen, bevor sie den Pappbehälter abstellte, um sich, noch während sie kaute, auszuziehen. Der halb nackte Freund ließ sich wesentlich besser genießen, wenn sie erst mal ihr Kostüm los war.

»Du kommst aber spät heute«, bemerkte Logan und sie spürte seinen Blick auf sich, während sie sich aus ihrem Rock schälte und ihn dann sorgfältig zurück auf den Bügel hängte. »Hätte ich mir aber eigentlich auch denken können. Deine Familie schmeißt schließlich die besten After-Freispruch-Partys der Welt.«

»Wir hatten noch ein paar Ballons von deiner übrig, die konnten wir recyceln. Weevil hatte nichts dagegen.« Nur noch in Unterwäsche drehte sie sich zu ihm um. Sein Blick glitt über ihren Körper, aber sie griff wieder nach dem Behälter, aß eine weitere Gabel Hühnchen und blieb wie zufällig knapp außerhalb seiner Reichweite stehen. »Was hast du denn heute Abend so getrieben?«

»Nicht viel. Bin selber erst spät nach Hause gekommen.«

»Etwa *schon wieder* ein Beach-Volleyball-Notfall?« Sie stemmte eine Hand in die Hüfte.

Logan grinste. »Alles im Dienste des Vaterlandes«, sagte er und salutierte elegant.

»Was würden wir bloß ohne euch tun?«

Das ungewohnte Bild von Logan in ihrem Bett erfüllte Veronica immer noch mit einem Kribbeln, obwohl er schon seit seiner Rückkehr aus dem Persischen Golf vor zwei Monaten, wo die Navy ihn stationiert hatte, so gut wie bei ihr wohnte. Vorher waren sie sechs Monate lang voneinander getrennt gewesen. Aber das war rein gar nichts gegen die neun Jahre davor, in denen sie sich nicht gesehen hatten. Kein Wunder, dass es manchmal immer noch ein kleiner, wenn auch überaus angenehmer Schock war, morgens aufzuwachen und ihn nur eine Armlänge von ihr entfernt liegen zu sehen oder ihn in der Wohnung vorzufinden, wenn sie abends nach Hause kam. Tja, häusliche Harmonie war eben einfach … ziemlich harmonisch. Keiner von ihnen war so recht darauf vorbereitet gewesen, Adrenalinjunkies, die sie beide waren.

Logan war momentan in San Diego stationiert, wo er F/A-18 Hornets für das Fleet Readiness Center probeflog und bei der Fehlerdiagnose half. »Im Grunde versuche ich herauszufinden, was kaputt ist, bevor es zu spät ist, es zu reparieren«, hatte er Veronica einmal erklärt. Sie war nicht begeistert von diesem Jobprofil gewesen, aber es war immer noch besser, als ihn sich bei Einsätzen auf feindlichem Gebiet vorzustellen. Und definitiv besser, als ständig auf ein paar Minuten Zeit zum Chatten zu hoffen, ohne zu wissen, ob die Verbindung über die weite Entfernung gut genug sein oder ob ihm etwas dazwischenkommen würde und er ihren Online-Termin nicht einhalten konnte.

Am liebsten hätte Veronica Logan sofort von ihrem neuen Fall erzählt – natürlich nur grob umrissen, um die Privatsphäre der jungen Frau zu wahren, aber zumindest die wichtigsten Punkte. Stattdessen stellte sie ihren Essensbehälter wieder ab und ging ins angrenzende Badezimmer, um sich die Zähne zu putzen. Logan und sie hatten eine Keine-Arbeit-im-Schlafzimmer-Vereinbarung. Veronicas Fälle drehten sich einfach zu oft um das Thema Untreue – nicht das beste Gesprächsthema für kuschelige Stunden zu zweit. Und bei wirklich schlimmen Geschichten wie der aktuellen war so etwas besonders wichtig. Sie hatte sowieso die Angewohnheit, den lieben langen Tag ihre Arbeit im Kopf herumzuwälzen. Darum war es gut, sich zumindest diese eine Grenze zu setzen.

Nachdem sie sich bettfertig gemacht hatte, ging sie zurück ins Schlafzimmer. Logan hatte den Fernseher ausgeschaltet. Er lehnte an seinem Kissen, die Hände hinter dem Kopf verschränkt, und beobachtete sie, als sie durch das Zimmer auf ihn zukam. Sie schlüpfte neben ihm unter die Decke.

»Du hättest auch mitfeiern können«, sagte sie.

»Klar. Das wäre ja auch überhaupt nicht krampfig gewesen.« Logan schlang die Arme um Veronica und zog sie an sich. Sie roch sein Aftershave, den Duft von Zedern- und Sandelholz, als sie ihren Kopf an seine Schulter schmiegte.

»Ach, komm. Das hätte doch niemanden gestört.«

»Nein? Mac nennt mich nicht zufällig immer noch Nicht-Piz, oder?«

»Das war doch nur ein Witz. Außerdem verstehst du dich doch gut mit Weevil, oder? Ich dachte, nach allem, was passiert ist, hättet ihr so ein Wir-einsame-Cowboys-müssen-zusammenhalten-Ding am Laufen.«

»Ja, klar …«, sagte Logan. »Ich glaube, das war seine wortwörtliche Antwort auf meine Freundschaftsanfrage bei Facebook.«

»Ich wette, du likest auch alle seine Tweets«, neckte Veronica ihn, dann stemmte sie sich auf den Ellbogen hoch und sah ihn an.

»*Liken?* Ich retweete jedes Wort, das der Mann postet.«

Ihr Gespräch wirkte entspannt, aber das Thema war nicht neu. Veronica selbst hatte keinerlei Zweifel an Logans Stellenwert in ihrem Leben, aber sein Verhältnis zu den Menschen, die ihr nahestanden, war immer noch kompliziert. Er hatte sich beinahe ihre gesamte Highschool-Zeit hindurch als zynischer, verzogener Vollidiot präsentiert, wodurch er sich weder bei ihrem Vater noch bei ihren Freunden beliebt gemacht hatte. Seit sie zurück nach Neptune gezogen und wieder mit Logan zusammen war, gaben sich jedoch alle Seiten erheblich Mühe, einander zu akzeptieren. Logan und Veronica gingen einmal in der Woche zum Abendessen zu Keith und am Vatertag hatte Logan Karten für ein Spiel der San Diego Padres besorgt. Auch mit ihren Freunden hatte es ein paar gutmütig-verkrampfte Treffen gegeben. Alle hatten sich eine Eins mit Sternchen für ihren guten Willen verdient, aber manchmal fragte Veronica sich trotzdem, ob es immer so schwierig bleiben würde – ob Logan nie wirklich mit den anderen Menschen in ihrem Leben klarkommen würde.

Lächelnd strich er ihr mit einer Fingerspitze über die Wange.

Endlich wurde es ruhiger in ihrem Kopf und alle Gedanken an den Fall und ihre Freunde und ihren Vater, all die latenten Ängste, dass ihre Beziehung scheitern könnte, verschwanden. Wie konnte irgendetwas davon wichtig sein, solange er hier war, solange sie zusammen waren? Sie richtete sich auf und küsste ihn.

Logan zog sie fester an sich. »Willkommen zu Hause«, flüsterte er.

KAPITEL 7

Als Veronica am nächsten Morgen um neun ins Büro kam, war das Material von Preuss bereits eingetroffen. Ein Dutzend mit schwarzem Filzstift beschriftete Archivboxen aus Pappe türmten sich rings um ihren Schreibtisch. Bei dem Anblick wurde ihr leicht klaustrophobisch zumute.

»Er hat gesagt, *ein paar* Kisten«, murmelte sie ungläubig. Hinter ihr stand Mac mit einer Kaffeetasse in der Hand. Sie grinste verschmitzt.

»Ach komm. Stapelweise Beweismaterial und unsortierte Akten zum Durchwühlen? Da bist du doch total in deinem Element. Das hier ist Katzenminze für Veronica Mars.«

»Na, dann hol lieber schon mal die Blumenspritze für den Fall, dass ich anfange, mich in den Ergebnissen der Teppichfaseranalyse zu wälzen«, entgegnete Veronica mit gespielt finsterem Blick. »Da sieht man mal wieder, warum man besser keine Freunde als Mitarbeiter einstellt. Erst ist alles ganz nett und professionell, und dann, zack, werden sie auf einmal frech.« Sie seufzte. »Okay, du weißt, wo du mich in den nächsten Stunden findest.«

»Ich schieb dir in der Mittagspause etwas zu essen unter der Tür durch«, verabschiedete sich Mac mit einem fröhlichen kleinen Winken.

Nachdem Veronica ihre Bürotür hinter sich geschlossen hatte, stand sie einen Moment lang einfach bloß da und sah sich in dem zugestellten Raum um. Auf eine der Kisten war kaum leserlich *Ärztl. Gutachten* gekritzelt, auf eine andere *Fundort*. Ein paar waren unbeschriftet. Manche waren so vollgestopft, dass sich die Seitenwände gefährlich wölbten.

Eins der ersten Dinge, die Keith Mars seiner Tochter über das Lösen von Kriminalfällen beigebracht hatte, war, dass der Schlüssel zum Erfolg in der Organisation lag. Damit war jedoch nicht zwangsläufig ein makelloses Ablagesystem für jede Art von Akten, Notizen und Beweisstücken gemeint. Keiths eigener Notizblock war genauso voller unleserlicher wie unvollständiger Aufzeichnungen, seine Korkpinnwand ein flatterndes Durcheinander aus Papierschnipseln. Aber sein Gedächtnis war ein euklidischer Algorithmus aus perfekter Ordnung und ständiger Abrufbarkeit. Keith hatte seine Art; Veronica hatte ihre. Aber ihnen beiden war bewusst, dass es, wenn man die Fakten nicht auf irgendeine Weise sortierte und katalogisierte, unmöglich war, Muster darin zu erkennen. Den Fokus vom Wald zu den Bäumen und wieder zurück zu verlagern. Als Erstes würde Veronica sich also einen Überblick darüber verschaffen müssen, wie die Einzelheiten des Falls zusammenhingen – Stück für schreckliches Stück.

Sie hob den Deckel von einer der Kisten und fing an, sie auszupacken.

Die ersten Ordner enthielten Skizzen und Fotos des Ortes, wo das Opfer gefunden worden war – ein Grundstück auf halbem Wege nach Pan Valley, mehr als zwölf Meilen vom Neptune Grand entfernt. In der Tatnacht hatte es geregnet und die Landschaft auf den Fotos war mit dunklen Pfützen übersät. Der Regen schien jegliche Spuren verwischt zu haben; die einzigen identifizierbaren Schuhabdrücke gehörten zu dem Mann, der das Opfer gefunden hatte, einem Schrotthändler namens Frank

Kozlowski. Knapp fünfzig Meter von der Fundstelle entfernt waren die Polizisten auf Reifenspuren gestoßen, die der Marke Firestone und einem mittelgroßen Pkw zugeordnet werden konnten. Aber niemand wusste, ob diese in irgendeinem Zusammenhang mit dem Verbrechen standen.

Unter diesen Ordnern fand Veronica eine Mappe mit weiteren Fotos. Zuerst konnte sie kaum sagen, was darauf zu sehen war: eine blutige Masse, ein formloses Grün und Blau und Rosa. Dann nahm das Bild langsam Gestalt an und wurde zu einem Mädchen in einem Krankenhausbett.

In Bezug auf die Verletzungen des Opfers war Veronica auf einiges gefasst gewesen – die zögerlichen Umschreibungen des Versicherungsmitarbeiters hatten darauf schließen lassen, dass der Angriff äußerst brutal gewesen war –, trotzdem ließ der Anblick der Fotos sie innerlich zusammenzucken. Die Haut des Mädchens war ein Flickenteppich aus Hämatomen. Ihre Nase war auf doppelte Größe angeschwollen. Ihre Augen waren blau geprügelt, die Wimpern blutverklebt. Auf einer Wange hatte sie eine üble Platzwunde. Ihr linker Arm war eingegipst, die Finger geschient. Über ihre Kehle zog sich ein Geflecht aus Flecken und Striemen.

Würgemale, dachte Veronica. Sie legte die Bilder beiseite und griff nach dem medizinischen Gutachten.

Den Angaben des untersuchenden Arztes zufolge hatte das Opfer mehr als zwanzig Knochenbrüche erlitten, unter anderem der Nase, des Schlüsselbeins, dreier Finger und des Zungenbeins am oberen Halsansatz. Ihre linke Schulter war ausgekugelt. Das Knorpelgewebe ihres Kehlkopfs gequetscht und gerissen, wodurch sie nach dem Angriff tagelang nicht hatte sprechen können. Zudem hatte sie eine ernste Gehirnerschütterung. Der Arzt hatte Symptome einer zerebralen Hypoxie festgestellt, ein Hinweis darauf, dass der Täter das Mädchen lange genug gewürgt hatte, um die Sauerstoffzufuhr zum Gehirn abzuschneiden. Außerdem waren Spermaspuren sichergestellt und mit der DNA-Datenbank abgeglichen worden, was jedoch zu keinem Treffer geführt hatte.

Veronica legte das Gutachten neben den toxikologischen Befund. Der Bluttest hatte nichts ergeben, außer leichten Alkoholrückständen und Spuren des Beruhigungsmittels Xanax, für das das Opfer eine ärztliche Verordnung hatte. Nichts deutete auf den Konsum von Partydrogen hin – kein Meth, kein Heroin, kein Oxy, kein Ecstasy. Nicht mal Marihuana. Keine Flunies, kein GHB, was darauf schließen ließ, dass ihr Gedächtnisverlust eine Folge ihrer Gehirnverletzungen und des Traumas war.

Oder bloß vorgetäuscht, dachte Veronica. Aber warum sollte die junge Frau ihren Angreifer verteidigen, nach dem, was er ihr angetan hatte? Nicht unmöglich, aber äußerst unwahrscheinlich.

Veronica arbeitete langsam und konzentriert, breitete die Akten vor sich auf ihrem Schreibtisch aus, sortierte sie um, stapelte und markierte sie. Es gab noch mehr Fotos, zum Teil weitere Nahaufnahmen der Verletzungen der jungen Frau, zum Teil Bilder des Fundorts. Auf einem war das Kleid zu sehen, das sie getragen hatte, schmutzig und zerrissen, auf einem metallenen Untersuchungstisch ausgebreitet. Das herangezoomte Markenetikett verriet, dass es von Versace war.

Schließlich stieß Veronica auf das, wonach sie gesucht hatte: den Polizeibericht. Er war auf den 9. März datiert, zwei Tage, nachdem das Mädchen gefunden worden war. Zwei Polizisten hatten ihn unterschrieben, die Deputys Tim Foss und Jerrell Bundrick – keiner der Namen kam Veronica bekannt vor. Die engzeiligen Druckbuchstaben schilderten in nüchterner Amtssprache einen wahr gewordenen Albtraum.

Das Opfer war infolge der Verletzungen nicht in der Lage zu sprechen, jedoch bereit, erste Fragen schriftlich zu beantworten.
Das Opfer erreichte das Neptune Grand Hotel am 6. März 2014 um ca. 22:30 Uhr, um sich dort mit seinem Freund zu treffen. Den Namen des Freundes weigerte es sich jedoch preiszugeben. Gibt an, in der Rooftop-Bar gewartet zu haben, bis der Freund um 23:05 Uhr das Treffen absagte, blieb dann noch eine Weile und bestellte einen weiteren Drink. Das Opfer behauptet, nur noch zu wissen, wie es das Treppenhaus betreten hat, das es »immer benutzt«. Erinnert sich an Schläge ins Gesicht, auf den Kopf und den Rumpf, kann den Angreifer jedoch nicht beschreiben. Des Weiteren erinnert sich das Opfer, von etwas oder jemandem gewürgt worden zu sein, bis es keine Luft mehr bekam. Kann keine Angaben darüber machen, wo der Angriff stattgefunden hat, und sich nicht daran erinnern, das Hotel verlassen zu haben. Aktuell ist das Opfer noch immer stark verwirrt und orientierungslos. Das medizinische Gutachten steht noch aus, der behandelnde Arzt auf der Intensivstation gab jedoch an, dass Gedächtnisverlust und Verwirrung gängige Folgeerscheinungen einer Strangulation seien.

Veronica las weiter, wobei ihr vereinzelte Wörter besonders ins Auge stachen – *blond, Schock, Beweise.* Dann fiel ihr Blick auf den Namen des Opfers. *Grace Elizabeth Manning. Neunzehn Jahre alt.*

Es dauerte einen Moment, bis der Groschen fiel.

Grace Elizabeth Manning.

Das konnte keinesfalls *die* Grace Manning sein. Nein, das war einfach unmöglich.

KAPITEL 8

Noch während Veronica gegen die Vorstellung ankämpfte, wusste sie tief in sich, dass sie recht hatte. Das Mädchen auf den Fotos, halb totgeprügelt, war die Grace Manning, die sie das letzte Mal vor zehn Jahren gesehen hatte, als sie selbst noch zur Highschool gegangen war. Ihre Wege hatten sich gekreuzt, weil Veronica mit Grace' älterer Schwester, Meg, befreundet gewesen war.

Meg war eine ziemlich untypische '09erin gewesen – hübsch und beliebt, dabei aber trotzdem von Grund auf liebenswürdig. Sie zählte zu einer der wenigen Freundinnen, die nach Lilly Kanes Tod noch zu Veronica gehalten hatten. Ihre Freundschaft war nicht einmal zerbrochen, als Meg angefangen hatte, mit Veronicas Exfreund, Duncan Kane, auszugehen. Erst als Duncan danach wieder mit Veronica zusammengekommen war, hatte es ernsthaft zwischen ihnen gekriselt.

Das Ausmaß von Megs Gehässigkeit hatte sogar Veronica, der solche Gefühle nicht fremd waren, überrascht. Kurz darauf hatte ein Busunfall acht ihrer Klassenkameraden in den Tod gerissen und Meg war schwer verletzt davongekommen. Erst in diesem Zusammenhang hatte Veronica den wahren Grund für Megs Feindseligkeit erfahren: Meg war schwanger von Duncan.

Meg war an ihren Verletzungen gestorben, aber ihr Baby hatte überlebt und ihren Eltern war das alleinige Sorgerecht zugesprochen worden. Wenige Wochen zuvor war Veronica einem Verdacht auf Kindesmissbrauch nachgegangen und ins Haus der Mannings eingebrochen. Dort hatte sie die neunjährige Grace völlig verängstigt in einem winzigen Verschlag hinter ihrem Kleiderschrank gefunden. Ihre Eltern, religiöse Fanatiker, die auch nicht vor körperlicher Züchtigung zurückschreckten, hatten sie dort eingesperrt. Daraufhin hatten Veronica und Duncan getan, was ihrer Ansicht nach getan werden musste: Duncan hatte das Baby gekidnappt und Veronica einen Masterplan ersonnen, mit dem die beiden es an einen sicheren Ort weit weg von Neptune geschafft hatten. Seitdem hatte sie nie wieder etwas von Duncan gehört.

Veronica wusste nicht, wie Grace' Leben seit jenem Abend verlaufen war. Sie wusste nicht, welche Erfolge sie gefeiert haben mochte, welchen Hoffnungen und Träumen sie nachgejagt war. Alles, was sie wusste, war, dass das Leben verdammt noch mal nicht fair war. Manchmal schlug der Blitz zweimal an derselben Stelle ein und einige Menschen mussten größeres Leid ertragen als die meisten anderen.

Aber das spielte jetzt alles keine Rolle. Auf Veronica wartete noch immer Kiste um Kiste voller Material, das gesichtet werden wollte, Hunderte unbeantworteter Fragen über den Angriff auf Grace. Veronica griff wieder nach dem Polizeibericht und las weiter. Die Deputys Bundrick und Foss hatten das Mädchen wiederholt am Krankenbett besucht und es jedes Mal aufs Neue mit den gleichen Fragen gelöchert.

Sie wollten sie beim Lügen ertappen, wurde Veronica klar. *Da liegt sie vor ihnen im Krankenhausbett, bekommt keinen Ton heraus, kann sich kaum rühren, und die beiden suchen bloß nach einem Weg, wie sie den Fall möglichst schnell vom Schreibtisch bekommen.*

Ihr Frust war deutlich herauszulesen. Genau wie Grace'.

BUNDRICK: Sie wissen also noch, wie Sie ins Treppenhaus gegangen sind. Erinnern Sie sich vielleicht, auf dem Weg nach unten ein Hotelzimmer betreten zu haben?

OPFER: Nein. Ich erinnere mich, ins Treppenhaus gegangen zu sein und mich auf den Weg nach unten gemacht zu haben, von da an weiß ich nichts mehr. Keine Ahnung, was danach passiert ist.

BUNDRICK: Aber letztes Mal, als wir hier waren, haben Sie doch noch behauptet, jemand hätte Sie ins Gesicht geschlagen.

OPFER: Ich erinnere mich an das *Gefühl*, wie jemand mich ins Gesicht geschlagen hat. Nicht daran, wie derjenige aussah oder wo es passiert ist. Nur daran, wie es sich angefühlt hat. Wie ich hingefallen bin. Und wie jemand immer weiter auf mich eingeschlagen hat.

BUNDRICK: Also erinnern Sie sich in Wirklichkeit gar nicht daran, ins Gesicht geschlagen worden zu sein. Sie wissen, dass Sie verletzt wurden, aber nicht, wie es dazu gekommen ist. Stimmt's? Ach, kommen Sie, Miss Manning, kein Grund, gleich in Tränen auszubrechen. Wir wollen Ihnen doch nur helfen.

Foss hingegen schien geradezu besessen davon, die Identität von Grace' Freund herauszufinden.

FOSS: Hören Sie, Miss Manning, ich will ganz offen mit Ihnen sein. Wir kommen mit unseren Ermittlungen nicht weiter, solange Sie uns nichts über diesen Mann verraten, den Sie ja ganz offensichtlich zu decken versuchen. Wir müssen schon allein deshalb mehr über ihn wissen, damit wir überhaupt irgendjemanden von den Verdächtigen ausschließen können.

OPFER: Aber er war doch an dem Abend nicht einmal da.

FOSS: Miss Manning, wollen Sie wissen, wer in neunundneunzig Prozent solcher Fälle der Täter ist? Genau, der Freund. Haben Sie vielleicht Angst vor ihm? Das brauchen Sie nur zu sagen, wir können Sie beschützen.

OPFER: Nein! Ich habe keine Angst vor ihm. Er hat mir nichts getan – warum sollte er auch? Ich hab's Ihnen doch schon gesagt. Er ist verheiratet. Und er hat einen Ruf zu wahren. Er würde alles verlieren, wenn diese Sache rauskommt. Das kann ich ihm nicht antun. Aber er war an dem Abend ja auch gar nicht da.

FOSS: Wir werden so oder so dahinterkommen, wer es ist. Glauben Sie mir, es wäre sehr viel besser für Sie und die Ermittlungen, wenn Sie sich endlich dazu entschließen würden, mit uns zusammenzuarbeiten.

Ab Mitte April gab es keine Protokolle oder Notizen mehr. Es hatte den Anschein, als wären die Ermittlungen abgebrochen oder aufgeschoben worden. Erst im Juni tauchte ein weiterer Wust von Papieren auf. Offenbar waren neue Erinnerungen zutage getreten, während Grace sich von ihren Verletzungen erholte. Veronica nahm sich einen korrigierten Polizeibericht vor, der auf den 4. Juni datiert war und die Unterschrift von Deputy Foss trug.

Das Opfer gibt an, sich inzwischen an mehr Einzelheiten vom Abend des 6. März zu erinnern, insbesondere an Gesicht und Statur des Angreifers. Beschreibt ihn als Lateinamerikaner, etwa 1,80 Meter groß und knapp 80 Kilogramm schwer, bekleidet mit einem roten

```
Poloshirt mit dem Logo des Neptune Grand Hotels auf der Brust. Das Opfer behauptet jedoch noch immer, sich weder an den Ort des Angriffs noch an irgendetwas, was darauf folgte, zu erinnern.
```

Dem Bericht war eine Fahndungsskizze beigefügt: Sie zeigte einen nachdenklich blickenden Mann mit Hakennase und stoppelkurz rasiertem Haar. Veronica legte das Bild neben das Polizeifoto von Miguel Ramirez – dem Mitarbeiter der Neptune-Grand-Wäscherei, der Ende Mai abgeschoben worden war.

Das ist mit neunzigprozentiger Wahrscheinlichkeit derselbe Mann, dachte sie.

Sie las den ganzen Morgen weiter, nahm alle möglichen Informationen auf, machte sich Notizen und wühlte sich langsam, aber sicher durch die Massen von Material. Ein vertrautes, beinahe mechanisches Gefühl ergriff von ihr Besitz, schärfte ihren Blick und schaltete ihr Wahrnehmungsvermögen in den richtigen Modus. Als sie schließlich bei den Videos der Überwachungskameras anlangte, war sie drauf und dran, Mac für ihre Bemerkung über die Katzenminze recht zu geben. Beweismaterial zu ordnen, hatte tatsächlich etwas zutiefst Befriedigendes an sich – wenn Veronica jemals ein High erlebt hatte, dann in diesen Momenten.

Nachdem ein paar Stunden nahezu unbemerkt verstrichen waren, klopfte es leise an ihrer Tür.

»Ja?«, fragte Veronica, mit einem Ruck in die Realität zurückgeholt.

Mac steckte den Kopf durch den Türspalt. »Wir wollen Sandwiches bestellen. Willst du auch was?«

»Könntest du mal kurz herkommen und dir was ansehen?«, fragte Veronica, ohne auch nur den Blick von ihrem Bildschirm zu wenden. Sie spürte, wie Mac leise hinter sie trat.

»Klar, was denn?«

Veronica drückte eine Taste und auf ihrem Laptop startete ein Überwachungsvideo aus dem Neptune Grand. »Das hier ist vom Abend des Überfalls. Das Opfer betritt um zweiundzwanzig Uhr siebenundzwanzig das Hotel durch den Haupteingang.«

Die Kamera zeigte eine schlanke junge Frau, die zielstrebig durch die Tür marschierte. Ihr langes blondes Haar war im Nacken zu einem Knoten geschlungen. Sie trug ein enges blaues Kleid, das ihre beneidenswerte Figur betonte. Ihre silbernen High Heels sahen teuer aus.

In der Lobby war für einen Donnerstagabend richtig was los. Grace passierte ein Grüppchen von Frauen mit leuchtend roten Kappen – Mitglieder irgendeines Klubs, wie es aussah –, die sich an der Rezeption drängten. Sie ging zwischen vier groß gewachsenen Jungen im Collegealter hindurch, die einheitliche Trainingsjacken trugen und ihr ungeniert hinterherglotzten. Eine fünfköpfige Familie verließ den Aufzug, bevor Grace einstieg, und schob sich zankend weiter Richtung Ausgang.

»Eine Reihe von Kameras hat ihren Weg durch die Lobby aufgezeichnet. Dann nimmt sie den Aufzug nach oben bis in die Bar auf dem Dach.« Veronica klickte sich durch mehrere Fenster, um den Weg der jungen Frau nachzuverfolgen. Die Kamera im Aufzug lieferte ein näheres, schärferes Bild ihres Gesichts als die anderen in der Lobby. »Hübsches Kind! Tiefblaue Augen, herzförmiges Gesicht, Schmollmund – hier bitte ein Zitat aus einem Modemagazin der Dreißigerjahre einfügen.«

Grace' Make-up war perfekt und ließ sie älter wirken. Veronicas Magen zog sich zusammen beim Gedanken, dass das schüchterne Mädchen von vor zehn Jahren sich zu dieser eleganten Schönheit gemausert hatte – nur um dann derart übel zugerichtet in einem Krankenhausbett zu landen.

»Okay, also als Nächstes steigt unsere junge Jean Harlow oben am Eagle's Nest aus.« Veronica klickte auf ein anderes Video, das die Bar auf dem Dach des Neptune Grand zeigte. Die Bar war nicht neu – Petra Landros hatte sie im Zuge der umfassenden Renovierungsarbeiten vor ein paar Jahren bauen lassen –, aber der Anblick ließ Veronica dennoch erschaudern. Das letzte Mal, als sie auf dem Dach des Neptune Grand gewesen war, hatte Cassidy Casablancas sie mit vorgehaltener Waffe dazu zwingen wollen, über die Kante zu springen.

Damals war das Dach einfach bloß ein Dach gewesen. Heute befand sich dort oben ein kühl erleuchteter Lustgarten mit Blick über die Stadt. Sitzgruppen aus überdimensionierten Sesseln standen dicht an der Brüstung, sodass die Gäste die Aussicht genießen konnten. In der Mitte flackerte sanft eine offene Feuerstelle, umringt von niedrigen, geschwungenen Bänken. Die Uhr in der Ecke des Bildschirms zeigte 22:31 Uhr an, als Grace Manning durch die schimmernden Messingtüren des Aufzugs trat.

»Ab jetzt sitzt sie über eine Stunde in der Bar«, erklärte Veronica und spulte vor. Die Bilder zuckten voran. Die Barkeeperin – eine junge Frau mit Kummerbund und Fliege – huschte hin und her wie ein aufgeregtes Eichhörnchen, während eine Handvoll Gäste kamen und gingen. Außer der Barkeeperin redete niemand mit Grace. »Sie bestellt drei Drinks. Ein paarmal unterhält sie sich kurz mit der Barkeeperin. Dann, um dreiundzwanzig Uhr siebenunddreißig, steht sie auf. Aber anstatt wieder den Aufzug zu nehmen, geht sie ins Treppenhaus.«

Mac beugte sich über Veronicas Schulter und runzelte die Stirn. »Warum denn das? Ich meine, das sind doch bestimmt vierzehn Stockwerke. Und sie trägt High Heels.«

Veronica schüttelte den Kopf. »Keine Ahnung. Aber die eigentliche Frage kommt erst noch.« Nacheinander öffnete sie die Ansichten aller Lobbykameras und klickte auf *Vorspulen*, sodass alle gleichzeitig liefen. »Wo ist sie geblieben?«

Schweigend starrten sie auf die Videos. Die Uhren in den Ecken der Fenster rasten voran, Minute für Minute. 23:40 Uhr. 23:45. 23:50. Um Mitternacht war Schichtwechsel und mehrere Zimmermädchen und andere Hotelangestellte verließen das Gebäude durch den Personaleingang. Die Bar schloss und die wenigen verbliebenen Gäste gingen zum Aufzug. Danach regte sich kaum noch etwas, abgesehen von den vereinzelten Mitarbeitern der Nachtschicht, die versuchten, sich wach zu halten, und ein oder zwei Angestellten, die durch den Personalbereich liefen.

Um 5:13 Uhr tappte ein Grüppchen verschlafener Collegejungs in roten Trainingsjacken in die Lobby. Eine weitere Kamera filmte sie draußen auf dem Vorplatz, wo sie müde in einen Bus stiegen. Es war noch dunkel und immer wieder klatschten dicke Regentropfen auf die Kameralinse. Veronica konnte nur mit Mühe die Buchstaben auf den Rückseiten ihrer Jacken entziffern: *PSU BASKETBALL*. Nachdem sie weg waren, durchquerte niemand mehr die Lobby, bis um sechs Uhr das kontinentale Frühstück serviert wurde.

Grace tauchte auf keinem der Videos auf.

Sie kam nicht aus dem Treppenhausausgang im Erdgeschoss. Sie stieg nicht aus dem Aufzug. Sie ging nicht durch die gläserne Schiebetür des Haupteingangs oder den Personaleingang auf der Rückseite und auch nicht durch die Tiefgarage.

»Ich habe die Videos bis sieben Uhr morgens durchgeguckt«, sagte Veronica und blickte zu Mac auf. »Um die Zeit hat dieser Schrotthändler sie auf dem Grundstück zehn Meilen weit weg gefunden. Aber es weist nichts darauf hin, dass sie das Hotel durch einen der Ausgänge verlassen hat.«

In Macs Augen spiegelte sich das Licht des Bildschirms. Sie griff über Veronicas Schulter nach der Maus, spulte eins der Videos zurück und ließ es erneut laufen. »Auf den einzelnen Etagen gibt es keine Kameras?«

»Nein. Aber dafür im gesamten Personalbereich.« Veronica öffnete ein Fenster, das einen Flur im Untergeschoss zeigte. »Petra Landros geht anscheinend gerne sicher, dass ihre Angestellten ihren Lohn auch wert sind. Da ist auch keine Spur von Grace. Aber das da ist der Typ, den sie beschuldigt hat.« Veronica deutete auf einen Mann in rotem Poloshirt, der einen Wäschewagen durch den Gang schob. Die Aufnahme war stark verpixelt, doch sie erkannte ihn dennoch von dem Verbrecherfoto wieder. Dunkle Haare, breite Schultern.

Mac runzelte die Stirn. »Diese Wäschewagen sind ziemlich groß. Vielleicht hat er ja einen davon benutzt, um das Opfer rauszuschaffen?«

»Das war auch mein erster Gedanke. Aber die Wagen verlassen das Hotel nie – zumindest nicht, soweit ich sehen konnte.« Veronica lehnte sich in ihrem Stuhl zurück. »Also lautet die große Frage weiterhin: Wie ist *dieses* Mädchen …« Sie tippte auf Grace, die gerade abermals in dem dunklen, unüberwachten Treppenhaus verschwand, »… zu *dem da* geworden?« Sie zeigte auf den Stapel Fotos auf dem Schreibtisch neben ihr.

Mac griff nach dem obersten, das Grace' verschwollenes, blaugeprügeltes Gesicht zeigte, und erbleichte.

»Solange wir keine DNA-Probe von dem Typen haben, den sie beschuldigt, können wir nicht beweisen, ob er es war oder nicht.« Veronica hielt inne und starrte einen Moment lang auf das Foto in Macs Hand. Starrte auf das Gesicht der jungen Frau, die, alles andere mal außen vor, immer noch vergewaltigt, brutal zusammengeschlagen und anschließend zum Sterben liegen gelassen worden war.

»Was wiederum bedeuten könnte, dass das Arschloch, das tatsächlich für das hier verantwortlich ist, noch frei herumläuft und sich im Stadion möglicherweise gerade genüsslich eine fette Tüte frittierte Cheddar-Sticks reinzieht.«

Macs Blick verharrte einen weiteren Moment auf dem Foto, bevor sie zu Veronica aufsah. »Okay, also was können wir tun, um den Kerl zu schnappen?«

Veronica seufzte. »Tja, als Erstes ist da wohl ein Gespräch mit dem Opfer angesagt. Jippie! ›Hey du, ich arbeite für die Sesselpupser, die beweisen wollen, dass das mit deiner Vergewaltigung alles erstunken und erlogen ist. Lust auf 'nen Kaffee? Ich lade dich auch ein!‹«

Mac verzog das Gesicht. »Glaubst du, sie redet mit dir?«

»Wenn nicht, könnte ich's gut verstehen. Aber versuchen muss ich es trotzdem.« Veronica griff nach dem Telefon. »Ich muss mir ihre Seite der Geschichte anhören. Und sie hat eine Chance verdient, sie selbst zu erzählen, an einem Ort, wo sie sich sicher fühlt.«

Einen Moment lang überlegte sie, ob sie einfach unangemeldet zu Grace' Wohnung fahren und probieren sollte, ob sie sie dort erwischte. Diese Strategie funktionierte bei den meisten Zeugen ziemlich gut. Überraschungsbesuche brachten oft die besten, authentischsten Antworten ein. Aber sie wollte Grace nicht bedrängen – wollte sie nicht mit Fragen über den vermutlich schlimmsten Tag ihres Lebens überfallen. Also wählte sie die Telefonnummer von einem der Polizeiformulare und wartete.

Die Stimme, die sich meldete, war ruhig und hatte einen warmen Alt-Klang. »Ja, hier ist Grace?«

Veronica zuckte leicht zusammen. Sie hatte halb damit gerechnet, auf dem Anrufbeantworter zu landen.

»Hi, Grace. Hier ist Veronica Mars.« Sie erwähnte nicht, dass sie einander schon einmal begegnet waren. Entweder würde Grace sich selbst daran erinnern oder eben nicht. Mit Blick auf den Hintergrund ihres Anrufs wusste Veronica nicht, was ihr lieber wäre. »Bitte entschuldigen Sie die Störung. Ich rufe an, weil ich Nachforschungen für die Versicherungsfirma des Neptune Grand anstelle.« Sie hielt inne, ihr Mund war plötzlich trocken. »Zuerst möchte ich Ihnen sagen, dass es mir unglaublich leidtut, was Sie durchmachen mussten –«

»Was wollen Sie wissen?« Die Stimme der jungen Frau klang immer noch ruhig, wenn auch einen Tick kürzer angebunden als zuvor, einen Tick ungeduldiger.

»Na ja, ich hatte gehofft, dass wir uns vielleicht persönlich treffen könnten, damit ich Ihnen ein paar Fragen stellen kann.«

»Von mir aus.« Die Antwort kam prompt. »Haben Sie heute Nachmittag Zeit? Ich habe bis fünf Probe für die Sommervorstellung. Sie könnten zum Hearst kommen. Wissen Sie, wo das Theatergebäude ist?«

»Äh, ja, das kenne ich. Dann treffen wir uns da.«

»Ich bin auf der Hauptbühne. Ich gehe mal davon aus, dass Sie schon Fotos von mir gesehen haben, also werden Sie mich wohl erkennen.«

Und dann, bevor Veronica etwas erwidern konnte, legte Grace auf.

KAPITEL 9

Ein paar Stunden später stand Veronica vor dem Eloise-Gant-Theatergebäude mitten auf dem üppig begrünten Campus des Hearst College. Der Glockenturm hatte gerade fünf Uhr geschlagen. Das Gelände war nahezu verlassen – nur wenige Studenten blieben den Sommer über hier. Ein einsamer Professor huschte blinzelnd wie ein aufgeschreckter Maulwurf Richtung Parkplatz. Davon abgesehen sorgte nur der Schwarm Tauben auf dem Kopfsteinpflaster für ein wenig Bewegung im Bild.

Veronica durchzuckte ein unangenehmes Déjà-vu-Gefühl. Sie hatte selbst ein Jahr lang am Hearst studiert, bevor sie nach Stanford gewechselt war, und die glücklichen Erinnerungen an die Monate hier waren eher spärlich. Die meiste Zeit hatte sie damit verbracht, den berüchtigten Hearst-Vergewaltiger zu jagen, der mindestens vier Frauen unter Drogen gesetzt und sich dann an ihnen vergangen hatte, bevor es Veronica gelungen war, ihn zu entlarven. Eins der Opfer war Macs Mitbewohnerin gewesen – und Veronica war Ohrenzeugin der Tat geworden. Zu diesem Zeitpunkt hatte sie jedoch geglaubt, das Ganze sei einvernehmlich: Sie hatte leises Stöhnen gehört und das Quietschen der Bettfedern. Auf die Idee, das Licht einzuschalten und nach dem Rechten zu sehen, war sie nicht gekommen.

Bis heute hatte sie sich das nie ganz verzeihen können. Nicht einmal, nachdem sie selbst den Täter geschnappt hatte. Wenn sie an jenem Abend nur das Licht angeknipst hätte, wenn sie nur eine einfache Frage gestellt hätte – *Hey, Parker, alles in Ordnung?* –, hätte sie vielleicht das Schlimmste verhindern können.

Und jetzt geht das Ganze von vorne los: ein neuer Tag, dasselbe Thema – und wieder mal darf ich ein Mädchen mit Fragen löchern, das die Details dieser schrecklichen Erfahrung schon öfter durchhecheln musste, als man es irgendjemandem wünschen würde. Veronica schob die Glastür des Theatergebäudes auf.

Die Hauptbühne des Hearst College befand sich in einem riesigen, in rotem Samt gehaltenen Theatersaal. Die Decke war mit einem dramatischen Gemälde der Sternbilder verziert – Orion mit seiner Keule, der Große Bär mit seinem zu langen Schwanz, der Pegasus mit ausgebreiteten Flügeln – inklusive winziger Lämpchen, die die einzelnen Himmelskörper erleuchteten.

Veronica trat leise ein und hielt die Tür fest, damit sie nicht hinter ihr zuknallte. Auf der Bühne lief gerade eine Probe mit einer Gruppe von Schauspielern ab. Veronica setzte sich auf einen der plüschigen Sitze in der letzten Reihe.

Ein Mann stand, in seltsam gekrümmter Haltung, einer Frau gegenüber. Hinter dieser wartete ein kleines Gefolge. Alle trugen Straßenkleidung, anscheinend handelte es sich um eine sehr frühe Probe. Ein paar der Darsteller schienen noch nicht zu wissen, wo und wie sie sich platzieren sollten, und experimentierten mit verschiedenen Positionen und Haltungen.

»Sei christlich, süße Heil'ge! fluche nicht!«, flehte der Mann und griff nach der Hand der Frau. Diese zog sie abrupt zurück.

»Um Gottes Willen, schnöder Teufel, fort, und stör uns ferner nicht!«

Veronica identifizierte die Stimme, bevor sie die Sprecherin erkannte. Es war dieselbe butterweiche Alt-Stimme, die sie ein paar Stunden zuvor am Telefon gehört hatte. Jetzt jedoch hallte sie von den Zuschauerrängen wider.

»Du machtest ja zu deiner Hölle die beglückte Erde, erfüllt mit Fluchgeschrei und tiefem Weh. Wenn deine grimm'gen Taten dich ergötzen, sieh diese Probe deiner Metzgerei'n. Ihr Herrn, seht, seht! des toten Heinrichs Wunden öffnen den starren Mund und bluten frisch.«

Doch diese Grace hier hatte kaum etwas mit der perfekt zurechtgemachten jungen Frau von den Überwachungsvideos gemein. Sie trug lässige Boyfriend-Jeans, ein schlichtes weißes Trägertop und dazu Sneakers. Das Haar hatte sie nachlässig zu einem Pferdeschwanz gebunden und sie war vollkommen ungeschminkt. Aber in ihren Bewegungen registrierte Veronica dieselbe kontrollierte Energie, dieselbe Haltung wie in dem Augenblick, als sie in ihren Jimmy Choos die Hotellobby durchquert hatte. Sie projizierte jede Nuance, jeden noch so subtilen Inhalt der Szene bis in die letzte Reihe des Theatersaals.

Nun machte Grace einen Schritt auf den gebeugt stehenden Mann zu, rang kurz die Hände unter dem Kinn und ließ dann die Arme schlaff herabfallen. »Du schufst dies Blut, Gott: räche seinen Tod! Du trinkst es, Erde: räche seinen Tod! Laß, Himmel, deinen Blitz den Mörder schlagen! Gähn, Erde, weit, und schling ihn lebend ein, wie jetzo dieses guten Königs Blut, den sein der Höll' ergebner Arm gewürgt!«

Sie war gut. Nein, nicht bloß gut … sie war *herausragend.* Grace Manning konnte mit sehr viel mehr aufwarten als mit einem hübschen Gesicht – sie war eine echte Schauspielerin. Jedes ihrer Worte, jede Geste erzählte eine Geschichte.

Als die Szene vorbei war, blieb Veronica noch eine Weile sitzen, während die Darsteller ihrer Wege gingen. Grace schnappte sich ein rotes Flanellhemd von einem der Sitze und zog es sich um die Schultern.

Keine Designerklamotten, kein Make-up, keine Mouawad-Handtasche, vermerkte Veronica im Stillen. Entweder war ihr

Auftritt im Neptune Grand nur Show gewesen oder aber Grace hatte ihren Stil in den Monaten seit dem Übergriff radikal auf Normcore umgestellt. Veronica wusste, dass viele Frauen nach einem solchen Erlebnis plötzlich gehemmt waren wegen ihres Aussehens. Das war auf die äußerst unpraktische Tendenz des Gehirns, sich selbst die Schuld an allem zu geben, zurückzuführen: Bedecke dich, Hure, hättest du nicht die Blicke der Männer auf deinen Körper gelenkt, wärst du heute unbefleckt.

»Grace? Ich bin Veronica.« Als die junge Frau ihre ausgestreckte Hand nicht ergriff, ließ Veronica sie wieder sinken. »Das scheint ja ein großartiges Stück zu werden.«

Grace lächelte spöttisch. »Tja, tut mir leid, dass wir heute nicht *Titus Andronicus* proben. Das ist das Stück, in dem ich vergewaltigt werde und sie mir anschließend die Zunge rausschneiden. Aber das wäre vielleicht auch ein bisschen zu sehr mit dem Holzhammer gewesen.«

Ganz schön theatralisch, dachte Veronica, hielt ihre Miene jedoch sorgsam neutral. Auf gewisse Art war sie sogar erleichtert. Sie hatte befürchtet, wie auf Eierschalen über das emotionale Schlachtfeld tappen zu müssen, das eine Vergewaltigung hinterließ – Scham, Trauer, Angst. Aber Wut? Damit kam sie klar.

»Sollen wir irgendwo anders hingehen, wo wir uns in Ruhe unterhalten können?«

»Nein, schon okay.« Grace deutete um sich. »Ist ja keiner mehr hier. Und außerdem wissen sowieso alle, was mir passiert ist.« Sie verschränkte die Arme vor der Brust. Eine feine weiße Narbe verlief von ihrem Wangenknochen bis zu ihrer Oberlippe, leicht gezackt an den Stellen, wo die Haut unter der Wucht der Schläge aufgeplatzt war. »Sie sind also gekommen, um herauszufinden, ob ich lüge?«

»Ich bin gekommen, um herauszufinden, was Ihnen passiert ist, Grace.«

»Im Auftrag von Leuten, die keine Verantwortung für ihr Tun übernehmen wollen.«

Veronica schüttelte den Kopf. »Hören Sie, ich weiß, dass Sie keinen Grund haben, mir zu trauen. Aber nur damit Sie gleich wissen, woran Sie sind: Ich erstelle hier kein Pinterest-Board mit zurechtgebogenen Fakten für meine Klienten. Die bekommen genau die Informationen, die ich zusammentragen kann. Ich will einfach nur aufklären, was in dieser Nacht damals passiert ist.« Sie hielt inne und betrachtete abwartend Grace' Miene.

Zum ersten Mal regte sich eine Emotion in ihren Augen. Sie blinzelte und sah kurz auf ihre Füße, bevor sie sich langsam auf einen der roten Samtsitze sinken ließ. Veronica nahm ebenfalls Platz, ließ allerdings einen Sessel zwischen ihnen frei, um das Mädchen nicht zu sehr zu bedrängen.

»Was wollen Sie wissen?« Grace' Stimme war immer noch ruhig, aber sehr viel leiser. Und vielleicht auch ein kleines bisschen weniger feindselig.

Veronica zog einen schmalen Notizblock aus der Jackentasche und schlug eine leere Seite auf. »Na ja, fangen wir doch mit dem an, woran Sie sich erinnern. Können Sie mir kurz schildern, wie der Abend abgelaufen ist?«

Auf Grace' Stirn erschien eine zarte Falte. Sie blickte in ihren Schoß, die Hände flach auf ihre Oberschenkel gelegt. »Es ist alles ziemlich bruchstückhaft zurückgekommen – ist nicht leicht, es in die richtige Reihenfolge zu bringen.«

»Versuchen Sie es einfach«, ermutigte Veronica sie.

Grace zuckte mit den Schultern. »Okay. Also, ich bin in die Bar gegangen, um da auf meinen Freund zu warten. Das war so gegen halb elf. Ich habe ein paar Martinis getrunken und mich ein bisschen mit Alyssa unterhalten – der Barkeeperin. Wir kennen uns flüchtig. In letzter Zeit war ich ziemlich oft da.«

»Worüber haben Sie geredet?«

Das Mädchen runzelte die Stirn. »Weiß ich nicht mehr so genau. Es war nur Small Talk. Meistens über Filme, Serien. So was eben.«

»Okay. Also Sie haben da auf jemanden gewartet …«

»Ja. Aber irgendwann hat er mir eine Nachricht geschickt, dass er es nicht schafft. So um elf rum. Ich habe noch einen Drink bestellt und wollte dann nach Hause.« Grace' Finger verschränkten sich in ihrem Schoß zu einem blassen, verkrampften Knoten. Sie wirkte ruhig beim Reden, aber jeder einzelne ihrer Muskeln schien angespannt zu sein. »Ich weiß noch, wie ich ins Treppenhaus gegangen bin – die Tür hat ein bisschen geklemmt, ich erinnere mich daran, dass ich kurz gedacht habe, hier sollte lieber kein Feuer ausbrechen. Dann habe ich mich auf den Weg nach unten gemacht. Und als Nächstes … ist in meinem Kopf nur noch Chaos.« Grace hielt einen Moment inne und ihre Unterlippe zitterte leicht, doch als sie schließlich weiterredete, klang ihre Stimme wieder kühl und sachlich. »Ich kann nicht genau sagen, ab welchem Punkt meine Erinnerungen verschwimmen. Das Gefühl ist ein bisschen wie bei einer Narkose, wenn man den Moment, in dem man wegdämmert, nicht richtig bestimmen kann. Man kommt einfach irgendwann wieder zu sich und kann sich noch an den Arzt und die Schwestern erinnern, aber die Sachen nicht in die richtige Reihenfolge bringen.«

Veronica nickte. »Wäre es möglich, dass Ihnen jemand in der Bar Drogen verabreicht hat, bevor Sie sich auf den Weg nach unten gemacht haben?«

»Nein, ich habe die ganze Zeit direkt vor der Barkeeperin gesessen und mit niemandem sonst geredet. Ich will damit nur sagen, dass das Letzte, woran ich mich klar erinnern kann, der Moment ist, in dem ich durch die Tür ins Treppenhaus gegangen bin. Und danach war ziemlich lange alles, was ich wusste, dass ich überfallen wurde. Ich wusste, dass ich immer wieder geschlagen wurde. Hier …« Sie fasste sich an die Rippen direkt unterhalb der Brust. »Hier. Und hier.« Sie strich sich mit der Hand über die eine Gesichtsseite, den Kieferknochen, das Schlüsselbein. »Dass ich ein Knacken gehört habe und dachte: *Scheiße! Meine Nase!* Mir ist klar, dass sich das jetzt wahrscheinlich albern anhört, aber gleich danach habe ich gedacht: *Verdammt, das Vorsprechen nächste Woche. Wie soll ich denn mit einer schiefen Nase Hedda Gabler spielen?*«

Veronica wusste aus Erfahrung, dass solche Gedanken kein bisschen albern waren, dass es unmöglich war, vorherzusagen oder zu beeinflussen, welche Dinge einem in so einem Moment durch den Kopf schossen – aber Grace redete schon weiter.

»Und dann habe ich gespürt, wie mir irgendetwas auf den Hals drückte.« Die langen blassen Finger des Mädchens legten sich instinktiv um ihre Kehle, sanft und beschützend, selbst als sie eine so grausame Tat nachstellten. »Ich konnte nicht mehr atmen. Ich habe wie wild danach gegrapscht und meine Fingernägel haben sich in irgendetwas hineingegraben. Das war der Moment, als mir klar geworden ist, dass jemand mich würgt. Er hat mich hin- und hergeschleudert. Ein paarmal bin ich mit dem Kopf irgendwo dagegengeknallt.«

Sie sah hoch. Ihre Augen wirkten klar, aber der Blick darin war leer. Ein Ausdruck, der sich nur zu leicht als emotionslos interpretieren ließ – Veronica ging davon aus, dass die ermittelnden Deputys genau das getan hatten, sie jedoch sah etwas anderes. Sie sah das Gesicht eines Mädchens, dessen komplette Existenz mit Gewalt in Stücke gerissen worden war und das sich aus schierer Willenskraft aufgerafft und die Scherben wieder zusammengefügt hatte. Sie sah ein Mädchen, das nicht bereit war, sich von dieser Geschichte – die sie immer wieder erzählen musste – jedes Mal aufs Neue niederschmettern zu lassen.

»Als ich wieder zu mir gekommen bin, war ich im Krankenhaus«, fuhr Grace fort. »Ich war noch total weggetreten von den ganzen Schmerzmitteln, mit denen sie mich vollgepumpt hatten. Ich hatte eine Gehirnerschütterung und tausend Knochenbrüche. Und mein Kehlkopf war so zerquetscht, dass ich nicht einmal sprechen konnte. Zuerst war ich fest davon überzeugt, dass ich für den Rest meines Lebens stumm bleiben würde. Ich war total in Panik, nicht mal die Ärzte, die mir immer wieder versichert haben, dass sich das in ein paar Tagen geben würde, konnten mich davon abbringen.«

Es war ein stimmiges Bild: das Entsetzen, heftig, lähmend, angesichts all dessen, was in einem einzigen Augenblick zerstört worden war. Ihr Körper. Ihr Sicherheitsgefühl. Ihre Stimme.

»Ich konnte mich ziemlich lange nicht an das Gesicht von dem Typen erinnern. Da war bloß irgendein gruselig verzerrtes Bild in meinem Kopf. Und ich hatte ständig Albträume. Manchmal bin ich schreiend aufgewacht. Einmal haben meine Nachbarn sogar die Polizei gerufen, so schlimm war es – die dachten, irgendwer würde versuchen, mich umzubringen.« Sie stieß ein tonloses Lachen aus. »Na ja, vor ein paar Wochen habe ich dann jedenfalls auf einmal … sein Gesicht gesehen, im Traum. Und als ich aufgewacht bin, wusste ich, dass es echt war – dass ich ihn identifizieren konnte. Meine Therapeutin hat gesagt, das sei ganz normal bei Traumapatienten. Manchmal dauert es einfach eine Weile, bis die Informationen wieder an die Oberfläche kommen. Also habe ich beim Sheriff's Department angerufen und ihnen den Mann beschrieben. Sie haben mich herbestellt und ich sollte mir Fotos angucken und … da war er.« Sie schluckte krampfhaft und krallte ihre Finger ineinander. »Direkt vor mir in dem Fotoordner. Miguel Ramirez. Der Typ, der mich vergewaltigt hat.«

»Ist Ihnen in dem Moment noch irgendetwas anderes wieder eingefallen? Zum Beispiel, wie er Sie aus dem Hotel gebracht hat?«

»Nein. Da muss ich bewusstlos gewesen sein.«

Veronica runzelte die Stirn. »Grace, Sie haben ja gesagt, dass sie zu der Zeit häufiger im Neptune Grand waren. War Ihnen Ramirez bis zu dem Abend schon mal aufgefallen? Hat er Sie angesprochen oder so?«

Sie schüttelte den Kopf. »Nein. Ich meine, ich war sowieso die meiste Zeit in der Bar oder auf einem der Zimmer. Da läuft man ja eigentlich niemandem aus der Wäscherei über den Weg.«

»Ach, haben Sie oft im Grand übernachtet?« Veronica hob eine Augenbraue. »Ganz schön noble Absteige für eine Collegestudentin.«

»Was, steht das etwa nicht in meiner *Akte*?«, erkundigte Grace sich spitz. »Ich dachte, Sie wüssten Bescheid. Ich hatte ein Verhältnis mit einem verheirateten Mann. Die Polizei hat mich so oft darüber ausgequetscht, dass ich mir sicher war, das wäre irgendwo fett gedruckt vermerkt.«

War es tatsächlich, aber Veronica ging nicht auf die Provokation ein. »Darf ich fragen, warum Sie an dem Abend die Treppe genommen haben?«, wagte Veronica sich vor. »Vierzehn Stockwerke in High Heels? Da gibt es doch wesentlich angenehmere Arten, sich fit zu halten.«

»Die Schuhe habe ich immer ausgezogen. Sonst hätte ich mir ja die Knöchel gebrochen.« Grace zuckte mit den Schultern. »Mein Freund war ein bisschen paranoid. Er wollte nicht, dass die Kamera im Fahrstuhl aufzeichnet, in welcher Etage ich aussteige, damit keiner die Verbindung zu ihm ziehen konnte.«

»Aber Sie meinten doch gerade, dass er an dem Abend Ihr Treffen abgesagt hat.«

»Ja. Ich weiß eigentlich selbst nicht so genau, warum ich trotzdem die Treppe genommen habe, vermutlich einfach aus Gewohnheit. Ich bin so gut wie nie mit dem Aufzug nach unten gefahren.« Grace knibbelte an ihrer Nagelhaut.

Veronica notierte sich *Extrem verschwiegen bzgl. Freund* auf ihrem Block.

»Okay, hören Sie, ich kann verstehen, dass Sie der Polizei nichts über Ihren Freund erzählen wollten. Aber wenn wir wirklich herausfinden wollen, was an diesem Abend passiert ist, brauche ich –«

»Nein.« Grace' Stimme war schneidend. Veronica blickte sie an und wie erwartet waren ihre Augen schmal und sie reckte streitlustig das Kinn vor. »Es gibt keinen Grund, ihn in die Sache mit reinzuziehen. Er war an dem Abend nicht mal da – er hat nichts damit zu tun.«

»Ich glaube Ihnen.« Bemüht, aufrichtig zu wirken, sah Veronica ihr direkt in die Augen, obwohl sie insgeheim nicht ganz sicher war, was sie von all dem halten sollte. »Aber es könnte Ihnen bei Ihren Forderungen gegenüber dem Grand nützlich sein, wenn sich definitiv ausschließen ließe, dass er in irgendeiner Weise beteiligt war.«

»Sobald der Name an die Öffentlichkeit gelangt, werden sich die Medien darauf stürzen wie die Aasgeier. Dann ist er der untreue Perverse und ich bin eine ehezerstörende Schlampe. Und damit ist meine Glaubwürdigkeit im Eimer.«

»Das versuchen sie sowieso zu erreichen«, bemerkte Veronica.

»Und für diese Leute arbeiten Sie. Fühlen Sie sich etwa gut dabei?«

Auf so etwas in der Art hatte Veronica gewartet, seit Grace sich hingesetzt hatte; sie selbst hätte genau dasselbe gesagt, wenn die Situation umgekehrt gewesen wäre.

»Wenn dieser Fall vor Gericht geht, Grace, werden die Anwälte, die das Grand vertreten, sowieso seinen Namen ermitteln«, erklärte Veronica. »Und ja, sie werden alles tun, um Sie in schlechtem Licht dastehen zu lassen, egal wie ich zu der ganzen Sache stehe. Darauf sollten Sie sich einstellen.«

Grace starrte sie einen langen Augenblick an. »Die Sache geht aber nicht vor Gericht, Veronica. Sie wissen genauso gut wie ich, dass die mir eine Entschädigung zahlen werden. Überlegen Sie doch mal, die haben einen illegalen Einwanderer eingestellt, der sich als *Vergewaltiger* entpuppt hat. Die sind im Unrecht – und da werden sie es ja wohl kaum auf einen Prozess ankommen lassen.«

»Sind Sie noch mit ihm zusammen? Mit Ihrem Freund, meine ich.«

Grace zögerte. »Unsere Beziehung war mehr oder weniger aufs Körperliche beschränkt. Also, ich mochte ihn, wirklich. Und er mich auch. Aber es war schließlich nicht so, als hätten wir viel zusammen unternehmen können. Und nach dem, was passiert ist … war ich nicht unbedingt in der Stimmung für Sex. Darum haben wir uns getrennt.«

Nicht gerade eine Bilderbuch-Romanze, dachte Veronica.

»Es war eine gemeinsame Entscheidung«, fügte Grace hinzu, die offenbar Veronicas Gedanken erraten hatte und meinte, sich verteidigen zu müssen. »Er hat mich nicht einfach als Mängelexemplar abgeschrieben und fallen gelassen. Ich wusste, dass ich Ruhe brauchen würde, um mich wieder zu fangen, und dafür war unsere Beziehung nun mal nicht die richtige Basis. Aber das heißt noch lange nicht, dass ich ihn deswegen den Löwen zum Fraß vorwerfe. Mein Gott, der Mann hat Kinder. Ich will nicht, dass die etwas davon mitbekommen.« Grace sah wieder in ihren Schoß. Die Narbe auf ihrer Wange war kaum sichtbar. Auf der Bühne, unter einer Schicht Make-up, würde sie keinem auffallen. Aus nächster Nähe betrachtet jedoch glich sie einem blassen Fragezeichen.

»Ich will einfach nur, dass es vorbei ist. Arztrechnungen, Therapierechnungen – da sammelt sich einiges an und das, was ich bei meinen Auftritten hier verdiene, deckt nicht einmal ansatzweise meine Schulden. Ich habe keine Ahnung, wie ich nächstes Semester die Studiengebühren zahlen soll.« Sie biss sich auf die Lippe. »Hearst ist der erste Ort, wo ich mich richtig zugehörig fühle. Ich weiß nicht, was ich mache, wenn ich nicht hierbleiben kann. Wenn ich diesen Prozess gewinne, dann hätte ich vielleicht wirklich die Chance ... das Ganze zu verarbeiten. Das Neptune Grand hat mir etwas genommen. Und das will ich zurück, mehr nicht.«

Veronica blickte einen Moment lang zur Bühne hinüber und lehnte sich in dem roten Samtsitz zurück. Aus diesem Winkel konnte sie die kleinen Kreuze aus dem im Dunkeln leuchtenden Klebeband erkennen, mit denen die Schauspieler ihre Positionen markierten, und die schlichten Holzblöcke, die die Kulissen darstellten, solange das echte Bühnenbild noch in Arbeit war.

»Weißt du, ich erinnere mich an dich.«

Veronicas Kopf schnellte zu Grace herum. Deren Hände lagen verschränkt in ihrem Schoß.

Veronica nickte langsam. »Ich war mir nicht sicher.«

»Doch. An dich und Duncan Kane.« Die Miene des Mädchens war undurchdringlich. Ihre Mundwinkel hoben sich leicht, aber ihr Blick blieb leer und verschlossen. »Die bösen, bösen Babyräuber.«

»Damit hatte ich nichts zu tun«, log Veronica automatisch.

Grace' seltsames dünnes Lächeln hielt an. »Eine Zeit lang habe ich gedacht, du würdest noch mal zurückkommen und mich auch holen. Daran habe ich mich immer geklammert, wenn ich mal wieder in dem Zwischenraum lag und nicht einschlafen konnte. Ich habe es ganz genau vor mir gesehen. Wie du die Schranktür aufgemacht hättest, genau wie beim ersten Mal. Wie ich dein Gesicht zuerst nicht hätte erkennen können, weil ich so lange im Dunklen gesessen hatte. Du wärst bloß eine schwarze Silhouette gewesen. Aber dann hätte ich deine Hand gesehen, die du mir hingestreckt hättest. Ich hätte nur danach greifen müssen – nur das musste ich schaffen –, dann wäre alles gut geworden. Dann hättest du mich zu Faith und Duncan gebracht, wo auch immer die beiden untergetaucht sind.« Sie zuckte mit den Schultern. »Ich habe dich für eine Heldin gehalten.«

Die Worte saßen, ein vollkommen unerwarteter Tiefschlag, der als Erstes Schmerz auslöste und direkt danach das unbändige Verlangen, zurückzuschlagen. Veronica selbst hatte sich nie auf irgendwelche Helden verlassen; und sie sah es auch nicht als ihre Aufgabe, das gesamte Übel dieser Welt zu bekämpfen. In juristischer Hinsicht hatte sie alles für Grace getan, was sie konnte: Sie hatte Don Lamb erzählt, was sie im Haus der Mannings vorgefunden hatte, im Vertrauen darauf, dass er die Informationen ans Jugendamt weiterleiten würde. In der Hoffnung, dass irgendjemand etwas unternehmen würde. Sie hatte Duncan nur geholfen, das Baby zu kidnappen, weil er der Vater war und weil Meg sie auf dem Sterbebett angefleht hatte, zu verhindern, dass ihre Eltern das Sorgerecht für ihr Kind bekamen. Was hätte sie sonst noch für Grace tun können?

Im Ernst, Veronica? Fällt dir wirklich nichts ein, was du hättest unternehmen können? Wo du doch sonst so erfinderisch bist und Regeln schon immer eher als gut gemeinte Ratschläge betrachtet hast?

Einen Moment lang blieb ihr die Sprache weg.

»Ich weiß, du hast keinen Grund, mir zu vertrauen, Grace«, sagte sie schließlich. »Ich weiß, dass ich im Moment für das gegnerische Lager arbeite. Aber ich will diesen Typen, der dir das angetan hat, wirklich finden.«

»Erzähl mir doch nichts. Du willst bloß beweisen, dass ich lüge, damit das Neptune Grand wieder gut dasteht.«

»Grace, ich wünschte, es gäbe eine Art, das zu sagen, ohne mich wie das letzte Miststück anzuhören, aber … bezahlt werde ich so oder so«, entgegnete Veronica schulterzuckend. »Also können wir meine zweifelhaften Motive mal kurz außen vor lassen? Ich habe die Fotos von dir direkt nach der Tat gesehen. Und darum kannst du mir ruhig glauben, dass ich den Kerl, der dir das angetan hat, vor Gericht sehen will.« Sie holte eine Visitenkarte aus ihrem Portemonnaie und reichte sie Grace. »Ruf mich jederzeit an, Tag und Nacht, wenn dir irgendetwas einfällt, von dem du glaubst, dass ich es wissen sollte.«

Grace beäugte skeptisch die Karte, dann aber nickte sie und steckte sie in ihre Hosentasche. Als sie das nächste Mal etwas sagte, war ihre Stimme wieder laut und volltönend.

»Oft hört' ich, Gram erweiche das Gemüt, er mach' es zaghaft und entart' es ganz: Drum denk' auf Rache, und laß ab vom Weinen.«

Veronica war sich nicht ganz sicher, aus welchem Stück dieses Zitat stammte, aber sie wusste genau, was es bedeutete: Man wurde hart im Nehmen. Man rächte sich.

Man wurde hart. Wäre Mars Investigations eins von diesen Unternehmen gewesen, die auf eine bestimmte Firmenphilosophie schworen, dann wäre dies mit Sicherheit einer der Leitsätze.

KAPITEL 10

»Ms Landros empfängt Sie jetzt.«

Veronica stand von dem grauen Plüschsofa auf und lächelte der Frau hinter dem Schreibtisch zu. Ihr Treffen mit Grace Manning war etwa vierzig Minuten her. *Kommen wir nun zu etwas völlig anderem.* »Wunderbar«, sagte sie und versuchte, nicht allzu ironisch zu klingen.

Der dicke Teppichboden schluckte ihre Schritte. Im Empfangsbereich herrschte die Art von gedämpfter Stille, wie es sie nur in Geschäftsführungsetagen und Universitätsbibliotheken gab – die Luft dünn und frei vom Geklapper und Gerumpel des alltäglichen Lebens. Sie schob den einen Flügel der schweren Eichentür auf und betrat das Büro einer der einflussreichsten Personen in ganz Neptune.

Veronica war eigentlich nicht davon ausgegangen, dass Petra Landros einem Treffen zustimmen würde. Als sie das letzte Mal für sie gearbeitet hatte, hatte Petra sämtliche Hebel in Bewegung gesetzt, damit Veronica den Fall lösen konnte. Diesmal jedoch war es Petras Unternehmen, dem etwas zulasten gelegt wurde. Und obwohl Veronica von Petras eigenen Versicherungsagenten angeheuert worden war, hatte sie diesmal keinen roten Teppich erwartet.

Es wäre geradezu lächerlich gewesen, den Raum, den sie nun betrat, schnöde als »Büro« zu bezeichnen. Veronica hatte ein

Büro; mit einem Schreibtisch, einem Stuhl, einer Topfpflanze. Aber das hier? Das war ein *Studierzimmer*. Eine *Bibliothek*. Ein regelrechter *Thronsaal*. Ein glänzendes Mosaik aus Mahagoni-Intarsien bildete den Fußboden. Vor den deckenhohen Fenstern hingen dunkelgrüne Vorhänge, und obwohl Veronica sich nicht sicher sein konnte, hätte sie darauf gewettet, dass das riesige Gemälde einer liegenden Frau ein echter Matisse war. Ein französischer Kristalllüster hing von der stuckverzierten Decke und malte ein zartes Regenbogenmuster auf den Boden.

Petra Landros saß hinter einem gigantischen Massivholzschreibtisch. Ihr Haar war zu einem einfachen Dutt hochgesteckt und sie trug eine Lesebrille. Doch der Streberlook konnte nicht von der Tatsache ablenken, dass diese Frau eine echte Granate war. In jüngeren Jahren war sie ein Supermodel gewesen. Veronica konnte sich noch ziemlich lebhaft an die Doppelseite aus der Bademoden-Edition der Sports Illustrated erinnern, die während der Highschool einen Ehrenplatz in Logans Spind eingenommen hatte. Zehn Jahre nachdem sie sich in einem silbernen Netzbikini am Strand von St. Lucia gerekelt hatte, war Petra nun Inhaberin des Neptune Grand Hotels sowie einer stetig wachsenden Anzahl von Restaurants und Clubs. Sie war eine wichtige Autorität in der Handelskammer, und dass Dan Lamb noch im Amt war, war zu großen Teilen auf ihren Einfluss zurückzuführen – nicht etwa, weil sie ihn sonderlich mochte oder auch nur respektierte, sondern weil er ein nützliches Mittel zum Zweck war. Wer sich von ihr distanzierte, tat das auf eigene Gefahr.

Petra sah auf, als Veronica leise die Tür hinter sich schloss. »Ms Mars. So sieht man sich wieder.«

»Vielen Dank, dass Sie sich die Zeit nehmen, Ms Landros.«

»Nichts zu danken. Ich möchte diese Sache so schnell wie möglich aus der Welt schaffen.« Petra deutete auf eine kleine Bar an der Wand. »Kann ich Ihnen etwas zu trinken anbieten?«

»Danke, im Moment nicht.« Veronica setzte sich hin und schlug ihren Notizblock auf. »Ich komme gerade von einem Treffen mit Grace Manning.«

Petra nickte abwartend und setzte die Brille ab. »Und konnten Sie irgendetwas in Erfahrung bringen, das Ihnen bei Ihren Ermittlungen weiterhilft?«

»Ich bin noch nicht ganz sicher.« Veronica blickte der Frau in die Augen und runzelte die Stirn. »Sie wirken erstaunlich ruhig für jemanden, der gerade auf drei Millionen Dollar verklagt wird.«

Petra winkte ab. »Dafür bin ich schließlich versichert.« Als sie Veronicas Gesicht sah, wurde ihr Lächeln noch breiter. »Haben Sie eine Vorstellung davon, wie viele Gerichtsverfahren wir Jahr für Jahr am Hals haben? Jedes Mal, wenn jemand auf einer Badematte ausrutscht oder einen Ohrring verliert. Jedes Mal, wenn jemand seinen Weckruf verschläft und dadurch ein Meeting oder seinen Flug verpasst. Es gab sogar schon Leute, die uns dafür verklagen wollten, ihre Ehe zerstört zu haben, weil ihr Partner sie in unserem Haus betrogen hat.« Sie schüttelte den Kopf. »Heute ist für mich ein Arbeitstag wie jeder andere.«

Veronicas Blutdruck wallte kurz hoch, doch äußerlich wahrte sie die Fassung. »In diesem Fall geht es um eine Vergewaltigung. Das dürfte schon ein Unterschied sein«, bemerkte sie ruhig.

Petras Lächeln verblasste. Einen Moment lang wirkte sie bedrückt. »Schrecklich, was dieser jungen Frau zugestoßen ist. Das will ich gar nicht bestreiten. Aber bei der Frage, inwieweit das Grand dafür zur Verantwortung gezogen werden kann, verlasse ich mich auf das Urteil unserer Anwälte und Versicherungsexperten.«

Veronica schüttelte den Kopf. »Machen Sie sich denn gar keine Sorgen über schlechte Presse, falls die Medien Wind davon bekommen sollten, dass einer Ihrer Angestellten auf dem Hotelgelände eine Frau vergewaltigt hat?«

»Wenn es zu einer außergerichtlichen Einigung kommt, werden wir eine entsprechende Klausel in den Vertrag aufnehmen lassen, die ausschließt, dass etwas davon an die Öffentlichkeit gelangt. Wenn wir mit der Sache vor Gericht gehen, dann nur, weil wir hundertprozentig sicher sind, dass wir gewinnen.« Petra tippte mit ihrem Füller auf den Tisch. »Nicht dass es mich nicht treffen würde, wenn in meinem Hotel ein solches Verbrechen verübt wird. Aber Sie werden verstehen, dass der Vorfall, zumindest was die geschäftliche Seite betrifft, so sachlich wie möglich gehandhabt werden muss.«

Veronica saß vollkommen reglos da und starrte ihr Gegenüber über den Schreibtisch hinweg an. Diese Frau war berühmt dafür, dass sie einst mit einem zwölf Millionen Dollar teuren, saphirbesetzten BH über den Laufsteg geschwebt war, und nun saß sie hier und erteilte Veronica Nachhilfe in Sachen Machiavellismus.

Petra schien Veronicas Gedanken zu erraten. Sie legte ihren Stift hin und faltete die Hände vor sich auf dem Tisch. »Was genau kann ich denn für Sie tun, Ms Mars?«

»Zunächst einmal hätte ich gern eine Auflistung aller Personen, die in der fraglichen Nacht hier ein Zimmer gebucht hatten.«

Petra stieß ungeduldig die Luft aus. »In der Nacht hatten wir fast sechshundert Gäste. Ich kann mir nicht vorstellen, dass Sie auf die Art weiterkommen.«

»Das nicht – aber sobald wir eine Spur haben, möchte ich Zugriff auf diese Informationen haben, damit ich sie selbst prüfen kann.«

Petras Augen wurden schmal. »Sie werden doch wohl nicht meine Gäste belästigen, oder?«

»Ich habe nicht vor, auf gut Glück bei sechshundert Leuten anzurufen, falls Sie das befürchten.« Veronica lehnte sich zurück und faltete ihre Hände. »Hören Sie, ich werde niemanden befragen, wenn es nicht unbedingt nötig ist. Ich möchte mir nur einen Überblick über die Leute verschaffen, die in dieser Nacht im Hotel eingecheckt waren.«

»Nun, das klingt vernünftig«, befand Petra. »In Ordnung. Wenden Sie sich damit am besten an Gladys, wenn Sie gehen, sie wird Ihnen die Liste ausdrucken. Sonst noch etwas?«

»Was können Sie mir über Miguel Ramirez sagen?«, fragte Veronica.

Petra zuckte mit den Schultern. »Ich bin ihm nie persönlich begegnet. Er war einer von sechs illegalen Einwanderern, die hier beschäftigt waren – die anderen fünf gehörten alle zur Housekeeping-Truppe. Ich habe zwei Mitarbeiter aus der Personalabteilung wegen der Sache gefeuert. Das Grand ist immer eine strikte Linie gefahren, was die Beschäftigung solcher Leute angeht.«

Zumindest ist es wahrscheinlich eine strikte Linie gefahren, was das Erwischtwerden angeht, dachte Veronica. »Sind Ihnen noch irgendwelche anderen Beschwerden über den Mann zu Ohren gekommen?«

»Nicht dass ich wüsste. Allerdings hält sich die gesamte Belegschaft seit der Razzia damals ziemlich bedeckt. Von denen sagt keiner etwas – die Polizei hat schon alles Mögliche versucht, um sie zum Reden zu bringen.«

»Tja, denn bekanntlich bringt die Entrechteten ja nichts schneller zum Reden als eine Einheit bewaffneter Männer in Uniform, was?«, bemerkte Veronica. »Hätten Sie etwas dagegen, wenn ich mal mein Glück versuche?«

»Nur zu. Gladys kann Ihnen eine Chipkarte geben, mit der Sie Zutritt zum Personalbereich bekommen.«

Und damit war die Unterhaltung dann auch zu Ende. Veronica klappte ihren Notizblock zu und steckte ihn zurück in die Tasche. Dann hielt sie kurz inne und musterte die Frau auf der anderen Seite des überdimensionalen Schreibtisches noch einmal. Vor ihr lag eine zusammengefaltete Zeitung, von deren Titelseite Dan Lamb grinste. Veronicas Kiefer spannte sich an.

»Und, stimmen Sie bei der nächsten Wahl wieder für Sheriff Lamb?«

Petra warf ihr einen amüsierten Blick zu. »Tja, für wen denn sonst?«

Draußen vor dem Büro blieb Veronica am Empfangstisch stehen. Auf dem Namensschild an der Kante stand *Gladys Corrigan*. Die Frau dahinter war klein und matronenhaft und trug ihr rotes Haar zu einem starren Bob geschnitten. Sie lächelte Veronica über ihren Bildschirm hinweg zu.

»Ms Landros hat mir Bescheid gegeben, dass Sie gern die Gästeliste vom sechsten März hätten. Haben Sie einen USB-Stick dabei?«

Veronica blieb keine Zeit, sich zu fragen, durch welche geheimnisvollen Bürokommunikationskanäle ihr Anliegen so schnell seinen Weg hierher gefunden hatte. Sie kramte in ihrer Handtasche nach dem USB-Stick, den sie immer dabeihatte, und reichte ihn über den Tisch. Die Finger der Frau huschten über die Tastatur, als sie die Login-Daten eintippten und die Datenbank aufriefen. Kurz darauf hielt Veronica ihren USB-Stick wieder in der Hand.

»Danke.« Sie steckte ihn zurück in die Tasche. »Und dann wollte ich noch fragen, ob Sie kurz nachschauen könnten, wer an dem Abend an der Bar im Eagle's Nest gearbeitet hat.«

»Natürlich.« Wieder ein Huschen über die Tastatur. Dann hielten die Finger inne. »Sieht aus, als wäre das Alyssa Winchell gewesen.«

Dieser Teil von Grace' Geschichte scheint also zu stimmen. »Sie arbeitet nicht zufällig gerade jetzt, oder?«

»Nein, Ma'am, aber ich kann Ihnen ihre Telefonnummer geben.«

Veronica notierte sich die Nummer auf ihrem Block, nur für alle Fälle. Am besten war es, wenn sie noch einmal herkam und persönlich mit ihr redete, dort, wo sich das Ganze abgespielt hatte. Am Ort des Geschehens waren Erinnerungen meist verlässlicher.

»Und dann wollten Sie auch noch mit den Mitarbeitern aus der Wäscherei sprechen, sehe ich das richtig?« Gladys legte den Kopf schief. »Geht es um Miguel Ramirez?«

Veronica blinzelte. »Kannten Sie ihn?«

Gladys nickte betrübt. »Wir kannten uns aus der St.-Mary's-Kirche. So ein freundlicher junger Mann. Ich kann mir einfach nicht vorstellen, dass er ... *so etwas* getan haben soll.«

»Haben Sie ihn mal bei der Arbeit gesehen?«

Fast empört erwiderte Gladys: »Natürlich nicht. Die Wäscherei ist im Untergeschoss. Da gehe ich nie hin.« Sie überreichte Veronica eine weiße Chipkarte aus Plastik. »Hiermit können Sie den Personalaufzug benutzen. Die Wäscherei befindet sich dann geradeaus den Gang runter.«

Wenn Miguel Ramirez tatsächlich ein Vergewaltiger war, wäre er nicht der erste, der von bestürzten Bekannten als »freundlicher junger Mann« beschrieben wurde. Trotzdem beschloss Veronica beim Warten auf den Fahrstuhl, es im Gedächtnis zu behalten. Wenn die Info schon sonst zu nichts gut war, hatte sie so wenigstens eins über ihn erfahren: Ob nun Ungeheuer oder nicht, zumindest verstand er es, die Damen in seiner Kirchengemeinde für sich einzunehmen.

Anstatt sich direkt auf den Weg zur Wäscherei zu machen, fuhr sie aus dem Verwaltungstrakt im dritten Stock ganz nach oben zur Rooftop-Bar. Dort angekommen, blieb sie kurz stehen, um sich umzusehen. Das Eagle's Nest war in natura sehr viel beeindruckender als auf den Überwachungsvideos. Duftende Blumen und Kräuter quollen üppig aus im Boden versenkten Pflanzkübeln. Beleuchtete Regalreihen voller Edel-Alkoholika überzogen die halbmondförmige Rückwand der Bar in der Mitte. Hinter den Dächern der Innenstadt schimmerte das Meer. Noch war es hier sehr ruhig – es war später Nachmittag, zu früh für die Happy-Hour-Kundschaft.

Veronica wandte sich ab und betrat das Treppenhaus. Sie wollte die Treppe nehmen, von der obersten Etage bis hinunter in den Keller, um Grace' Weg so gut wie möglich nachzuverfolgen. Langsam ging sie die Betonstufen hinunter und ließ ihren Blick aufmerksam über Wände und Boden schweifen. Sie suchte nicht nach den Anzeichen eines Kampfes – Bundrick und Foss hatten das Treppenhaus schon vor Monaten vergeblich auf Blutspuren überprüft –, aber es schadete schließlich nie, die Augen offen zu halten.

Das Treppenhaus wirkte gleichzeitig zweckmäßig und surreal – schummriges Licht, all die gewohnten Hotelgeräusche ausgeblendet, nur das Echo ihrer eigenen Schritte hallte den langen Schacht hinauf und hinunter. Es war leicht, sich Grace Manning hier vorzustellen, ein paar Stufen voraus, ahnungslos auf dem Weg ins Verderben. Veronica, die es plötzlich eilig hatte, unten anzukommen, beschleunigte ihre Schritte.

Sie begegnete niemandem, bis schließlich im vierten Stock Tabakrauch zu ihr hochwehte. Sie warf einen Blick über das Geländer und sah ein paar Treppenabsätze weiter unten zwei Frauen in Zimmermädchenuniform, die rauchten und sich auf Spanisch unterhielten. Obwohl sie leise redeten, hallten ihre Stimmen eigenartig von den Wänden wider, wodurch es wirkte, als wären sie viel näher. Als sie Veronica sahen, wedelten sie hastig den Rauch beiseite und verstummten, ohne jedoch Platz zu machen. Veronica musste sich zwischen ihnen hindurchquetschen.

Keine Kameras im Treppenhaus. Und die Mitarbeiter scheinen darüber Bescheid zu wissen.

Endlich erreichte sie das untere Ende der Treppe. Sie zog die Karte, die Gladys ihr gegeben hatte, durch das Lesegerät und ging durch die Tür mit dem Schild *Zutritt nur für Personal*.

Der Flur im Personaltrakt war lang und fensterlos. Neonröhren zogen sich an der Decke entlang. Durch eine offene Tür sah Veronica einen großen Aufenthaltsraum mit Snackautomaten und abgenutzten Möbeln. Als sie ihren Kopf hineinsteckte, erblickte sie lediglich ein Zimmermädchen, das, eine Zeitung über dem Gesicht, auf dem Sofa lag. Auf ihrem Weg über den Flur begegneten Veronica eine Handvoll Leute, die meisten davon Latinos, aber keiner von ihnen widmete ihr mehr als einen flüchtigen Blick.

Die Wäscherei befand sich hinter einer zweiflügeligen Schwingtür. Als Veronica eintrat, schlug ihr ein Schwall feuchtwarmer Luft entgegen. Der riesige Raum war vom Rauschen und Dröhnen der Waschmaschinen erfüllt. Fünf Mitarbeiter, alle in roten Poloshirts mit dem Logo des Neptune Grand auf der Brusttasche, waren hier tätig. Eine Frau schob gerade einen Armvoll Bettlaken in eine leere Trommel. An einem großen Tisch falteten ein Mann und eine Frau saubere Wäsche. Zwei weitere Frauen standen an einer Station inmitten von Kleidersäcken und bügelten. Regalreihen mit sauberen Laken und Handtüchern nahmen den Großteil einer Wand ein.

Als Veronica weiter in den Raum hineinging, fiel ihr eine Reihe von Wäschewagen mit Textilhüllen ins Auge. Sie blieb kurz stehen, um sie sich näher anzusehen.

Da würde definitiv ein Mensch reinpassen – erst recht jemand so Zierliches wie Grace. Aber ich verstehe immer noch nicht, wie er sie aus dem Gebäude geschafft haben soll, ohne dabei auf einer der Kameras aufzutauchen.

Die Frau, die gerade die Waschmaschine befüllt hatte, bemerkte Veronica als Erste. Sie war nicht größer als Veronica, dafür aber stämmig, ihr Körper kompakt und muskulös. Misstrauisch kam sie auf Veronica zu und wischte sich dabei Schweißperlen von der Stirn.

»*Hola*«, sagte Veronica. »*Mi nombre es Veronica Mars. ¿Hablas inglés?*«

»Ein bisschen«, antwortete die Frau. Sie hatte einen starken Akzent, gab sich jedoch große Mühe mit der Aussprache. Mit undurchdringlicher Miene wartete sie ab.

Veronica wägte kurz ihre Möglichkeiten ab. Es waren nicht viele. Keiner, der Miguel Ramirez gekannt hatte, würde bereitwillig mit einer neugierigen blonden *gringa* über ihn sprechen, schon gar nicht nach der Razzia vor ein paar Monaten. Abschiebungen verunsicherten die Leute und verunsicherte Leute redeten nicht gern. Aber sie musste es trotzdem versuchen.

»Ich arbeite für die Versicherung des Neptune Grand«, erklärte sie und umschiffte dabei sorgsam das Wort *Privatdetektivin*. »Ich versuche, etwas über einen Mann namens Miguel Ramirez in Erfahrung zu bringen. Er hat bis vor ein paar Monaten hier gearbeitet. Können Sie sich an ihn erinnern?«

Etwas an der Atmosphäre im Raum schien sich zu verändern, als sie den Namen aussprach. Nun hielten auch die anderen in ihrer Arbeit inne und sahen sie an.

Die Frau verlagerte ihr Gewicht von einem Fuß auf den anderen. »Ich erinnere mich nicht.«

Veronica nickte. »Darf ich fragen, wie lange Sie schon im Neptune Grand arbeiten, Señora?«

»Sechs Jahre«, erwiderte sie. »Alles legal.«

»Also auch schon, als Mr Ramirez hier gearbeitet hat?«

»Ich erinnere mich nicht«, wiederholte sie mit unverändertem Gesichtsausdruck.

Veronica sah sich Hilfe suchend in der Wäscherei um. »Hören Sie, ich möchte niemanden in Schwierigkeiten bringen. Ich versuche nur, mehr über ihn herauszufinden. Kann mir irgendjemand vielleicht weiterhelfen?«

Die Frau starrte sie an, ohne zu blinzeln. »Niemand hier erinnert sich an ihn. Er war keiner von uns.«

Veronica nickte nachdenklich. Es war offensichtlich, dass das Gespräch für die Frau beendet war. »Verstehe. Danke für Ihre Hilfe.« Als sie sich zum Gehen wandte, spürte sie die Blicke der fünf in ihrem Rücken. Weiterzubohren hätte keinen Sinn gehabt. Wenn Ramirez' Kollegen etwas über den Vorfall wussten, dann würden sie bestimmt nicht ausgerechnet ihr davon erzählen. Sie würde einen anderen Weg finden müssen.

KAPITEL 11

Als Keith am Montagnachmittag die Tür zum Mane Attraction öffnete, klimperte ein Glöckchen, das an der Klinke hing, gegen das Glas. Der kleine Frisiersalon lag in einem Einkaufszentrum ein paar Blocks vom Camelot Motel entfernt. Der Name des Ladens war mit Schablone und rosa Temperafarbe auf die Fensterscheiben gemalt worden.

Früher einmal hatte sich jemand viel Mühe gegeben, dem Salon ein bisschen Flair zu verleihen, jetzt aber hatten die Fingerabdrücke von zehn Jahren die rosa gestrichenen Wände mit einem Grauschleier überzogen. Über den Spiegeln hingen verblichene Fotos von längst aus der Mode gekommenen Frisuren zusammen mit Dutzenden von Glitzerschmetterlingen mit verbogenen oder abgebrochenen Fühlern. Es gab drei Plätze, von denen im Moment nur einer besetzt war. Eine Kundin mittleren Alters saß unter einem rosa Umhang auf dem Stuhl. Hinter ihr stand eine große, drahtige Frau, deren Haar am Hinterkopf zu einem extravaganten Bausch auftoupiert war.

Die Friseurin blickte auf, als sie die Tür hörte. »Momentchen noch, bin sofort da.« Ihre Stimme klang sanft, wenn auch ein bisschen kratzig.

»Lassen Sie sich Zeit.« Keith tat so, als würde er etwas auf seinem Handy lesen, während die Kundin ihre Geschichte über ihren Exmann und dessen neue Freundin wieder aufnahm.

»Er war mit ihr Sushi essen. *Sushi!* Als ich mit ihm zusammen war, hat er sich geweigert, auch nur mal eine neue *Cornflakessorte* auszuprobieren.«

Die Friseurin gab ein leises *Tztz* von sich und schüttelte den Kopf, während sie weiterarbeitete.

Keith sah, dass sie jünger war, als er zunächst angenommen hatte – vielleicht Anfang dreißig. Sie hatte eine dicke Schicht Make-up im Gesicht, doch auch die konnte die schartigen Narben auf ihren Wangen nicht ganz verdecken. Ihre Finger dagegen waren schlank und gepflegt, die Nägel in Form gefeilt und in schimmerndem Blau lackiert.

Im Moment scheint sie clean zu sein, dachte Keith. *Wenn sie Drogen nehmen würde, wären die Nägel bis aufs Fleisch abgekaut.* Aber ihre hagere, ausgezehrte Erscheinung war noch immer die eines Meth-Junkies.

»Okay, Carla, jetzt setzen Sie sich bitte mal hier rüber.« Die Friseurin klopfte auf die Armlehne eines antiquiert wirkenden Friseurstuhls mit Trockenhaube. Die ältere Frau setzte sich und die Friseurin stülpte ihr die Haube über den Kopf. »Ich kümmere mich kurz um den Herrn. Dürfte ja nicht allzu lange dauern. Nur ein bisschen ausdünnen?« Sie zwinkerte Keith zu.

Er lachte vor sich hin, die Hände in den Taschen vergraben, und wartete, bis die Friseurin das Gerät eingeschaltet hatte und die Kundin unter dem Dröhnen nichts mehr hörte.

»Also, was kann ich für Sie tun?« Die Friseurin griff nach einem Besen und begann, die Haare unter dem Stuhl zusammenzufegen.

»Sind Sie Casey Roarke?«

Sie versteifte sich für den Bruchteil einer Sekunde. »Ja, das bin ich. Und wer will das wissen?«

Keith hob beschwichtigend die Hände. Er warf einen Blick zu Carla hinüber, um sicherzugehen, dass diese in ihre Cosmo vertieft war, bevor er ruhig und mit gedämpfter Stimme weiterredete. »Ms Roarke, mein Name ist Keith Mars. Ich bin Privatdetektiv. Tut mir leid, dass ich Sie bei der Arbeit störe, aber ich hatte gehofft, Ihnen vielleicht ein paar Fragen stellen zu können.«

Ihre Miene wurde misstrauisch. »Worüber?«

»Sie haben doch sicher von dem Gerichtsverfahren gegen das Balboa County Sheriff's Department gehört – wegen der fingierten Beweise, die sie den Leuten untergeschoben haben sollen, um die Zahl der Festnahmen hochzutreiben.«

Sie schüttelte den Kopf. »Darüber weiß ich überhaupt nichts.«

Keith blickte auf seine Füße und verlagerte sein Gewicht. Er wusste, dass er recht einschüchternd wirken konnte, aber mit den Jahren hatte er gelernt, wie er sich geben musste, damit sein Gegenüber lockerer wurde. Schultern und Bauch entspannt, die Daumen lässig in die Hosentaschen gehakt, einen Hauch von Andy Griffith in der Stimme, wenn auch ohne den Südstaatenakzent. »Wenn mich nicht alles täuscht, wurden Sie doch im August 2012 wegen überhöhter Geschwindigkeit angehalten. Deputy Douglas Harlon hat Ihr Fahrzeug durchsucht und drei Gramm Crystal Meth in Ihrem Handschuhfach gefunden. Soweit ich weiß, haben Sie über eine Woche lang bestritten, dass die Drogen Ihnen gehörten, bevor Sie Ihre Meinung geändert und auf schuldig wegen Drogenbesitzes in geringen Mengen plädiert haben.«

Caseys Miene verhärtete sich noch weiter. »Okay, ich bin ein Junkie. Und?«

»Ich glaube einfach nicht, dass das Meth Ihnen gehörte«, fuhr Keith ruhig fort. »Was ich viel eher glaube, ist, dass Deputy Harlon es Ihnen untergeschoben hat, weil Sie vorbestraft waren und er an diesem Abend ganz dringend eine Verhaftung vorweisen musste.«

Ihre Finger umklammerten den Besen. »Sie wissen doch gar nicht, wovon Sie da reden.«

»Ich weiß zumindest, dass Sie am einundzwanzigsten August bei der Bürgerrechtsunion angerufen haben. Sie haben der Person am Telefon erklärt, dass Sie seit acht Monaten clean waren, als der Polizist den Stoff gefunden hat.«

Casey zuckte mit den Schultern. »Hab halt versucht, um den Knast rumzukommen.« Sie beugte sich zu ihm vor. »Haben Sie etwa noch nie mit einem Junkie zu tun gehabt? Wir sind alle *Lügner.*«

Keith ließ sich nicht beirren. »Doug Harlon ist auch am Tatort aufgetaucht, als einer meiner Mandanten angeschossen wurde. Er hat dafür gesorgt, dass der Mann eine Glock in der Hand hatte, als die Verstärkung eintraf. Und Sie beide sind nicht die Einzigen, die so eine Geschichte erzählen können.«

»Kann sein, aber das ist auch schon alles, was Sie haben. Bloß ein paar Geschichten.« Sie schüttelte den Kopf. »Wollen Sie wissen, was *ich* habe? Drei Kinder, die mir das Jugendamt gerade zurückgegeben hat. Haben Sie Kinder?«

»Eine Tochter.«

»Tja, dann stellen Sie sich mal vor, jemand hätte die Macht, sie Ihnen wegzunehmen.« Ihre Stimme war wie Glas, scharfkantig und klar. »Stellen Sie sich ganz kurz vor, wie es wäre, wenn Sie sich entscheiden müssten. Ob Sie den Mund halten und dafür vielleicht Ihre Kinder zurückbekommen oder ob Sie lieber Stress machen wollen, auf die Gefahr hin, alles zu verlieren. Denken Sie darüber nach, bevor Sie das nächste Mal hier reinschneien und mich nach irgendwelchen *Geschichten* ausfragen, die Sie aufgeschnappt haben, okay?« Casey ging in die Hocke und fegte die Haare geübt auf ein Kehrblech. Dann stand sie wieder auf und sah Keith in die Augen. »Wenn Sie mich jetzt entschuldigen würden, ich habe zu arbeiten.«

Zurück im Auto, ordnete Keith erst einmal seine Gedanken, bevor er losfuhr. Bei den Ermittlungen zu Elis Fall war er auf

Dutzende von Leuten getroffen, die sich bereit erklärt hatten, vor Gericht gegen Lambs Truppe auszusagen. Um die Zivilklage zu untermauern, wollte Keith jedoch nachweisen können, dass Deputy Harlon, der Officer, der für Elis Verhaftung verantwortlich gewesen war, wirklich Teil der Missstände im Sheriff's Department war. Bis jetzt war er nicht sonderlich weit damit gekommen. Casey Roarke war die dritte Person, die er an diesem Morgen befragt hatte, und die beiden anderen Gespräche zuvor waren in etwa genauso erfolgreich verlaufen. Lawrence *Duck* Gibbs, ein Kleinganove, der früher einmal mit Heroin gedealt hatte, hatte seine zwei Pitbulls in den Garten gejagt, als er Keith am Tor gesehen hatte, und ihm über das wütende Gebell zugebrüllt, er sei »keiner, der irgendwen verpfeifen tut«. Benji Saroyan, einer von Neptunes Dauerobdachlosen, war mitten in Keiths Erläuterung der Situation in Tränen ausgebrochen und hatte sich geweigert, seine Fragen zu beantworten – Keiths Zwanziger hatte er allerdings ohne Zögern eingesteckt.

Aber das spielte keine Rolle – es gab massenweise Zeugen. Außerdem versuchten sie schließlich, ein Netz institutionalisierter Korruption aufzudecken – nicht bloß Deputy Harlons Neigung zum kreativen Umgang mit Beweismaterial. Keith war sich relativ sicher, dass sie auch ohne Harlons Opfer genug Material beisammenhatten. Dennoch war er bestürzt darüber, in welcher Angst diese Leute immer noch lebten. Das alles deutete darauf hin, dass das Sheriff's Department, trotz allem, was derzeit durch die Medien ging, die Unterschicht noch immer nach Kräften terrorisierte.

Keith blickte die Straße hinauf und hinunter. So weit keine Lieferwagen mit Mordabsichten zu sehen. Und er musste noch mit drei weiteren Leuten reden, bevor er Feierabend machen konnte. Er drehte den Zündschlüssel um und ordnete sich in den Verkehr ein.

KAPITEL 12

Als Veronicas Wecker am Sonntagmorgen um sieben klingelte, war Logans Bettseite schon leer. Sie setzte sich in den zerwühlten Laken auf und sah sich um.

Früher, in der Highschool, war er nur mit der Aussicht auf gute Surfbedingungen so früh aus dem Bett zu kriegen gewesen. Seit seiner Rückkehr von der Truman jedoch stand er fast jeden Morgen vor Veronica auf, manchmal, um sich zusammen mit Dick Casablancas in die Wellen zu stürzen, manchmal, um Frühstück zu machen oder eine Runde joggen zu gehen.

Man könnte glatt meinen, er wäre erwachsen geworden.

Einen Moment lang dachte Veronica darüber nach, sich einfach wieder unter die Decke zu verkriechen und weiterzuschlummern. Sie hatte schon die ganze Woche schlecht geschlafen, was nichts Besonderes war, wenn sie an einem Fall arbeitete, der dermaßen kompliziert und voller Sackgassen war. Dann schaltete ihr Gehirn einfach nicht ab.

Und genau darum darfst du jetzt auch nicht im Bett bleiben, vergessen? Die Arbeit wartet. Und wenn du dich nicht beeilst, kommst du zu spät zum Gottesdienst.

Gladys Corrigan hatte erwähnt, dass sie und Miguel Ramirez die St.-Mary's-Kirche besuchten. Es war ein Schuss ins Blaue. Innerlich wappnete Veronica sich für die gleichen Reaktionen wie die, die sie in der Wäscherei geerntet hatte. Aber wenn sie

Glück hatte, würden sich möglicherweise ein paar der anderen Gemeindemitglieder an Miguel erinnern. Und wenn sie richtig viel Glück hatte, waren sie sogar bereit, über ihn zu reden.

Veronica duschte, steckte sich die Haare hoch und zog einen rosa geblümten Rock zu einer weißen Bluse mit Schößchen an. Dann öffnete sie die Schlafzimmertür.

Aus dem Wohnzimmer ertönte eine weibliche Stimme mit hörbarem Akzent. Veronica blieb in der Tür stehen und runzelte die Stirn.

»*Motasharefon bema'refatek.*« Pause. »Schön, dich kennenzulernen, Maskulinum. »*Motasharefatun bema'refatek.*« Wieder eine Pause. »Schön, dich kennenzulernen, Femininum.«

Veronica steckte ihren Kopf um die Ecke.

Logan saß an der Küchentheke, einen angebissenen Bagel auf einem Teller neben sich. Er starrte auf seinen Laptop. Auf dem Bildschirm war eine dunkelhaarige Frau zu sehen, die langsam und deutlich sprach, während unter ihr arabische Schriftzeichen erschienen.

»*Sabah el kheir.* Guten Morgen. *Masa'a el kheir.* Guten Abend.«

»*Sabah el kheir*«, wiederholte Veronica.

»*Sabah el nour*«, entgegnete Logan und klappte mit einem verlegenen Grinsen seinen Laptop zu. Er war schon angezogen und trug Jeans und ein T-Shirt mit der Aufschrift *Eigentum der US Navy*. »Na, wir sehen aber anständig aus heute.«

»Muss doch bei Jesus einen guten Eindruck machen«, erwiderte Veronica, dann beugte sie sich vor und gab ihm einen Kuss auf die Wange. »Es ist noch nicht mal acht. Du bist schon auf, warst Bagels holen und lernst im Morgengrauen eine Fremdsprache? Wer sind Sie und was haben Sie mit meinem Freund gemacht?«

»Ich übe schon mal für den Tag, an dem du endgültig deinen Willen durchsetzt und wir uns einen Hund kaufen«, erklärte er.

»Denn wir wissen ja wohl beide, wer von uns sich aus dem Bett quälen und mit dem Kleinen raus darf, wenn er sein Geschäft erledigen muss.« Logan ging in die Küche und griff nach einer Papiertüte, die auf dem Brotkasten lag. »Ich habe Blaubeer, Sesam und normale gekauft. Was darf's denn sein?«

Veronica imitierte einen jiddischen Akzent. »Habe ich drei Jahre gelebt in New York – drei Jahre! Weiß ich, wie ordentlicher Bagel aussieht, *Bubele*. Und jetzt du willst, dass ich esse diese amerikanische *Chazzerei*?«

»Ich tippe auf Sesam mit einer Extraportion *Schmear*.« Logan griff nach einem großen Brotmesser und schnitt den Bagel durch, bevor er die Hälften in den Toaster steckte.

Veronica kletterte auf den Hocker, auf dem Logan gesessen hatte, und öffnete seinen Laptop. Die Lektion hatte sich automatisch ausgeschaltet, als er ihn zugeklappt hatte. »Wozu der Arabischkurs? Du wurdest da unten doch wohl keiner Gehirnwäsche unterzogen, die du mir verheimlicht hast? Irgendwelche alten Teppiche, die ich lieber nicht der Wohlfahrt spenden sollte?«

Logans Augen wurden schmal. »Ich hege keinerlei Gefühle, die dir oder meinem Vaterland, dem meine uneingeschränkte Loyalität gilt, Grund zur Sorge geben sollten. Aber so Allah will, werden die ungläubigen Teufel von Hulu Plus bald die Quittung dafür bekommen, dass sie die fünfte Staffel von *Archer* im Irak blockiert haben.« Logan grinste und zuckte mit den Schultern. »Ich habe das nur zum Spaß ausprobiert. Mein befehlshabender Offizier hat gesagt, ich soll mal drüber nachdenken, ob ich nicht Unterricht nehmen will. Könnte nützlich sein, meinst du nicht?«

Veronica zog die Stirn kraus, als Logan eine Tasse Kaffee vor sie auf die Theke stellte. »Na, so was. Ich wusste gar nicht, dass in San Diego viel Arabisch gesprochen wird.«

»Du bestellst wohl nicht so oft Schawarma, was? Ich will mein

Fladenbrot außen knusprig und innen weich, das Fleisch dünn geschnitten und keine Aubergine. Dafür aber mit ganz viel S-chug-Soße und frische Zitrone dazu.« Er hob die Hände. »Versuch das mal pantomimisch darzustellen.«

Veronica erwiderte nichts. Logan sollte eigentlich noch für ein weiteres Jahr auf dem Festland stationiert sein und sie hatte gehofft, dass seine Flotte bis dahin aus dem Persischen Golf abgezogen werden würde. Dass er jetzt Arabisch lernte, bedeutete, dass er plante – oder zumindest damit rechnete –, bald wieder in ein Kriegsgebiet versetzt zu werden.

Noch mehr als die Neuigkeit selbst beunruhigte Veronica jedoch, wie überrascht sie darüber war. Die Erkenntnis, dass sie Logans Absichten möglicherweise falsch gedeutet hatte. Dass sie beide die ganze Zeit von Grund auf verschiedene Zukunftspläne gehegt hatten.

Sie öffnete den Mund, um etwas zu sagen, schloss ihn jedoch gleich wieder. Wollte sie wirklich diesen friedlichen Sonntagmorgen mit einem Streit verderben? Oder wollte sie lieber ihren Tatsächlich-fast-so-gut-wie-das-New-Yorker-Original-Bagel mümmeln, den ihr Freund ihr gerade serviert hatte? Und Letzteren dabei anhimmeln, schlank und muskulös, wie er so im Sonnenlicht, das durch die Küchenfenster hereinfiel, vor ihr stand?

»Danke«, sagte sie und trank einen Schluck Kaffee.

Logan lächelte. »*Afuan.*«

St. Mary's war eine eindrucksvolle gotische Kathedrale in der Altstadt von Neptune, gleich neben dem Founder's Park. Veronica kam gerade rechtzeitig, als das Neun-Uhr-Glockenläuten durch die Straßen hallte. Sie gesellte sich zu den Leuten, die auf die große Flügeltür zustrebten, und gab sich Mühe, nicht aufzufallen.

Es dauerte einen Moment, bis sich ihre Augen an die katholische Düsternis im Inneren der Kirche gewöhnt hatten. Die riesige Fensterrosette tauchte das weitläufige Kirchenschiff in ein Muster aus Rot, Blau und Grün. Hinter dem mit einem weißen Tuch bedeckten Altar ragten Orgelpfeifen empor.

Veronica beobachtete, wie die meisten Leute vor ihr die Fingerspitzen in das muschelförmige Weihwasserbecken nahe des Eingangs tauchten, beschloss jedoch, dieses Ritual lieber auszulassen.

Wenn ich hier vor aller Augen in Flammen aufgehe, ist meine Tarnung im Eimer.

Sie setzte sich in eine der hinteren Reihen und blickte sich unter den hereinströmenden Gemeindemitgliedern um. Junge Ehepaare scheuchten ihre Kinder vor sich her oder beruhigten quengelnde Babys. Drei sehr alte Damen, zwei davon mit Gehstöcken, tappten wackelig bis ganz nach vorn, um sich vor dem Altar zu verneigen, erst dann suchten sie sich einen Platz. Ein Mann mit Karopullover lachte laut auf und wurde von seiner Frau mit einem Zischen zum Schweigen gebracht.

Veronica zuckte leicht zusammen, als sie Liam Fitzpatrick erblickte, der sich in Hemd und Krawatte sichtlich unwohl fühlte. Sein Gesicht war von Falten und Narben zerfurcht – die Jahre und sein krimineller Lebensstil hatten ihren Tribut gefordert. Wie immer war er von Geschwistern und anderen Verwandten umringt. Veronica erkannte Danny Boyd, Liams rüpelhaften Cousin, und Ciaran Fitzpatrick, der in der Abschlussklasse gewesen war, als sie auf die Neptune High gekommen war. Die Fighting Fitzpatricks waren Neptunes berüchtigtste Verbrecherfamilie, obwohl sie zusehends an Einfluss verloren. Verglichen mit den Zuständen im neunzig Meilen entfernten Tijuana wirkten sie inzwischen geradezu putzig. Keith hatte berichtet, dass es Liam nur deshalb gelungen war, in den vergangenen zehn Jahren nicht ein einziges Mal im Knast zu landen, weil er immer wieder seine Handlanger ans Messer geliefert hatte. Die PCH-Biker hatten jeglichen Respekt vor den Fitzpatricks verloren.

Eine bekannte Stimme zog Veronicas Aufmerksamkeit auf sich. Sie blickte über den Mittelgang und erspähte ein Stück weiter Gladys Corrigans rote Haare. Dicht neben ihr saß eine jüngere Frau mit sandfarbenen Locken – vielleicht ihre Tochter oder Nichte.

Ohne Vorwarnung ließ die Orgel ein paar bombastische Akkorde ertönen. In einer einzigen fließenden Bewegung erhob sich die Gemeinde und nahm Veronica jegliche Sicht. Also stand sie ebenfalls auf, wenn auch mit einer halben Sekunde Verspätung. Dann fingen alle an zu singen.

»Immaculate Mary, your praises we sing. You reign now in plendor with Jesus our King. Ave, Ave, Maria …«

Veronicas Banknachbarin, eine verhutzelte Greisin im blassrosa Kostüm, lehnte sich zu ihr herüber und hielt ihr ihr Gesangbuch hin, sodass Veronica den Liedtext sehen konnte. Veronica lächelte dankbar und fiel mit ein.

Pater Patrick Fitzpatrick – noch einer von Liams Brüdern – schritt in einer smaragdgrünen Robe zum Altar. Mit seinem Stiernacken und dem roten Gesicht schien er besser auf einen Barhocker im River Stix zu passen als in die Sakristei. Aber soweit Veronica wusste, war er nie auf die schiefe Bahn geraten. Sie fragte sich, was Mama Fitzpatrick bei ihm wohl anders gemacht hatte.

Er trat ans Lesepult und die Gemeinde nahm wieder Platz.

»Der Herr sei mit euch.« Seine Stimme donnerte durch die Kirche.

»Und mit deinem Geiste«, antwortete die Gemeinde routiniert.

»Wir alle, die wir hier versammelt sind, wollen einen Moment verweilen und über unseren Wunsch, erlöst zu werden, nachdenken.« Pater Fitzpatrick ließ seinen Blick über die Reihen schweifen. Veronica war sich nicht sicher, ob sie es sich eingebildet hatte, aber sie hätte schwören können, dass er für einen Moment auf Liam und den anderen Mitgliedern des Fitzpatrick-Clans verharrte. »Lasset uns beten.«

Der Gottesdienst plätscherte dahin, durchsetzt von Chorälen, Gebeten und Rezitationen. Pater Fitzpatrick verlas mehrere Passagen aus der Bibel, darunter der gute alte Matthäus 19,24, der Veronicas Ansicht nach ein unleugbares Indiz dafür war, dass Neptune in Wirklichkeit die Hölle selbst war: »Nochmals sage ich euch: Eher geht ein Kamel durch ein Nadelöhr, als dass ein Reicher in das Reich Gottes gelangt.« Danach folgten eine kurze Predigt zum Thema Habgier und schließlich das Abendmahl. Alles in allem dauerte das Ganze über eine Stunde.

Schließlich sprach Pater Fitzpatrick den Abschlusssegen: »Es segne euch der allmächtige Gott, der Vater und der Sohn und der Heilige Geist.«

»Amen«, antwortete die Gemeinde.

Dann standen alle auf. Ein paar Leute gingen zur Statue der Heiligen Jungfrau, die über dem Tisch voller Votivkerzen wachte, und beteten. Andere versammelten sich im Gang, um mit Bekannten zu plaudern.

Veronica beobachtete, wie Liam Fitzpatrick sich – gefolgt von seiner Sippe – schnurstracks auf den Weg zum Ausgang machte. Ein Grüppchen in Tweed gehüllter älterer Damen umringte Pater Fitzpatrick, klimperte mit den Wimpern und sonnte sich in seiner Aufmerksamkeit.

»Veronica?«

Beim Klang ihres Namens zuckte sie zusammen. Als sie sich umdrehte, stand sie Jade Navarro gegenüber. Sie hielt ihre kleine Tochter auf dem Arm. Valentina war gerade vier geworden und starrte Veronica aus riesigen, von langen Wimpern gerahmten Augen an, die sie eindeutig von ihrem Vater hatte.

»Hallo, Jade. Hi, Valentina.« Veronica rückte den Riemen ihrer Handtasche auf ihrer Schulter zurecht und versuchte, einigermaßen natürlich zu wirken. *Eine ganz normale Sünderin an einem ganz normalen Sonntag – gehen Sie bitte weiter, hier gibt es nichts zu sehen.*

Das kleine Mädchen verbarg das Gesicht am Hals seiner Mutter.

Veronica lächelte Jade verständnisvoll zu. Jade lächelte nicht zurück.

»Was machst du hier?«, fragte sie. »Ich habe dich noch nie hier in der Kirche gesehen.«

»Nein, ich … ich war auch noch nie hier.« *Na ja, bis auf das eine Mal, als ich den Beichtstuhl mit einer versteckten Kamera präpariert habe. Aber das waren auch besondere Umstände.* »Wie geht's dir? Ist Weevil … ich meine *Eli* auch hier?«

Jade presste kaum merklich die Lippen aufeinander. »Eli geht nicht mehr in die Kirche.«

Veronica wusste nicht, was sie sagen sollte. Jades Miene war hart, beinahe anklagend.

»Er hat ständig von dir geredet, wusstest du das? Von der ach so coolen Veronica, die sich nichts gefallen lässt und ihm öfter aus der Klemme geholfen hat, als dass er es zählen könnte. Meinst du eigentlich, du hast ihm einen Riesendienst erwiesen, indem du ihn dazu getrieben hast, wieder aufs Motorrad zu steigen?«

»Ich habe ihn zu gar nichts getrieben«, verteidigte sich Veronica. »Aber machen wir uns nichts vor. Dass er wieder zum alten Weevil geworden ist, hat ihn höchstwahrscheinlich vor dem Gefängnis bewahrt.«

»Diesmal, ja.« Jade zuckte mit den Schultern. Das Buntglasfenster warf einen roten Lichtfleck auf ihr Haar und ließ es schimmern wie Blut. »Aber das hilft auch keinem, wenn er irgendwann für etwas hochgenommen wird, das er tatsächlich angestellt hat. Er ist wieder voll ins Spiel eingestiegen, Veronica. Er denkt, ich weiß nichts davon, aber ich bin schließlich nicht blöd.«

Veronica schoss ein halbes Dutzend möglicher Erwiderungen durch den Kopf. *Was wäre dir denn lieber gewesen, Jade? Dass er sich zurücklehnt und abwartet, während irgendein opportunistischer Lügner ihn Lamb ans Messer liefert wie ein saftiges T-Bone-Steak? Dann könntest du deinen moralisch vorbildlichen Ehemann jetzt am Wochenende im Knast besuchen – welch ein Trost.*

Schließlich entschied sie sich doch für etwas Diplomatischeres. »Hör mal, er versucht doch, die Sache in Ordnung zu bringen. Hat er dir nicht von dem Prozess erzählt? Wenn er gewinnt, ist sein Ruf komplett wiederhergestellt. Und Lamb wird dastehen wie –«

»Es ist mir *scheißegal*, wie Lamb dasteht. Und Eli auch. Das geht alles nur von dir aus.« Jades Stimme senkte sich zu einem Zischen, während sie fluchte. Gleich darauf bekreuzigte sie sich und einen Moment lang wirkte es, als müsste sie ernsthaft um Beherrschung ringen. Dann drehte sie sich kopfschüttelnd um und marschierte zur Tür, während Valentinas kleines Gesicht über die Schulter ihrer Mutter zu Veronica zurücksah.

Veronica blickte ihnen nach und rang den Impuls nieder, hinterherzustürmen und den Streit zu Ende zu führen. Sie wäre nie auf die Idee gekommen, sich als eine Art furchtlose Kriegerin zu betrachten. Sie hatte nie behauptet, irgendjemanden retten zu können.

Sei ehrlich, Veronica – die Vorstellung, dass du hier in Neptune der gute Cowboy mit dem weißen Hut bist, gefällt dir doch. Du und dein Dad. Aber gar nicht so einfach, diesen Gedanken damit in Einklang zu bringen, dass du dein Geld mit Leuten verdienst, deren Hüte eindeutig grau sind, was?

Sie holte tief Luft. Dann sah sie, wie Gladys Corrigan in einem der Seitenschiffe verschwand.

Wenn sie hier irgendetwas erreichen wollte, musste sie handeln.

KAPITEL 13

Über eine Treppe gelangte Veronica hinunter in den Mehrzweckraum der Kathedrale. Es handelte sich um einen großen Saal mit Linoleumboden und Neonröhren an der Decke, der mehr an eine Highschool-Cafeteria erinnerte als an gotische Katakomben. Eine offene Tür am gegenüberliegenden Ende gab den Blick auf eine Küche frei, an den langen Klapptischen saßen Grüppchen von Leuten, die lachten und sich unterhielten. Dazwischen flitzten Kinder herum, beschäftigt mit irgendeinem Spiel, dessen Regeln wohl nur für sie Sinn ergaben.

Gladys Corrigan kam mit einem silbernen Tablett voller Oreokekse aus der Küche. Sie stellte es auf einem kleinen Tisch neben zwei großen Kannen Kaffee ab und rückte gerade die Zuckertütchen zurecht, als Veronica neben sie trat.

»Hallo, Ms Corrigan. Ich weiß nicht, ob Sie sich an mich erinnern? Mein Name ist Veronica, wir sind uns vor ein paar Tagen im Neptune Grand begegnet.«

Die Frau blinzelte hektisch, dann nahm sie ihre Brille ab und putzte sie mit ihrem Blusenzipfel. »Veronica. Natürlich, tut mir leid, Sie haben mich ein bisschen erschreckt. Hallo.«

»Kein Problem. Entschuldigen Sie, dass ich Sie so überfalle.« Veronica lächelte und gab sich alle Mühe, leutselig zu erscheinen. »Ich hatte gehofft, dass Sie mir vielleicht bei einer Sache helfen könnten.«

Gladys zögerte und ihre Stirn verzog sich zu einem komplizierten Faltenmuster. Sie blickte sich im Raum um. »Wobei denn, meine Liebe? Wenn es mit der Arbeit zu tun hat, kann ich Ihnen aber leider –«

»Ich versuche, jemanden zu finden … irgendwen … der mir vielleicht etwas über Miguel Ramirez erzählen könnte. Sie hatten doch erwähnt, dass Sie in dieselbe Kirche gegangen sind. Wir gut kannten Sie ihn denn?«

Gladys verzog nachdenklich die Lippen. »Wir haben uns nach dem Gottesdienst manchmal unterhalten. Als vor ein paar Jahren mein Mann gestorben ist, ist Miguel hin und wieder vorbeigekommen und hat meinen Rasen gemäht. Das war wirklich nett von ihm. Ich war zu … na ja, zu verzweifelt, um mich selbst darum zu kümmern.« Sie schüttelte den Kopf. »Aber über sein Privatleben weiß ich nicht viel, falls Sie darauf hinauswollen.«

»Gibt es hier jemanden, der vielleicht mehr wissen könnte?«

Gladys straffte den Rücken, eine Hand in die Hüfte gestemmt. »Ms Mars, diese Leute sind zum *Gottesdienst* hier. Sie können doch nicht –«

»Sie klangen so sicher, dass Miguel unschuldig ist«, fiel Veronica ihr ins Wort. »Wenn das stimmt, dann ist Ihnen doch bestimmt daran gelegen, dass diese Sache aufgeklärt wird, oder nicht?«

Gladys schwieg einen Moment. An den Tischen ringsum plauderten die Leute weiter, ohne die angespannte Situation am Büfett zu bemerken. Ein kleines Kind drängelte sich zwischen ihnen hindurch, grapschte sich einen Oreokeks und stürmte dann zurück zu seinen Freunden.

Schließlich warf Gladys Veronica einen eigenartigen, prüfenden Blick zu. »Er wurde sowieso schon abgeschoben. Das spielt doch alles keine Rolle mehr.«

Veronica stieß frustriert die Luft aus. »Doch, es spielt eine Rolle. Ich versuche, Ihrem Arbeitgeber eine Strafe in Millionenhöhe zu ersparen. Und ich könnte den Ruf eines netten jungen Mannes wiederherstellen, von dem Sie selbst gesagt haben, dass er zu so etwas nie in der Lage gewesen wäre.«

Die Frau blickte auf den schmutzigen Linoleumboden und Veronica sah sich in ihrer Vermutung bestätigt, dass die Angestellten des Neptune Grand mit den Einzelheiten der Tat bestens vertraut waren.

»Ich möchte niemanden belästigen und auch niemandem Ärger machen«, fuhr Veronica fort. »Aber wenn ich nicht irgendeinen Weg finde, Miguel entweder als Verdächtigen auszuschließen oder persönlich zu sprechen, komme ich nicht weiter.«

Gladys sah hoch und ihre Lippen zitterten, obwohl sie sie fest aufeinanderpresste. Sie holte tief Luft. Dann hob sie die Hand und rief quer durch den Raum: »Bianca. Würdest du mal einen Moment herkommen?«

Veronica sah, wie sich eine junge Frau in einem gelben Sommerkleid zu ihnen umdrehte. Sie hatte kurze schwarze Haare, die sie sich unsicher hinter die Ohren strich, als sie auf sie zukam.

»Was gibt's, Gladys?« Sie verschränkte die Arme vor der Brust, was jedoch eher nervös als abweisend wirkte.

»Tja, also … wenn du vielleicht ein paar Minuten Zeit hättest …« Petra Landros' Assistentin lächelte sie traurig an. »Diese junge Frau hier hätte ein paar Fragen zu deinem Mann.«

Veronica und Bianca gingen in den Founder's Park gleich gegenüber der Kathedrale und setzten sich im Schatten einer Eiche auf eine Bank. Auf dem sorgfältig gepflegten Rasen wuchsen Eukalyptusbäume und Palmen. Gepflasterte Pfade, bevölkert von Joggern und Speed-Walkern, schlängelten sich durch das Grün. Von ihrer Bank aus hatten sie einen guten Blick auf den Spielplatz, wo Biancas und Miguels vierjähriger Sohn Gabe gerade kreischend vor Vergnügen mit einem anderen Jungen Fangen spielte.

Bianca wischte sich wütend eine Träne aus dem Augenwinkel. »Ich kann einfach nicht glauben, dass ich nichts davon wusste.«

Tja, meine Liebe, geht mir ganz genauso. Veronica war darauf eingestellt gewesen, irgendwelche Gemeindemitglieder nach Miguel zu fragen, daher hatte sie die Enthüllung, dass er eine Ehefrau hatte, völlig aus der Bahn geworfen – eine Ehefrau, die noch dazu nicht den leisesten Schimmer hatte, dass ihr Mann eines Verbrechens beschuldigt wurde, das Vergewaltigung und Körperverletzung mit einschloss.

»Das ist wirklich seltsam. Wenn die Polizei Miguels Identität geprüft hat, hätten Sie und Gabe eigentlich auftauchen müssen«, sagte Veronica, die sich vorbeugte und die Unterarme auf ihre Knie stützte.

Bianca schniefte. »Nicht unbedingt. Miguel Ramirez war nicht sein echter Name. Und wir sind … rechtlich gesehen auch nicht verheiratet.« Sie senkte verschämt die Stimme. »Wir hatten es immer vor. Aber er wollte nicht, dass ich Ärger bekomme, falls sie ihn schnappen sollten. In der Kirche weiß keiner davon – wir haben allen erzählt, dass wir in San Diego geheiratet haben.«

Bianca zog ihr Handy aus der Handtasche und öffnete ihre Fotogalerie, bevor sie es Veronica reichte. Das Display zeigte einen lachenden Miguel mit Gabe auf den Schultern, irgendwo unten am Pier. Im Hintergrund leuchteten die Lichter der Karussells und Gabe hielt einen riesigen Bausch Zuckerwatte hoch über seinen Kopf. Es war schwer, dieses Bild mit dem finsteren Verbrecherfoto eines mutmaßlichen Täters in Einklang zu bringen. Aber das hatten Verbrecherfotos nun mal so an sich. Auf so einem Bild wäre selbst Bruno Mars nicht mehr von Rondo Hatton zu unterscheiden gewesen.

»Er hat mir erzählt, dass er illegal hier ist, bevor wir uns auch nur das erste Mal geküsst haben«, sagte Bianca leise. »Er wusste, was für Folgen das für mich haben könnte. Für uns.«

»Hätte er denn nicht die amerikanische Staatsbürgerschaft beantragen können, wenn Sie geheiratet hätten?«, fragte Veronica.

»So einfach ist das nicht. Dafür muss man zurück in sein Heimatland und eine Green Card beantragen, aber es gibt ein Gesetz, nach dem jeder, der einmal illegal hier gelebt hat, zehn Jahre lang nicht mehr einreisen darf. Darum beschlossen wir, es zu riskieren und hierzubleiben. Ich hatte ständig Angst, dass er mal wegen eines kaputten Rücklichts oder so angehalten wird. Damit hätten sie ihn schon gehabt.«

»Stehen Sie im Moment in Verbindung zu ihm?«

»Natürlich.« Bianca strich sich wieder die Haare hinter die Ohren und runzelte die Stirn. »Aber wenn Sie gehofft haben, über mich mit ihm in Kontakt zu kommen – vergessen Sie's. Kommt nicht infrage. Miguel *kann* nicht für diese … Tat verantwortlich sein. Wirklich, Ms Mars, er ist der sanftmütigste Mann, dem ich je begegnet bin. Er hat Gabe und mich noch nie auch nur angeschrien. Er hat nicht mal Türen hinter sich zugeknallt. Ich weiß, das ist genau das, was Sie von mir erwartet haben zu hören, aber es ist nun mal die Wahrheit.«

»Vielleicht. Aber wenn er derart außer Reichweite ist, gibt es natürlich für niemanden hier einen Ansporn, seine Unschuld zu beweisen. Überlegen Sie mal – wenn Sie ein, sagen wir mal, fauler, korrupter Polizist wären, würden Sie sich besonders viel Mühe geben, einen mutmaßlichen Straftäter aufzuspüren, der längst in Mexiko untergetaucht ist? Oder würden Sie einfach mit den Schultern zucken und davon ausgehen, dass er wahrscheinlich sowieso schuldig ist, und sich anderen Dingen zuwenden?« Veronica wählte ihre Worte mit Bedacht. Sie wollte, dass Bianca das Wort »Unschuld« vor dem Wort »schuldig« hörte. Sie wollte

Bianca das Gefühl vermitteln, dass sie beide Möglichkeiten sehr ernst nahm.

»Mommy! Guck mal!«

Gabes hohes Stimmchen schallte vom Spielplatz zu ihnen herüber. Er fing an, eine Mini-Kletterwand – einen knapp einen Meter hohen Vorsprung mit bunten Haltegriffen – zu erklimmen. Bianca ließ ihn keine Sekunde aus den Augen, während er sich an der Wand hochzog. Oben angekommen, winkte er fröhlich. Sie winkte zurück. Als sie sich wieder an Veronica wandte, war ihre Stimme leiser, verzweifelt.

»Ich bin als kleines Kind regelmäßig verprügelt worden. Und ich musste mit ansehen, wie meine Mutter regelmäßig verprügelt wurde. Ich habe mit angehört, wie sie meinen Dad im Krankenhaus gedeckt hat. Blaue Flecken am ganzen Körper, gebrochenes Handgelenk, gebrochene Nase, und den Polizisten hat sie erzählt, sie wäre gegen eine Tür gelaufen. Damals habe ich mir geschworen, dass ich mich von keinem so behandeln lassen würde. Niemals.«

Veronica kämpfte gegen den Drang an, ihre Hand nach Biancas auszustrecken. Sie wusste, dass die junge Frau das nicht dulden würde.

»Wer auch immer das über Miguel behauptet, lügt.« Bianca zupfte an einer Haarsträhne und wickelte sie sich stramm um den Finger. »Sie haben gesagt, es gibt einen DNA-Nachweis?«

»Ja. Wenn wir vielleicht irgendwie eine Probe von ihm bekommen könnten …«

Die Frau schüttelte entschieden den Kopf. »Er ist in Michoacán, auf der Farm seiner Schwester. Es würde sehr lange dauern, bis Sie die Probe bekommen.« Bianca starrte auf den Spielplatz. Gabe rannte gerade zur Feuerwehrstange, sprang daran hoch und quietschte, als er sofort wieder herunterrutschte. »Aber es gibt noch eine andere Möglichkeit, stimmt's?«

Veronica antwortete nicht. Sie hatte gehofft, dass Bianca von selbst darauf kommen würde – und sie wollte nichts sagen, was die junge Frau womöglich davon abbringen würde.

»Gabe, *mijo*, komm doch mal kurz her, bitte.« Bianca winkte den Jungen zu sich.

Er kam angelaufen und stolperte dabei über seine offenen Schnürsenkel, stand jedoch sofort wieder auf.

»Sie können eine Probe von ihm nehmen, oder?«

Veronica zögerte. »Ja«, sagte sie. »Hätten Sie etwas dagegen?«

Biancas Nasenflügel blähten sich. »Machen Sie.«

Der Kleine starrte mit weit aufgerissenen Augen zu ihr hoch. Veronica holte die Pinzette aus ihrer Handtasche und zupfte ihm fünf glänzend schwarze Haare aus, die sie in ein Plastiktütchen steckte. Vor Gericht würde diese Probe natürlich nicht anerkannt werden. Jeder Anwalt würde sich darauf versteifen – zumindest solange er das Argument aufrechterhalten konnte –, dass es schließlich keinen Nachweis dafür gab, dass Gabe tatsächlich Miguels Sohn war. Aber zumindest Veronica könnte so eine Entscheidung hinsichtlich ihres weiteren Vorgehens treffen. Wenn die Proben übereinstimmten, wäre das Grund genug, den Fall ans FBI zu übergeben, das Miguel Ramirez, oder wie auch immer sein wirklicher Name lautete, ausfindig machen würde.

Und wenn nicht … Tja, dann wäre Ramirez zwar immer noch nicht vollkommen rehabilitiert, aber Veronica würde doppelt so gründlich nach anderen Verdächtigen, anderen Möglichkeiten Ausschau halten. Denn sie glaubte zu spüren, dass Bianca Ramirez auf ihre Art selbst eine kleine Amateurdetektivin war. Jeder, der seine Kindheit damit verbracht hatte, auf Schritte im Flur zu lauschen – oder darauf, dass der erste Schlag fiel –, hatte ein untrügliches Gespür für Gefahren. Und Veronica war sich ziemlich sicher, dass sie es hier mit einer Frau zu tun hatte, die eine solche Bedrohung in ihrem Haus nicht lange geduldet hätte.

KAPITEL 14

Am Donnerstag nach Veronicas Besuch in der St. Mary's gesellten Logan und sie sich in der völlig überfüllten Lobby eines Bürogebäudes in der Innenstadt zu etwa dreißig Journalisten, Aktivisten, gewöhnlichen Schaulustigen und Gratulanten, um der öffentlichen Bekanntgabe von Weevils Prozess beizuwohnen.

»Vielen Dank, dass Sie alle gekommen sind.« Die Anwältin, Lisa Choi, wurde in der Branche als aufgehender Stern gehandelt und konnte mit dem fesselnden Charisma und der knallharten Fokussiertheit einer Helen Mirren in *Heißer Verdacht* aufwarten. Veronica hatte mit Entsetzen festgestellt, dass die im ganzen Land gefeierte Anwältin mit ihrem Hillary-Clinton-Hosenanzug und dem schwarzen Brillengestell erst zweiunddreißig Jahre alt war – drei Jahre älter als sie selbst. »Wir haben soeben Klage gegen das Balboa County Sheriff's Department eingereicht. Im Januar dieses Jahres hat mein Mandant Eli Navarro einer Bürgerin, deren Auto liegen geblieben war, seine Hilfe angeboten. Zum Dank für seine Mühe wurde er aus nächster Nähe angeschossen und leidet infolge dieser völlig ungerechtfertigten Reaktion noch immer unter chronischen Schmerzen und körperlichen Einschränkungen. Mr Navarro kann sich glücklich schätzen, noch am Leben zu sein. Doch das Glück war ganz offensichtlich nicht auf seiner Seite, als Einsatzkräfte des Balboa County Sheriff's Department den Tatort erreichten.«

Weevil stand rechts von Lisa, in derselben Kombination aus Hemd und Hose, die er schon bei seinem Strafprozess getragen hatte, und schien sich sichtlich unwohl zu fühlen. Keith und Cliff hielten sich im Hintergrund und versuchten, so wenig Aufmerksamkeit wie möglich auf sich zu ziehen. Beide Männer hatten eine lange Liste an unschönen Erfahrungen mit Lamb vorzuweisen, aber Veronica wusste, dass Lisa den Prozess als ausschließlich von Weevil ausgehend darstellen wollte, nicht als politisch motivierte Fehde.

»Noch in der Nacht als mein Mandant angeschossen wurde, haben die Deputys des Balboa County Sheriff's Department die Beweislage dahingehend manipuliert, dass es schien, als hätte er die Frau, der er lediglich zu helfen versucht hat, ausrauben wollen. Mr Navarro wurde später in allen Punkten freigesprochen. Für diejenigen von uns, die an den Grundsatz glauben, nach dem vor dem Gesetz alle Menschen gleich sind, ist das ein erster Schritt. Ein erster Schritt in die richtige Richtung.« Lisa Choi legte eine kleine rhetorische Pause ein und wandte sich dann Weevil zu, dessen unbewegtes Gesicht rot angelaufen war vor Anstrengung, seine Emotionen zu verbergen. »Dennoch«, fuhr sie fort, »kann auch das die negativen Auswirkungen, die diese Angelegenheit auf Mr Navarros Karriere, seine Gesundheit und sein seelisches Wohlbefinden hatte, nicht wiedergutmachen. Es kann nicht die Ungerechtigkeit wiedergutmachen, die ihm und mit ihm *allen Bürgern von Neptune gemeinsam* widerfahren ist.« Sie blickte sich im Raum um, als wollte sie die Leute herausfordern zu widersprechen. »Wenn wir den Glauben in unsere Polizei verlieren, ist das etwas, was uns alle betrifft. Es lähmt unser Justizsystem. Es stellt eine Gefahr für die verwundbarsten Glieder unserer Gemeinschaft dar. Und letztendlich führt es dazu, dass unser Rechtssystem von Geld und Macht regiert wird.«

»Ich mag Geld und Macht«, flüsterte Logan Veronica ins Ohr.

Veronica presste die Lippen aufeinander, um nicht loszulachen, dann wandte sie ihre Aufmerksamkeit wieder Lisa zu. *Das da oben hätte ich sein können, wenn ich mich nicht für ein anderes Leben entschieden hätte.*

Veronica hatte Jura studiert, unter anderem, um ihr Leben als Privatdetektivin hinter sich zu lassen und um sich davon zu überzeugen, dass sie lieber ein bequemes, unabhängiges und – ja, was? – *normales* Leben führen wollte. Was auch immer man sich darunter vorstellte. Am Ende hatte sie es aber doch nicht geschafft, sich davon zu lösen.

Ob sie es manchmal bereute? Vielleicht. Aber sie hatte nun ein halbes Jahr Zeit gehabt, sich an die Entscheidungen, die sie getroffen hatte, zu gewöhnen – wieder in Neptune zu wohnen, in die Fußstapfen ihres Vaters zu treten, ihre Anwaltskarriere aufgegeben zu haben. Inzwischen kam es ihr vor, als wäre das Ganze sowieso unvermeidbar gewesen. Dennoch konnte sie nicht leugnen, dass sie ein kleines bisschen neidisch war, als sie sah, wie Lisa den Raum einnahm.

»Wir werden beweisen, dass die Polizisten, die meinem Mandanten die Waffe untergeschoben haben, nicht bloß ein paar wenige schwarze Schafe waren, wie das Department behauptet, sondern dass sie Teil eines korrupten Systems sind, das die gesamte Behörde umfasst – ein System, das bis in die höchsten Ränge der Hierarchie hinaufreicht.« Sie hatte Lamb nicht namentlich erwähnt, aber Veronica wusste, dass die Journalisten im Raum die richtigen Schlüsse ziehen würden. »Das Sheriff's Department hat sich seit Jahren seine eigene verzerrte Version eines Rechtssystems herangezüchtet. Mein Klient ist nur das jüngste Opfer einer ganzen Reihe von Vorfällen. Unser Ziel ist es, so viel von dieser unkontrolliert wuchernden Korruption auszumerzen, dass Neptune endlich wieder ein *Rechts*system hat, das diese Bezeichnung auch verdient.«

So froh ich bin, sie auf unserer Seite zu haben – ich hoffe, sie hat einen Bodyguard. Veronica sah zu ihrem Dad hinüber, der neben einem Ficus am anderen Ende des Raums stand. Jemand hatte versucht, ihn zu ermorden, weil er zu viele Fragen gestellt hatte. Und dieselben Fragen stellte jetzt auch Lisa Choi, allerdings mit dem Megafon.

»Ich bin nun bereit, Ihre Fragen zu beantworten«, schloss die Anwältin.

Im Raum brach ein Gewirr aus hektischen Fernseh-, Radio- und Zeitungsreporterstimmen los.

»Mit welcher Schadensersatzsumme rechnen Sie?«

»Wollen Sie andeuten, dass Sheriff Lamb über den Pfusch mit den Beweisen Bescheid wusste?«

»Wird Mrs Kane in dem Prozess aussagen?«

Veronica hatte genug gehört. Sie nickte Logan zu und gemeinsam traten sie durch die Glastüren nach draußen auf den überdachten Bürgersteig. Es war kurz vor drei und die Hitze waberte in sichtbaren Wellen über dem Asphalt. Veronica war kurz geblendet vom Sonnenlicht, das sich in den Windschutzscheiben auf dem Parkplatz spiegelte.

»Na, das war ja romantisch«, bemerkte Logan, während Veronica in ihrer Tasche nach ihrer Sonnenbrille wühlte.

»Aber, Liebling, was könnte denn romantischer sein, als in einem nervenaufreibenden Prozess aus Ermittlungen, Zwangsvorladungen und Verhandlungen ein Netz aus systematischer Korruption aufzudecken?« Sie legte den Kopf schief und grinste. »Aber wenn du möchtest, können wir natürlich auch etwas anderes unternehmen, etwas Nettes, Seichtes – ein bisschen Spaß haben.«

Logan blieb wie angewurzelt stehen und tat so, als bohrte er sich mit dem Zeigefinger im Ohr. »Moment mal, da komme ich nicht ganz mit. Was ist dieser *Spaß* und wo kriegt man den?«

»Angeblich gibt es sogar Leute, die zwei ganze Tage pro Woche für so etwas reservieren«, scherzte Veronica. »Vielleicht könnten wir die Küste hochfahren? Und heute Abend essen gehen?«

»Essen? Wie, du meinst, wir beide, zur selben Zeit am selben Ort?« Er hob eine Augenbraue. »Das klingt aber verdächtig nach einem Date.«

»Findest du?« Sie stellte sich auf die Zehenspitzen, um ihm einen Kuss zu geben. »Tja, dann zeig dich mal von deiner besten Seite, vielleicht nehme ich dich ja hinterher sogar mit zu mir nach Hause.«

Bevor Logan reagieren konnte, klingelte irgendwo in den Tiefen von Veronicas Tasche ihr Handy. Sie kramte es hervor und warf einen Blick auf das Display.

Es war die Nummer der Preuss-Versicherungsgesellschaft.

»Hier muss ich kurz drangehen.« Dann nahm sie den Anruf entgegen.

»Hallo, Veronica, hier spricht Joe Hickman. Ich wollte Ihnen nur kurz Bescheid geben, dass das Haar, das Sie haben untersuchen lassen – von dem Ramirez-Jungen? Also, die DNA stimmt nicht mit der Probe überein.«

Veronicas Herz schlug schneller. Sie hielt sich das Telefon ans andere Ohr und entfernte sich ein paar Schritte von Logan.

»Wusste ich's doch! Haben Sie sich schon mit dem Anwalt des Opfers in Verbindung gesetzt?« Veronica hatte nicht mehr mit Grace gesprochen, seit sie herausgefunden hatte, dass Miguel Ramirez eine Familie hatte, sondern hatte erst das Testergebnis abwarten wollen.

»Noch nicht. Aber jetzt, da wir wissen, wo Ramirez ist, haben wir jemanden runter nach Michoacán geschickt, um eine Probe von ihm selbst zu besorgen.«

»Super, dann konzentriere ich mich als Nächstes auf die Suche nach Grace' Freu–«

»Entschuldigen Sie, Ms Mars, aber ich glaube, Sie verstehen nicht ganz«, fiel Hickman ihr ins Wort. »Wir hatten Sie damit beauftragt, in Erfahrung zu bringen, ob Ramirez schuldig ist oder nicht. Und nach dem derzeitigen Stand der Dinge sind wir erfreut, dass das nicht der Fall zu sein scheint.«

Veronica hielt inne und ihre Schultern versteiften sich. »Das heißt dann also, Sie ziehen mich von dem Fall ab?«

»Nein, das heißt, dass der Fall *abgeschlossen* ist.« Hickmans Stimme klang energisch. »Aber wir bekommen mehrere Fälle pro Jahr rein, bei denen wir die Unterstützung eines privaten Ermittlers gebrauchen können, und das nächste Mal rufen wir Sie gern wieder an. Vielen Dank für die angenehme Zusammenarbeit.«

Veronica hielt ihre Stimme ruhig. »In Ordnung. Melden Sie sich, wenn ich noch etwas für Sie tun kann.«

Als sie auflegte, erhaschte sie einen Blick auf Lisa Choi, die immer noch auf dem Podium stand und redete. Sie dachte an ihren Dad, der bei dem Versuch, die Wahrheit über das Sheriff's Department ans Licht zu bringen, beinahe gestorben war; an Cliff, der Menschen verteidigte, für die sich der Rest von Neptune nicht interessierte.

Grace' Worte kamen ihr wieder in den Sinn. *Ich habe dich für eine Heldin gehalten.* Sie sah Grace als kleines Mädchen vor sich, wie sie darauf wartete, dass Veronica zurückkam. Dass sie den Schrank noch einmal öffnete und ihr sagte, dass alles wieder gut werden würde.

Im selben Moment traf Veronica eine Entscheidung, genauso überraschend wie unabwendbar. Heldentum oder moralische Unfehlbarkeit lagen ihrem normalen Weltbild absolut fern – solche Ambitionen hätte sie bestenfalls als naiv beschrieben und schlimmstenfalls als wahnhaft. Dennoch war sie nun fest entschlossen, weiter an dem Fall zu arbeiten.

Sie stopfte ihr Handy zurück in die Tasche und drehte sich wieder zu Logan um, hundert Entschuldigungen auf der Zunge. Dann aber sah sie, dass er sie mit einem wissenden Lächeln musterte.

»Unsere Pläne haben sich gerade in Luft aufgelöst, stimmt's?«

»Logan, es tut mir so leid. Ich muss –«

»Ich weiß.« Er beugte sich vor und gab ihr einen Kuss auf die Wange. »Ich frage einfach Dick, ob er heute Abend Zeit hat. Vielleicht hat *der* ja Lust auf eine romantische Spritztour.«

Veronica lächelte reumütig. »Fahr ruhig schon mal. Ich nehme mir dann später ein Taxi.«

Er warf ihr einen letzten langen Blick zu und nickte schließlich, bevor er sich auf den Weg über den Parkplatz machte, wo sein Cabrio stand. Sobald er außer Hörweite war, zog Veronica wieder ihr Handy hervor und wählte Grace' Nummer.

Das Telefon klingelte dreimal, bevor die junge Frau sich meldete. »Hallo?«

»Hallo, Grace. Hier ist Veronica Mars. Könnte ich dich vielleicht kurz sprechen?«

Kurz herrschte Schweigen am anderen Ende der Leitung. »Okay.«

»Ich hätte noch ein paar weiterführende Fragen wegen der Nacht im März.«

»Ich habe dir doch schon alles erzählt, woran ich mich erinnern kann.«

»Ich weiß. Die Sache ist nur die: Wir haben mittels einer DNA-Analyse nachgewiesen, dass es nicht Miguel Ramirez war, der dich vergewaltigt hat. Ich weiß, du warst dir ganz sicher, aber –«

Grace stieß scharf die Luft aus. »Eine DNA-Analyse? Wie denn das? Ich dachte, er wäre in Mexiko.«

»Das ist er auch, aber sein Sohn lebt noch hier in den Staaten und wir konnten eine Probe von ihm nehmen. Die Versicherung des Grand versucht jetzt, an eine Probe von Ramirez selbst zu kommen – das könnte sich noch ein paar Wochen hinziehen, aber sie gehen davon aus, dass ihn das Ergebnis entlasten wird.« Veronica wählte ihre nächsten Worte mit Bedacht. »Niemand wirft dir vor, dass du gelogen hast, Grace. Du hast eine Menge durchgemacht. Es kann sein, dass dein Gehirn da einfach ein paar Sachen durcheinanderbringt. Vielleicht hattest du Ramirez vorher schon mal im Grand gesehen und er ist darum in deinen Erinnerungen aufgetaucht, als du versucht hast, die Ereignisse zu rekonstruieren. Oder vielleicht war es auch jemand, der ihm einfach ein bisschen ähnlich sieht –«

»Tu bloß nicht so, als würdest du mir helfen wollen.« Veronica registrierte ein winziges Zittern in Grace' Stimme. »Du versuchst doch sowieso schon die ganze Zeit zu beweisen, dass ich lüge. Glaub ja nicht, dass ich das vergessen habe: Du arbeitest für *die*, nicht für mich.«

»Nein, ich arbeite nicht für *die*. Nicht mehr. Soweit es das Neptune Grand betrifft, ist der Fall abgeschlossen und ich habe nichts mehr damit zu tun. Was bedeutet, dass die wahrscheinlich in diesem Moment mit deinem Anwalt telefonieren und ihm eröffnen, dass deine Klage nichtig geworden ist. Aber ich will diesen Fall immer noch lösen, Grace. Und wenn ich dir helfen soll, dann muss ich die Wahrheit wissen.«

Grace schwieg einen Moment. Als sie wieder etwas sagte, war ihre Stimme fest. »Und was bedeutet das jetzt?«

»Das bedeutet, dass ich den Namen des Mannes brauche, mit dem du dich an dem Abend treffen wolltest.« Die Deputys, die Grace damals befragt hatten, mochten die letzten Mistkerle gewesen sein, aber ganz unrecht hatten sie nicht gehabt. In neunundneunzig Prozent der Fälle war der Täter der Freund oder Ehemann. Und solange sie Grace' Freund nicht ausschließen konnte, würde sie mit ihren Ermittlungen nicht weiterkommen.

»Du bist genau wie diese Polizisten, weißt du das?«, sagte Grace. »Die haben auch immer wieder dasselbe gefragt, in der Hoffnung, mich bei einer Lüge zu ertappen. Die sind ins Krankenhaus gekommen und haben mich ausgehorcht, während ich mit Morphium vollgepumpt war, bevor die Krankenschwestern sie wegscheuchen konnten. Und jetzt fängst du auch an und spielst den guten Bullen, tust so, als wärst du meine Freundin. Guter Bulle, böser Bulle. Das macht überhaupt keinen Unterschied – weil sich keiner von euch einen Dreck für mich interessiert.« Sie holte zittrig Luft. »Vergiss es, Veronica. Ich habe dir alles erzählt, was ich weiß. Und wenn du mir nicht glaubst, dann willkommen im verdammten Klub.«

Mit diesen Worten legte Grace Manning auf.

KAPITEL 15

Es war noch früh und die Bar des Eagle's Nest war fast leer. Zwei Männer in Anzügen, die Krawatten gelöst, saßen in einer Sitzgruppe an der Dachkante und unterhielten sich leise. Eine junge Frau, die ihr Haar zu einem schmerzhaft straff wirkenden Dutt gebunden hatte, las an der Bar in einem Taschenbuch. Ansonsten war nur die Barkeeperin da – genau die Person, nach der Veronica gesucht hatte.

Alyssa Winchell war Ende zwanzig, mit einem dunklen Bob, der ihr bis zu den Wangenknochen reichte, und einem silbernen Ring im linken Nasenflügel. Sie stand hinter der Theke und trocknete gähnend ein Glas ab. Veronica setzte sich ein paar Plätze von dem Mädchen mit dem Buch entfernt auf einen der hohen Holzhocker.

»Na, was darf's denn sein?« Die Barkeeperin stellte das Glas weg und lehnte sich über die Theke.

Veronica reichte ihr ihre Karte. »Ich ermittle in dem Vergewaltigungsfall von letztem März. Hätten Sie vielleicht einen Moment Zeit, um mir ein paar Fragen zu beantworten?«

Alyssas Augen weiteten sich. Sie starrte einen Moment lang auf die Visitenkarte und sah dann wieder hoch. »Scheiße. Sie sind die Privatdetektivin, die dieses Mädchen geschnappt hat, das seine eigene Entführung vorgetäuscht hat, oder?«

Mein liebes Stiefschwesterchen, dachte Veronica trocken. Aurora Scott – die Tochter des neuen Mannes ihrer Mutter – hatte Hayley Dewalts Verschwinden ausgenutzt, um ihr eigenes zu inszenieren, in der Hoffnung, das Lösegeld kassieren zu können.

»Genau die«, erwiderte Veronica. »Hätten Sie einen Moment?«

»Klar.« Die Frau beugte sich zu Veronica vor. »Ich weiß nur nicht, ob ich Ihnen weiterhelfen kann – ich habe diesen Polizisten damals schon alles erzählt, was ich weiß. Absolute Idioten, wenn Sie mich fragen. Die haben mich wie 'ne Verbrecherin behandelt, weil ich nicht gemerkt habe, dass der Führerschein von der Kleinen gefälscht war. Als ob ich meinen Job aufs Spiel setzen würde, um irgendwelchen achtzehnjährigen Mädels Alkohol auszuschenken. Wenn ich das gewusst hätte, hätte ich es natürlich nie gemacht. Aber – na ja, der Führerschein sah in Ordnung aus. Und Sie haben sie doch kennengelernt, oder? Sie sieht älter aus, als sie ist. Außerdem, welche Neunzehnjährige kann sich denn bitte schön 'ne Fendi-Handtasche leisten?«

Redselig, wehrhaft, gute Beobachtungsgabe. Meine neue Lieblingszeugin.

Veronica lächelte mitfühlend. »Tja, die haben bestimmt nur versucht, ihren eigenen Arsch zu retten. Die Ermittlungen damals waren von Anfang an kompletter Murks.«

Alyssa grinste hämisch. »Typisch Bullen, benehmen sich mal wieder wie die letzten Vollpfosten.«

»Ha, ganz meine Rede!« Veronica grinste zurück. »War das Opfer denn häufiger hier?«

»Ja, ziemlich oft. Drei-, viermal im Monat.«

»Haben Sie je mitbekommen, dass sie sich mit jemandem hier in der Bar getroffen hat?«, fragte Veronica. »Oder hat sie mal mit jemandem geredet?«

Ein verschlagenes Grinsen huschte über Alyssas Gesicht. Sie warf kurz einen Blick in Richtung des lesenden Mädchens am Ende der Theke, das noch immer in sein Buch vertieft war. Dann wandte sie sich wieder Veronica zu. »Nein. Hab nie gesehen, dass sie mit irgendwem geredet hat, außer mit Hotelmitarbeitern. Also, es haben zwar ständig irgendwelche Typen versucht, sie anzuquatschen, aber sie hat allen ziemlich direkt klargemacht, dass sie kein Interesse hat. Sie ist bloß reingekommen, hat ein paar Drinks getrunken, ihre Rechnung bar bezahlt und ist wieder gegangen. War immer großzügig mit dem Trinkgeld.«

»Das ist doch echt merkwürdig.« Veronica legte eine Extraportion Verwirrung in ihre Stimme. »Warum war sie so oft hier, wenn sie sich nie mit jemandem getroffen hat?«

»Tja, ich hab da so meine Theorie.« Alyssa beugte sich ein Stückchen weiter vor.

Veronica unterdrückte ein Lächeln. Redselig, wehrhaft, gute Beobachtungsgabe und noch dazu eine echte Tratschtante. *Bingo!*

»Also, Sie haben doch bestimmt das Überwachungsvideo gesehen. Und was sie anhatte, oder?«

Veronica nickte.

»Nur vom Feinsten – das Mädel lief immer von Kopf bis Fuß in Nobel-Labels rum, als wär's das Normalste der Welt. Kam mitten in der Woche hier reingestöckelt, aufgebrezelt wie für eine Filmpremiere.« Alyssa warf ihr einen vielsagenden Blick zu. »Und Sie haben doch sicher auch von ihrem Freund gehört, oder?«

»Ich weiß, dass sie einen hatte«, erwiderte Veronica ausweichend.

»Genau. Also ich tippe ja auf einen älteren Mann, verheiratet. So ein Typ, der gerne mit Geld um sich wirft«, meinte die Barkeeperin. »Vielleicht schon ein bisschen schwabbelig um den Bauch – und möglicherweise auch 'ne Etage tiefer –, aber solange er seiner Süßen Diamanten kaufen kann, fühlt er sich wie der King.«

Veronica runzelte die Stirn. »Hat Grace Ihnen je von ihm erzählt?«

Alyssa schüttelte den Kopf. »Nee. Sobald es um Persönliches ging, war sie immer ziemlich zugeknöpft. Aber ansonsten echt 'ne ganz Liebe. Manchmal, wenn nicht so viel los war, haben wir ein bisschen gequatscht. Sie ist schlauer, als sie aussieht.«

»Wie kommen Sie darauf?«, fragte Veronica.

»Wenn man hier arbeitet, bekommt man's zwangsläufig mit der einen oder anderen strohdoofen, geldgeilen Schlampe zu tun.« Alyssa strich sich eine Haarsträhne hinters Ohr. »Aber Grace hat immer Wörter wie ›kafkaesk‹ oder ›eklektisch‹ benutzt, wenn wir uns über Fernsehserien unterhalten haben. Sie könnte sich nicht mal dummstellen, wenn sie es darauf anlegen würde.«

Das lesende Mädchen am anderen Ende der Theke winkte, um die Aufmerksamkeit der Barkeeperin zu erlangen.

Alyssa vertröstete Veronica mit einem zur einer Eine-Sekunde-Geste erhobenen Finger und ging sich um den anderen Gast kümmern.

Einen Moment lang saß Veronica einfach nur da und sah zu, wie Alyssa nacheinander ein halbes Dutzend Flaschen aus dem Regal zog und entspannt mit der jungen Frau plauderte, während sie mixte, schüttelte und den komplizierten Drink in ein Glas goss. Dann kam sie mit einem entschuldigenden Lächeln zurück.

»Tut mir leid. Wo waren wir gerade?«

»Können Sie sich noch an andere Abende erinnern, als sie hier war? Ist Ihnen vielleicht irgendeiner im Gedächtnis geblieben?«

Alyssa überlegte einen Moment. »Ich kann mich an kein genaues Datum erinnern, falls Sie das meinen …« Dann biss sie sich auf die Lippe. »Obwohl, sie war an dem Abend mit der Schlägerei hier.«

»Schlägerei?«

»Oh Mann, das war echt legendär.« Alyssas Augen blitzten. »Aus irgendeinem Grund waren Jimmy Ray Baker – dieser intelligenzbefreite Halbaffe – und Oneiroi am selben Abend in der Stadt, und wo müssen die natürlich ausgerechnet allesamt absteigen?«

Veronica tat ihr den Gefallen, ein verblüfftes Keuchen auszustoßen, das nur zur Hälfte gefakt war; das Ganze war tatsächlich ziemlich lustig. Jimmy Ray Baker, ehemaliger Rodeoreiter, bekennender Patriot und Unterstützer der Nationalen Schusswaffenvereinigung, war einer der erfolgreichsten Country-Stars in den Staaten. Sein jüngster Nummer-eins-Hit, *Welcome Home, Sergeant Jake*, war eine Schnulze erster Güte, in der es um einen Highschool-Footballtrainer ging, der bei der Parade am Veteran's Day seinen früheren, inzwischen beinlosen Star-Quarterback wiedertraf. Oneiroi dagegen bestand aus drei abgemagerten Junkies mit dämonenhafter Gesichtsbemalung, die Black-Metal-Verse über insektenköpfige Sukkuben kreischten.

Alyssa grinste beim Anblick von Veronicas Gesicht. »Nicht schlecht, oder? Ich weiß nicht, wie es dazu gekommen ist, aber irgendwann ist Bakers Bassist komplett ausgetickt und hat einem der Oneiroi-Fans eine geschallert. Die waren alle dermaßen besoffen, dass das Ganze natürlich sofort in eine Massenkeilerei ausgeartet ist. Grace war zu dem Zeitpunkt schon weg. Aber ich weiß noch, wie ich ihr hinterher erzählt habe, dass sie an dem Abend was verpasst hat.«

»Welcher Abend war das?«

Alyssa runzelte die Stirn. »Müsste im Dezember gewesen sein … An das genaue Datum kann ich mich leider nicht erinnern.«

»Danke trotzdem. Sie haben mir wirklich weitergeholfen.« Veronica steckte – mit Blick auf zukünftige Gefälligkeiten – einen

Zwanziger in die Trinkgelddose und rutschte dann von ihrem Hocker.

Eins musste sie noch erledigen. Ihr Dad hatte ein paar alte Bekannte aus seiner Zeit als Sheriff, zu denen auch ein inzwischen pensionierter Deputy gehörte, der zufälligerweise als Sicherheitsmann im Neptune Grand arbeitete. Wie es aussah, würde sie den Gefallen einfordern müssen, den sie noch bei ihm guthatte.

KAPITEL 16

Im Taxi auf dem Weg zurück ins Büro rief Veronica Mac an. »Was hast du heute Abend vor?«

»Ich habe das Gefühl, die Antwort könnte lauten: arbeiten. Wieso, was gibt's?«

»Das erzähle ich dir, wenn ich da bin.«

Als sie zwanzig Minuten später das Büro erreichte, war das Neonschild von Mars Investigations schon ausgeschaltet, aber Mac saß, wie üblich, an ihrem Computer.

»Danke, dass du geblieben bist«, sagte Veronica ohne Umschweife. »Ich setze dich mit auf die Liste der Leute, denen ich was schuldig bin. Ganz oben steht im Moment Logan, aber du bist Hintern an Gürtelschnalle mit ihm.«

»Hm, ich bin nicht sicher, wie ich das finden soll«, entgegnete Mac.

Veronica erzählte ihr von dem Anruf, den sie erhalten hatte, und was diese Entwicklung für ihren Fall bedeutete. »Wir arbeiten also nicht mehr für Preuss«, erklärte sie. »Aber das heißt ja nicht, dass wir die Ermittlungen einstellen müssen.«

Mac blickte sie einen Moment lang an. Dann nickte sie knapp. »Vielleicht solltest du dir mal ansehen, was ich heute gemacht habe.«

Auf ihrem Bildschirm liefen die Überwachungsvideos aus dem Neptune Grand in all ihren unterschiedlichen Perspektiven nebeneinander im Zeitraffer. Grace betrat die Lobby durch den Haupteingang. Sie stieg in den Aufzug und dann, kurze Zeit später, oben im Eagle's Nest wieder aus.

»Ich habe mir noch einmal alle Aufnahmen zwischen zehn Uhr abends und sieben Uhr morgens angeguckt«, sagte Mac. »Und soweit ich sehen konnte, haben in dieser Zeitspanne genau zweiundvierzig Leute das Hotel verlassen. Ich habe von allen Screenshots gemacht und jede ihrer Bewegungen dokumentiert.« Sie hielt Veronica ihren Tablet-PC hin, auf dem sie mit ihrem Eingabestift eine komplexe Zeitleiste erstellt hatte.

23:01 – PSU-BASKETBALLER GEHEN HEIMLICH IM POOL SCHWIMMEN.
23:07 – BASKETBALLER ERWISCHT, ZURÜCK IN IHRE ZIMMER.
23:13 – ROTHAARIGER MANN GEHT IN DER BAR AUF DIE TOILETTE, MANNING BESTELLT 2. DRINK, SANTIAGO (SECURITY) UNTERHÄLT SICH MIT COHEN (REZEPTIONISTIN) AM EMPFANG.
23:16 – ROTHAARIGER MANN KEHRT ZURÜCK AN SEINEN PLATZ.
23:20 – RAMIREZ SCHIEBT WÄSCHEWAGEN DURCH DEN PERSONALBEREICH.

Die Aufzeichnungen waren mit unterschiedlichen Farben markiert, die angaben, ob die Leute zum Personal gehörten oder Gäste waren. An manchen Stellen war Macs Schrift fast unleserlich zusammengequetscht und die Zeitabstände wurden immer kleiner, als sie versucht hatte, jede noch so winzige Bewegung festzuhalten, die ihr aufgefallen war.

»Wow«, sagte Veronica. »Ich weiß gerade nicht, ob ich beeindruckt sein oder lieber einschreiten soll. Das sieht ja aus wie Russell Crowes Wand in *A Beautiful Mind.*«

»Ich habe nur versucht herauszufinden, ob einer davon das Opfer sein könnte – verkleidet eben«, erläuterte Mac. »Vielleicht mit einer Perücke oder … was auch immer. Aber das ist nicht der Fall.« Sie ließ die Videos mit einem Mausklick noch schneller laufen.

Veronica beobachtete, wie Grace das Treppenhaus betrat. Danach regte sich fast nichts mehr, abgesehen von ein paar Hotelmitarbeitern, die in der Lobby plauderten oder durch den Personalbereich gingen.

»Sechzehn Hotelmitarbeiter verlassen das Gebäude um Mitternacht durch den Personaleingang. Keiner von ihnen hat irgendetwas bei sich, das groß genug wäre, um einen Menschen darin zu transportieren. Dann sind da noch vier Gäste, die gehen, als um zwei die Bar schließt, aber die sind die ganze Zeit auf den Kameras zu sehen – keiner von denen verschwindet auch nur mal kurz. Und um fünf kommen die Basketballer in die Lobby.«

»Und wenn wir davon ausgehen, dass Grace nicht auf Stelzen läuft, ist sie da auch nicht dabei.« Veronica kniff die Augen zusammen. Die Sporttaschen der Basketballspieler waren alle einheitlich schwarz und mit Rollen versehen. Es war schwer einzuschätzen, wie groß sie waren – die Spieler selbst waren so riesig, dass neben ihnen alles andere winzig wirkte. »Glaubst du, sie würde in eine von diesen Taschen passen?«

Mac beugte sich vor und runzelte die Stirn. »Also, die Höhe der Holzvertäfelung hier beträgt ungefähr einen Meter«, sagte sie und deutete auf die Wand hinter einem der Spieler. »Das heißt, die Taschen müssten ungefähr sechzig Zentimeter hoch sein, allerhöchstens fünfundsechzig. Weiß nicht, kommt mir ziemlich eng vor.«

»Na ja, sie ist ziemlich zierlich.« Grace Manning war kaum größer als Veronica und wog schätzungsweise fünfzig Kilo. Jeder dieser hünenhaften Jungs hätte sie spielend hochheben können – aber Veronica war sich nicht sicher, ob das damit gleichzusetzen war, dass einer von ihnen sie möglicherweise in einer Sporttasche aus dem Hotel gerollt hatte.

Auf dem Bildschirm stieg nun ein Spieler nach dem anderen in den Bus. Die Bustür befand sich auf der der Kamera abgewandten Seite, Richtung Straße, sodass Veronica den Weg der Taschen nicht mehr weiterverfolgen konnte. Sie ging davon aus, dass sie in den Kofferraum des Wagens geladen wurden.

»Aber die Taschen sind in einem Bus voller Leute gelandet. Wie hätte der Täter Grace denn da raus und auf dieses Grundstück schaffen sollen, ohne dass irgendwer etwas mitkriegt?«

Guter Einwand. Veronica dachte an all die totgeschwiegenen Verbrechen, von denen sie in den vergangenen Jahren gehört hatte – Geschichten über Korruption in College-Sportmannschaften, von Sportlern und sogar Trainern, die von den Taten ihrer Teamkameraden gewusst und sie gedeckt hatten. Drogenmissbrauch, Körperverletzung, Vergewaltigung, sogar Morde waren vertuscht worden. Aber es war schwer vorstellbar, dass ein ganzer Bus voller College-Jungs – zusammen mit Managern, Trainern und einem fremden Busfahrer – übereingekommen war, ein verletztes Mädchen am Straßenrand zurückzulassen, ohne dass in den darauffolgenden Monaten auch nur ein Wort davon durchgesickert war.

Veronica starrte auf den Bildschirm und schüttelte den Kopf. Sie griff nach ihrer Tasche und wühlte einen Moment darin herum, bis sie eine unbeschriftete CD gefunden hatte. »Kannst du die mal einlegen?«

Mac nahm die CD und schob sie ins Laufwerk. Einen Moment später erschien eine Reihe weiterer Überwachungsvideos.

»Was ist das?«

»Videos aus dem Neptune Grand vom fünfzehnten Dezember.« Veronica beugte sich über Macs Schulter, um besser sehen zu können. »Normalerweise werden die Aufnahmen nach einem Monat überspielt, es sei denn, es ereignet sich ein besonderer Vorfall. Und zu unserem Glück gab es so einen.«

Die Kameraperspektiven waren dieselben wie in der Nacht von Grace' Vergewaltigung, nur dass die Lobby und die Bar diesmal voller Weihnachtsdekoration waren. Schräg gegenüber der Rezeption stand ein fünf Meter hoher Weihnachtsbaum, an dessen Zweigen Massen von goldenen und silbernen Kugeln glitzerten. Die Bar auf dem Hoteldach war mit Tannengirlanden geschmückt und die beiden Barkeeper trugen Nikolausmützen. Veronica erkannte Alyssa sofort, obwohl ihr Haar eine andere Farbe hatte – dunkelrot – und etwas länger war als jetzt.

Die Uhr zeigte 21:30 an. Genau wie Alyssa erzählt hatte, war die Bar bis zum Bersten mit einem bunt gemischten Publikum gefüllt. Männer mit Cowboyhüten und bestickten Westernhemden saßen um die Feuerstelle und plauderten mit Frauen in Jeans-Hotpants. An den Brüstungen dagegen tummelten sich Leute mit Bondage-Outfits aus schwarzem Lackleder und mit Zombie-Kontaktlinsen. Hin und wieder sah ein Angehöriger einer Gruppe flüchtig zu der anderen hinüber oder gestikulierte in ihre Richtung.

»Da ist sie.« Um 21:32 Uhr betrat Grace Manning die Lobby. Diesmal umspielte ihr Haar in weichen Veronica-Lake-Locken ihr Gesicht. Ein grauer Trenchcoat reichte ihr bis zur Mitte der Oberschenkel und gab den Blick auf ihre nackten Beine darunter frei. Sie ging zum Aufzug. Drinnen zeigte die Kamera Grace' perfekt geschminktes Gesicht in Nahaufnahme. Sie stand der Tür zugewandt und zupfte sich die Haare zurecht.

Oben in der Rooftop-Bar wurde Alyssa von durstigen Kunden

belagert, doch als sie Grace entdeckte, nickte sie ihr zu und lehnte sich zu ihr hinüber. Kurz darauf wandte sie sich wieder ab und mixte einen Drink. Grace zog ihren Mantel aus, unter dem ein schwarzes Kleid mit tiefem Rückenausschnitt zum Vorschein kam.

Am anderen Ende des Dachs griff unterdessen ein stoppelbärtiger Jimmy Ray Baker – dessen halb aufgeknöpftes Jeanshemd zugegebenermaßen ziemlich beachtliche Brustmuskeln enthüllte – nach seiner Gitarre und fing an zu klampfen. Ein Mädchen mit Dolly-Parton-Gedächtnisfrisur und rosa Cowboystiefeln kletterte auf eine Bank und begann zu tanzen, während ein anderes für einen Typen aus Jimmy Rays Entourage einen spontanen Lapdance gab und sich lasziv an ihm rieb.

Alyssa schob Grace über die Theke ein Martiniglas zu. Grace stellte sich damit an die Brüstung und sah über die Stadt. Eine Weile konnten Veronica und Mac nichts als ihren bloßen Rücken sehen. Einmal trat einer der Cowboys neben sie und schien sie anzusprechen. Kurz darauf jedoch trollte er sich wieder und ließ Grace allein.

»Voll abgeblitzt«, kommentierte Mac beeindruckt.

Um 21:57 Uhr stellte Grace ihr leeres Glas zurück auf die Theke und ging zum Treppenhaus, wobei sie einen weiten Bogen sowohl um die Goths als auch um die Möchtegern-Westernhelden machte. Ohne sich noch einmal umzudrehen, verschwand sie im Dunkel hinter der Tür.

Eine Minute später brach die Schlägerei los. Mac hielt das Video genau in dem Moment an, als Jimmy Ray Baker einem gespenstisch hageren Metal-Freak die Faust ins Gesicht rammte. »Okay … Warum genau gucken wir uns das an?«

»Wenn Grace an dem Abend im Grand war, dann war ihr Freund es auch – mal angenommen, dass er sie damals nicht auch schon versetzt hat.« Veronica nickte in Richtung des Bildschirms. »Spul mal vor. Mal sehen, wann sie unten wieder auftaucht.«

Mac klickte auf einen Button und die Bilder rasten vorwärts. Im Eagle's Nest wurde der dürre Goth-Typ inzwischen von einer ganzen Horde Cowboys in die Mangel genommen. Alyssa und ein paar der Gäste hatten sich hinter der Theke in Sicherheit gebracht.

»Ich habe das Gefühl, da müsste jetzt *Yakety Sax* im Hintergrund laufen«, meinte Mac.

»Oder die Musik aus *West Side Story*«, schlug Veronica vor.

In der Lobby war keine Spur von Grace Manning. Sie sahen, wie vor den Augen verstörter Hotelgäste eine Gruppe Security zum Aufzug rannte. Oben auf dem Dach fuchtelte derweil ein Oneiroi-Fan mit einer kaputten Bierflasche herum. Die Sicherheitsleute warfen sich dazwischen und nicht viel später rückte auch die Polizei an. Ein paar der Streithähne wurden in Handschellen abgeführt, während andere sich verdünnisierten. Die Bar leerte sich. Unten am Empfang war ein Manager in schlecht sitzendem Anzug aufgetaucht, der mit den Rezeptionisten vermutlich über die Schlägerei diskutierte. Ein Kamerateam erreichte den Ort des Geschehens und wurde gleich wieder rausgeworfen.

Um 1:14 Uhr öffnete sich die Treppenhaustür im Erdgeschoss. Grace Manning trat heraus, genauso geordnet und perfekt zurechtgemacht wie bei ihrer Ankunft. Sie hatte sich wieder fest in ihren Trenchcoat gehüllt. Auf dem Weg durch die Drehtür nach draußen winkte sie dem Portier freundlich zu. Er winkte grinsend zurück.

»Ein bisschen mehr als drei Stunden«, stellte Veronica fest. »Also war ihr Freund definitiv da. Wenn wir herausfinden, wer an diesem Abend alles im Hotel war, können wir die Suche zumindest etwas eingrenzen.«

Mac starrte ihre Freundin an. »Petra kommt mir nicht gerade naiv vor. Ich vermute, dass das Hotelnetzwerk ziemlich gut geschützt ist. Könnte ein paar Tage dauern, bis ich mich in ihre Reservierungsdatenbank gehackt habe.«

»Dann ist es natürlich umso praktischer, dass ich ein Passwort habe«, verkündete Veronica. Sie schnappte sich einen Stift und ein Post-it vom Schreibtisch und notierte zwei Zeilen.

Benutzername: corrigans
Passwort: prinzessin_und_kuerbis

Mac hob die Augenbrauen.

Veronica zuckte mit den Schultern. »Ich war dabei, als Petras Assistentin sich eingeloggt hat.«

Macs Finger huschten über die Tastatur, als sie sich Zugang zum Netzwerk des Neptune Grand verschaffte. Nachdem sie sich als Gladys eingeloggt hatte, klickte sie sich durch die Datenbank, bis sie das richtige Datum gefunden hatte. »In der Nacht des fünfzehnten Dezember waren fünfhundertdreizehn Gäste im Grand eingecheckt. Aber nur einundzwanzig davon haben in der Rechnungsadresse eine Postleitzahl aus der Gegend angegeben.«

Veronica beugte sich weiter vor. »Wie viele davon sind Männer?«

Zwischen Macs Augen bildete sich eine winzige Falte. Einen Moment lang starrte sie auf den Bildschirm, bevor sie ein paar der Namen markierte. »Vierzehn Männer und ein oder eine Avery – da weiß man es nicht so genau.«

Veronica blinzelte. »Kannst du irgendwie herausfinden, wie viele von denen mehrmals im Neptune Grand abgestiegen sind – sagen wir mal, im vergangenen Jahr?«

»Klar, Sekunde.« Mac gab einen Namen nach dem anderen in

eine Suchleiste ein. Das Schweigen dehnte sich aus und Macs Gesicht wirkte blass im Licht des Bildschirms.

Veronica wartete ab und sah zu, wie Namen und Daten über den Bildschirm flitzten.

Dann verhärtete sich Macs Miene.

»Was ist?«, fragte Veronica. Als Mac nicht antwortete, runzelte sie die Stirn. »Hast du ihn gefunden?«

»Ja, scheint so.« Macs Stimme klang eigenartig, leise und irgendwie hohl.

Veronica blickte sie erwartungsvoll an. »Und?«

Endlich wandte sich Mac vom Monitor ab und sah Veronica direkt in die Augen. »Charles Sinclair.«

Der Name plumpste mit einem dumpfen Poltern zwischen ihnen zu Boden.

Charles Sinclair. Madison Sinclairs Dad – und Macs leiblicher Vater.

KAPITEL 17

Mac wich abrupt vom Schreibtisch zurück und fuhr sich mit beiden Händen durchs Haar. Einen Moment lang dachte Veronica, sie würde anfangen zu weinen. Dann aber wurde ihr klar, dass der Ausdruck auf dem Gesicht ihrer Freundin bittere Genugtuung war, beinahe Triumph.

Sie ist nicht überrascht, dämmerte es ihr. Mac mochte vielleicht nicht damit gerechnet haben, den Namen Sinclair auf dieser Liste zu sehen – aber schockiert war sie auch nicht darüber.

Was wohl bedeutete, dass Mac in den letzten Jahren ein Auge auf ihre leiblichen Eltern gehabt hatte.

Veronica wusste nicht, warum sie das erstaunte. Genauso hätte sie selbst es auch gemacht. Aber sie hatten nie darüber geredet – nicht mehr seit der Highschool. Nicht mehr, seit Veronica herausgefunden hatte, dass Mac nach ihrer Geburt mit ihrer Schulkameradin Madison Sinclair vertauscht worden war, einem verwöhnten 09er-Püppchen, wie es im Buche stand. Der Fehler war erst erkannt worden, als beide Mädchen vier Jahre alt waren – woraufhin die Familien gemeinsam beschlossen hatten, die Kinder zu behalten, die sie bislang als ihre eigenen aufgezogen hatten. Eine dicke Entschädigungszahlung des Krankenhauses hatte den Sinclairs zu noch mehr Reichtum verholfen. Den Mackenzies hatte es als Startkapitel für eine Jet-Ski-Firma gedient, die jedoch innerhalb von drei Jahren pleitegegangen war.

»Na ja, dass Charles Sinclair ein Mistkerl ist, ist ja nun nichts Neues«, meinte Mac.

Sie stand auf und ging in die kleine Küchenzeile. Doch anstatt den Kühlschrank zu öffnen, wie Veronica erwartet hatte, nahm sie eine Flasche Whiskey aus dem Hängeregal. Sie goss sich etwas in eine Kaffeetasse, nahm einen Schluck und gab noch einen Schuss dazu.

»Was genau willst du damit sagen?«, hakte Veronica vorsichtig nach.

»Nur dass ich mich, ähm, in den letzten Jahren ein bisschen über die Sinclairs auf dem Laufenden gehalten habe.« Mac starrte konzentriert aus dem Fenster in die Dunkelheit und mied Veronicas Blick.

Was bedeutete, das war Veronica klar, dass Mac sich in ihre persönlichen Daten gehackt hatte – ihre E-Mail-Accounts, ihre Bankkonten, ihre Krankenakten.

»Charles und Ellen haben eine Weile eine Paartherapie gemacht. Ich habe nicht die Sitzungsprotokolle gelesen, aber, na ja, man kann sich doch denken, was das bedeutet.«

»Mac …«

»Ich weiß. Das ist so was von armselig.« Wieder fuhr sie sich mit der freien Hand durchs Haar. Als sie sie senkte, standen die Strähnen ihrer Kurzhaarfrisur wirr in alle Richtungen ab. »Also, ich habe sie nie … belästigt oder so. Ich wollte einfach nur wissen, wie sie so leben.« Sie stieß ein abgehacktes Lachen aus. »Ich weiß eigentlich auch nur über die groben Eckdaten Bescheid. Dass sie letztes Jahr Urlaub in Argentinien gemacht haben. Und dass sie Lauren mitgenommen haben, meine … *Madisons* Schwester. Sie geht auf die Sarah Lawrence und hatte gerade Semesterferien. Ähm ja, und bei Ellen gab es vor ein paar Jahren kurz Brustkrebsalarm. Aber das Geschwür hat sich als gutartig herausgestellt, also ist alles in Ordnung.« Mac nahm noch einen

Schluck aus ihrer Tasse. »Und was Charles angeht – tja, da hatte ich schon länger den Verdacht, dass er fremdgeht. Ellen ist viel unterwegs. Sie engagiert sich für so eine Wohltätigkeitsorganisation, arbeitet mit einkommensschwachen Frauen, die sich selbstständig machen wollen. Ist wirklich ziemlich cool, was sie macht. Sie hat sogar mal einen TED-Talk gehalten und solche Sachen.« Sie schüttelte den Kopf, als könnte sie so wieder klarer denken. »Aber wie gesagt, ich hatte schon den Verdacht, dass er fremdgeht. Ich wäre allerdings nie auf die Idee gekommen, er könnte ein …« Mac brach ab, als brächte sie das Wort nicht über die Lippen. Als sie weiterredete, klang ihre Stimme wieder ruhig und sachlich. Erst gegen Ende ihrer nächsten Äußerung drohte sie wieder zu brechen.

»Weißt du, mein Dad dagegen steckt seit mehr als zwanzig Jahren karrieremäßig in einer Sackgasse, und wenn meine Mom ihn gelassen hätte, hätte er das Haus mit Bildern von Dale Earnhardt tapeziert, diesem Rennfahrer. Aber meine Mom hat er immer auf Händen getragen. Er würde sie nie hintergehen. Und er würde nie, *nie* einer Frau irgendwas antun. Das weiß ich. Also scheiß auf Charles Sinclair.«

Daraufhin ging Veronica zu Mac hinüber. Sie war nicht sicher, ob sie ihr den Whiskey lieber wegnehmen oder ihr nachschenken sollte. Am Ende lehnte sie sich einfach neben sie an die Arbeitsplatte.

»Wir wissen ja noch gar nichts Konkretes«, sagte sie. »Es kann immer noch sein, dass Charles gar nichts mit der Sache zu tun hat. War er in der Tatnacht überhaupt im Grand? Ist er auf irgendeinem der Videos zu sehen? Hatte er ein Motiv? Wir müssen erst mal ein bisschen mehr in Erfahrung bringen, bevor wir voreilige Schlüsse ziehen.«

Mac exte ihren Whiskey. Dann stellte sie die Tasse in die Spüle und nahm die Flasche mit zu ihrem Schreibtisch, wo sie sie neben ihren Computer stellte und sich zurück auf ihren Stuhl setzte, ein entschlossenes Blitzen in den Augen. »Na, dann mal los«, sagte sie.

Charles Sinclair hatte in den vergangenen sechs Monaten sieben Mal im Neptune Grand eingecheckt, jedes Mal nur für eine einzelne Nacht. Bei jedem Besuch hatte er den Zimmerservice ordentlich auf Trab gehalten und flaschenweise Krug-Champagner bestellt, Schalen mit schokoladenüberzogenen Erdbeeren, Austern und Kaviar. Mac stellte fest, dass jedes Datum mit einer von Ellen Sinclairs Geschäftsreisen übereinstimmte. Doch am Abend der Attacke war er nicht im Grand gewesen. Sein Name stand nicht auf der Reservierungsliste und keine seiner Kreditkarten war benutzt worden. Außerdem tauchte er auf keinem der Überwachungsvideos auf.

»Vielleicht kennt er ja einen Geheimweg ins Hotel – auf dem Weg wurde Grace anschließend dann auch nach draußen gebracht.« Veronica lehnte sich in dem Bürostuhl zurück, den sie neben Macs gerollt hatte, und starrte an die Decke. »Oder vielleicht hat der Übergriff auf Grace gar nicht im Neptune Grand stattgefunden. Vielleicht hat sie das Hotel irgendwie verlassen und sich woanders mit ihm getroffen.«

Mac rieb sich erschöpft über das Gesicht. »Aber warum hätte er sie vorher monatelang mit Kaviar füttern sollen, nur um sich dann dermaßen an ihr zu vergreifen? Das ergibt doch überhaupt keinen Sinn.«

Veronica zögerte. Es war natürlich möglich, dass Sinclair Grace die ganze Zeit über missbraucht hatte und die letzte Tat bloß der Gipfel gewesen war. Oder vielleicht hatte er das Mädchen plötzlich als Gefährdung empfunden – weil sie gedroht hatte, an die Öffentlichkeit zu gehen, zum Beispiel. Was auch Grace' eiserne Verschwiegenheit in Bezug auf seinen Namen erklären würde. Wenn es sein Ziel gewesen war, sie zum Schweigen zu bringen, dann hatte das hervorragend funktioniert.

Nicht dass Veronica irgendetwas davon laut ausgesprochen hätte. »Eins nach dem anderen. Mit einer DNA-Probe würden wir zumindest auf eine dieser Fragen Antwort bekommen.«

»Das dürfte ja kein Problem sein«, erwiderte Mac leise. »Wir nehmen einfach eine von mir, oder? Bei Ramirez' Sohn hat das schließlich auch gereicht.« Ihr Kiefer war angespannt, ihre Augen schmal.

Sie nimmt die Sache persönlich, dachte Veronica voller Unbehagen. »Könnte sein, dass wir darauf zurückgreifen müssen«, stimmte sie ihrer Freundin zu. »Aber fürs Erste habe ich eine bessere Idee.«

KAPITEL 18

Sinclair & Ives war die angesehenste Werbeagentur in ganz Südkalifornien. Zu ihren Kunden zählten Nike, Calvin Klein, Disney und Pepsi. Wenn eine Firma mit ihrer Kampagne Lobeshymnen im Artforum erntete, ihr Logo weltweit bekannt war, die zugehörige Schriftart millionenfach kopiert wurde, standen die Chancen gut, dass Sinclair & Ives die Finger im Spiel hatte – und dass der kreative Anstoß dafür von Superstar Charles Sinclair persönlich stammte.

Der Firmensitz nahm eine komplette Etage in einem schicken Bürogebäude mitten in der Innenstadt ein, die Wände waren im Color-Block-Design gehalten, die Einrichtung modern. Es war Montagmorgen und Veronica saß auf einem lehnenlosen roten Sofa, umklammerte eine Künstlermappe und wippte in einer perfekten Zurschaustellung von Nervosität mit dem Fuß. Sie trug derbe Boots und ein schlabbriges Herrensakko, das Haar hatte sie mit einem Gummiband zu einem unordentlichen Knoten gebunden. Eine Fensterglasbrille mit dickem schwarzem Plastikrahmen rundete das Outfit ab: lässig, unkonventionell, edgy. Selbst ein Schild mit der Aufschrift *Kunststudentin* um ihren Hals hätte die Botschaft nicht deutlicher machen können. Was genau ihr Ziel war, denn schließlich hatte Veronica einen Termin für ein Vorstellungsgespräch mit Charles Sinclair. Sie musste einen überzeugenden Auftritt hinlegen, zumindest für die paar Minuten, die es dauern würde, zwei Dinge zu erledigen: herausfinden, ob er Grace kannte, und irgendeinen Gegenstand klauen, der Spuren seiner DNA trug.

Veronica hatte Mac nicht noch weiter in die Sache mit hineinziehen wollen, aber eine kleine Backgroundrecherche hatte ergeben, dass Sinclair das California College of the Arts absolviert hatte. Außerdem war sie auf seine private Telefonnummer gestoßen. Veronica hatte gleich an diesem Morgen angerufen und sich als College-Beraterin ausgegeben. Sie hatte Sinclair von einer extrem talentierten Fotografiestudentin kurz vor dem Abschluss vorgeschwärmt, die auf der Suche nach einem Job sei, und ob er nicht vielleicht Zeit für ein kurzes Treffen habe? Seine Stimme am Telefon hatte freundlich geklungen. Aber natürlich, er habe zwanzig Minuten vor der Mittagspause noch ein bisschen Luft.

Und so saß Veronica nun im Wartebereich, auf dem Schoß eine Mappe mit einer Auswahl ihrer eigenen Fotos, die sie in aller Eile zusammengestellt hatte. Der Empfangsmitarbeiter – ein junger Mann mit karottenrotem, über der Stirn zu einer hohen Tolle aufgegeltem Haar, warf ihr über dem Rand seines Bildschirms immer wieder missmutig-belustigte Blicke zu.

»Gretchen Spengler?«

Veronica zuckte zusammen. Sie hatte damit gerechnet, dass der Typ am Empfang sie so lange wie möglich warten lassen würde, bevor er sie in Sinclairs Büro geleitete, doch da stand plötzlich der Chefdesigner selbst in der Tür, ein geduldiges Lächeln im Gesicht.

Charles Sinclair war groß und schlank und hatte dunkles Haar, dessen Ansatz langsam von seinem gut aussehenden, markanten Gesicht zurückwich. Er trug ein Jackett über einem Hemd, aber keine Krawatte und lehnte lässig und selbstbewusst in seiner Bürotür.

Der Inbegriff eines stinkreichen Schnösels im mittleren Alter, dachte Veronica. *Er wirkt jedenfalls nicht wie jemand, der lange zaudert. Aber ob Vergewaltiger oder einfach bloß unangenehm, bleibt noch zu klären.*

»Mr Sinclair!« Veronica sprang auf und ging mit ausgestreckter Hand auf ihn zu. »Vielen Dank, dass Sie Zeit für mich haben. Ich kann Ihnen gar nicht sagen, wie viel mir das bedeutet.«

»Ich freue mich immer, andere Absolventen vom CCA kennenzulernen.« Sie schüttelten einander die Hände.

Veronica folgte ihm durch einen geräumigen, offenen Arbeitsbereich. Eine Wand bestand komplett aus einer überdimensionalen Tafel, die mit Kritzeleien übersät war. Vier Leute saßen inmitten von leeren Kaffeetassen und Getränkedosen über Zeichentische oder Computerarbeitsplätze gebeugt. Alle anderen schienen sich bereits in die Mittagspause verabschiedet zu haben.

Sinclairs Büro war groß, aber ziemlich vollgestellt. Eine Seite des Raums wurde zu drei Vierteln von einer Korkpinnwand eingenommen, an der alle möglichen ausgeschnittenen Bilder hingen – von Sportlern in Aktion bis hin zu wollgesichtigen Faultieren, die von Ästen baumelten. Auf einem Tisch thronten Seite an Seite zwei 27-Zoll-Monitore und am Fenster stand ein über Eck verlaufender Zeichentisch. An der Wand neben der Tür lehnte eine zusammengerollte Yogamatte, aus deren Mitte ein verschwitztes Handtuch hervorlugte.

Veronica ließ den Blick durch den Raum schweifen und registrierte die Details. Wenn Sinclair genauso viele leere Getränkedosen herumstehen hatte wie alle anderen in dieser Agentur, würde sie schnell fündig werden. Doch sie sah keine einzige.

Okay, dann muss ich wohl ein bisschen kreativ werden.

Charles zog einen Aeron-Bürostuhl unter seinem Computertisch hervor und bedeutete Veronica, sich zu setzen. Er selbst ließ sich in einen grünen Formschalensessel ein Stück von ihr entfernt sinken. Es war ein seltsames Gefühl, dass sich kein Tisch zwischen ihnen befand – eine Winzigkeit vertraulicher, als es Veronica lieb war.

»Nochmals vielen Dank, dass Sie Zeit für mich gefunden haben, Mr Sinclair. Ich bin ein riesiger Fan Ihrer Arbeit.« Veronica schob ihre Brille hoch. »Ihre Anzeige für Rolex vor ein paar Jahren war mit ein Grund dafür, dass ich mich für ein Designstudium entschieden habe.«

Sein Lächeln wurde ein wenig breiter. »Das war eine meiner Lieblingskampagnen. Und nicht nur, weil ich dabei Marion Cotillard kennengelernt habe.« Er schlug die Beine übereinander, legte die Hände auf dem Knie ab und musterte Veronica interessiert. Mit einem Schaudern registrierte sie, dass seine Augen genauso hellblau waren wie Macs. »Sie sind also Fotografin?«

Sie nickte, dann zog sie den Reißverschluss der Mappe auf und begann, darin zu kramen. »Ich habe letzten Sommer als Praktikantin bei TBWA in Los Angeles gearbeitet und dabei ziemlich viele Bilder für Produkttests gemacht. Aber in meiner Abschlussarbeit ging es komplett um Porträtfotografie.« Sie reichte ihm ein Album und er blätterte es durch.

Veronica hatte am Tag zuvor Stunden damit zugebracht, ihre Fotos zu sortieren. Sie fotografierte schon von klein auf und ihre besten Bilder waren durchaus vorzeigbar – zumindest würden sie ausreichen, um als talentierte Fotografiestudentin durchzugehen. Sie hatte sich für eine breite Auswahl an Motiven entschieden – historische Gebäude und Meeresansichten, Vögel und Blumen, Käseplatten oder Cupcakes –, hauptsächlich aber hatte sie Porträtaufnahmen dabei. Die meisten davon zeigten Freunde aus New York, aus ihrer Studienzeit an der Columbia; sie hatte nicht riskieren wollen, dass Charles Sinclair irgendjemanden wiedererkannte.

Mit einer wichtigen Ausnahme.

Sie behielt sein Gesicht genau im Auge, während er die Fotos durchsah. Manche betrachtete er etwas länger – eins, das sie zwei Jahre zuvor bei der Meerjungfrauenparade auf Coney Island geschossen hatte und das drei junge Frauen mit Muschelschalenbikinis und grünen Perücken zeigte; ein anderes von einem zerbrochenen Fenster in einer leer stehenden Grundschule. Dann blätterte er abermals um und erstarrte.

Grace Mannings Foto hob sich ein wenig vom Rest der Bilder ab. Im Großen und Ganzen war Veronicas Stil eher fotojournalistisch geprägt. Das professionelle Porträt dagegen sollte Grace möglichst neutral zeigen, wie eine leere Leinwand, auf der sich die Regisseure austoben konnten. Ihre Miene war ernst: der Mund geschlossen, die Augen kleinmädchenhaft aufgerissen, das Haar umspielte offen ihr Gesicht. Das Bild stammte aus der Zeit vor der Vergewaltigung und Veronica meinte, im Vergleich zu heute einen hauchfeinen Unterschied in ihren Zügen zu erkennen. Es schien, als hätte sich ihr Ausdruck verändert, als fehlte etwas – diese Leichtigkeit in ihrem Blick, die entspannt wirkenden Muskeln.

Charles starrte auf das Porträt und sein Mund klappte ein paarmal auf und zu, während er verzweifelt um Fassung rang. Zuerst wurde er blass, dann rot, von den Wangen bis hinunter zum Hals. Veronica versuchte, ein Lächeln zu unterdrücken.

Volltreffer.

Sie beugte sich zu ihm hinüber, als wollte sie nachsehen, bei welchem Bild er angelangt war. »Ah ja, gefällt Ihnen das? Sie war ein absoluter Glücksgriff. Sie ist Schauspielerin und hat mich für ihre Porträtfotos engagiert. Hat so etwas Unschuldiges, wirkt wie das Mädchen von nebenan, finden Sie nicht auch? Und dabei trotzdem so verletzlich – beinahe zerbrechlich.«

Veronica sah, wie Sinclairs Finger zu zittern begannen und

sich um die Kante des Buchs krümmten. Doch bevor sie noch etwas hinzufügen konnte, wurden sie von einer Stimme unterbrochen. Einer zickigen, schrecklich vertrauten Stimme. Einer Stimme, die Veronica immer noch durchzuckte, als hätte ihr jemand Batteriesäure injiziert.

»Daddy, wann feuerst du endlich diesen Typen am Empfang? Der behandelt mich jedes Mal, als wäre ich die totale Nervensäge.«

In der Tür stand Madison Sinclair in einem kanariengelben Etuikleid und blassrosa Strickjacke, das Gesicht zu ihrem charakteristisch herablassenden Ausdruck verzogen. Als sie Veronica sah, stutzte sie.

Veronica war einen Moment lang völlig perplex, unfähig, einen klaren Gedanken zu fassen oder zu reagieren. Madison Sinclair hatte sie in der Highschool nichts als gemobbt, getriezt und gedemütigt – genau wie bei ihrem zehnjährigen Klassentreffen vor ein paar Monaten. Das einzig Gute daran war gewesen, dass Veronica endlich die Gelegenheit bekommen hatte, etwas zu tun, wovon sie schon seit Jahren träumte: Sie hatte Madison eins auf die Nase gegeben.

»Was machst *du* denn hier?«, fragte Madison regelrecht angewidert.

Charles sah von dem Album in seinem Schoß auf. Er klappte es umständlich zu und reichte es Veronica. »Ach, Sie kennen meine Tochter?«

»Oh mein Gott, *du* bist Charles' Tochter?« Veronica zauberte ein begeistertes Lächeln auf ihr Gesicht und sprang von ihrem Stuhl auf. »Ich wusste zwar, dass dein Nachname Sinclair ist, aber auf *die* Verbindung bin ich nie gekommen. Wie schön, dich wiederzusehen!«

Madison blinzelte. Das hatte sie ganz offensichtlich nicht erwartet.

Zu Veronicas Glück schien Charles es genauso eilig zu haben, das Gespräch zu beenden.

»Tut mir leid, Ms Spengler – ich hatte ganz vergessen, dass ich mit meiner Tochter zum Mittagessen verabredet bin. Wir müssen leider an dieser Stelle schließen. Aber der Stil Ihrer Fotos ist … wirklich interessant, und wenn Sie mir eine Kopie Ihres Lebenslaufs dalassen –«

»*Spengler?*«, spie Madison. »Was zum –«

»Vielen Dank, dass Sie sich die Zeit genommen haben, Mr Sinclair.« Veronica streckte ihm die Hand entgegen und nach einem Moment des Zögerns ergriff er sie. »Es war mir wirklich eine Ehre.« Dann schenkte sie Madison ein strahlendes Lächeln. »Lass dir das Mittagessen schmecken, Madison.«

In den drei Sekunden, die Veronica brauchte, um die Tür zu erreichen, huschte ihr Blick hektisch durch den Raum. Grace' Foto hatte ihr genau die Reaktion eingebracht, auf die sie gehofft hatte – aber das Wichtigste hatte sie noch nicht bekommen. Weit und breit keine Getränkedose, keine angebissenen Lebensmittel, nicht mal ein Haar, das sie hätte aufklauben können. Sobald sie das Büro verlassen hatte, gab es keinen Weg zurück. Madison würde ihrem Vater erzählen, dass Veronica eine Privatdetektivin war, und dann wäre sie erledigt.

In dem Moment sah sie es. Das zusammengeknüllte weiße Handtuch, das aus der Yogamatte an der Tür lugte. Sofort hatte sie ein Bild von Charles Sinclair vor Augen, schweißüberströmt in einem überhitzten Yogastudio. Wie er gerade die Krieger-Übung beendete und sich den Schweiß vom Gesicht wischte. Mit dem Handtuch, das er anschließend in seiner Matte einrollte, um es beim nächsten Mal wieder zu benutzen.

Blitzschnell zog Veronica es heraus und fegte an Madison vorbei. Als sie durch den Arbeitsbereich eilte, hörte sie hinter sich Madisons Keifen.

»Warum hast du sie Spengler genannt? Das war Veronica Mars, Dad, die ist das Allerletzte!«

Veronica wartete Charles' Antwort nicht ab. Stattdessen legte sie lieber noch einen Zahn zu, und während sie im Laufschritt am Empfang vorbeijoggte, fragte sie sich, ob sie eine DNA-Probe des Vergewaltigers in der Hand hielt.

KAPITEL 19

Am Freitagmorgen lehnte Logan an der Arbeitsplatte und sah Veronica dabei zu, wie sie Pfannkuchenteig anrührte, als er ganz unvermittelt sagte: »Komm, machen wir's.«

Sie blickte amüsiert zu ihm hoch. »Schon wieder? Ist doch erst zehn Minuten her. Ich brauche erst mal Frühstück, bevor ich noch so eine Performance hinlegen kann.«

Es war kurz nach zehn. Veronica hatte beschlossen, sich den Tag freizunehmen – bevor Sinclairs Laborergebnisse vorlagen, konnte sie sowieso nichts tun, und in den letzten Wochen war auch kein neuer Auftrag reingekommen. Keith hatte sich diese Flaute zunutze gemacht und Veronica dazu überredet, ihn bei der Schlichtung einer Fehde zwischen zwei konkurrierenden Pfandhausbesitzern zu unterstützen. Die eine Eigentümerin suchte Beweise dafür, dass ihr Konkurrent Mitglieder einer Straßengang engagiert hatte, um ihren Laden zu verwüsten und sie zu bestehlen. Eine kurze Recherche hatte allerdings Zweifel an der Geschichte aufkommen lassen: Keith war auf insgesamt neun Fälle gestoßen, in denen die Frau falsche Anschuldigungen erhoben, Anzeige wegen Belästigung erstattet und das Landesamt für psychiatrische Versorgung verklagt hatte. Um sich jedoch wenigstens das Grundhonorar zu sichern, musste Mars Investigations einen Nachweis ihrer Bemühungen vorlegen, bevor sie der alten Schreckschraube den Rücken kehren konnten.

Veronica hatte beschlossen, heute mal Pause von diesem idiotischen Job zu machen und ein bisschen Zeit mit Logan zu verbringen. Sie trug ihren Morgenmantel und auf der Arbeitsplatte neben ihr stand eine halb ausgetrunkene Tasse Kaffee. Durch die Vorhänge sickerte Sonnenlicht herein und zum ersten Mal, seit sie den Manning-Fall angenommen hatte, fühlte Veronica sich einigermaßen ausgeglichen.

»Das meinte ich nicht. Obwohl, jetzt, wo du's ansprichst – frag mich in ein paar Minuten noch mal, okay?« Logan schnappte sich einen knusprigen Streifen Frühstücksspeck. »Nein, was ich meinte, war: Komm, kaufen wir uns einen Welpen.«

Veronica starrte ihn mit offenem Mund an.

Er grinste. »Oha. Veronica Mars sprachlos. Das muss ich nachher unbedingt in mein Gefühlstagebuch schreiben.«

»Ist das dein Ernst? Du bist doch … Also, das ist eine ziemlich große Verantwortung.«

»Na und? Das gilt doch für alles, was halbwegs interessant ist.« Logans Miene war halb verschmitzt, halb ungeduldig. »Na los. Entweder kritzelst du weiter Hundegesichter auf jeden Papierschnipsel in dieser Wohnung oder wir machen endlich Nägel mit Köpfen. Warum denn nicht?«

Vielleicht lag es daran, wie er sie ansah, aber zum ersten Mal fiel Veronica keine Antwort darauf ein. In diesem Moment konnte sie ihm bloß die Arme um den Hals schlingen und ihn küssen, ihr Geist angenehm leer.

Der Pfannkuchenteig blieb vergessen in der Küche stehen, während die beiden wieder im Schlafzimmer verschwanden.

Zwei Stunden später liefen sie an den Zwingern im Tierheim entlang, als Veronica plötzlich stehen blieb. Auf der anderen Seite des Gitters stand ein kleiner schwarzer Welpe und guckte zu ihnen heraus, den Kopf neugierig schief gelegt.

»Den da. Den nehmen wir.«

Logan ging in die Knie und musterte das Tier ernst und abschätzend. Der kleine Hund stemmte eine Pfote gegen das Gitter und wedelte mit dem Schwanz.

»Er stellt meine hartgesottene Fassade ganz schön auf die Probe«, meinte Veronica. »Im Ernst, noch nie im Leben wollte ich so dringend drauflosquietschen.«

»Hier steht, es ist eine Sie. Und dass sie ausgewachsen fünfundvierzig bis fünfzig Kilo schwer wird«, las Logan von dem Schild am Zwinger ab. »Wo sollen wir denn dann mit ihr hin?«

»Ich habe schon in einer Zweizimmerwohnung mit einem ziemlichen Alphatier von Pitbull gewohnt. Das kriegen wir schon hin.« Veronica hockte sich hin und schob ihre Finger durch das Gitter. Der Welpe folgte ihrer Bewegung mit seinen honigbraunen Augen. Es war schwer zu beurteilen, was für eine Mischung die Kleine war – sie hatte eine längliche Schnauze und Schlabberohren und ihre Pfoten waren ungefähr drei Nummern zu groß für den Rest ihres Körpers. Die Hündin leckte Veronica die Finger ab. »Die nehmen wir«, wiederholte sie leise.

Anderthalb Stunden später, nachdem sie eine Weile im Zwinger gewesen waren, um das Tier besser kennenzulernen, und ihm immer wieder einen abgewetzten Tennisball zum Spielen hingeworfen hatten, saßen sie einer Tierheimmitarbeiterin gegenüber und erledigten den Papierkram. Dann nahmen sie die kleine Hündin mit zum Auto und fuhren zurück auf den Highway. Veronica fiel auf, dass Logan im Umgang mit der Kleinen seltsam zurückhaltend war, sich ganz vorsichtig hinhockte und sie an seiner Hand schnüffeln ließ, als hätte er Angst, sie zu verscheuchen. Während der Fahrt warf Veronica ihrem Freund aus dem Augenwinkel immer wieder verstohlene Blicke zu. Seine hellbraunen Augen verfolgten jede Bewegung des Welpen im Rückspiegel, beinahe misstrauisch.

Liegt ihm genauso viel an der Sache wie mir? Oder versucht er nur, mich bei Laune zu halten?

Es wurde langsam wärmer und die Sonne sengte durch einen dünnen Wolkenschleier auf sie herab. Den glitzernden Ozean zur Linken, schossen sie den Pacific Coast Highway entlang. Der Welpe drückte seine Schnauze an den schmalen Fensterspalt, den Veronica aufgelassen hatte, und schnupperte die salzige Luft.

»Wie sollen wir sie denn nennen?«, fragte Veronica mit einem Blick zu Logan. »Athene? Jeanne d'Arc? Christiane Amanpour?«

»Klingt alles ein bisschen sehr … ambitioniert, oder?«, erwiderte Logan. Er blickte nach hinten auf die Hündin, die jetzt auf dem Rücken lag, an dem Quietschspielzeug herumkaute, das sie ihr im Tierheim gekauft hatten, und dabei wild mit den Pfoten durch die Luft ruderte. Wie auch immer sie ausgewachsen aussehen würde, im Moment ließ sich ihre Körperform am besten als »moppelig« beschreiben. »Mir würde eher so etwas wie Doodlebug vorschweben.«

»Vergiss es! Dann machen sich ja die anderen Hunde über sie lustig!«, rief Veronica. »Wie wär's denn mit Havoc? Oder Mayhem?«

»Haben wir gerade einen Welpen adoptiert oder einen Superschurken?« Logan hob die Augenbrauen. »Sugar Cookie. Das ist mein letztes Angebot.«

Sie fuhren weiter und lachten sich halb schlapp, während sie mit Namen wie Nitro, Snuggums, Cerberus und Peaches jonglierten. Auf dem Rücksitz wälzte sich der namenlose Welpe und tobte mit seinem Gummispielzeug herum.

»Hast du was dagegen, wenn wir mal kurz im Büro vorbeifahren?«, fragte Veronica, als sie die Abfahrt Richtung Innenstadt nahm. »Ich will nur sichergehen, dass sie mich nicht für irgendwas brauchen.«

»Ich dachte, das sollte ein freier Tag werden«, neckte Logan. »Oder willst du nur dein neues Baby rumzeigen?«

»Was denkst du denn, das sind wir dem armen, welpenlosen Rest der Bevölkerung doch wohl schuldig.«

Die Reaktion im Büro fiel aus wie erwartet, außer dass es nicht Mac war, die am lautesten quietschte, sondern Veronicas Dad.

»So ein großes, haariges Puschelmonster! So ein blutrünstiger Höllenhund! So einer bist du!« Keith kniete auf dem Boden und kraulte dem Hündchen den flauschigen Bauch. Veronica und Logan sahen amüsiert zu.

»Mir war gar nicht klar, dass er *so* scharf auf Enkelkinder ist«, bemerkte Veronica.

»Nur auf Enkelkinder, die nicht sprechen können«, entgegnete Keith. Das Hündchen sprang wieder auf und hüpfte um ihn herum. Veronicas Dad klopfte sich die Hundehaare vom Bein und richtete sich auf. »Kannst du dich noch daran erinnern, wie wir Backup bekommen haben? Damals war er so klein, dass er in die Handtasche deiner Mom gepasst hat.«

»Ja, und dann hat er sie komplett zerkaut, genau wie unsere halbe Einrichtung. Ich erinnere mich dunkel an drei Paar Schuhe, die Fußleiste in meinem Zimmer und den größten Teil meiner Ninja-Turtles-Figuren, die dran glauben mussten, und das nur in der ersten Woche.«

»Da musste er sich ja auch noch eingewöhnen«, argumentierte Keith. »Du weißt schon, in einer so neuen Umgebung muss man eben erst mal klären, wer die Hosen anhat.«

»Oder sie, wie in diesem Fall, gleich in Fetzen reißen.«

Plötzlich tappte der Welpe zu Logan hinüber, legte ihm die Pfote ans Schienbein und spähte zu ihm hoch. Veronica unterdrückte einen verzückten Seufzer.

Konzentrier dich auf Philip Marlowe. Komm schon, Veronica, ein Sam Spade kennt keine verzückten Seufzer.

»Sie scheint Logan zu mögen«, sagte Keith.

Logan stieß ein nervöses Lachen aus; in Gegenwart von Veronicas Dad war er immer seltsam angespannt. Er bückte sich und streichelte die kleine Hündin ganz sanft und behutsam.

»Hattest du einen Hund, als du noch klein warst?«, fragte Mac.

Logan schüttelte den Kopf. »Nein. Mom war allergisch und … Aaron hat meistens gearbeitet.« Der Welpe schmiegte sich an sein Bein und auf Logans Gesicht breitete sich ein zögerliches Lächeln aus. »Haustiere waren da nie ein Thema.«

»Tja, dann mach dich auf was gefasst«, sagte Keith. »Sieht aus, als wäre die Kleine schon auf dem besten Weg, dich um den Finger zu wickeln.«

Ein paar Minuten später spielten sie noch immer mit dem Hund, als die Tür aufging und Cliff McCormack mit einem Karton voller Akten in den Händen hereinkam, gefolgt von Lisa Choi und Weevil. Cliff hob eine dunkle Augenbraue und sah sich um.

Mac, das Gummi-T-Bone-Steak in der Hand, stand an einem Ende des Raums und Veronica wartete am anderen, bereit zu einer Partie *Schweinchen in der Mitte*. Doch die Neuankömmlinge lenkten den Welpen von seinem Spiel ab – mit wedelndem Schwanz stürmte er auf Cliff zu und sprang an seinen Beinen hoch.

»Habe ich was verpasst oder hat hier jemand eine Hundepension aufgemacht, während ich kurz weg war?«, erkundigte sich Cliff.

Mac versteckte schnell das Gummispielzeug hinter ihrem Rücken. Veronica bückte sich und nahm das Hündchen auf den Arm. Es strampelte und leckte ihr in einem Ansturm von Zuneigung Kinn und Wangen ab.

»Entschuldige, Cliff. Wir haben ein bisschen die Zeit aus den Augen verloren.«

Lisa Choi wirkte so professionell wie immer mit ihrem dunkelroten Hosenanzug und der schlichten Aktentasche in der Hand. Veronica war sich mit einem Mal unangenehm ihres ausgeleierten T-Shirts, das jetzt auch noch voller Hundehaare hing, und der teeniehaften Vans bewusst, in die sie am Morgen geschlüpft war. Lisa schenkte Veronica ein Lächeln, das besagte: *Nicht blinzeln, sonst hast du verloren*, als ihre Blicke sich trafen.

»Du bist Keiths Tochter, oder? Freut mich, dich kennenzulernen.«

»Tochter und Geschäftspartnerin.« Veronica war sich selbst nicht ganz sicher, warum sie das sagte, aber die Worte waren über ihre Lippen, bevor sie es sich anders überlegen konnte. »Ich bin auch Privatdetektivin.« Sie fügte ein, wie sie hoffte, selbstsicher wirkendes Nicken hinzu. Natürlich musste sich der Welpe ausgerechnet diesen Moment aussuchen, um ihr das Ohr abzuschlecken.

»Diese Akten sind gar nicht mal so leicht. Wo wollen wir denn arbeiten?«, meldete sich Cliff zu Wort und ruckte den Karton auf seinem Arm zurecht.

»Ach, entschuldige. In meinem Büro.« Veronicas Vater deutete auf die offene Tür. Cliff ging hinein und Lisa und Keith folgten ihm. Weevil ließ sich ein bisschen zurückfallen.

»Lisa macht mich echt fertig«, jammerte er gedämpft. »Sie hat gesagt, ich soll mein Motorrad verkaufen. Das wäre gut für mein Auftreten, wenn ich diesen Fall gewinnen will.«

»Ach, echt?« Veronica zuckte mit den Schultern. »Tja, ich an deiner Stelle würde auf sie hören. Die gegnerische Partei wird nämlich nicht einfach stillsitzen und zugucken, wie du ihnen das Geld aus der Tasche ziehst. Wenn du denen die Chance gibst, dich als Kleinkriminellen darzustellen, dann werden sie das auch tun.«

Weevil stieß laut die Luft aus. »Als ob ich das nicht wüsste. Das läuft schon mein ganzes Leben lang so.«

»Dann stell dich darauf ein, dass es auch so weitergeht, denn dich in schlechtem Licht dastehen zu lassen, ist deren Plan A, B und C«, erwiderte Veronica.

Weevil schüttelte niedergeschlagen den Kopf.

Logan, der mit zunehmend finsterer Miene ihrem Gespräch gelauscht hatte, schaltete sich ein: »Aber dafür hast du einen Plan D in der Hose, stimmt's?« Er sah Weevil erwartungsvoll an und ließ eine Hand an seine Gürtelschnalle sinken.

Eli blickte ihn einen Moment lang verwirrt an.

Logan grinste. »Dicke Eier!« Er trat auf Weevil zu und umarmte ihn übertrieben stürmisch. »Du kannst dich von diesen *cuicos* doch nicht so fertigmachen lassen, *carnál*. Halt durch, Alter.«

Über Logans Schulter hinweg sah Weevil Veronica mit hochgezogenen Augenbrauen an.

»Eli? Wir würden gern anfangen.« Keith winkte ihm von seiner Bürotür aus zu. »Wir haben nicht viel Zeit und müssen eine ganze Menge erledigen.«

»Okay, Mr Mars, bin schon da.« Weevil nickte Veronica und Logan lässig zu und verschwand dann hinter Keith in dessen Büro.

»Mann, das bricht einem ja das Herz.« Logan seufzte. »Ich weiß, dass das falsch ist, aber am liebsten würde ich ihm eine dicke, ölige Motorradkette in die Hand drücken, ihm 'nen Klaps auf den Hintern geben und ihn mal so richtig ordentlich das Sheriffbüro demolieren lassen. Einfach damit er ein bisschen was von seinem alten Schläger-Elan wiederbekommt. Weevil und ich waren ja nie die dicksten Kumpel, aber der Junge hat sich doch früher nie hängen lassen – das habe ich immer bewundert.«

Veronica starrte auf die geschlossene Tür. »Ja, ich weiß, was du meinst.«

Aber andererseits hatte er auch noch nie so viel zu verlieren. Sie dachte an Jade und Valentina, die auf einem Klappsofa im winzigen Haus von Jades Mutter schliefen. Sie dachte an die mit Brettern vernagelten Fenster der Autowerkstatt, die Weevil vor vier Monaten hatte schließen müssen.

»Tja, hoffen wir, dass zwei Millionen Dollar ihn wieder ein bisschen auf Zack bringen«, sagte Mac. Sie legte das Gummi-Steak auf ihre Schreibtischkante. »Ich persönlich habe ja noch nie so richtig an diesen Geld-macht-nicht glücklich-Quatsch geglaubt.«

Der Klingelton des Bürotelefons hallte durch den Raum. Mac griff nach dem Hörer. »Mars Investigations.«

An den weit aufgerissenen Augen ihrer Freundin erkannte Veronica, wer der Anrufer sein musste. Sie übergab Logan den Welpen, der auf ihrem Arm eingeschlummert war. Die Hündin stieß ein kleines, unwilliges Grunzen aus und kuschelte sich dann in Logans Armbeuge. Logan wirkte etwas überfordert. Völlig reglos stand er da und betrachtete das kleine Tier skeptisch.

»Okay. Ja. Gut. Verstehe. Vielen Dank.« Mac legte den Hörer bedächtig zurück auf die Gabel, ihre Lippen zu einem breiten, schmalen Strich zusammengepresst. Dann sah sie zu Veronica auf. »Das war das Labor«, sagte sie bemüht ruhig.

»Und?«

Mac schüttelte langsam den Kopf. »Kein Treffer. Die DNA des Vergewaltigers stimmt nicht mit der von Charles Sinclair überein.«

KAPITEL 20

Knapp eine Woche später fiel Keith zum ersten Mal auf, dass er beobachtet wurde.

Das Auto, ein silberner Ford Fusion mit getönten Scheiben, parkte nicht weit von seinem Haus entfernt am Straßenrand. Er konnte gerade so einen breitschultrigen Mann mit Sonnenbrille hinter dem Lenkrad erkennen. Keith spähte fünf- oder sechsmal aus dem Küchenfenster, bevor er sich ganz sicher war. Das Auto inklusive Fahrer stand nun schon seit Stunden da, seine Haustür fest im Blick.

Entweder ist da ein blutiger Anfänger am Werk, dachte Keith, *oder Lamb legt es darauf an, dass ich den Typen sehe, um mich zu verunsichern.*

Mit so etwas hatte er gerechnet, seit sie mit ihrer Klage an die Öffentlichkeit gegangen waren. Damit, dass Lamb und seine Männer ihn auf Schritt und Tritt verfolgen würden. Dass sie wieder bei den Zeugen auftauchen würden, die sie schon einmal erfolgreich eingeschüchtert hatten. Und zweifellos würden sie auch Eli nicht aus den Augen lassen.

Es handelte sich um einen ungelenken, verzweifelten Schachzug, aber Keith war klar, dass es nicht der letzte war. Lamb würde sich nicht kampflos geschlagen geben.

Ein kurzer Schmerz durchzuckte sein Knie, als er nach draußen auf die Veranda trat und die Haustür hinter sich abschloss.

An den Unfall selbst konnte er sich nicht mehr erinnern, aber die Nachwirkungen machten sich nur zu deutlich in seinen Knochen und Gelenken bemerkbar, ein dumpfes Stechen und Ziehen in seinem gesamten Körper. Ohne nach links und rechts zu sehen, ging er die Verandastufen hinunter und schnurstracks zu seinem Auto.

Wie zu erwarten, folgte ihm der Fusion ziemlich auffällig. Keith beobachtete ihn im Rückspiegel, immer ein paar Autos hinter ihm. Es wäre ein Leichtes gewesen, ihn abzuschütteln, aber Keith hatte nichts zu verbergen. Zumindest heute nicht, denn er war bloß auf dem Weg ins Büro. Er machte sich einen Spaß daraus, immer wieder langsamer zu werden und kurz darauf aufs Gas zu treten, sodass sein Verfolger seine Geschwindigkeit mühsam anpassen musste.

Im Büro angekommen, stürmte der Welpe – den Veronica anfangs aus Spaß »Pony« genannt hatte, bis der Name schließlich hängen geblieben war – auf ihn zu und tollte ihm schwanzwedelnd um die Beine. Keith hockte sich hin und nahm die kleine Hündin auf den Arm, die sofort anfing, ihm das Kinn abzuschlecken. Dann sah er auf und bemerkte, dass Veronica vor ihm stand und beinahe genauso aufgeregt wirkte wie der Hund.

»Du wirst es nicht glauben«, verkündete sie.

Hinter ihr am Empfangsschreibtisch saß Mac mit einem selbstzufriedenen Lächeln im Gesicht.

Keith blickte zwischen den beiden hin und her. »Hmm. Ihr zwei wirkt ein halbes Grad weniger deprimiert als normalerweise. Woher diese relativ unbändige Freude?«

Veronica packte ihn beim Ärmel und zog ihn mit zu Macs Schreibtisch. »Wart's nur ab. Mac, hast du es da?«

»Klar doch.«

Mac hatte auf ihrem größten Monitor die Seite des Neptune Registers geöffnet. Keith trat hinter ihren Stuhl und sah zu, als sie auf einen Link klickte. Im nächsten Moment klappte ihm die Kinnlade runter.

»Kampf um den Sheriff-Posten gewinnt an Tempo – neue Kandidatin im Rennen?«, las er vor.

Veronica klatschte vor Begeisterung wie ein kleines Mädchen in die Hände, aber Keith bemerkte es kaum. Sein Blick war auf die fett gedruckten Zeilen direkt unterhalb der Überschrift gefallen.

Marcia Langdon, ehemalige Brigadegeneralin der US-Army, startet an diesem Morgen ihre Wahlkampagne. Ihrer Meinung nach wird es höchste Zeit, dass sich in Neptune etwas ändert.

Marcia Langdon. Das konnte doch unmöglich *die* Marcia Langdon sein.

Doch das zugehörige Foto bot keinen Raum für Zweifel. Auch wenn sie darauf mindestens dreißig Jahre älter war und Militäruniform trug, erkannte Keith auf den ersten Blick ihre Raubvogelnase und das kantige Kinn wieder. Vor allem anderen aber erkannte er ihre Augen – hart und unnachgiebig wie Speerspitzen aus Feuerstein.

Unter Verweis auf behördliche Korruption und ein absolut inkompetentes System kündigte Marcia Langdon am Donnerstagnachmittag an, bei den Wahlen im November gegen den amtierenden Sheriff Dan Lamb anzutreten. Langdon, die sich 2013 nach einer dreißigjährigen Karriere in der US Army aus dem aktiven Militärdienst zurückzog, ist im vergangenen Jahr in ihre Geburtsstadt Neptune heimgekehrt.

Keith überflog den Artikel. Marcia Langdon war mit dem Legion of Merit, der Meritorious Service Medal, der Defense Distinguished Service Medal, der Defense Superior Service Medal und dem Bronze Star ausgezeichnet worden. Sie hatte die Karriereleiter der Militärstrafverfolgungsbehörde erklommen und dort in den letzten sieben Jahren ihrer Militärlaufbahn den Oberbefehl innegehabt.

Gegen Ende der Seite wurde auch Marcia Langdon selbst zitiert. *Ich bin hier aufgewachsen. Neptune ist meine Heimatstadt. Und sosehr ich mich auch auf den Ruhestand gefreut habe, kann ich einfach nicht guten Gewissens zusehen, wie das Sheriff's Department die grundlegendsten Regeln unseres Justizsystems mit Füßen tritt.*

»Ist dir aufgefallen, wie sie die Worte ›Gewissen‹ und ›Sheriff's Department‹ in einem Satz verwendet?« Veronica blickte mit leuchtenden Augen auf.

Keith lächelte milde. »Ja. Ja, ist es.«

Veronica starrte ihn ungläubig an. »Ich hätte gedacht, du wärst hin und weg vor Freude, aber gerade siehst du eher aus, als hättest du einen Geist gesehen.«

Einen Geist? Vielleicht. Er hatte Bobby *Tauntaun* Langdons kreideweißes Gesicht nicht vergessen, als Deputy O'Hare ihn auf den Rücksitz des Streifenwagens schob. Oder seine Mutter, eine ungepflegte Frau mit Doppelkinn, wie sie in ihrem Jeanskittel weinend auf der Straße stand, als sie davonfuhren. Und Marcia. Siebzehn Jahre alt, mit makellosen Bügelfalten in der Hose, wie sie mit ausdrucksloser Miene von der Veranda aus zusah.

»Alles in Ordnung«, erwiderte Keith. »Es ist nur … Ich habe sie lange nicht mehr gesehen. Das kommt gerade ein bisschen überraschend.«

»Du kennst sie?«, fragte Veronica interessiert.

Er lächelte. »Ich kannte sie. Wie gesagt, das ist schon lange her. Und seitdem ist ziemlich viel passiert in ihrem Leben.«

»Wie war sie denn so?«

Keith sah sich abermals das Foto an, unschlüssig, was er darauf antworten sollte. Nach einem Moment sagte er: »Ehrlich. Und … zielstrebig. Sehr zielstrebig.«

Das war das Netteste, was ihm zu ihr einfiel. Veronica schien sein Zögern nicht zu bemerken.

»Gibt Schlimmeres«, meinte sie.

Mac lehnte sich in ihrem Stuhl zurück. »Meint ihr, sie hat eine Chance? Der Wahlkampf läuft ja schon eine ganze Weile und Lamb geht schon seit Monaten Klinken putzen.«

»Keine Ahnung, aber immerhin wird unser Prozess erwähnt«, sagte Veronica. »Zitat: Das Sheriff's Department wurde im vergangenen Jahr von einer Serie von Skandalen erschüttert. Vor Kurzem ist ein Verfahren – Navarro vs. Balboa County – wegen fingierter Beweise angelaufen, die zur Verhaftung des Hauptklägers Eli Navarro, 30, wegen bewaffneten Raubüberfalls geführt haben. Vor Gericht wurde Mr Navarro in allen Punkten freigesprochen und seine Anwälte werden im Oktober zu belegen versuchen, dass das Sheriff's Department ihm mit unlauteren Mitteln das Verbrechen anhängen wollte und die Beweislage entsprechend manipuliert hat, um eine Verhaftung vorweisen zu können.«

»Für eine Stellungnahme war Sheriff Dan Lamb vor Redaktionsschluss nicht zu erreichen«, las Mac weiter.

Veronica grinste hämisch. »Oh Mann, wie gerne würde ich jetzt im Sheriffbüro Mäuschen spielen.«

»Das lässt du schön bleiben«, entgegnete Keith. Dann zog er die Stirn kraus. »Halte dich in den nächsten Monaten von Lamb fern, okay? Mit dem Prozess und der anstehenden Wahl im Nacken wird er ganz schön auf Krawall gebürstet sein.«

Pony zappelte an seiner Brust und Keith bückte sich, um sie wieder auf den Boden zu setzen, wobei er das schmerzhafte Stechen in seinem Rücken ignorierte. Marcia Langdon als neuer Sheriff. Auf eine gewisse unheimliche Art ergab das sogar irgendwie Sinn. *Nein, das ist unfair*, dachte er, *du weißt doch überhaupt nicht, was damals wirklich passiert ist. Du hast keine Ahnung, was sich an diesem Nachmittag 1982 bei den Langdons abgespielt hat, in den Stunden bevor wir ihnen die Haustür eingerannt haben. Alles, was du gehört hast, sind Gerüchte.* Plötzlich wurde ihm bewusst, dass er einer der wenigen war, die sich überhaupt noch an die Sache erinnerten. Die meisten anderen Kinder aus der Gegend waren entweder weggezogen, tot oder hatten als Junkies geendet.

Dreiunddreißig Jahre waren eine lange Zeit: Seitdem konnte sich eine Menge verändert haben. Doch jedes Mal wenn er das Foto betrachtete, sah er den Schatten eines jungen Mädchens, das seinen eigenen Bruder verpfiffen hatte.

KAPITEL 21

Zwei Wochen später hatte Veronica den Fall Grace Manning endgültig zu den Akten gelegt. Die letzte brauchbare Spur hatte sich in Luft aufgelöst wie Dampf über einer Teetasse. In der Zwischenzeit hatte sie versucht, sich auf die wenig (aber doch immerhin die Miete) einbringenden Fälle zu konzentrieren, die sie bis dahin liegen gelassen hatte.

Am Mittwochnachmittag stand sie neben einem Getränkekiosk an der Pferderennbahn von Santa Anita und schälte die Folie von ihrem Plastikglas mit billigem Weißwein. Sie hatte sich auf die schattige Galerie zurückgezogen, um der für die Jahreszeit untypisch heißen Sonne zu entgehen. Auf den Tribünen vor ihr tummelten sich, ungeachtet der Hitze, gut und gerne fünfhundert Spielsüchtige, die ein nervenaufreibendes Rennen nach dem anderen verfolgten. Zum Glück saß der Mann, den Veronica beobachtete, nur zehn Reihen von ihr entfernt, sodass sie ihn bequem im Blick behalten konnte.

Sie stellte ihr Glas auf der Theke des Getränkestands ab, holte ihre Mini-Kamera aus der Tasche und schoss ein paar Fotos von der Zielperson – einem käsigen, ungesund wirkenden Mann in einem verwaschenen T-Shirt mit dem Schriftzug *Midnight Oil World Tour 1988* darauf. Die beiden letzten Aufnahmen waren die Money-Shots. Auf der einen sprang er auf und feuerte sein Pferd auf den letzten Metern zur Ziellinie an. Die andere zeigte ihn direkt nach dem Zieleinlauf, wie er sich, den Kopf frustriert zurückgeworfen, mit beiden Händen die strähnigen, fettigen Haare raufte.

Diese beiden Bilder, zusammen mit einem dritten, auf dem er kurz zuvor am Fenster des Wettbüros zu sehen war, würden Veronicas Kundin – die Schwester des Mannes, die den Nachlass der verstorbenen Mutter verwaltete – mehr als zufriedenstellen. Im Testament der Mutter war vermerkt, dass ihr Sohn seinen Teil des Erbes nur erhalten solle, wenn er die Pferdewetten aufgab. Dank Mars Investigations und ihrem unermüdlichen Streben nach Wahrheit konnte die Schwester nun auch den Anteil ihres Bruders einstreichen – oder zumindest das, was davon noch übrig war.

Veronica stürzte den Rest ihres Weins hinunter und wandte den Blick gen Himmel. *Ja, ja, ich weiß schon: Ich bin deine Tochter, die dir immer wieder Freude bereitet. Kein Grund, mich den anderen vorzuziehen, aber vielleicht könntest du dich ja mal mit einem Platin-Album für St. Vincent oder so was erkenntlich zeigen.*

Auf dem Weg zum Ausgang klingelte ihr Handy und Macs Gesicht erschien auf dem Display.

»Mac Attack, was gibt's?«, meldete sich Veronica und versuchte, das Telefon vor der unvermittelt losscheppernden Musik zwischen den einzelnen Rennen abzuschirmen. Sie floh in eine verlassene Damentoilette, um dem Lärm zu entgehen.

»Du musst dir etwas ansehen«, sagte Mac, die aufgekratzt, fassungslos und erschöpft zugleich klang. »Kannst du ganz schnell herkommen?«

»Ist irgendwas passiert?«, erkundigte sich Veronica.

Der kurze Moment des Schweigens, der auf ihre Frage folgte, ließ sie den Grund für Macs Aufregung erahnen: Sie hatte sich zum wiederholten Mal über Veronicas ausdrückliche Ermahnung hinweggesetzt, die Finger vom Fall Grace Manning zu lassen.

Veronica stöhnte. »Hattest du heute Nachmittag nicht einen Termin zur Zahnreinigung? Irgendetwas sagt mir nämlich, dass du den hast sausen lassen, um dir mal wieder fünfzehn Stunden Hotel-Überwachungsvideos reinzuziehen, die du schon ungefähr dreihundertmal gesehen hast.«

»Tut mir leid, tut mir leid, tut mir leid«, erwiderte Mac. Sie stieß die Worte mit der Geschwindigkeit einer Schnellfeuerwaffe hervor, halb zerknirscht, halb verzweifelt. »Ich bin hier nur auf … etwas gestoßen und jetzt musst du mir sagen, ob ich verrückt geworden bin oder –«

»Ja. Bist du. Und darum kann ich dir als Freundin und selbst höchst rückfallgefährdetes Individuum nur raten, *sofort* den Computer auszuschalten.«

»Veronica, ich habe etwas gefunden, das wir bis jetzt übersehen hatten«, platzte Mac heraus und ihre Stimme klang plötzlich eindringlich und entschlossen. »Ich will gar nicht behaupten, dass das der große Durchbruch ist oder so. Aber ich habe das Gefühl, es könnte wichtig sein. Und darum musst du dir das wirklich ganz schnell selbst angucken.«

»Okay – wow«, sagte Veronica, die sich Mühe gab, sich ihre Neugier nicht anmerken zu lassen. »Alles klar, Mac, danke, dass du angerufen hast. Vergiss den Zahnarzt, ich bin in zwanzig Minuten da.«

Vierzehn Minuten später – sechs Minuten hatte sie eingespart, indem sie illegalerweise durch eine Baustelle auf dem Highway gerast war – saß Veronica neben Mac und starrte auf das Gewirr von Sicherheitsvideos, die im Schnelldurchlauf über deren 30-Zoll-Monitor flimmerten.

»Das sieht irgendwie besser aus als vorher«, bemerkte Veronica. »Hast du was an der Bildqualität verändert oder so?«

»Nur ein bisschen die Belichtung in den dunklen Ecken erhöht. Und das hat bei dem, was ich dir zeigen will, eine ganze Menge ausgemacht.« Mac ließ das Video in normaler Geschwindigkeit weiterlaufen und Veronica sah eine frustrierend vertraute Szene vor sich: die Basketballspieler der Pacific Southwest University, die mit ihren Sporttaschen auf dem Weg von der Lobby zu ihrem Bus waren. Die Kamera direkt oberhalb des Haupteingangs lieferte eine Weitwinkelaufnahme der halbrunden Hotelzufahrt, die in erster Linie von an- und abreisenden Gästen genutzt wurde. Im Moment füllte der Mannschaftsbus der PSU-Falcons den gesamten Vordergrund.

Mac, die bei Veronicas Ankunft alarmierend ausgelaugt gewirkt hatte, schien nun wieder vor Energie zu sprühen. Ungeduldig beobachtete sie eine Weile die Horde verschlafener, sich im Schritt kratzender Sportler, bevor sie wieder auf *Vorspulen* klickte und sich zu Veronica umwandte. »Na ja, das haben wir ja nun oft genug gesehen«, sagte sie.

»Das kannst du laut sagen.« Veronica seufzte. » Achtung … schön nach vorne gucken, Ice Cube!« Zum gefühlt hundertsten Mal wurden sie zwei Sekunden später Zeuge, wie ein bulliger Spieler mit retromäßigen Jheri-Locken gegen den tief hängenden Palmwedel einer Topfpflanze lief und wütend danach schlug, während seine Teamkollegen in schallendes Gelächter ausbrachen.

»Keine Sorge, gleich wird's interessant«, versprach Mac. Während sie redete, erreichten die restlichen Spieler, Trainer und Manager den Bus. Einer nach dem anderen verschwanden sie auf der Rückseite des Wagens – wo sie vermutlich ihre Sporttaschen im Kofferraum verstauten. Als endlich auch der letzte Nachzügler, ein winzig wirkender Trainer, aus dem Hotel und hinter den Bus trottete, hielt Mac das Video an.

»Okay, Boss, ab jetzt gut aufpassen. Los geht's.« Sie klickte wieder auf *Play* und knapp eine Minute später setzte sich der Bus in Bewegung, verließ langsam auf der rechten Seite den Bildausschnitt.

Veronica bot sich nun ein anderer vertrauter Anblick: die halbmondförmige Zufahrt mit dem einsamen Nachtportier, der verstohlen ein paar Züge aus seiner E-Zigarette nahm. Sie schüttelte den Kopf und starrte noch ein paar Sekunden auf die unbewegte Szene, bevor sie sich Mac zuwandte.

»Also gut, ich habe sämtliche Teile von *Paranormal Activity* gesehen und dabei alles bemerkt, vom verdächtig aufsteigenden Luftballon bis hin zur gekräuselten Wasseroberfläche im Hundenapf. Aber das hier übersteigt meine Fähigkeiten. Was habe ich übersehen?«

Mac deutete auf den oberen Teil des Bildschirms, einen schattenhaften Bereich außerhalb der Hotelzufahrt. »Im Hintergrund – da ganz weit hinten. In dem Bereich, den wir bis eben nicht sehen konnten, weil der Bus davorstand. Was siehst du da?«

»Einen Parkplatz«, antwortete Veronica, die sich nun ganz nah zum Bildschirm vorbeugte und blinzelnd versuchte, in dem dunklen, schlecht aufgelösten Areal ganz am Rand der Kamerareichweite etwas zu erkennen. Ihr war das Gelände recht vertraut: Dort hinten befanden sich die Kurzzeitparkplätze des Hotels, dreißig oder vierzig Stück, die die Gäste hauptsächlich nutzten, um schweres Gepäck ein- oder auszuladen. Jetzt standen dort mehrere Shuttle-Vans, ein Motorrad und sechs – nein, sieben – Autos. Mit einem Mal fiel es ihr wie Schuppen von den Augen. »Wir haben das Video noch nie bis hierher angeguckt, stimmt's?«

»Nein. Oder zumindest haben wir nie wirklich auf diesen Parkplatz geachtet, nachdem der Bus weg war. Okay, steht dir der Sinn mehr nach neunzehn Minuten Vorspiel oder –«

Veronica streckte die Hand nach der Tastatur aus, aber Mac schlug sie beiseite.

»Das heißt dann wohl direkt weiter zum großen Finale«, sagte sie und klickte auf *Vorspulen*.

Das Bild flackerte unter der extremen Beschleunigung, aber in der Zufahrt regte sich nichts, bis schließlich, gegen Ende der achtzehnten Minute, die Scheinwerfer eines der Autos auf dem Parkplatz aufleuchteten. Veronica und Mac beobachteten gebannt, wie, inzwischen wieder in normalem Tempo, ein weißer Mittelklassewagen mit Fließheck rückwärts ausparkte. Einen Moment lang war er klar von der Seite zu sehen, aber die Reflektion der Parkplatzbeleuchtung im Seitenfenster verhinderte, dass sie den Fahrer erkennen konnten. Das Auto rollte gemächlich auf die Ausfahrt zu, bog auf Neptunes breiten Hauptboulevard ein und war kurz darauf verschwunden.

»Um deine Frage vorwegzunehmen«, sagte Mac, »die Fahrzeuge, die zum Vorschein kommen, wenn der Bus wegfährt, sind dieselben, die da waren, bevor er uns die Sicht auf den Parkplatz versperrt hat.«

»Und später?«, murmelte Veronica fasziniert, der plötzlich klar wurde, dass sie sich während der letzten paar Sekunden des Videos beide Hände auf die Wangen gepresst hatte, als wollte sie Munchs *Der Schrei* nachstellen.

»Die restliche Nacht lang ist die Sicht auf den Parkplatz frei. Und in den Stunden zwischen diesem einen Auto, das wegfährt, bis zu dem Zeitpunkt, wo sie Grace gefunden haben, verlassen nur zwei weitere Leute das Hotel: eine Rezeptionistin, die gar nichts dabeihat, und ein Mädchen im Teenageralter, das in der einen Hand ein Täschchen hält und in der anderen Hand einen Blumenstrauß. Es könnte also ganz interessant sein, herauszufinden, wer der Fahrer dieses Auto ist, meinst du nicht?«

Veronica wandte sich Mac zu und hielt ihr anerkennend die Hand zum Einschlagen hin. »Du bist ein Genie, meine Liebe. Wie viele Stunden und zu welch unchristlichen Zeiten musstest du dir dieses Zeug dafür angucken? Nein, warte, ich will's gar nicht wissen. Aber eins kann ich dir sagen: Wenn sich jemals wieder irgendwer in meiner Gegenwart über Leute mit Zwangsneurosen lustig macht, kann der sein blaues Wunder erleben.«

Mac grinste. »Trotzdem fühle ich mich verpflichtet, deiner Begeisterung einen ganz kleinen Dämpfer zu versetzen. Es kann natürlich sein, dass wir hier gerade einen unfassbar gut getarnten Vergewaltiger beim Verlassen des Tatorts gesehen haben. Aber genauso gut könnte es sich um einen ganz normalen Typ handeln, der sich mit seinen Kumpels auf ein paar Bier getroffen hat. Die ihn danach in sein Auto verfrachtet haben, während uns der Bus die Sicht versperrt hat.«

Veronica schloss die Augen und trommelte fieberhaft mit den Händen auf den Tisch. »Du hast recht«, sagte sie dann. »Alles, was wir aus diesem Video schließen können, ist, dass es irgendjemandem gelungen ist, unerkannt das Hotel zu verlassen. Das beweist noch lange nicht, dass die Person der Täter ist. Und egal, wer der Täter ist, wir haben immer noch keine Ahnung, wie er Grace da rausgeschafft haben soll.« Sie grübelte darüber nach, während sie kurz in die Küche huschte, wo sie sich eine Tüte gesalzener Karamell-Brezeln und eine Kanne Eiskaffee schnappte und damit zu Macs Schreibtisch zurückkehrte.

In nachdenkliches Schweigen gehüllt, mümmelten die beiden eine Weile vor sich hin, bis Veronica schließlich die Hand nach der Tastatur ausstreckte und das Video bis zu dem Punkt zurückspulte, als die ersten Basketballspieler durch die Lobby zu ihrem Bus schlenderten.

»Darf ich davon ausgehen, dass du ein gottgleiches Erinnerungsvermögen besitzt, was die Zeit von hier an bis, sagen wir, sieben Uhr morgens angeht?«, fragte Veronica, die nicht mal hochblicken musste, um Macs entrüsteten Blick wahrzunehmen.

»Reden wir übers Gepäck, Mackenzie«, sagte Veronica und zeigte auf die Sporttaschen der Basketballer. »Abgesehen von diesen Typen hier und ihren Megatrolleys, kann ich mich an niemanden erinnern, der beim Auschecken etwas Größeres als einen Rucksack dabeihat. Liege ich richtig?«

Mac nickte abwesend. Als ihr langsam dämmerte, worauf ihre Freundin anspielte, ließ sie die Arme sinken. »Nie im Leben, Veronica«, ächzte sie. »Dazu sind die Dinger nicht groß genug. Guck dir doch mal die da an. Die reicht dem Typen daneben selbst hochkant gerade mal bis knapp übers Knie.«

Veronica erwiderte nichts. Sie schnappte sich die Maus und spulte zurück bis zu der Szene, als die Basketballer kleckerweise aus dem Eingang trotteten. Die schwarzen Sporttaschen mit den Rollen und den ausziehbaren Griffen waren von Nike. Sie öffnete den Internetbrowser auf Macs kleinstem Bildschirm und tippte *Nike Sporttasche Rollen schwarz* ein. Sofort erschienen Bilder von verschiedenen Modellen. Sie scrollte hindurch und versuchte, das richtige zu finden.

»Hörst du, Mars?«, beharrte Mac. »Ich gebe ja zu, dass diese Typen ziemlich großzügig proportioniert sind. Aber die ganzen Eierbecher und Sporthosen und was die sonst noch dabeihaben nehmen nie im Leben genauso viel Platz ein wie der Körper einer erwachsenen Frau. Selbst du würdest deinen Zwergenhintern da nicht reinbekommen.«

»Und wenn doch?«, murmelte Veronica.

»Wen interessiert's?«, stöhnte Mac, deren Gesicht vor Frust rosa angelaufen war. »Der Vergewaltiger hätte eine blutende, halb ohnmächtige Frau in seiner Tasche gehabt. Glaubst du, er geht, wenn sie den Stadtrand erreichen, mal eben zum Fahrer und sagt: ›Hey, könnten Sie vielleicht da vorne an dieser Schuttkuhle halten und den Kofferraum aufmachen? Ich müsste mal kurz was, äh, abladen. Und jetzt alle mal weggucken!‹«

»Ich habe nicht gesagt, dass er damit in den Bus gestiegen ist. Wir können ja auch gar nicht sehen, wer von den Basketballern eigentlich wirklich eingestiegen ist, weil die Tür auf der anderen Seite ist. Wir sind bloß davon ausgegangen, weil sie ja nun mal eine Mannschaft sind und keiner mehr übrig ist, als der Bus losfährt. Aber was ist, wenn einer von ihnen, während sich alle anderen in den Bus setzen, seine Sporttasche – mit Grace Manning drin – zu diesem weißen Auto gerollt hat?«

»Coach Fennel!«, flötete Mac, als ihr alter Schulfreund ans Telefon ging. »Ich hoffe, du genießt deine letzten sorglosen Ferientage!«

Wallace' Stimme klang sofort argwöhnisch. »Komisch. Die Stimme klingt nach Mac, aber ich meine da den von Veronica Mars patentierten Kannst-du-mir-einen-Gefallen-tun-Tonfall herauszuhören. Lass mich raten. Ihr zwei Hübschen seid auf der Suche nach einem feschen Typen, der irgendetwas Langweiliges, Anstrengendes oder Illegales für euch erledigt, stimmt's?«

»Hey, Wallace«, meldete sich jetzt auch Veronica, »wir haben eigentlich nur eine Frage zum Thema Sport-Equipment. Ich habe dir gerade ein Foto geschickt – wäre toll, wenn du uns sagen könntest, wo wir eins von diesen Dingern herkriegen, und das natürlich möglichst schnell.«

Ein paar Sekunden später antwortete Wallace: »Tja, sieht so aus, als hättet ihr das Foto von Amazon. Schon mal über eine Prime-Mitgliedschaft nachgedacht?«

»Nein, wir brauchen die Tasche heute. Und außerdem wollen wir das Ding nicht kaufen, sondern hauptsächlich, na ja, sehen und ein bisschen damit rumexperimentieren«, erklärte Mac.

»Dann viel Erfolg, Mädels. Das ist zurzeit die gefragteste Tasche auf dem Markt, die solltet ihr in jedem Sportgeschäft finden.«

»Okay, Wallace, dann muss ich wohl ein bisschen deutlicher werden«, meinte Veronica. »Wir müssen wissen, ob diese Sporttasche so groß ist, dass eine bewusstlose Frau hineinpassen würde.«

Einen Moment lang herrschte Schweigen auf der anderen Seite. »Veronica, ich weiß, wir kennen uns schon lange. Und ich habe dir immer alle möglichen dubiosen Gefallen getan, ohne Erklärungen dafür zu verlangen. Aber das ist jetzt wirklich eine Nummer zu groß.«

»Ach, komm schon, Wallace! Musst du nach all den Jahren wirklich den verantwortungsbewussten Erwachsenen raushängen lassen?«

Wallace stieß einen enormen Seufzer aus. »Na schön. Wie es sich so trifft, habe ich genau so eine Tasche. Du und Mac, ihr könnt gerne vorbeikommen und sie euch angucken, wenn ihr wollt.«

»Das ist ja super! Aber vielleicht könntest du uns die Tasche auch vorbeibringen? Jetzt gleich? Dann hast du einen ganzen Haufen schöne, warme Chocolate-Chip-Cookies bei mir gut ...«

»Ach, was soll's. Dann bring ich sie euch eben. Ich hatte zwar eigentlich geplant, heute Nachmittag mit einer seeehr netten jungen Dame surfen zu gehen – aber von mir aus. Miefige Sporttaschen durch die Stadt fahren hat auch etwas für sich. Ach so, und noch was: keine Chocolate-Chip-Cookies. Snickerdoodles. Da lass ich nicht mit mir verhandeln.«

KAPITEL 22

Während sie auf Wallace warteten, marschierte Veronica im Büro auf und ab. Ihre Glieder kribbelten, als stünde sie unter elektrischer Spannung. Vor einer Weile noch war sie vollkommen entmutigt gewesen, jetzt konnte sie kaum still sitzen. Sie versuchte jedoch, sich keine allzu großen Hoffnungen zu machen. Macs Skepsis war nicht ganz unbegründet – diese Sporttaschen wirkten tatsächlich furchtbar klein.

Am Schreibtisch flogen Macs Finger nur so über die Tastatur. Auf dem Computerbildschirm erschien die interne Datenbank des Neptune Grand und Mac führte eine Suche zu jedem Fahrzeug durch, das in der Nacht des sechsten März auf dem Hotelparkplatz gestanden hatte.

»Okay, Suche läuft«, sagte sie schließlich und schüttelte sich die letzten Krümel aus der Brezeltüte in die Handfläche. »Da werden wahrscheinlich eine ganze Menge weiße Mittelklassewagen auftauchen, aber wenn wir Marke und Modell von dem einen in der ersten Parkplatzreihe rausbekommen könnten –«

In diesem Moment hörten sie Schritte auf der Treppe und kurz darauf trat Wallace durch die Milchglastür. Ein süffisantes Schmunzeln im Gesicht, rollte er eine schwarze Sporttasche hinter sich her.

»Lieferung für eine gewisse V. Mars«, verkündete er und stellte das Gepäckstück unsanft vor Veronica ab.

»Wallace, du bist der Beste.« Veronica kniete sich hin und zog den Reißverschluss auf. Die Tasche war leer, aber Veronica schlug dennoch ein säuerlich-muffiger Geruch entgegen. Sie rümpfte die Nase und blickte angewidert zu Wallace hoch. »Was hast du denn normalerweise da drin?«, fragte sie entsetzt.

Er verschränkte die Arme. »Gute Frau, was denkst du denn? Das ist eine Sporttasche! Ab und an schwitze ich tatsächlich! Was hattest du denn erwartet? Maiglöckchenduft?«

Veronica stieg in die Tasche, hockte sich hin und kauerte sich zu einer Kugel zusammen.

Wallace starrte auf sie herunter. »Darf ich fragen, was das werden soll?«, erkundigte er sich.

»Vertrau mir, je weniger du darüber weißt, desto besser für dich.« Sie probierte verschiedene Positionen aus, krümmte die Schultern und zog den Kopf ein. Nach einer Weile sah sie zu ihren Freunden auf. »Okay, zumachen, bitte!«

Mac bückte sich und friemelte am Reißverschluss herum. Kurz darauf ertönte ein lautes *Wutsch* und um Veronica wurde es dunkel.

»Ich fasse es nicht!«, hörte sie Mac sagen.

Veronicas Atem ging keuchend und diesmal war der Grund dafür nicht der Geruch nach Sportdeo und Männerschweiß. Plötzlich konnte sie sich Grace nur zu gut in einer solchen Tasche vorstellen. Verwirrt und halb erstickt, während gedämpfte Stimmen zu ihr hereindrangen. Oder war sie zu traumatisiert gewesen, um überhaupt irgendetwas außer Schmerzen wahrzunehmen?

»Lass mich raus«, sagte Veronica und dann, weil es ewig zu dauern schien, gleich noch einmal: »Lass mich raus, Wallace!«

»Okay, ist ja gut, warte.« Wallace zog mit einem Ruck den Reißverschluss auf und half Veronica hoch. Sie schwankte kurz und sog gierig die kühle, saubere Luft ein. Als ihr Puls sich wieder einigermaßen beruhigt hatte, wandte sie sich Mac zu, die ungläubig den Kopf schüttelte.

»Tja – anscheinend wirken die Dinger kleiner, wenn ein Typ danebensteht, der einen Umzugswagen ziehen könnte.«

»Besonders viel Platz ist da drin nicht, glaub mir«, erwiderte Veronica mit einem Blick auf den winzigen Hohlraum, in dem sie eben noch gesteckt hatte.

»Also«, sagte Wallace und griff nach seiner Sporttasche. »Ich würde ja gerne noch bleiben, aber ich muss los. Wenn ich mich beeile, ist es vielleicht doch noch nicht zu spät für mein kleines Surf-Date.«

Veronica nickte ihm zu. »Danke, Wallace. Freu dich auf frisch gebackene Plätzchen am Wochenende.«

Auf dem Weg nach draußen blieb Wallace noch kurz stehen, um Mac zu umarmen, hielt jedoch mitten in der Bewegung inne, als er einen Blick auf den Bildschirm ihres Computers erhaschte. Und auf das Grüppchen Basketballer, die mit ihren Sporttaschen im Schlepptau durch die Lobby des Neptune Grand schlurften. »Ach. Die PSU-Falcons«, sagte er. »Mit den gleichen zum Transport zierlicher Frauen geeigneten Taschen. Jetzt will ein Teil von mir langsam doch wissen, worum es bei dieser Sache geht, aber ein anderer Teil traut sich nicht zu fragen.«

Obwohl sie Wallace schon ewig kannte, hielt Veronica sich diesmal bedeckt. »Ach, ist gar nicht so spannend«, wich sie aus. »Die Jungs waren nur zufällig in einer Nacht im Grand, die für einen unserer Fälle relevant ist. Und wie du schon sagtest, diese Taschen sieht man ja gerade überall.«

»Das Video da ist im März aufgenommen worden, oder? Ja, genau. Da haben sie gegen Hearst gespielt. Mann, haben die uns plattgemacht.« Bei der Erinnerung schüttelte Wallace gequält den Kopf und wandte sich zur Tür.

»Hey, kurze Frage noch, bevor du gehst«, sagte Mac. Sie trat hinter ihren Schreibtisch und beugte sich über die Tastatur. »Dürften wir dich um deine männliche Expertise in einer Autofrage bitten? Wir versuchen nämlich gerade, ein Modell in einem ziemlich mies aufgelösten Video zu bestimmen.«

Wallace zuckte mit den Schultern. »Ich kann's versuchen. Aber ihr würdet wahrscheinlich besser damit fahren, einfach mal den Kopf aus dem Fenster zu stecken und den nächstbesten übergewichtigen weißen Typen mit rasiertem Schädel und Vollbart ranzuwinken. Ich interessiere mich nur für Autos, solange sie billig und einfach zu bedienen sind und man sie zur Reparatur zur Tanke bringen kann.« Er stellte sich mit Veronica hinter Mac und blickte über ihre Schulter. Mac hatte noch immer Dutzende von Fenstern geöffnet, die die verschiedensten Blickwinkel der Überwachungsvideos zeigten.

»Tja, dann dürfte das hier doch genau in deinen Fachbereich fallen«, sagte Mac und spulte das Parkplatzvideo bis zu dem Punkt vor, als der weiße Wagen ausparkte. »Kommt dir der bekannt vor?«

Wallace gluckste in sich hinein. »Ob ihr's glaubt oder nicht, das ist ein 2013er Mazda3.«

Veronica und Mac wechselten einen triumphierenden Blick. »Bist du sicher?«

»Hundertprozentig«, erwiderte Wallace. »Das ist gerade so etwas wie das offizielle Lehrerauto der Neptune High. Tja, wir sind halt Sparfüchse. Ich bin sogar selbst mal einen Probe gefahren, bevor ich beschlossen habe, mich bei den hiesigen Mechanikern beliebt zu machen und doch etwas Amerikanisches zu kaufen.«

Veronica sah Mac an. »Taucht so einer in der besagten Nacht auf der Parkplatz-Liste auf?«

Mac öffnete ein weiteres Fenster und begann, durch ein Dokument zu scrollen. Nach einem Moment stieß sie ein leises, raues Lachen aus. »Hab ihn.« Sie markierte einen Posten in der Liste.

Veronica beugte sich vor. »In der Nacht standen drei davon beim Neptune Grand, aber nur einer mit Fließheck. Ein Mietwagen von Lariat, der auf einen Mitchell Walter Bellamy lief.«

Wallace' Augen wurden schmal. »Mitchell Bellamy?«

Veronica hob ruckartig den Kopf. »Wieso? Kennst du ihn etwa?«

»Ja, schon superlange«, erwiderte Wallace, der jetzt vor einen der anderen Bildschirme trat und einen Moment daraufsah, bevor er auf einen groß gewachsenen blonden Mann im mittleren Alter zeigte, der ein Falcons-Polo-Shirt trug. »Da, das ist er. Mitch Bellamy. Ist einer von den PSU-Assistenztrainern. War zu seiner Zeit selbst mal ein ziemlicher College-Basketball-Crack. Sauberster Drei-Punkte-Wurf, den ich je gesehen habe. Wir haben ihn immer nur ›Drain Man‹ genannt. Ist noch gar nicht so lange her, dass er in Neptune war und sich ein paar von unseren Spielern angesehen hat.«

Veronica packte Wallace so fest am Arm, dass er empört aufwimmerte. »Kannst du dich noch an das Datum erinnern?«

»Klar, das war am Tag nach dem Hearst-Spiel im März, kurz vor den Frühjahrsferien.«

»An dem Wochenende hatten die Falcons noch ein anderes Spiel«, sagte Veronica, die sich an den Spielplan der Mannschaft erinnerte. »Von Neptune aus sind sie direkt nach Stanford gefahren und dort um fünfzehn Uhr angekommen. Mac, ich muss wissen, wann Bellamy seinen Mietwagen zu Lariat zurückgebracht hat.« Dann wandte sie sich wieder Wallace zu. »Fahren die Trainer normalerweise bei den Spielern im Bus mit?«

Wallace rieb sich den Arm. »Meistens schon. Aber die Assistenztrainer fahren manchmal auch mit ihren eigenen Autos. Vor allem, wenn sie auf dem Weg noch Termine haben, um neue Spieler zu rekrutieren.«

Mac, die schon lange über die Zugangsdaten zu den Systemen sämtlicher Leihwagenunternehmen in Neptune verfügte, loggte sich bereits bei der Lariat-Autovermietung ein.

»Bitte sehr, die Dame«, verkündete sie zwei Minuten später. »Bellamy hat seinen Wagen am zehnten März zurückgebracht. *Drei Tage* nachdem der Mannschaftsbus Neptune verlassen hat. Als die Mannschaft am frühen Morgen aus dem Grand auscheckt, rollt Mitch also seine Sporttasche mit dem Opfer mitten durch die Lobby und verschwindet hinter dem Bus. Wir gehen natürlich davon aus, dass er in den Bus steigt. Stattdessen setzt er sich aber, unbemerkt von den Überwachungskameras, in seinen Mietwagen und fährt neunzehn Minuten später los, um sich ein gottverlassenes Plätzchen zu suchen, wo er Grace abladen kann.«

Wallace riss die Augen auf. »Bitte was?«

Veronica antwortete nicht. Konzentriert starrte sie auf die Informationen auf Macs Bildschirm. Es passte alles zusammen: der zeitliche Ablauf, die Größe der Tasche, die Verletzungen einer jungen Frau, deren Körper gewaltsam dort hineingepfercht worden war. Ja, alles deutete darauf hin, dass Bellamy der Vergewaltiger war. Nur leider würde ihnen das nichts nützen. Zumindest noch nicht.

»Wir müssen uns überlegen, wie wir Mitch Bellamy drankriegen«, sagte sie zu Wallace. »Und dabei bräuchte ich noch mal deine Hilfe.«

KAPITEL 23

Veronica brauchte weniger als eine Stunde, um einen Plan auszuhecken, doch bevor sie ihn in die Tat umsetzen konnte, war noch eine ganze Menge zu erledigen.

Zwei Tage später, am Freitagmorgen, rief sie im Sekretariat von Pacific Southwest Athletics an. Sie legte die Füße auf den Couchtisch im Vorzimmer von Mars Investigations, während Wallace ihr gegenüber auf dem Sofa lümmelte und Mac an ihrem Schreibtisch saß, und wartete darauf, dass die Zentrale sie zu einem Talentscout der Basketballabteilung durchstellte.

»Hier spricht Dwayne Williams. Wie kann ich Ihnen helfen?«

»Guten Tag, Dwayne!« Sie hob die Stimme, um ernsthaft und gleichzeitig liebenswürdig zu klingen. Wallace, der Veronica über die Jahre schon bei unzähligen Variationen dieser Nummer belauscht hatte, schüttelte den Kopf. »Hier ist Heidi Jensen, ich rufe wegen meines jüngeren Bruders Otis an. Er spielt Basketball für die Neptune High.«

Daraus, wie Dwayne am anderen Ende der Leitung kurz Luft holte, schloss sie, dass ihm der Name ein Begriff war. An ihre Freunde gewandt machte sie die Daumen-hoch-Geste und ging in die Vollen.

»Also, Otis kommt ja dieses Jahr in die Abschlussklasse und wir fänden es schön, wenn er sich einen Überblick über seine Möglichkeiten verschaffen könnte, bevor der ernsthafte Entscheidungsstress, was die Zeit nach dem Schulabschluss betrifft, losgeht. Ich glaube, er hat im Frühjahr einen Ihrer Trainer kennengelernt – ein Mr Bellamy? Otis war ganz begeistert von ihm. Und wir hatten gehofft, wir könnten vielleicht mal zu Ihnen runterfahren und uns ein bisschen eingehender mit ihm unterhalten.«

»Wir führen Ihren Bruder gern ein bisschen herum, Ms Jensen«, erwiderte Dwayne eifrig. »Ich hatte schon ein paarmal das Vergnügen, ihn spielen zu sehen. Aber ich dachte, er würde in Texas unterschreiben.«

»Nun ja, Otis überlegt, ob er überhaupt so weit von zu Hause wegwill. Er würde sich jedenfalls sehr gerne mal ansehen, was die Pacific Southwest so zu bieten hat.«

Ihr gegenüber sah Wallace kurz von der Website der Universität auf und formte mit den Lippen lautlos: »Nichts.«

Veronica zuckte mit den Schultern.

Dwaynes Stimme am Telefon klang zunehmend aufgeregt. »Das ist ja fantastisch! Wie wäre es mit einem Termin Ende September? Er könnte ein paarmal beim Training zusehen und übers Wochenende bleiben –«

»Um ehrlich zu sein, hatte ich gehofft, wir könnten vielleicht schon nächste Woche kommen. Wir würden uns gern so schnell wie möglich umfassend informieren. Sie wissen ja selbst, wie chaotisch diese offiziellen Schnupperwochenenden immer sind – darum glauben wir, es wäre das Beste, wenn Otis sich in Ruhe einen Eindruck von der PSU verschaffen kann, ohne das ganze Brimborium drumherum.«

Einen Moment lang herrschte Schweigen. Anscheinend hatte Williams sich das Treffen etwas anders vorgestellt. Veronica hielt den Atem an und spürte Macs und Wallace' Blicke auf sich.

»Tja, das Problem ist nur, dass der Sommer keine besonders gute Zeit für einen Besuch ist. Da ist einfach nicht viel los – die

Jungs sind die meiste Zeit im Kraftraum oder laufen Runden auf dem Sportplatz. Der Verband überwacht unsere Trainingszeiten ziemlich strikt.«

»Ach, das macht nichts«, erwiderte Veronica schnell. »Ich bin mir sicher, wir werden uns auch so ein Bild machen können.«

So ging es noch eine Weile hin und her, bis sie sich schließlich einigten. Otis würde am darauffolgenden Wochenende an die PSU kommen und über Nacht bleiben. Er freue sich schon sehr darauf, den Campus zu erkunden … und natürlich ganz besonders auf das Treffen mit Assistenz-Coach Bellamy.

Als Veronica auflegte, ließ Wallace sich hintenüberfallen und vergrub das Gesicht in beiden Händen. »Oh Mann, eines Tages sorgst du noch mal dafür, dass ich gefeuert werde«, murmelte er.

Damit er bei ihrem Plan mitmachte, hatte Veronica Wallace verraten müssen, gegen wen sie ermittelte – und warum. Es hatte sie nicht viel Überzeugungskraft gekostet. Wallace war mit Meg Manning befreundet gewesen und zufälligerweise war ihm der seit zwanzig Jahren vielversprechendste Basketballer der Neptune High einen Gefallen schuldig. Wallace hatte Otis Anfang des Sommers beim Bierkaufen erwischt und ihn nicht verpfiffen. Stattdessen hatte er ihn zwei Wochen lang in aller Herrgottsfrühe zu ein paar Extrarunden Pendellauf antanzen lassen – eine Strafe, die Otis dem Mannschaftsverweis dankbar vorgezogen hatte. Wallace hatte ein gutes Verhältnis zu Otis, seit er ihn im Anfängerteam trainiert hatte. Und da Otis schon achtzehn war, musste ihn auch kein Elternteil bei seinem Besuch an der PSU begleiten.

Jetzt warf Veronica Wallace einen gespielt ungläubigen Blick zu. »Gefeuert? Dafür, dass wir Dwayne Williams gerade die Woche versüßt haben? Dafür, dass ein zwei Meter zwei großer Basketballer, der von Stanford und Texas umworben wird, eventuell der guten alten Pacific Southwest eine Chance geben will?«

»Also läuft die Aktion?«, fragte Mac. »Und glaubst du wirklich, dass du auf diese Weise an eine DNA-Probe kommst?«

Veronica hielt ein Wattestäbchen hoch. »Man nennt mich nicht umsonst ›Veronica, die Genräuberin‹. Na ja, zumindest, wenn dieser Fall hier gelöst ist. Jedenfalls haben wir jetzt einen Fuß in der Tür. Wenn ich vor Ort bin, stehen die Chancen, eine Probe von Bellamy zu bekommen, wesentlich besser, als wenn ich hier herumsitze und darauf warte, dass seine DNA vom Himmel regnet.«

Mac rümpfte die Nase. »Das ist mal wirklich kein schönes Bild.«

Die Pacific Southwest University, Heimat der Falcons, war eine private Forschungsuniversität, deren Campus lediglich knapp einhundert Hektar Grünfläche und gepflegte Sträßchen im Norden San Diegos einnahm. Mittendrin befand sich das Eddie-Castillo-Stadion und -Sportzentrum, wo das Basketballteam trainierte und Mitch Bellamy sein Büro hatte.

Und genau dorthin waren Veronica, Wallace und Otis Jensen, der Starspieler der Neptune High, am nächsten Freitagnachmittag unter der Führung von Dwayne Williams unterwegs. Dwayne hatte sich als junger Afroamerikaner mit einem Grübchen in der Wange und einer lässigen, lebhaften Art entpuppt. Er war beinahe genauso groß wie Otis, dessen Kopf auf der Herfahrt ständig an die Decke von Veronicas RAV4 gestoßen war.

»Hey, Big O! Schön, dich kennenzulernen«, hatte Dwayne ihn begrüßt, als er ihr Grüppchen mit einem Klemmbrett in der Hand vor dem Hauptgebäude abgeholt hatte, und ihm kräftig die Hand geschüttelt. »Wir sind alle total aufgeregt, dass du dich bei uns umgucken willst.«

»Hi«, sagte Otis, der ein bisschen wie eine Mischung aus einem Bauernjungen und einem Arbeitspferd wirkte, mit zotteligem blondem Haar, blasser, sommersprossiger Haut und muskelbepackten Beinen. Jedes Klischee, das einem zu seiner Größe einfallen mochte, widerlegte er jedoch mit seiner Wendigkeit.

Als Nächstes wandte sich Dwayne Wallace und Veronica zu. »Coach Fennel, von Ihnen habe ich schon so viel gehört! Ich bin im Jahr nach Ihrem Abschluss an die Highschool gekommen und habe gesehen, wie Sie die Hearst-Mannschaft bis in die Conference-Finals gebracht haben – das war der Wahnsinn.«

Wallace grinste. Wenn er bislang noch Zweifel an ihrem Plan gehegt hatte, waren sie spätestens durch diesen Egoschub ausgeräumt worden.

Dwayne drehte sich Veronica zu und musterte sie von Kopf bis Fuß. »Und Sie müssen –«

»Das ist meine Mom«, platzte Otis heraus.

Dwayne blinzelte ein paarmal und schien im Kopf hastig ein paar Zahlen zu überschlagen.

Veronica lachte unbekümmert. »Stiefmutter. Dee-Anne«, stellte sie sich mit einem gedehnten Südstaatenakzent vor, den sie sich bei zahlreichen Country-Award-Dankesreden auf Entertainment Tonight abgeguckt hatte. »Tja, meine Hochzeit mit seinem Dad damals war aber auch wirklich kurz vor illegal – ich war praktisch eine Kindsbraut!«

Veronica hatte ihr Outfit auf die Rolle der fürsorglichen älteren Schwester abgestimmt – rosa Strickjacke, weiße Bluse, knielanger Rock. Für die des jungen Vamps, der sich einen älteren Mann mit dickem Portemonnaie geangelt hatte, funktionierte es nicht ganz so gut, aber das war nun nicht mehr zu ändern.

Sie schüttelte Dwayne die Hand in der Hoffnung, dass ihm nicht auffallen würde, wie sehr ihre Stimme der von Otis' großer Schwester ähnelte. »Aber ignorieren Sie mich einfach. Ich bin bloß die Fahrerin und möchte mich natürlich vergewissern, dass Otis das Beste aus seinem Besuch hier macht.«

»Freut mich, Mrs Jensen. Dann machen wir uns doch mal gleich auf den Weg zum Sportzentrum, was?«

»Unbedingt!«, flötete Veronica.

Wallace' Augenbrauen hoben sich, als wollte er Veronica ermahnen, es nicht zu übertreiben. Sie beachtete ihn nicht, sondern marschierte hinter Dwayne her den schmalen Campusweg entlang.

Im Gehen leierte Dwayne ununterbrochen Informationen über das Basketballprogramm herunter. »Wir haben gerade eine nagelneue Trainingshalle bekommen, mit topmodernem Equipment, Dampfbad, Sauna, Whirlpool – alles, was man sich nur wünschen kann. Jeder Spieler der Mannschaft wird individuell von den Trainern betreut. Außerdem haben wir Masseure, Physiotherapeuten und eine Ernährungsberaterin, die jeden Tag das Mittagessen zubereitet. Und mal so ganz unter uns …« Er lehnte sich verschwörerisch zu Otis. »Oksanas Essen ist um Längen besser als der Cafeteriafraß.«

Der Campus war nahezu verlassen, genau wie das Hearst-College ein paar Wochen zuvor. Die einzigen Leute, die ihnen begegneten, schienen Verwaltungsmitarbeiter in der Kaffeepause zu sein oder vereinzelte Studenten auf dem Weg zu ihren Sommerkursen. Die kleine Gruppe näherte sich einem riesigen Sportkomplex, der von einem geschmackvollen Trockengarten aus blühenden Wüstenbäumen, Yuccapalmen und Steinen umgeben war.

Okay, meine Eintrittskarte habe ich. Jetzt muss ich nur noch finden, weswegen ich hergekommen bin. Und das möglichst, ohne verhaftet zu werden oder Wallace um seinen Job zu bringen.

Anstatt zum Haupteingang zu gehen, folgten sie Dwayne um eine Ecke des Gebäudes herum. Er zog eine Magnetkarte aus der Tasche seiner Chinos und hielt sie vor den Scanner neben einer Glastür.

»Braucht Otis vielleicht auch eine von diesen Karten, damit er sich umsehen kann?«, erkundigte Veronica sich und legte Dwayne die Hand auf den Arm. Sie registrierte, dass die Chipkarte, nachdem er sie weggesteckt hatte, ein Stück weit aus seiner Hosentasche herauslugte.

Dwayne lächelte sie an.

Er war der perfekte Talentscout. Sein offenes, unschuldig-verschmitztes Lächeln musste Gold wert sein, wenn es darum ging, übereifrige Mütter bei Laune zu halten. Außerdem war er professionell genug, so zu tun, als bemerkte er nicht, dass Otis das Wort »Aquatherapie« über einer Tür lautlos Silbe für Silbe ablesen musste.

»Er ist die ganze Zeit mit mir oder einem der anderen zusammen, darum braucht er erst mal keine eigene. Machen Sie sich keine Gedanken, wir sperren ihn schon nicht aus.« Damit drehte Dwayne sich um und öffnete die Tür.

Die Flure hatten den charakteristischen Glanz und Geruch eines brandneuen Verwaltungsgebäudes. An den Wänden hingen vergrößerte Fotos von aktuellen und ehemaligen Falcons-Spielern in Aktion. In Vitrinen waren Pokale und Medaillen dramatisch mit Spotlichtern in Szene gesetzt. Auf dem Weg zur Sporthalle kamen sie am Kraftraum und den Umkleidekabinen vorbei. Vom anderen Ende des Flurs hörte Veronica Dribbelgeräusche und das Quietschen von Turnschuhen.

»Wir kommen noch mal hierher zurück, keine Sorge«, sagte Dwayne an Otis gewandt. »Dann zeige ich dir alles genauer. Aber als Erstes wollte ich dich den Jungs vorstellen.«

In der Halle trainierten gerade neun Spieler Freiwürfe. Für jeden, der danebenging, mussten sie eine Runde laufen. Ihre tiefen Stimmen hallten von den Wänden wider, als sie sich gegenseitig anfeuerten und herumblödelten.

Zwei Schritte hinter der Tür blieb Veronica wie angewurzelt stehen, sodass Otis ihr in die Hacken lief.

»'tschuldige, Mom«, murmelte er. Aber sie reagierte nicht.

Auf der Tribüne saß, mit einem Klemmbrett auf dem Schoß, Mitch Bellamy höchstpersönlich und beobachtete das Geschehen auf dem Feld.

Natürlich hatte Veronica im Internet schon Fotos von ihm gesehen. In der vergangenen Woche hatte sie versucht, so viel wie nur möglich über Mitchell Walter Bellamy, den *Drain Man*, in Erfahrung zu bringen. Er war einundvierzig, geschieden, Single und hatte zwei Kinder im Teenageralter, die bei ihrer Mutter lebten. Seine Karriere als College-Basketballspieler war, wenn man Wallace glauben wollte, legendär gewesen. Alles hatte darauf hingedeutet, dass er anschließend in der NBA spielen würde. Larry Brown, der Coach der Los Angeles Clippers, hatte schon öffentlich von der Möglichkeit geschwärmt, mit Ron Harper, Mark Jackson und Bellamy ein neues Rebound-Dreieck aufs Feld zu bringen.

Dann, in seinem dritten Collegejahr, hatte er sich einen Riss des medialen Kollateralbands und des vorderen Kreuzbands zugezogen. Nach mehreren Operationen war Bellamy zwar wieder fit für den Alltag gewesen, aber nicht für eine Saison mit zweiundachtzig Spielen. Eine Karriere oberhalb der Amateurliga hatte er abhaken können. Dafür flatterten ihm Jobangebote als Trainer ins Haus. Und diese Karriere verfolgte er inzwischen seit zwanzig Jahren – inklusive zwölf Saisons an der PSU.

Bellamy hatte schütter werdendes hellbraunes Haar und die Statur eines ehemals muskulösen Mannes, der ein wenig Fett angesetzt hatte. Auf den Fotos war er oft am Spielfeldrand zu sehen gewesen, wo er sich meist in Anzug und Krawatte präsentierte – zum heutigen Training jedoch trug er Cargoshorts und T-Shirt. Er beobachtete seine Spieler genau und machte sich hin und wieder Notizen auf seinem Klemmbrett, die wässrig blauen Augen aufs Feld gerichtet.

Dwayne ging zu ihm und beugte sich vor, um Bellamy etwas ins Ohr zu flüstern. Der Assistenz-Coach warf einen Blick zu Otis, Wallace und Veronica und nickte. Einen Moment später blies er in seine Trillerpfeife.

»Jungs, das sah heute schon viel besser aus. Spencer, du lehnst dich zu weit nach vorne. Mach das im Eröffnungsspiel und Braxton setzt dich für den Rest des Abends auf die Bank. Abioto – super Off-ball-screens. Du warst heute richtig schön konzentriert. Okay, Leute, kleine Pause. Ich möchte euch jemanden vorstellen.«

Die Spieler wandten sich den Neuankömmlingen zu.

Veronica erkannte ein paar von den Überwachungsvideos wieder, aber es waren auch neue Gesichter darunter.

Bellamy kam mit ausgestreckter Hand auf sie zu. »Otis, mein Junge, wie schön, dich wiederzusehen.« Er schüttelte ihm die Hand und wandte sich dann Veronica zu. Er musste knapp zwei Meter groß sein und überragte sie damit um satte fünfundvierzig Zentimeter, weswegen sie sich neben ihm etwas unwohl fühlte. Sein Gesichtsausdruck allerdings wirkte nun, da er seine Spieler nicht mehr kritisch beobachtete, beinahe sanft und väterlich.

»Mrs Jensen, wenn ich mich nicht irre?« Er reichte ihr die Hand.

Ist das die Hand, die die Würgemale an Grace Mannings Hals hinterlassen hat? Zumindest war sie riesig, eine regelrechte Pranke, dafür aber erstaunlich kühl und trocken. Veronica ignorierte die Gänsehaut, die ihr den Arm hochkroch, und bemühte sich, entspannt zu wirken. »Wie schön, Sie kennenzulernen, Coach Bellamy.«

»Kann ich jemandem etwas zu trinken anbieten? Wasser? Kaffee?«

»Ich würde ein Gatorade nehmen«, sagte Otis.

Dwayne verschwand augenblicklich.

»Für mich nichts, danke.« Veronica lächelte. »Coach Fennel?«

»Äh, danke, für mich auch nichts.« Wallace sah Veronica an und nickte ihr kaum merklich zu. »Freut mich, Sir. Ich habe Ihre Jungs im Frühjahr gegen Hearst spielen sehen – erste Märzwoche?«

Bellamy grinste und boxte Wallace in einer Demonstration männlicher Kameradschaftlichkeit gegen die Schulter. »Ja, klar! An das Spiel erinnere ich mich. Mann, das war bitter.« Er pfiff leise durch die Zähne und schüttelte den Kopf. »Irgendwann konnte ich gar nicht mehr hinsehen. Dass Hearst überhaupt bis zum Ende durchgehalten hat …«

Kein Anzeichen dafür, dass er mit dem Datum noch etwas anderes als einen Basketballsieg verbindet. Nicht dass das irgendwas beweisen würde.

»Das muss ja furchtbar anstrengend sein, die ganze Zeit von einem Spiel zum anderen zu fahren«, schaltete sich Veronica ein. »Ich hoffe, die Jungs haben wenigstens im Grand übernachtet. Sonst gibt es in Neptune ja kein zumutbares Hotel.«

»Ja, da haben wir tatsächlich gewohnt«, bestätigte Bellamy nickend. »Also, ich kann mich nicht beschweren. Habe geschlafen wie ein Baby.«

Ihre Blicke trafen sich. Veronica starrte ihn so lange an, wie sie es wagte – als könnte sie dadurch in seinen Kopf hineinsehen und seine Gedanken lesen. War das Einbildung oder umspielte ein spöttisches Lächeln seinen Mund? Sie konnte es nicht sagen.

In diesem Moment kam Dwayne aus dem Flur zurück, in der Hand eine Flasche Gatorade. »Hier, für dich, Big O!«

Veronica schnappte ihn beim Arm und drückte zu. »Ach, so ein Schatz aber auch! Wie rührend er sich um uns kümmert. Und dann auch noch so ein hübscher Junge!«

Sie hatte oft genug all die Frauen beobachtet, die Wallace selbst gebackene Plätzchen mitbrachten oder ihm unsichtbare Fusseln vom Ärmel wischten, um zu wissen, dass sie den Typ aufdringliche Mutter absolut realistisch verkörperte. Und sie war sich ziemlich sicher, dass Dwayne Williams – gut aussehend, charmant und auf das Wohl der potenziellen neuen Spieler und ihrer Familien bedacht – schon eigene Erfahrungen mit diesen Frauen gesammelt hatte. Sie setzte darauf, dass er den Umgang mit penetranten Müttern gewohnt war und sich nicht daran störte, dass sie ihm den Arm um die Taille geschlungen hatte. Und darauf, dass er nicht merkte, wie sie ihm mit Daumen und Zeigefinger die Magnetkarte aus der Tasche fischte.

Seine Augen weiteten sich leicht, als er ihre Hand auf seiner Hüfte spürte. Er rückte ein Stückchen von ihr ab, doch als er warnend den Finger hob, war sein Blick mehr amüsiert als empört. »Wenn Sie so weitermachen, werde ich noch rot, Mrs Jensen«, sagte er mit einem Funkeln in den Augen.

Er löst die Situation mit einem Witzchen, damit niemand bloßgestellt wird. Der Typ ist wirklich ein Profi. Zum Glück galt Letzteres auch für Veronica.

Sie verbarg die Karte in ihrer Handfläche und ließ sie unbemerkt in ihrer Hosentasche verschwinden.

KAPITEL 24

Am Abend lud Dwayne seine Besucher aus Neptune und drei von den Spielern, die sie am Nachmittag kennengelernt hatten, in ein Restaurant direkt am Strand ein, dessen Spezialitäten Steaks und Meeresfrüchte waren. Das Interieur bestand aus Mahagoni und grünem Teppichboden, in der dazugehörigen Bar spielte eine Jazzband. Draußen in der Bucht glitzerten die Lichter vorüberfahrender Jachten.

Otis saß zwischen Josh Randall, einem Flügelspieler aus irgendeiner Schweinemast-Hochburg in Missouri, und Isaiah Dempsey, einem redseligen Verteidiger aus L. A. Ihm gegenüber hatte Art Templeton Platz genommen, ein Center aus Juneau, der aussah wie ein zwei Meter zehn großer Kurt Cobain. Zwischen Bergen von Rib-Eye-Steaks und Garnelen führten sie eine höchst wissenschaftliche Beurteilung von Nicki Minaj, Miley Cyrus und Azealia Banks auf einer Skala von »am heißesten« bis »am verrücktesten« durch.

Veronica stocherte in ihren grünen Bohnen herum und nippte an ihrem Nebbiolo. Als eine kurze Pause im Gespräch entstand, schaltete sie sich ein. »Und, mögt ihr Jungs Coach Bellamy?«

In Arts Augen trat ein Leuchten. Er schluckte die Portion Kartoffelpüree hinunter, die er sich gerade in den Mund geschaufelt hatte. »Oh Mann, der ist echt genial. Natürlich sind alle unsere Trainer super – Coach Zabka ist einer der schlausten Typen, die ich kenne. Er verlangt ziemlich viel, lässt nicht zu, dass einer schwächelt. Dafür hat Coach Bellamy es echt drauf, uns aufzubauen. Der sorgt für die richtige Motivation.«

Veronica hatte Coach Zabka am Nachmittag kennengelernt, einen drahtigen Mann Mitte sechzig im schmal geschnittenen Anzug. Er hatte Otis begrüßt, ohne dabei kriecherisch zu wirken, sich ganz geschäftsmäßig und höflich nach seinen Spielen und Zielen erkundigt und darauf ausschließlich ein- und zweisilbige Antworten erhalten.

»Also spielt Bellamy den guten Bullen?«, fragte Veronica.

»Ja, könnte man sagen.« Art zuckte mit den Schultern. »Klar, ich will auch besser werden – darum braucht man hin und wieder 'ne Ansage vom bösen Bullen. Aber wir kriegen einfach so oft erzählt, was wir alles falsch machen, dass man jemanden wie Coach B echt zu schätzen lernt.«

»Na ja, immer ist der aber auch nicht der Gute«, warf Josh ein, die Augenbrauen vielsagend gehoben. »Wisst ihr nicht mehr, damals in Tucson?«

»Was war denn in Tucson?«, hakte Veronica nach und legte ihre Gabel hin.

Die Jungs wechselten einen Blick. Es war Josh, der weitererzählte.

»Vor zwei Jahren waren wir bei einem Thanksgiving-Turnier in Tucson und haben gegen Nordarizona gespielt. Hinterher sind wir alle zusammen ins Hotel gefahren und da war mit Coach B noch alles in Ordnung. Aber als er am nächsten Morgen in den Bus gestiegen ist, sah er aus, als wäre er übelst zusammengeschlagen worden. Blaues Auge, gebrochene Nase – das volle Programm. Wir waren drauf und dran, uns das Schwein zu schnappen, das ihn so zugerichtet hatte, aber er hat dann erklärt, er wäre am Abend vorher noch auf ein Bierchen in der Kneipe gewesen und hätte auf dem Rückweg in irgendeiner dunklen Gasse einen Typen dabei überrascht, wie er eine Frau geschlagen hat. Meinte, da wäre er einfach … ausgetickt. Hätte dem Kerl mal ordentlich gezeigt, was Sache ist. Er hat dauernd gesagt: ›Jungs, das war kein bisschen mutig von mir, sondern bloß dumm, ich hätte die Polizei rufen sollen‹, aber für uns war Coach B *der* Held.«

Veronica prägte sich *Spiel gegen Nordarizona, 2013, Thanksgiving-Turnier* ein. Sie trank einen Schluck Wasser und bemühte sich um einen neutralen Gesichtsausdruck. Das musste alles nichts zu bedeuten haben – vielleicht war es wirklich bloß eine kleine Prügelei im Suff gewesen, genau wie Bellamy behauptet hatte. Trotzdem zog sie ihr Handy aus der Tasche und schrieb Mac eine SMS. *Vielleicht kann sie kurz das Datum dieses Spiels raussuchen und uns die Krankenhauseinlieferungen und Polizeiberichte von Tucson an dem betreffenden Abend besorgen. Mal sehen, ob an der Geschichte nicht doch mehr dran ist.*

In diesem Moment tauchte der Kellner mit einer Wasserkaraffe an ihrem Tisch auf, um die Gläser nachzufüllen. Otis, dessen Teller blitzblank geputzt war, legte seine Gabel darauf und beäugte gierig den Dessertwagen, der gerade vorbeigeschoben wurde.

Veronicas Telefon vibrierte. Eine SMS von Mac.

> Erste, schnelle Recherche hat nichts ergeben, aber ich bleibe dran.

Veronica holte tief Luft und widmete sich dem nächsten Gang.

Der Campus lag dunkel und verlassen da, als Veronica auf den Stadionparkplatz fuhr. Es war kurz vor elf und sie hatte Wallace und Otis soeben am Hilton Hotel in San Diego abgesetzt. Wallace hatte ihr resigniert hinterhergewinkt. Inzwischen waren die beiden sicher in ihren Zimmern, schauten den Sportkanal und machten sich bettfertig.

Zeit, dass Veronica an die Arbeit ging.

Das Castillo-Sportzentrum ragte düster vor ihr auf, als sie näher kam. Durch die Fenster sah sie die fahle Sicherheitsbeleuchtung in den Fluren. Verstohlen huschte sie den Weg entlang bis zu der Glastür, durch die Dwayne sie vor ein paar Stunden mit seiner Magnetkarte ins Gebäude gebracht hatte. Manche dieser Karten hatten einen integrierten Timer, sodass sie außerhalb bestimmter Zeiten nicht funktionierten. Veronica hielt den Atem an, in der Hoffnung, dass diese hier nicht dazugehörte.

Das rote Licht am Lesegerät verfärbte sich grün, als sie die Karte davorhielt. Sie hörte das Schloss leise klicken.

Veronicas Schritte hallten beunruhigend laut von den Wänden wider, als sie den Flur hinunterging. Sie hatte etwas Sorge, einem Hausmeister oder jemandem vom Sicherheitsdienst zu begegnen, aber bisher war alles ruhig.

Dank Dwayne, der sie am Nachmittag herumgeführt hatte, wusste Veronica, dass sich die Trainerbüros in einer geräumigen Zimmerflucht im zweiten Stock befanden. Wenn sie irgendwie in Bellamys Büro gelangte, würde sie mit Sicherheit ein Haar auf seinem Stuhl finden, ein gebrauchtes Taschentuch. *Irgendetwas.* Sie entschied sich für die Treppe, um mit dem *Pling* des Aufzugs keine unnötige Aufmerksamkeit auf sich zu ziehen.

Ein paar Schritte vom oberen Treppenabsatz entfernt, erstarrte sie. Von irgendwoher drangen gedämpfte Stimmen zu ihr herüber. Sie umklammerte mit einer Hand das Geländer und lauschte angestrengt. Die Geräusche kamen nicht näher und entfernten sich auch nicht. Aber jemand war hier, vielleicht hinter geschlossenen Türen, in ein Gespräch vertieft. Sie schlich die restlichen Stufen hoch, lauschte einen Moment an der Etagentür und schlüpfte dann in den Flur des zweiten Stocks.

Hier waren die Stimmen lauter, wenn auch noch immer gedämpft.

Veronica drückte sich dicht an die Wand, als sie sich dem offenen Empfangsbereich näherte. Auf dem Schreibtisch dort brannte eine Lampe, deren nach unten geneigter Schirm den Raum in diffuses grünes Licht tauchte. An der nächsten Ecke blieb sie stehen und versuchte erneut zu bestimmen, aus welcher Richtung die Stimmen kamen. Die mit Messingschildern versehenen Türen waren allesamt geschlossen.

Neben Bellamy gehörten noch zwei weitere Assistenztrainer und ein Development Coordinator zum Team. Coach Zabkas Büro lag ganz am Ende der Räumlichkeiten, hinter einem weiteren Empfangstisch. Unter der Tür schimmerte Licht hindurch.

Veronica holte tief Luft und schlich weiter den Flur hinunter, bis sie Bellamys Büro gefunden hatte.

Sie nahm eine Haarklammer aus ihrem Portemonnaie und brach sie in der Mitte durch. Die Tür hatte ein einfaches Zylinderschloss. Man musste das Ende der Nadel bloß ein bisschen zurechtbiegen, dann dauerte es meistens nicht länger als ein paar Minuten – und das Schloss war geknackt. Veronica schob die Haarnadel ein paarmal vor und zurück und tastete nach den Stiften.

Vom Ende des Flurs hörte sie, wie Stühle gerückt wurden und dann das Klicken eines Türriegels.

Der Empfangstresen stand direkt hinter ihr. Schnell hechtete sie darunter und zog den Stuhl vor sich. Die Lampe auf dem Tisch wackelte ein wenig. Veronica hielt die Luft an, als Zabkas Bürotür aufging.

Schritte kamen auf sie zu. In Veronicas Blickfeld erschien ein Paar braune Lederslipper. Sie konnte nicht sagen, wem sie gehörten, aber ein Stück weiter vernahm sie leises Murmeln – es waren mehr als zwei Leute in Zabkas Büro gewesen. Die Schuhe verharrten direkt vor ihr, so nah, dass Veronica die leicht ausgefransten Troddeln daran erkennen konnte. Der Mann schien einen Stapel Papiere auf dem Schreibtisch über ihr durchzublättern.

Veronica presste sich die Fingerknöchel auf den Mund und versuchte, so flach wie möglich zu atmen. Über ihrem Kopf wurden Sachen auf der Tischplatte hin und her geschoben. Sie wartete.

Mit einem Seufzer drehte sich der Mann schließlich um und entfernte sich. Einen Moment später öffnete sich die Bürotür erneut. Diesmal hörte Veronica Dribbelgeräusche und Zuschauerlärm.

Sie sehen sich aufgezeichnete Spiele an, ging ihr auf.

Einen Moment später fiel die Tür wieder zu und die Geräusche verstummten.

Veronica blieb noch eine Weile reglos sitzen und lauschte. Dann, ganz langsam und vorsichtig, kroch sie unter dem Tisch hervor und ging zurück zu Bellamys Büro. Nach ein paar geschickten Drehungen der Haarklammer schwang die Tür schließlich mit einem leisen Knarzen nach innen auf. Veronica trat hindurch und schloss sie hinter sich.

Drinnen knipste sie ihre Stifttaschenlampe an und ließ den Lichtstrahl durchs dunkle Zimmer gleiten.

Das Büro war mustergültig aufgeräumt. An einer Wand erkannte sie einen Zweisitzer aus Leder mit einer zusammengefalteten grünen Decke über einer Armlehne. Der Schreibtisch wirkte geradezu karg, mit nichts darauf als einem Computer und einem Ständer für Stifte. Auf einem Bücherregal stand ein gerahmtes Foto von zwei Teenagern: ein Junge und ein Mädchen. An den Wänden hingen signierte Fotos ehemaliger Spieler.

DANKE FÜR ALLES, COACH B!

FÜR DEN BESTEN COACH DER WELT!

SIE SIND UNSER HELD!

Nacheinander zog Veronica die Schreibtischschubladen auf, schnell, aber leise. In einer lagen nichts als eine Schere und Klebeband. In einer anderen fand sie eine kleine Auswahl lose herumrollender Schrauben und Nägel. Es gab so gut wie keine persönlichen Gegenstände – kein über der Stuhllehne hängendes Sweatshirt, keine Baseballkappe neben der Tür. Der Mülleimer war vollkommen leer.

Na toll, ein Ordnungsfreak – genau, was ich jetzt gebrauchen kann.

Veronica strich mit den Händen über sämtliche Flächen auf der Suche nach irgendetwas Brauchbarem. Ihre Frustration nahm zu. Und dann sah sie sie. Ein kleines Lächeln breitete sich auf ihrem Gesicht aus.

Halb versteckt hinter dem Foto seiner Kinder lagen eine blaue Zahnbürstendose und eine kleine Tube Zahncreme.

Sieht aus, als legt Bellamy Wert auf allzeit frischen Atem. Hoffen wir mal, dass er damit auch ordentlich den Zahnfleischrand schrubbt.

Veronica nahm die Zahnbürste und steckte sie in die Tasche. In dem Moment ging die Tür auf und Licht durchflutete den Raum.

Vor ihr stand Mitch Bellamy, offensichtlich genauso überrascht wie sie.

KAPITEL 25

Wut verfinsterte Bellamys Gesicht wie eine Sturmwolke. Dann kam er auf sie zu, schneller, als Veronica erwartet hatte. Doch gerade als sich ihre Hand um den Taser in ihrer Tasche schloss, ertönte vom Flur her eine weitere Stimme.

»Hey, Mitch, vielleicht sollten wir uns auch noch die Videos aus Oregon ansehen …« Hinter Bellamy erschien Coach Zabka in der Tür. Als er Veronica erblickte, blieb er wie angewurzelt stehen. »Was zum Teufel ist denn hier los?«

Bellamy schien es die Sprache verschlagen zu haben und seine Halsvenen traten deutlich hervor. Er ließ Veronica nicht aus den Augen und rang sichtlich um Beherrschung, schwer atmend, die Hände an den Seiten zu Fäusten geballt. Zabka sah ein paarmal zwischen ihm und Veronica hin und her.

Es kostete Veronica einiges an Überwindung, den Blick von Bellamy zu wenden, aber ihr Gefühl sagte ihr, dass Zabkas Anwesenheit ihre Rettung war. Sie zwang sich, dem Cheftrainer in die Augen zu sehen, und hielt die Zahnbürste hoch.

»Coach Zabka, ich muss mich entschuldigen – ich war Ihnen gegenüber nicht ganz ehrlich. Mein Name ist Veronica Mars. Ich bin Privatdetektivin und ich habe Grund zu der Annahme, dass Coach Bellamy in eine Vergewaltigung verwickelt ist, die sich in der Nacht des sechsten März in Neptune ereignet hat. Ich bin hier eingebrochen, um an eine DNA-Probe zu gelangen.«

Bellamy stieß eine Art Grunzen aus. Veronica warf ihm einen Blick aus dem Augenwinkel zu. Er schien arge Mühe zu haben, seine Wut und Empörung im Zaum zu halten. »Das ist doch verrückt. Tommy, du glaubst doch wohl nicht –«

»Im Neptune Grand Hotel wurde ein neunzehnjähriges Mädchen angegriffen«, fiel Veronica ihm ins Wort. Derart mit der Wahrheit vorzupreschen, war ein verzweifelter Zug, aber anders wusste sie sich nicht zu helfen. Zabka konnte jeden Moment den Sicherheitsdienst rufen und sie vom Campus werfen lassen, vielleicht sogar Anzeige erstatten. Sie musste ihm einen Grund liefern, es nicht zu tun. »Sie wurde vergewaltigt, zusammengeschlagen und halb tot im strömenden Regen zurückgelassen. Dass sie noch am Leben ist, grenzt an ein Wunder.«

Zabka sah Bellamy an, dann wieder Veronica. »Und diese Frau hat Mitch beschuldigt?«

»Wenn das der Fall wäre, würden Sie jetzt mit der Polizei reden, nicht mit mir.«

Zabka versteifte sich, was Veronica zufrieden zur Kenntnis nahm. Der Gedanke, dass seine Abteilung es mit der Polizei zu tun bekam, schien ihm ganz offensichtlich nicht zu behagen. Momentan war Veronica das kleinere Übel.

Sie fuhr fort: »Die junge Frau kann sich nicht erinnern, wer sie angegriffen hat. Sie hat ein schweres Gehirntrauma erlitten, das ihr Erinnerungsvermögen stark beeinträchtigt. Darum hatte ich gehofft, ganz diskret anhand einer DNA-Probe herauszufinden, ob Coach Bellamy als Täter infrage kommt.« So dezent sie das Wort »diskret« auch betonte, die Message dahinter war unmissverständlich: keine Presse, kein Skandal und Zabkas Name würde nicht mit einem Vertuschungsfall in Verbindung gebracht werden. »Wenn es keine Übereinstimmung gibt, wunderbar. Dann kann ich einen Namen von meiner Liste streichen und Sie sehen mich nie wieder.«

»Ich rufe jetzt den Sicherheitsdienst.« Bellamy machte einen Schritt Richtung Telefon, aber Zabka packte ihn am Arm.

»Warte kurz, Mitch. Ich würde das hier gern zuerst klären.« Er musterte Veronica durch seine Drahtbrille. »Testen Sie jeden, der in der fraglichen Nacht in dem Hotel war, oder nur Mitch?«

Sie zögerte. »Fürs Erste nur einige wenige. Wir wissen, dass Coach Bellamy nicht zusammen mit allen anderen im Bus mitgefahren ist. Er war mit einem Mietwagen unterwegs. Was ihm die Gelegenheit verschafft hätte, das Mädchen am Stadtrand abzuladen.«

Bellamys Gesicht lief dunkelrot an. »Ich war auf *Talentsuche*, Sie dreckige –« Dann riss er sich zusammen, holte tief Luft und wandte sich Zabka zu. »Das war der Tag, als ich an der Neptune High war, um mir Jensen und Rodriguez anzusehen. Darum hatte ich ein eigenes Auto. Verdammt, Tommy, das ist doch absurd. Diese … *Frau* ist einfach in mein Büro eingebrochen und hat meine Sachen durchwühlt. Die gehört angezeigt und zwar sofort.«

Mit undurchdringlicher Miene musterte Zabka Bellamy.

Veronica wartete mit angehaltenem Atem.

»Haben Sie so ein Wattestäbchen dabei?«, fragte der Cheftrainer schließlich. Seine Lippen waren zu einem schmalen Strich zusammengepresst, aber ihm schien mehr daran gelegen, zu tun, was er für richtig hielt, als Bellamys wütenden Forderungen nachzugeben.

Veronica nickte.

Zabka wandte sich Bellamy zu. »Gib ihr die Probe.«

Bellamy sah aus, als hätte er einen Schlag in die Magengrube bekommen. »Was?«

»Komm schon, Mitch, gib ihr die Probe. Dann sieht sie, dass du es nicht warst, und wir können einen Strich unter die Sache machen.« Zabka blickte Veronica ruhig an. »Um eins klarzustellen: Ich habe vollstes Vertrauen in meinen Kollegen. Ich lasse Ihnen diese Aktion hier nur durchgehen, damit er schnell entlastet wird. Wenn es so weit ist, erwarte ich eine Entschuldigung von Ihnen und dann will ich nichts mehr davon hören.«

»Das klingt doch fair«, willigte Veronica ein. Sie zog ein steril verpacktes Wattestäbchen aus der Tasche und riss die Folie auf. »Bitte einmal weit aufmachen, Mr Bellamy.«

Im ersten Moment dachte sie, er würde sich weigern, so fest, wie er die Lippen aufeinanderpresste. Dann aber riss er ihr das Stäbchen aus der Hand und strich sich damit über die Innenseite der Wange. Sie hielt ihm das kleine Plastikröhrchen hin. Ohne ihren Blick loszulassen, steckte Bellamy das Stäbchen hinein.

»Ich gehe davon aus, dass Sie uns über das Ergebnis informieren?«, fragte Zabka.

»Wenn der Test negativ ausfällt«, Veronica drehte sich wieder zu ihm um und ließ das Plastikröhrchen in ihrer Tasche verschwinden, »sind Sie der Erste, der es erfährt.«

KAPITEL 26

»Wir sind nur bis kurz hinter die Bojen und dann hat uns der Rettungsschwimmer den ganzen Tag nicht mehr ins Wasser gelassen. Das war voll unfair, die Älteren dürfen nämlich bis ganz zum anderen Ende der Bucht, dabei kann ich viel besser schwimmen als die meisten.« Der kleine Junge auf Veronicas Computerbildschirm verzog beleidigt das Gesicht. »Ein paar von denen paddeln bloß ein bisschen rum. Ich kann sogar kraulen!«

Veronica saß zu Hause auf dem Sofa, ihren Laptop vor sich auf dem Couchtisch. Sie hatte sich den Nachmittag freigenommen, um mit ihrem Halbbruder Hunter zu skypen.

»Aber ansonsten war es schön im Ferienlager?«, fragte sie.

»Ja, war ganz okay.«

Obwohl er erst sieben war, hatte Hunter eine düstere, einstudiert wirkende Gleichgültigkeit an sich. Veronicas Ansicht nach war das kaum verwunderlich, wenn man in einem Haus mit so vielen Geheimnissen aufwuchs. Sie wusste aus Erfahrung, dass ein stilles Kind, das gut im Lauschen war und gleichzeitig den Mund halten konnte, oft eine ganze Menge mehr in Erfahrung brachte als ein lautes, lebhaftes.

»Die Kanutour hat keinen Spaß gemacht. Aber dafür war ich der Beste bei *Capture the Flag. Und* ich hab Gitarre spielen gelernt.«

»Echt? Spielst du mir mal was vor?«

»Ich hab ja noch keine eigene. Mom hat gesagt, vielleicht zu Weihnachten. Die sind ganz schön teuer.«

Lianne und Hunter waren im April nach Tucson zurückgekehrt, sobald sich die juristischen Wogen nach Tanners und Auroras Betrugsversuch wieder etwas geglättet hatten. Tanner saß zurzeit eine zweijährige Strafe im Ironwood-Staatsgefängnis wegen Erpressung und Justizbehinderung ab. Aurora dagegen war auf Bewährung freigekommen und in psychiatrischer Behandlung. Lianne hatte das Sorgerecht für sie erstritten, obwohl Veronica nicht ganz nachvollziehen konnte, warum ihr überhaupt daran gelegen war. Aurora hatte sich im zarten Alter von sechzehn nicht nur dazu bereit erklärt, für einen Teil des Lösegelds ihre eigene Entführung zu inszenieren, sondern dabei sogar noch versucht, ihren Dad übers Ohr zu hauen, sich mit dem Geld davonzumachen und ihm die gesamte Schuld in die Schuhe zu schieben. Lianne hatte sie in eine Einrichtung für verhaltensgestörte Teenager gegeben, was Veronica nur angemessen erschien. Das Mädchen hatte Veronica mit ihrem eigenen Taser außer Gefecht gesetzt und anschließend mit seinem Komplizen darüber diskutiert, ob es klug wäre, sie zu töten und ihre Leiche in der Wüste zu entsorgen.

Seit ihre Mutter fort war, hatte Veronica sie und Hunter nur ein einziges Mal in Tucson besuchen können, dafür versuchte sie, alle paar Wochen mit ihrem kleinen Halbbruder zu skypen. Im Juli war er für zwei Wochen ins Ferienlager gefahren, wozu Veronica stillschweigend einen kleinen finanziellen Zuschuss geleistet hatte. Lianne hatte auch so schon genug Schwierigkeiten, sich und den Jungen über Wasser zu halten. Und da sie nicht nur für Tanners und Auroras Anwaltskosten, sondern auch für Auroras Therapie aufkommen musste, blieb für Hunter am Ende nicht mehr viel übrig.

Veronica nahm sich vor, mit ihrer Mutter über Gitarrenunterricht zu sprechen. Vielleicht konnte sie ja irgendwo eine gebrauchte Gitarre auftreiben und sie Hunter schicken oder einem Lehrer einen Vorschuss für ein paar Stunden zahlen. Selbst nach all der Zeit brachte Veronica es immer noch nicht über sich, ihrer Mutter einen Scheck anzuvertrauen.

»Willst du mal sehen, was ich in den letzten Wochen so gemacht habe?«, fragte sie Hunter.

»Klar.«

Veronica hob Pony hoch, die schlummernd in ihrem Körbchen gelegen hatte, und hielt sie vor die Webcam. Der Welpe blinzelte verschlafen. »Versucht, meiner kleinen neuen Mitbewohnerin abzugewöhnen, auf den Teppich zu pinkeln!«

Hunter riss die Augen auf. »Ihr habt einen Hund?«

»Wir haben einen Hund«, bestätigte Veronica.

Ihr Bruder wandte sich von der Kamera ab. »Mom! Mom, komm mal schnell! Die haben einen Hund!«

Noch heute versteifte sich Veronica leicht, wenn Lianne auf der Bildfläche erschien. *Die Macht der Gewohnheit.* Doch die Lianne, die zu Teenagerzeiten ihr Leben verkompliziert hatte, gab es nicht mehr. Die Frau, die vor elf Jahren Veronicas Collegegeld auf den Kopf gehauen hatte, war heute ein völlig anderer Mensch. Beinahe schüchtern lächelte sie Veronica an.

»Hallo, Schätz–« Lianne unterbrach sich. »Veronica. Ach, du meine Güte, wer ist das denn?«

»Das«, verkündete Veronica, »ist meine kleine Pony. Und ich dachte mir … wenn ich meinen aktuellen Fall abgeschlossen habe, könnte ich mir vielleicht ein paar Tage freinehmen und euch besuchen. Zusammen mit dem Hündchen natürlich. Vielleicht kann Logan sich ja auch Urlaub nehmen. Du musst ihn unbedingt kennenlernen, Hunter. Ihr zwei würdet euch bestimmt super verstehen.«

Hunter sah zu seiner Mutter auf. »Geht das, Mom?«

»Natürlich, Liebling. Jederzeit«, sagte Lianne sanft.

Es war seltsam, Lianne und Hunter so nebeneinander zu sehen. Sie glichen einander genauso wie Veronica ihrer Mutter. Alle drei hatten helle Haare und fein geschnittene Gesichter. Veronica hatte sich schon als kleines Mädchen immer ihrem Vater näher gefühlt, aber Hunters Existenz führte ihr nun umso mehr vor Augen, dass sie genauso Liannes Tochter war wie Keiths, egal wie angespannt ihr Verhältnis sein mochte.

Plötzlich klingelte ihr Handy neben ihr auf dem Sofa. Veronica lehnte sich hinüber, um zu sehen, wer der Anrufer war.

Medizinisches Labor Neptune.

Sie setzte Pony zurück auf den Boden. »Mom, Hunter, tut mir wirklich leid, aber ich muss kurz diesen Anruf annehmen. Ist etwas Geschäftliches.«

»Kein Problem«, sagte Lianne. »Vielleicht sprechen wir nächstes Wochenende noch mal.«

»Komm bald mit dem Hund her!«, rief Hunter winkend.

»Tschüss!« Veronica lächelte ein letztes Mal in die Kamera, bis sie sicher war, dass die Verbindung beendet war. Dann griff sie nach ihrem Handy.

»Hallo, Ms Mars. Hier ist Phil Curtis vom Medizinischen Labor Neptune. Wir haben gerade die Ergebnisse zu dem DNA-Vergleich reinbekommen, den Sie letzte Woche bei uns in Auftrag gegeben haben.«

»Und?«

Es folgte eine winzige Pause. Dann: »Die Proben stimmen überein.«

Veronica heizte die Interstate Richtung San Diego hinunter, mit offenen Fenstern und ausgeschaltetem Radio, damit sie nachdenken konnte. Ihre Finger klammerten sich um das Lenkrad.

Sie hatten ihn. All die unzureichenden, vagen Beweise – die

Tasche, der Bus, das Auto – waren nicht mehr wichtig. Ein DNA-Test log nicht.

Es war kurz vor drei, als sie die Hauptdienststelle der Polizei von San Diego erreichte. Detective Leo D'Amato erwartete sie vor dem Eingang, zwei Becher Kaffee in den Händen.

Sie nahm einen davon entgegen. »Hast du ihn schon da?«

»Ja, er sitzt in Verhörzimmer drei. Gerade spricht er mit seinem Anwalt.«

Veronica kannte Leo schon seit der Highschool. Damals war er der schnuckelige neue Deputy im Balboa County Sheriff's Department gewesen, mit diesem ganz besonderen Lächeln, das, teils spitzbübisch, teils schüchtern, hundertprozentig für Schmetterlinge im Bauch sorgte. Sie hatten heftig miteinander geflirtet und waren sogar kurz zusammen gewesen. Aber Veronicas Leben war zu kompliziert für einen netten Typen wie Leo. Und ihre unerwartet aufkeimende Zuneigung für Logan Echolls, den Freund ihrer toten besten Freundin, war dabei nicht das geringste Problem gewesen.

Dennoch waren sie Freunde geblieben. Gleich nachdem Veronica die Laborergebnisse erhalten hatte, hatte sie Leo angerufen. Bellamys Verbrechen fielen zwar streng genommen in den Zuständigkeitsbereich des Sheriff's Department von Neptune, aber Lamb wollte sie den Fall nicht anvertrauen.

Leo hielt ihr die Tür auf und führte sie durch ein belebtes Foyer zu einer Reihe von Aufzügen. »Ich habe schon mal einen kurzen Blick in die Akte geworfen. Gibt es noch irgendetwas, das ich wissen sollte, bevor wir da reingehen und mit ihm reden?«

Während der Aufzug sich im Schleichtempo nach oben bewegte, brachte Veronica Leo auf den neusten Stand und erzählte ihm von ihrem Verdacht bezüglich der Sporttasche. »Aber das Opfer hat ein schweres Hirntrauma davongetragen, das zum Verlust ihres Kurzzeitgedächtnisses geführt hat. Sie wird höchstwahrscheinlich nicht in der Lage sein, ihn als Täter zu identifizieren.«

»Ja, kein Wunder.« Leo verzog das Gesicht. »Ich habe die Fotos gesehen.«

Die Aufzugtüren öffneten sich und sie betraten ein weitläufiges Großraumbüro, dessen Arbeitsplätze durch Trennwände voneinander abgeteilt waren. Polizisten in Zivil saßen an Computern oder telefonierten. Überall hingen Pinnwände und Whiteboards voller Mindmaps und Namenslisten. Eine kleine, untersetzte Frau entdeckte Leo und kam auf sie zu.

»Die sind da drinnen so weit, D'Amato.« Sie reichte ihm einen braunen Papphefter.

Leo spähte kurz hinein und klappte ihn dann wieder zu. »Okay, Mars. Packen wir's«, sage er und öffnete die Tür.

Wie es aussah, hatten sie Bellamy direkt aus der Sporthalle geholt. Er trug ein Nike-T-Shirt und hatte noch seine Trillerpfeife um den Hals. Sein Gesicht war dunkelrot angelaufen, darüber hinaus aber machte er einen überraschend gefassten Eindruck. Neben ihm saß sein Anwalt, Marty Campbell – ein dicklicher, affektiert wirkender Mann in einem schicken, offensichtlich maßgeschneiderten Anzug. Alles an ihm war übermäßig zurechtgemacht, von seinem sorgsam gestutzten Bart bis hin zu den gefeilten Fingernägeln. Beide Männer blickten auf, als Leo und Veronica das Verhörzimmer betraten.

»Mr Bellamy … Mr Campbell.« Leo schloss die Tür hinter sich. »Ich bin Detective Leo D'Amato. Und das hier ist Veronica Mars, die uns bei den Ermittlungen in diesem Fall unterstützt.«

Veronica fing Bellamys Blick auf und sein Kiefer spannte sich beinahe unmerklich an. Ohne wegzusehen, setzte sie sich ihm gegenüber an den rechteckigen Tisch.

»Wir hatten schon das Vergnügen«, sagte sie, während sie die Hände vor sich auf dem Tisch faltete.

Campbells Lippen verzogen sich zu einem geringschätzigen Lächeln. »Detective D'Amato, das Ganze ist doch wirklich lächerlich. Sie haben meinen Mandanten unter den fadenscheinigsten Vorwänden hierhergeschleppt. Wir sollten die Geschichte lieber an dieser Stelle beenden, bevor Sie noch Ihre ganze Abteilung blamieren.«

Leos dichte Augenbrauen rutschten hoch. Er öffnete den Pappordner, holte ein Foto von Grace Mannings misshandeltem Körper heraus und schob es über den Tisch. Ihr Gesicht war unkenntlich gemacht worden – selbst nach dem positiven DNA-Befund wollte man in Bezug auf die Identität des Opfers anscheinend auf Nummer sicher gehen –, aber die Schwere ihrer Verletzungen war unübersehbar und schockierend.

Veronica ließ Bellamys Gesicht nicht aus den Augen. Seine Miene zeigte keinerlei Regung, nur seine Pupillen weiteten sich ein wenig.

»Eine neunzehnjährige Frau wurde in der Nacht zum siebten März im Neptune Grand angegriffen«, sagte Leo. »Uns liegen DNA-Spuren vor, die Ihren Mandanten mit der Tat in Verbindung bringen – nachdem er uns freiwillig eine Probe zur Verfügung gestellt hat. Eine solche Beweislage würden die wenigsten Anwälte als *fadenscheinig* bezeichnen.«

»Erstens würde ich die Art, auf die Ihre … äh … *Kollegin* in Besitz der DNA-Probe gelangt ist, in keinster Weise als ›freiwillig zur Verfügung gestellt‹ bezeichnen«, erwiderte Campbell prompt. »Sie ist in das Büro meines Mandanten eingebrochen und hat ihn, als sie dabei erwischt wurde, in Gegenwart seines Vorgesetzten eines Sexualverbrechens bezichtigt. Er war demnach förmlich gezwungen, die Probe auszuhändigen. Und zweitens gibt es eine ganz einfache Erklärung für den Fund seiner DNA am Tatort.«

»Ich höre«, sagte Leo.

Es war Bellamy, der weiterredete. Sein Blick lag noch immer fest auf dem Foto, sein Gesicht und sein Hals tiefrot. Seine Stimme jedoch wirkte ruhig und kontrolliert, jedes seiner Worte beinahe überartikuliert.

»Ich hatte Sex mit dieser Frau«, sagte er. »Aber ich habe sie nicht vergewaltigt.«

Veronica konnte ihre Verachtung nicht länger für sich behalten. »Ach, dann gehören gebrochene Rippen und Würgen bis zur Bewusstlosigkeit bei Ihnen zum Vorspiel? Kommen Sie, Coach, selbst wenn Sie es hart mögen, wird Ihnen keiner glauben, dass ein unschuldiger Mann eine Frau ohnmächtig zehn Meilen von dem Ort entfernt ablädt, wo sie zuletzt zusammen gesehen wurden.«

»Das habe ich ja auch nicht getan.« Endlich riss Bellamy seine blassblauen Augen von dem Foto los. »Als sie mein Zimmer verlassen hat, ging es ihr noch gut. Ich weiß nicht, wer ihr das angetan hat, aber es muss passiert sein, nachdem sich unsere Wege getrennt hatten.«

»Warum haben Sie dann nichts davon gesagt, dass Sie einvernehmlichen Sex mit ihr hatten, als ich Ihnen die DNA-Probe abgenommen habe?«, fragte Veronica. »Sie wussten doch, wonach ich suche. Warum haben Sie das Ganze nicht richtiggestellt, als Sie letzte Woche die Gelegenheit dazu hatten?«

Dunkelrote Flecken breiteten sich auf seinem Gesicht aus, eine Farbe, die auf widerwärtige Weise an die Blutergüsse auf dem Foto vor ihm auf dem Tisch erinnerte. »Tja, Ms Mars, wenn Sie die Wahrheit wissen wollen: Es war mir peinlich.«

Veronica beugte sich vor. »Was war Ihnen peinlich? Dass Sie Sex hatten?«

Bellamy verschränkte die Arme. »Nein. Dass ich Sex mit einer Prostituierten hatte.«

KAPITEL 27

Veronica fühlte sich wie auf dem Stuhl festgefroren. Ihre Beine schienen plötzlich Tonnen zu wiegen und ihre Hände lagen verkrampft in ihrem Schoß. Sie starrte über den Tisch, ihr Kopf leer, als all ihre Theorien und Annahmen wie unter einem elektrischen Schlag ins Zittern gerieten.

Neben ihr atmete Leo tief ein. Die Ellenbogen auf den Tisch gestützt, beugte Bellamy sich vor und der Anwalt an seiner Seite grinste hämisch. Einen Moment lang schien die Luft nicht mehr auszureichen, so als wäre der Raum mit einem Mal zu klein und eng für sie vier.

Leo fing sich als Erster. Er fuhr sich mit der Hand über das Gesicht und versuchte, sich wieder zu sammeln. »Soll das heißen, Sie haben dieses Mädchen *gebucht*?« Er sah auf das Foto von Grace Mannings Verletzungen hinunter und es gelang ihm nicht, die Skepsis in seiner Stimme zu unterdrücken.

Doch selbst in ihrer Benommenheit musste Veronica zugeben, dass an der Geschichte etwas dran sein könnte. Im Geiste spielte sie jedes ihrer Gespräche mit Grace von Neuem durch, jede scheinbar nicht zu klärende Frage. Bellamys Behauptung würde sie alle beantworten. Würde erklären, warum Grace ihnen nicht den Namen ihres Freunds verraten wollte. Würde erklären, warum sie die Treppe benutzte statt des Aufzugs, um nicht auf den Überwachungsvideos aufzutauchen. Würde erklären, warum

Charles Sinclairs DNA-Test keinen Treffer geliefert hatte, obwohl er sie offensichtlich zu kennen schien. Er war nicht ihr *Freund*. Er war einer von vielen. Warum war sie auf diese Möglichkeit bloß nicht von selbst gekommen?

»Mein Mandant hat eine sehr prominente Position als Repräsentant des Pacific-Southwest-Basketballprogramms inne«, schaltete sich nun wieder der Anwalt ein. »Da ist es doch wohl kaum überraschend, dass er einen Skandal vermeiden wollte.«

»Okay«, sagte Leo, inzwischen wieder ganz er selbst. »Okay. Fangen wir von vorne an. Ich möchte, dass Sie mir alles erzählen, woran Sie sich aus dieser Nacht erinnern, Mr Bellamy. Von Anfang an.«

Bellamy presste die Handflächen zusammen und blickte auf seine Fingerspitzen. »An dem Wochenende haben wir gegen Hearst gespielt. Unsere Jungs haben gewonnen und nach dem Spiel sind wir alle zusammen zurück ins Hotel gefahren.« Er zog leicht die Schultern hoch, als wäre ihm das peinlich. »Ich war einsam. Seit meiner Scheidung vor ein paar Jahren hatte ich keine Zeit, Frauen kennenzulernen. War einfach zu sehr mit der Arbeit beschäftigt, wie das manchmal so ist. Darüber vergisst man alles andere. Ich habe mir jedenfalls ein paar Websites angesehen und bin da auf ihre Anzeige gestoßen. Ich hatte vorher noch nie ein Callgirl bestellt, bin nicht mal auf die Idee gekommen. Aber an dem Abend, wissen Sie, so ganz spontan, habe ich sie einfach angerufen. Sie klang nett – so locker, und sie hatte eine angenehme Stimme. Also habe ich einen Termin ausgemacht.«

Veronica schossen die Bilder aus den Überwachungsvideos durch den Kopf, die sie sich immer und immer wieder angeschaut hatte. Sie sah Grace in ihrem Designerkleid, den High Heels, dem Make-up – ihren Look, der einzig und allein zum Ziel zu haben schien, sie *teuer* wirken zu lassen.

»Um wie viel Uhr haben Sie sie angerufen?«, fragte Leo, der sich Notizen auf einem Block machte.

»Das müsste so gegen neun, halb zehn gewesen sein.« Bellamy räusperte sich. »Sie hat gesagt, sie wäre um halb zwölf bei mir im Hotel.«

»Okay. Und was haben Sie dann gemacht?«

Bellamy warf seinem Anwalt einen Blick zu. »Zeit totgeschlagen, in meinem Zimmer. Ein bisschen ferngesehen, meine E-Mails gecheckt. Und ich habe beim Zimmerservice Champagner für später bestellt.«

»War sie pünktlich?«

»Na ja, ein paar Minuten zu spät war sie schon.«

Veronica merkte, dass sein Blick immer wieder zu dem Foto auf dem Tisch huschte und dort verharrte, während er erzählte.

»Und was ist dann passiert?«

Bellamy errötete tatsächlich. »Na ja, wie das eben so abläuft. Wir haben ein paar Minuten geredet. Ein Glas Champagner getrunken. Und dann haben wir … miteinander geschlafen.« Er runzelte angstvoll die Stirn. Er schien unfähig, jemandem von ihnen in die Augen zu sehen.

Veronica hatte mit der Zeit ein gutes Gespür für die nahezu untrüglichen Anzeichen dafür entwickelt, dass jemand log. Und sie musste zugeben, dass sie in diesem Moment keins davon erkennen konnte. Bellamy wirkte einfach wie ein verängstigter, reumütiger Mann mittleren Alters, der einem öffentlichen Skandal entgegensah und fürchtete, darüber seinen Job zu verlieren.

»Danach ist sie kurz ins Badezimmer gegangen, um sich frisch zu machen«, erzählte er weiter. »Ich habe sie bezahlt und sie ist gegangen. Wie schon gesagt, es ging ihr gut, als sie mein Zimmer verlassen hat.«

»Haben Sie gesehen, welchen Weg sie nach unten genommen hat?«, fragte Veronica.

Bellamy blickte sie verständnislos an.

»Treppe oder Fahrstuhl?«, erläuterte sie ungeduldig.

Er zuckte mit den Schultern. »Ich weiß nicht. Ich habe bloß die Tür hinter ihr abgeschlossen und bin ins Bett gegangen.«

»Um welche Zeit war das?«, fragte Leo mit einem eindringlichen Blick in Veronicas Richtung; sie hätte keine Fragen stellen sollen. Sie presste die Lippen aufeinander.

»So gegen Mitternacht. Ich hatte sie für eine Stunde bezahlt.« Wieder sah Bellamy auf das Foto, starrte diesmal unverhohlen darauf. »Vielleicht hatte sie nach mir ja noch einen anderen Kunden. Denjenigen, der ihr das angetan hat.«

Veronica biss sich im letzten Moment auf die Zunge, aber ihre Augen wurden schmal. Bellamy fing kurz ihren Blick auf und seine wässrig blauen Augen wirkten beinahe sanft und zerknirscht. Sie dachte daran, wie entspannt er gewirkt hatte, als er aus dem Hotel ausgecheckt hatte. Hatte er damals einfach seine Rolle perfekt gespielt?

»Tja, wenn das dann alles wäre … Wir finden schon selbst raus«, sagte der Anwalt.

Leo nickte und die beiden standen auf. Veronica sah Bellamy nach, als er hinter seinem Anwalt den Verhörraum verließ und sich auf den Weg zu den Aufzügen machte – ein freier Mann.

»Es ist eine überzeugende Geschichte und er hat eine oscarreife Performance hingelegt, aber er lügt«, murmelte sie, sobald sich die Tür wieder geschlossen hatte. Leo erwiderte nichts. »Überleg doch. Das letzte Mal, als wir Grace Manning auf den Videos gesehen haben, war sie auf direktem Weg in sein Zimmer. Und der Gerichtsmediziner hat nur Spuren von seinem Sperma gefunden.«

Leo sagte immer noch nichts. Er klappte bloß seinen Block zu und stemmte sich vom Tisch hoch. »Na komm, ich bringe dich zum Auto.«

Veronica stieß laut die Luft aus und nickte.

Sobald sie im Aufzug standen, wandte Leo sich ihr zu. »Jetzt mal ganz ehrlich, Veronica – glaubst du ihm, dass sie eine Prostituierte ist? Oder wusstest du es vielleicht schon die ganze Zeit und hast es mir aus irgendwelchen Gründen verschwiegen?« Er klang eher verwirrt als wütend.

Sie schüttelte entschieden den Kopf. »Wenn ich auch nur eine Sekunde lang so etwas vermutet hätte, hätte ich es dir gesagt.«

Er rieb sich den Nacken und seufzte. »Es ist nur so untypisch für dich, so etwas zu übersehen.«

»Ich *habe* nichts übersehen. Sie hat es mir verheimlicht. Und zwar ziemlich gut. Und außerdem wissen wir es ja auch noch gar nicht sicher. Du glaubst doch wohl nicht, dass ich die Ermittlungen jetzt abblase, bloß weil Vergewaltigungsverdächtiger Nummer zehn Milliarden die Sie-wollte-es-auch-Karte ausspielt.« Veronica hielt inne, als die Aufzugtüren wieder aufglitten.

Schweigend durchquerten sie und Leo das Foyer, bevor sie durch die breite Glastür auf den sonnenüberfluteten Platz vor dem Gebäude traten.

Veronica blieb stehen, um ihre Sonnenbrille aus der Tasche zu holen, und starrte eine Weile in die Ferne. »Leo«, sagte sie dann. »Wir sind nicht halb so clever, wie die Leute meinen.«

»Das Problem ist mir eher fremd«, entgegnete Leo verdutzt.

»Ich meine Kriminalermittler im Allgemeinen. Conan Doyle hat einem ganzen Jahrhundert von Lesern weisgemacht, dass wir allesamt über kombinatorische Superkräfte verfügen.«

Leo lachte. »Ach, du meinst, nach dem Motto: Elementar, mein lieber Watson. Der Vogelschiss auf diesem Hut stammt von einer Lerchenart, die ausschließlich in einem kleinen rumänischen Dorf heimisch ist, also kommt unser Täter von dort.«

»Genau. Aber meistens funktioniert es so eben nicht, stimmt's?«, sagte Veronica. »Oft haben wir am Anfang nicht viel mehr in der Hand als irgendein Gefühl, eine Ahnung. Und dann folgen wir dieser Intuition, selbst wenn die Beweislage … alles andere als stichhaltig erscheint. Wir müssen Bellamys Callgirl-Geschichte auf jeden Fall überprüfen, weil sich dadurch eine ganze Menge Dinge ändern würden. Aber ob sie nun wahr ist oder nicht, ich wette um eine Flasche des teuersten Chianti, dass er der Täter ist.«

»Ich glaube dir.« Wieder rieb er sich den Nacken und seufzte. »Aber dieser Fall ist so gut wie abgeschlossen. Das ist dir klar, oder?«

Sie blieb wie angewurzelt stehen. »Abgeschlossen? Wieso?«

»Veronica, kein Staatsanwalt im ganzen Land würde so was vor Gericht bringen. Und selbst wenn doch, würde die Verteidigung das Ganze wie einen schlechten Witz dastehen lassen.«

»Komisch, mir ist gar nicht nach Lachen zumute«, zischte sie.

»Mir auch nicht, okay?« Zum ersten Mal meinte Veronica, einen leicht verteidigenden Unterton in seiner Stimme wahrzunehmen. »Aber ich kann ihn nun mal nicht verhaften, wenn in Neptune keiner den Fall weiterverfolgen will. Verstehst du, was ich meine?«

Geläutert wandte Veronica den Blick ab. »Ja, tut mir leid, Leo.«

Die Sonne begann, langsam hinter den Bäumen zu versinken. Eine kühle Brise wehte vom Meer zu ihnen herüber, doch der Boden glühte noch von der Hitze des Tages. Sie gingen weiter über den Parkplatz bis zu Veronicas Auto.

»Aber ich gebe nicht auf. Irgendwie muss man diesen Typen doch drankriegen können.«

»Tja. Wegen der Aktion gerade wird mein Chef mich wohl in der nächsten Zeit ziemlich an der kurzen Leine halten, darum kann ich dir leider nicht helfen.« Leo musterte sie einen Moment mit ernster Miene. »Aber, Veronica, wenn es irgendetwas gibt, das ich für dich tun kann, dann sag mir Bescheid. Versprochen?«

Einem kurzen Impuls folgend, umarmte sie ihn, ließ ihn jedoch schnell wieder los, als ihr bewusst wurde, was sie da eigentlich tat. »Du bist ein Schatz.« Sie wühlte in ihrer Tasche nach dem Autoschlüssel und schloss die Tür auf. Doch bevor sie einstieg, hielt sie noch einmal inne. »Ich rufe dich an, ja? Du hast echt was gut bei mir.«

Leo hob die Hand zu einem Winken, als sie zurücksetzte.

Sobald Veronica auf der Straße war, trat sie fest aufs Gas. Sie würde vierzig Minuten bis nach Neptune brauchen und sie hatte eine Menge Fragen, die beantwortet werden wollten.

KAPITEL 28

Grace Manning wohnte in einem kleinen Wohnkomplex in einer Straße voller Pfandhäuser, schäbiger Supermärkte und zwielichtiger Kreditfirmen. Es gab keinerlei nennenswerte Begrünung, bloß rissigen Asphalt voller Zigarettenstummel und Glasscherben. Die Autos auf dem Parkplatz waren alle mindestens zehn Jahre alt und einige standen auf Steinen aufgebockt. Ein Schwarm Fliegen umschwirrte einen überquellenden Müllcontainer am Ende des Grundstücks.

Veronica ging die Treppe hoch und klopfte laut an die Tür mit der Nummer 205. Sie starrte herausfordernd in den Spion und wartete ab. In der Wohnung regte sich etwas. Dann herrschte Stille, die sich minutenlang hinzuziehen schien. Schließlich öffnete sich die Tür.

Grace Manning trug Schlabberjeans und ein T-Shirt mit der Aufschrift *Oregon Shakespeare-Festival*. Das Haar hatte sie sich mit einem roten Tuch zurückgebunden. Sie sah aus wie eine ganz normale College-Studentin.

»Wir müssen uns unterhalten«, sagte Veronica.

Die Miene des Mädchens war schwer zu deuten. Sie öffnete die Tür ein Stück weiter und winkte Veronica wortlos herein.

Die Wohnung war der reinste Backofen, der Putz an den Wänden war gräulich und rissig. Das einzige Fenster ging nach Norden, auf den Parkplatz hinaus, aber es war so schmutzig, dass es kaum Licht durchließ. Eine schmale Matratze lag direkt auf dem Boden, daneben stand als Tisch eine hölzerne Kabelrolle mit einem Laptop darauf, aus dessen Lautsprechern leise ein Song von Haim sickerte. An einem Metallrohr unter der Decke hing Kleidung, insgesamt vielleicht zwei Dutzend Outfits. Keine Abendkleider, keine Seide, keine Pailletten. Bloß Jeans und Baumwolle, wie man es von einer Studentin nicht anders erwartete. In einer Küchenzeile standen ein Minikühlschrank und ein uralt wirkender Herd.

Grace hatte sich sichtlich Mühe gegeben, der Wohnung einen hippen Touch zu verleihen, den Charme einer Theatergarderobe. Über der Matratze lag eine rosa Tagesdecke mit Jaquardmuster. An den Wänden klebten Theaterprogramme, signiert von Schauspielkollegen: *Der Kirschgarten, Die Geburtstagsfeier, Endspiel, Gefährliche Liebschaften.* In einer Weinflasche auf dem Fensterbrett stand ein Strauß getrockneter Rosen. Doch die wenigen Farbkleckse verloren sich im Halbdunkel, was dazu führte, dass das Ganze trauriger wirkte, als wenn Grace das mit dem Dekorieren ganz gelassen hätte.

Veronica war nicht ganz sicher, was sie erwartet hatte, aber diese ärmliche, zweckmäßige Behausung schien nicht recht zu einem Edel-Callgirl zu passen. Die Trostlosigkeit ließ das, was sie Grace zu sagen hatte, umso mehr wie einen Schlag ins Gesicht wirken.

»Es gibt nichts zum Hinsetzen«, sagte Grace. »Tut mir leid.«

»Kein Problem. Dann bleiben wir stehen.« Veronica verschränkte die Arme vor der Brust. »Wir konnten die DNA deines Vergewaltigers identifizieren.«

Sämtliche Farbe wich aus Grace' Gesicht und in ihren Augen flackerte blanke Panik auf.

Veronica wurde von einem beinahe körperlich spürbaren Déjà-vu-Gefühl ergriffen. Es war, als wäre sie in der Zeit zurückgereist: in jene Nacht vor etwas mehr als zehn Jahren, als sie und

Duncan Kane in das Haus der Mannings eingebrochen waren. In dem Moment, als sie hinter der Rückwand des Kleiderschranks, zwischen den Spinnweben, das völlig verängstigte, zusammengekauerte Kind entdeckt hatten. *Ich will nicht auf die Probe gestellt werden …*, hatte sie gewimmert. *Daddy sagt, ich bin noch nicht so weit.*

Der Ausdruck auf Grace' Gesicht war dem des kleinen Mädchens so ähnlich, dass Veronica kurz ins Stocken geriet. In Neptune packte einen die Vergangenheit stets wie aus dem Nichts beim Kragen und riss einen unbarmherzig zurück.

»Wer?« Das Wort war ein heiseres Flüstern, kaum zu hören.

»Ein Typ namens Mitch Bellamy aus San Diego.« Veronica straffte die Schultern. »Aber er hat uns eine ziemlich merkwürdige Geschichte erzählt, Grace.«

Das Mädchen wandte sich abrupt ab.

»Er hat behauptet, du wärst ein Callgirl. Und dass er dich gebucht hat. Und wenn das stimmt, wäre das eine ziemlich wichtige Sache, die du mir verschwiegen hast.«

Grace' Kopf fuhr wieder zu Veronica herum. »Wieso, weil eine Nutte zu sein, bedeutet, dass man nicht vergewaltigt werden kann?« Sie spie die Worte regelrecht hervor, ihre Panik hatte sich auf einen Schlag in Wut verwandelt.

Veronica, die mit einem so raschen Geständnis nicht gerechnet hatte, hob beschwichtigend die Hände. »Das wollte ich damit nicht sagen. Hör mal, vielleicht sollten wir uns doch kurz hinsetzen, okay?« Sie kniete sich auf den staubgrauen Teppich.

Grace blieb stehen, mit zittrigem Atem und die Finger ins Haar gekrallt. Einen Moment später ließ sie sich auf die Matratze sinken und vergrub das Gesicht in den Händen. »Schockierend, was?«, murmelte sie. Ihre Stimme drang gedämpft durch ihre Handflächen. »Von Lizzie hätte das wahrscheinlich jeder erwartet, aber nicht von mir.«

Lizzie Manning, wasserstoffblond und berüchtigt, war in der Highschool zwei Jahrgänge unter Veronica gewesen. Lizzie hatte sich bei dem Reinheitstest, der eine Zeit lang in der Schule kursiert war, nicht gerade mit Ruhm bekleckert. Aber Veronica hatte sie nicht gut genug gekannt, um sie dafür wirklich zu verurteilen.

Grace löste die Hände von ihrem Gesicht und starrte auf ihre Knie. »Ich wollte nur meine College-Gebühren bezahlen können.« Ihre Stimme war ein Flüstern, direkt auf den Teppich gerichtet. »Seit meinem vierzehnten Lebensjahr wollte ich aufs Hearst. Da waren wir mit dem Englischkurs in einer Aufführung von *Die Heilige Johanna* und … so was hatte ich noch nie in meinem Leben gesehen. Ich hatte schon in ein paar Kindertheaterstücken mitgespielt, aber das war ganz anders. Es war *Kunst*, nicht bloß eine Möglichkeit, ein paar verwöhnten kleinen Diven ins Rampenlicht zu verhelfen, damit Mommy und Daddy sich als große Kulturmäzene aufspielen konnten. Darum war das Hearst später, als ich ernsthaft anfing, mich nach Unis umzusehen, immer noch meine erste Wahl. Nicht dass die anderen Optionen realistischer gewesen wären. Ich hätte mir keins von den Colleges leisten können, die mich interessierten.«

Veronica nickte. »Und von deinen Eltern konntest du auch keine Unterstützung erwarten, klar. Die haben in Beckett wohl nicht gerade den allergrößten Verfechter des christlichen Glaubens gesehen.«

Grace lachte bitter. »Du hast ja erlebt, wie sie waren, als ich acht war. Und nach Megs Tod ist es nur noch schlimmer geworden. Vorher hat Mom Dad die total hirnverbrannten Ideen ab und zu noch ausreden können. Zumindest hat sie dafür gesorgt, dass er uns nicht hungern ließ oder krankenhausreif geprügelt hat. Aber danach war sie in mancherlei Hinsicht sogar noch schlimmer als Dad. Ich glaube, sie hat sich eingeredet, dass das mit Meg und Faith nie passiert wäre, wenn sie uns besser unter Kontrolle gehabt hätten. Sobald ich achtzehn war, bin ich von zu Hause weg. Ich war noch nicht mal mit der Highschool fertig, aber ich bin sofort ausgezogen und habe ein paar Monate bei meiner besten Freundin gewohnt. Zu dem Zeitpunkt war mir sowieso klar, dass meine Eltern mir kein Studium bezahlen würden. Sie haben immer nur davon geredet, dass es meine Pflicht sei, einen guten, gottesfürchtigen Mann zu heiraten und ihm einen hübschen Köcher voll Kinder zu schenken.«

»Einen *Köcher voll*?«

Grace verdrehte die Augen. »Das ist so ein Ideal bei ultrafrommen Christen. Du weißt schon: Kinder sind eine Gabe des Herrn, die Frucht des Leibes ist ein Geschenk. Wie Pfeile in der Hand des Kriegers, so sind Söhne aus den Jahren der Jugend. Wohl dem Mann, der mit ihnen seinen Köcher gefüllt hat!« Sie zog die Knie an die Brust und umschlang sie mit den Armen. »Es geht nicht nur darum, dass eine Frau Kinder kriegen muss, nein, sie soll sie rausschießen wie eine Popcornmaschine. Und dafür braucht man keinen College-Abschluss.

Na ja, jedenfalls ... habe ich mich einfach am Hearst beworben, obwohl ich wusste, dass ich es mir nicht leisten konnte. Ich dachte mir, wenn ich erst mal drin wäre, würde ich mir wegen der Gebühren schon etwas einfallen lassen. Tja, und dann *war* ich drin. Aber ich konnte nirgends finanzielle Unterstützung beantragen, weil alle sich daran orientiert haben, wie viel Geld mein Dad verdient, und deshalb der Meinung waren, dass ich keinen Anspruch habe. Ich habe unendlich viele Briefe geschrieben und zu erklären versucht, dass ich keinen Kontakt mehr zu meinen Eltern habe, aber es hat nichts gebracht.«

»Okay«, sagte Veronica, die ihre Stimme so neutral wie möglich zu halten versuchte. »Aber, Grace. Ich will wirklich nicht voreingenommen klingen –«

»Du willst wissen, warum ich nicht einfach einen Kredit aufgenommen und in der Bibliothek gejobbt habe?«, führte Grace ihren Gedanken zu Ende. »Ich will Schauspielerin werden, Veronica. *Theaterschauspielerin*. Klassisches Theater. Wovon hätte ich denn jemals meine Schulden zurückzahlen sollen?« Sie schüttelte den Kopf. »Ich wusste von Anfang an, was ich wollte, und ich habe mich entschieden, alles dafür zu tun.«

Das war eine Einstellung, die Veronica nachvollziehen konnte.

»Darum … habe ich angefangen zu arbeiten. Zuerst habe ich recherchiert – es gibt tonnenweise Blogs von Callgirls. Ein paar habe ich per E-Mail um Rat gefragt und mein letztes Geld für ein Designerkleid zusammengekratzt. Ich habe eine Website erstellt und dann kamen auch ziemlich schnell die ersten Anfragen.« Grace nahm ein Kissen von der Matratze und nestelte an dessen Quasten herum. »So einfach war das. Nach anderthalb Monaten hatte ich genug für das komplette Semester verdient. Und, um ganz ehrlich zu sein, bis zu diesem Abend im März war es auch überhaupt nicht so schlimm.« Sie zuckte mit einer Schulter. »Die meisten meiner Kunden waren … ganz okay. Ich versuche hier nichts zu beschönigen oder so, aber es war eben alles tausendmal besser, als weiter bei meinen Eltern zu leben. Es war besser, als irgendein bibelschwenkendes Arschloch zu heiraten und mich von ihm begrapschen zu lassen, weil das ja bitte schön Gottes Wille ist. Nach und nach habe ich mich dann auf Rollenspiele spezialisiert – die Feste-Freundin-Nummer lief besonders gut. Was heißt, dass ein ziemlich großer Teil meiner Arbeit darin bestand, Austern zu essen und Wein zu trinken.«

Veronica sagte nichts. Sie blickte Grace an und wartete.

»Ich erzähle dir das alles, damit du verstehst, dass zwischen meinem Job und dem, was mir an jenem Abend passiert ist, verdammt noch mal ein himmelweiter Unterschied besteht.« Grace' Augen blitzten. »Dass ich *nicht* selbst schuld daran bin.«

»Das habe ich auch nie behauptet«, entgegnete Veronica. »Ich bin auch nicht hergekommen, um dir Vorwürfe zu machen. Ich bin hier, weil ich Antworten brauche. Du wusstest die ganze Zeit, dass Miguel Ramirez dich nicht vergewaltigt hat. Also warum hast du ihn dann beschuldigt?«

Eine leichte Röte breitete sich über Grace' Wangen aus. Sie holte tief Luft. »Als ich der Polizei gesagt habe, ich könnte mich an die Vergewaltigung nicht erinnern, war das die Wahrheit. Ich weiß wirklich nichts mehr davon. Bis heute nicht. Nur, dass ich ins Treppenhaus gegangen bin und danach – nichts mehr. Und dann habe ich das Foto von diesem Typen aus der Wäscherei auf der Titelseite irgendeiner Klatschzeitung gesehen. Da stand, dass er abgeschoben wurde und vorher im Neptune Grand gearbeitet hatte. Da dachte ich mir, das könnte meine Chance sein, an genug Geld zu kommen, um mein Studium zu Ende zu bringen. Die würden schon keine Navy SEALs nach Mexiko schicken, um ihn zurückzuholen. Und wenn er Wind davon bekommen hätte, dass ihm ein Gewaltverbrechen angehängt wird, wäre er wohl auch nicht freiwillig zurückkommen.« Grace, die plötzlich niedergeschlagen wirkte, machte eine Geste, die ihre karge kleine Wohnung umfasste. »Gott, du musst mich wirklich für das letzte Miststück halten. Aber das, was du hier siehst, ist alles, was ich noch habe. Ich kann nicht mehr arbeiten gehen. Ich kann mich ja nicht mal mehr privat mit einem Mann treffen, ohne eine Panikattacke zu kriegen. Ich habe meine Kleider verkauft, den ganzen Designerscheiß, und meinen gesamten Schmuck. Aber das ist alles für die Arztrechnungen draufgegangen. Und in drei Wochen sind die Studiengebühren fällig.«

»Also hast du wissentlich einen unschuldigen Mann einer Vergewaltigung bezichtigt?« Veronica versuchte, ihre Stimme nicht allzu scharf klingen zu lassen, aber es fiel ihr schwer.

»Wie gesagt, er war ja sowieso schon in Mexiko. Und wenn sie ihn irgendwie doch in die Finger bekommen hätten, wäre er durch eine DNA-Analyse ja sofort entlastet worden. Ich hätte dann gesagt, dass ich mich wohl vertan hätte, und es auf meine Verwirrung geschoben.« Grace' Stimme nahm einen flehenden Unterton an. »Es ging mir wirklich bloß um das Geld. Ich wollte niemanden in Schwierigkeiten bringen.«

Veronica fühlte erneut Wut in sich aufsteigen. Sie rang sie nieder und kämpfte um Beherrschung. »Du hast die Ermittlungen behindert. Du hast die Polizei – und mich – vorsätzlich auf eine völlig falsche Fährte gelenkt.«

Eine Träne löste sich aus Grace' Augenwinkel, aber sie wischte sie sofort weg, beinahe wütend. »Na klar, weil der Vergewaltiger ja auch ganz sicher längst im Gefängnis schmoren würde, wenn ich nur die Wahrheit gesagt hätte. Weißt du, was passiert wäre, wenn ich das gemacht hätte? Dann hätte die Polizei mich wegen Prostitution verhaftet. Und mich ausgelacht. Dann kriegt man eine Geldstrafe aufgebrummt und wird nach Hause geschickt. Ich kenne Mädchen, bei denen es genau so abgelaufen ist, Veronica, und keiner der Täter ist jemals verurteilt worden. Es gibt sogar ein Online-Forum, wo sich die Mädchen über gewalttätige Freier austauschen, um einander zu warnen. Weil jeder weiß, dass die Polizei nichts unternimmt.« Sie sah Veronica fest an. »Sei doch mal ehrlich: Hattest du vielleicht den Eindruck, dass die Polizisten bereit waren, diesen Typen, den du ausfindig gemacht hast, wegen Vergewaltigung zu verhaften?«

Veronica antwortete nicht gleich. Sie dachte an das, was Leo gesagt hatte – dass der Staatsanwalt den Fall nicht übernehmen und er selbst eine Abmahnung bekommen würde. Weil das Opfer eine Prostituierte war. Ob es anders gelaufen wäre, wenn Grace von Anfang an die Wahrheit gesagt hätte? Ihr Bauchgefühl – und die Erinnerung an Don Lamb, der Veronica vor zwölf Jahren in seinem Büro ausgelacht hatte, sagten Nein.

»Ich kann verstehen, dass du der Polizei nicht traust. Besonders in Neptune. Und ich weiß, dass du auch nicht unbedingt Grund hast, mir zu trauen. Aber ich will diesen Typen wirklich schnappen«, erklärte Veronica. »Und dabei brauche ich deine Hilfe. Ich muss mehr Einzelheiten über deine Arbeit wissen und alles, an was du dich aus jener Nacht erinnern kannst. Und vor allem muss ich mir sicher sein können, dass das, was du mir sagst, die Wahrheit ist.«

Grace hob den Kopf. Ihre Lippe zitterte ein wenig, aber als sie etwas sagte, klang ihre Stimme ruhig. »Okay. Gut. Ich helfe dir.«

Sie stand auf und ging ins Badezimmer, um sich das verweinte Gesicht zu waschen. Dann schenkte sie sich und Veronica zwei Gläser aus einer Wasserfilterkanne ein. Veronica fiel auf, dass der Kühlschrank darüber hinaus nichts als drei kleine Becher Joghurt enthielt. Grace reichte Veronica ein Glas und setzte sich zurück auf die Matratze.

»Ich weiß nicht mehr genau, um wie viel Uhr ich seinen Anruf erhalten habe, nur noch, dass es ziemlich kurzfristig war. Irgendwann am Donnerstagabend. Wir haben uns zwanzig Minuten oder so unterhalten. Er hat sich mir als Dan vorgestellt.«

Veronica nickte. Das deckte sich mit Bellamys Geschichte. »Worüber habt ihr denn geredet?«

»Meine Preise, seine Vorlieben.«

»Vorlieben?«

»Wie gesagt, ich bin auf Rollenspiele spezialisiert. Manchmal haben die Kunden ziemlich klischeehafte Wünsche. Sexy Krankenschwester, sexy Schulmädchen, sexy Hausmädchen. Andere dagegen sind richtig kreativ. So nach dem Motto, er ist der Präsident und ich bin eine russische Spionin, die versucht, ihm den Nuklearwaffencode abzuluchsen. Oder ich liege halb erfroren im Himalaya und er ist der fesche Bergführer, der alles tut, um mich wieder aufzuwärmen. Ich hatte mal eine Prinzessin-Leia-

Perücke, die ich gleich für zwei verschiedene Kunden gebraucht habe. Der eine wollte Han Solo sein. Der andere Jabba the Hutt.«

Veronica schloss kurz die Augen. »Wow, mit dem Bild muss ich jetzt wohl leben.«

Grace zuckte mit den Schultern. »Du wolltest Einzelheiten hören. Na ja, ich habe jedenfalls immer vorher alles telefonisch mit dem Kunden abgesprochen, damit ich genau wusste, was er erwartet. Auf die Weise konnte ich gleich allen absagen, die irgendwas verlangten, das ich nicht machen wollte, ohne dass es ihnen peinlich sein oder ich Angst haben musste. Dieser Typ, Dan – oder dann wohl Mitch –, der wollte nichts Ausgefallenes. Ich sollte bloß unterwürfig sein. Er wollte nicht, dass ich ihm in die Augen sehe, und ich durfte nur flüstern. Ich hatte schon vorher ein paar Kunden, die dasselbe verlangt haben, und das war nie ein Problem, darum habe ich mir nichts dabei gedacht.«

»Gehörten richtig harte Nummern auch zu deinem Angebot?«, fragte Veronica.

Grace schüttelte den Kopf. »Einen Stammkunden hatte ich, der mir den Hintern versohlen durfte. Den kannte ich gut genug, um zu wissen, dass ich ihm vertrauen kann. Aber das war auch alles. SM oder Bondage-Kram habe ich nicht gemacht. Wenn einer mit solchen Wünschen kam, habe ich ihn direkt an eine Kollegin verwiesen.«

»Also hat Bellamy nichts Gewalttätiges verlangt? Keine Schläge oder so was?«

»Am Telefon nicht. Er hat nur gesagt, dass ich mich devot geben soll.«

Veronica verlagerte ihr Gewicht. »Okay. Und woran kannst du dich von dem eigentlichen Treffen noch erinnern? Könntest du Bellamy identifizieren, wenn du ihn siehst?«

Grace stieß die Luft aus. »Ich kann mich wirklich an nichts erinnern, was nach der Bar kam. Das war nicht gelogen. Ich weiß, wie ich ins Treppenhaus gegangen bin und mich auf den Weg nach unten gemacht habe. Danach ist in meinem Kopf irgendwie alles wie … verschwommen. Ich muss ja zumindest im Zimmer von diesem Typen gelandet sein, aber ich entsinne mich nicht mehr. Ich kann mich an die … körperliche Empfindung erinnern, geschlagen worden zu sein. Und daran, wie sich irgendetwas um meinen Hals geschlossen hat. Aber das sind alles nur lose Fragmente ohne Zusammenhang.« Sie trank einen Schluck Wasser.

Veronica merkte ihr an, wie sehr sie sich zusammenreißen musste, um so ruhig und gefasst zu bleiben.

»Und dann ist da nur noch Leere, bis ich drei Tage später im Krankenhaus wieder aufgewacht bin.«

Veronica nickte. Das war Keith nach seinem Unfall genauso gegangen. Er hatte noch gewusst, dass er mit Jerry Sacks im Auto gesessen und geredet hatte, aber an den Unfall selbst und den gesamten Tag danach hatte er keinerlei Erinnerung. *So ein Hirntrauma ist doch wirklich das Allerletzte.*

Grace fuhr fort: »Ich habe ganz schön Panik gekriegt, als ich aufgewacht bin und auf einmal diese Polizisten da waren und mir tausend Fragen gestellt haben.« Sie senkte den Blick. »Wenn ich nicht so schwer verletzt gewesen wäre, hätte ich vielleicht nicht mal Anzeige erstattet. Aber so hatte ich keine Wahl; kein Wunder, mein Körper war ja auch ein regelrechter Tatort. Die Ärzte hatten schon die Polizei verständigt, bevor ich auch nur wieder wach war. Ich wusste, dass sie sich die Überwachungsvideos angucken und mit dem Hotelpersonal reden würden, dass sie herausfinden würden, wie oft ich im Neptune Grand war. Und da ist mir eben nichts anderes eingefallen als die Geschichte mit dem reichen Liebhaber, dessen Namen ich nicht verraten wollte. Ich dachte, das wäre immer noch besser, als zuzugeben, dass ich als Prostituierte arbeitete.« Sie seufzte und sah zum Fenster hinüber. Der Parkplatz davor reflektierte das gelbliche Sonnenlicht. »Tut mir echt leid. Das alles. Dass ich gelogen habe. Dass ich mich nicht an mehr erinnern kann. Mir ist klar, wie seltsam das klingen muss. Wer würde sich an so etwas schon erinnern wollen? Aber ich wünschte wirklich, ich könnte es. Nicht zu wissen, was passiert ist, ist noch viel schlimmer.«

Veronica zögerte einen Moment. »Ich weiß. Glaub mir, ich weiß, wie das ist.«

Grace' hellblaue Augen weiteten sich. Einen Moment lang sagte keine von ihnen etwas. Dann streckte Grace zu Veronicas Verblüffung den Arm aus und griff nach ihrer Hand.

»Das ist die ganze Wahrheit. Ehrenwort. Und ab jetzt tue ich alles, um dir zu helfen.«

KAPITEL 29

Von Grace' Wohnung aus fuhr Veronica direkt zu Mac und zog ihr Handy aus der Tasche, noch bevor sie die Treppe hochging. Es war fast acht. Logan würde inzwischen zu Hause sein, vielleicht machte er gerade Abendessen oder ging mit Pony Gassi. Hastig schrieb sie ihm eine Nachricht.

Muss heute lange arbeiten –
warte nicht auf mich. Kuss

Dann stürmte sie, immer zwei Stufen auf einmal nehmend, nach oben. Mac öffnete die Tür, bevor Veronica auch nur klopfen konnte.

»Und?«, fragte sie. »Hat er gestanden?«

Veronica hatte sie von unterwegs angerufen und nur gesagt, dass sie ihre Hilfe brauche. Jetzt marschierte sie an ihrer Freundin vorbei in die Wohnung und fragte ohne Umschweife: »Wie schwer ist es, eine Website zu finden, nachdem der Administrator sie deaktiviert hat?«

Mac schloss die Tür. »Na ja, im Internet wird beinahe alles gecacht. Das meiste ist ziemlich leicht zu finden. Wenn man eine Website wirklich verschwinden lassen will, gibt es natürlich auch Wege, aber die meisten Leute machen sich die Mühe nicht. Ist eine ziemliche Frickelei.«

Veronica pfefferte ihre Jacke auf die riesige Couch. Macs Teppiche und Vorhänge hatten bunte, geometrische Muster und durch den Teeladen im Erdgeschoss duftete es permanent nach Chai.

»Ich muss die Website von einer gewissen Chloé Huston finden.« Sie holte ihren Laptop aus der Tasche und reichte ihn Mac. »Sie müsste Ende März oder Anfang April deaktiviert worden sein.«

»Kein Problem«, sagte Mac mit gerunzelter Stirn. »Worum geht's denn dabei?«

»Das zeige ich dir am besten, wenn du sie gefunden hast. Ach, und mach dich darauf gefasst, dass der Inhalt der Seite voraussichtlich nicht jugendfrei ist.«

Mac blinzelte, erwiderte jedoch nichts. Sie setzte sich aufs Sofa, klappte den Laptop auf und begann zu tippen.

Solche abendlichen Arbeitssessions mit Mac erinnerten Veronica immer etwas an ihre gemeinsame Collegezeit. Sie bestellten Pizza – die eine Hälfte mit Aubergine und Olivenöl für Mac und die andere mit Käse und Salami für Veronica. Sie hatte nichts mehr gegessen, seit sie sich auf den Weg nach San Diego gemacht hatte, und war verblüfft über den Energieschub, den ihr regenerierter Blutzuckerspiegel ihr versetzte. Kurz darauf tigerte sie rastlos im Wohnzimmer auf und ab und versuchte zu entscheiden, wie ihr nächster Schritt aussehen würde, während Mac konzentriert am Computer arbeitete.

Es dauerte anderthalb Stunden, bis sie fündig wurde.

»Respekt. Das Mädel hat sich wirklich Mühe gegeben, seine Spuren zu verwischen«, kommentierte Mac und atmete auf. »Aber ich habe die Seite gefunden, falls du sie dir jetzt angucken willst.«

Veronica setzte sich neben sie.

Auf dem Bildschirm war das Schwarz-Weiß-Foto einer jungen

Frau mit einem tief ausgeschnittenen Spitzenkleid zu sehen, die gesittet auf einer Terrasse saß. Ihr Gesicht war von der Kamera abgewandt, während sie über die Stadt zu blicken schien, aber Veronica erkannte Grace auf den ersten Blick. Die einstudierte Eleganz in ihrer Haltung war unverkennbar.

Ganz oben auf der Seite stand in schnörkeliger Schrift: *Chloé Huston*. Darunter, etwas kleiner: *Und dein Traum wird Wirklichkeit.*

»Gentlemen, willkommen in meiner Welt«, las Mac vor. »Kultivierte, gebildete … auf der Suche nach romantischen Stunden mit großzügigen, anspruchsvollen Männern … mag intelligente Unterhaltungen über Kunst, Musik, Philosophie und *Spiritualität*?‹« Sie blickte zu Veronica. »Was genau gucken wir uns hier eigentlich an?«

»Grace Mannings Alter Ego«, antwortete sie. »Oder, besser gesagt, ihr früheres Alter Ego.«

»Sie geht anschaffen?«, keuchte Mac.

Veronica nahm Mac den Laptop vom Schoß und las weiter.

> *Ich bin aufgeschlossen, unkompliziert und stehe dir einen Abend lang als deine feste Freundin zur Seite – ein entspanntes und erfüllendes Erlebnis, ob beim Ausgehen oder in trauter Zweisamkeit. Außerdem bin ich spezialisiert auf verschiedene Rollenspiele. Ich kann all deine Wünsche in Erfüllung gehen lassen. Wenn du mehr über mich erfahren willst, ruf mich einfach an.*

»Nicht ganz«, antwortete Veronica. »Sie hat eine Weile als Edel-Callgirl gearbeitet. Das ist ein Unterschied, glaub mir.«

Die Fotogalerie enthielt eine Reihe von Bildern, auf denen Grace, das Gesicht immer von der Kamera abgewandt oder durch ihre honigblonden Haare verdeckt, in verschiedenen aufreizenden Posen zu sehen war. Einmal stand sie in Korsett und halterlosen Strümpfen an einem Fenster; auf einem anderen lag sie bäuchlings und mit nichts als einem Bikinihöschen bekleidet auf dem Deck eines Segelboots. Ein weiteres zeigte sie ebenfalls im Liegen, diesmal allerdings vom Kinn an abwärts fotografiert inmitten zerwühlter Laken.

Die Bilder waren eher erotisch als pornografisch und ansprechend inszeniert. Doch die Pizza in Veronicas Magen verwandelte sich bei ihrem Anblick dennoch in einen bleiernen Brocken.

Weil du die Nachher-Fotos kennst. Weil du sie gesehen hast, nachdem irgendjemand ihr all ihre Selbstsicherheit und Kontrolle genommen und sie zu einem Opfer gemacht hat.

Veronica klickte auf den Button *Geschäftliches* und scrollte durch die Preisliste. Chloé Huston berechnete 500 Dollar für ein einstündiges »Intermezzo«. Ein zweistündiges »Cocktail-Date« kostete 800 Dollar und ein vierstündiges Dinner 1 500. *Weitere Gebühren können entstehen.*

Mac riss plötzlich die Augen auf. »Also meinte sie, wenn sie von ihrem ›Freund‹ geredet hat, in Wirklichkeit …«

Veronica legte ihr die Hand auf den Arm. »Tut mir leid, Mac. Ich fürchte, Charles war einer ihrer Stammkunden.«

»Oh Mann.« Mac nahm Veronica den Laptop wieder weg und starrte auf die Website. Ein wilder Mix aus Entsetzen und Abscheu huschte über ihr Gesicht, als sie durch die Informationen scrollte. »Na super. Sie geht gern schick essen und mag lange Strandspaziergänge. Da haben die beide ja was gemeinsam.«

Veronica räusperte sich. »Mac, ich reiße dich ja nur ungern aus deinen Träumereien, aber hast du zufällig mal was von einer beliebten kleinen Online-Plattform namens *The Erotic Critique* gehört?«

»Erotic –?«

»Critique. Alles in einem Wort«, präzisierte Veronica die URL.

»Das ist so was wie Yelp – nur eben für einsame, notgeile Männer.«

Als Mac sie schockiert ansah, zuckte sie mit den Schultern. »Was? Ich bin knallhart, vergessen? Ich bin auf du und du mit der dunklen Seite.«

Mac gab die Adresse ein und drückte *Enter*. Die Seite öffnete sich und eine kurze Slideshow informierte sie über den Gebrauch des Dienstes. Die Kunden konnten anhand verschiedener Filterbegriffe ihre Wunschpartnerin ausfindig machen oder in der Namensliste stöbern, sich Profile ansehen und die Beschreibungen und Bewertungen der Frauen lesen.

Veronica hatte die Seite einmal benutzt, um einem Klienten dabei zu helfen, eine Prostituierte zu finden, die die Rolle der festen Freundin ein bisschen zu überzeugend gespielt hatte. Sie loggte sich ein.

Auf dem Bildschirm erschien eine Liste von Namen. Savannah Duvall. Miko Minami. Taylor Moran. Bella Diaz. Chloé Huston.

»Man fragt sich, wie das mit dem bezahlten Sex eigentlich funktioniert hat, bevor es das Internet gab«, murmelte Mac.

Veronica zeigte auf den Bildschirm. »Da – kannst du mal auf das Profil von Chloé Huston gehen?«

Mac klickte.

Sofort öffnete sich Grace' Steckbrief: Augenfarbe, Haarfarbe, Größe und Gewicht, neben ihren Maßen (86-61-86), Tattoos (keine), Piercings (Bauchnabel) und ihrer »Brustbeschreibung« (Körbchengröße B, echt). Darunter folgte eine umfassende Auflistung sexueller Aktivitäten, mit einem leuchtend grünen Häkchen versehen, wenn sie angeboten wurden. Ganz unten standen die Bewertungen. Chloé Huston hatte vierunddreißig Stück, allesamt von Typen mit Namen wie lovebandit oder continental_gentleman.

Schöne feste Titten, gute Figur, hab mich von Anfang an wohlgefühlt.

Hat was Besonderes an sich kann man nicht beschreiben muss man angefasst haben :-)

Ich hatte immer so eine Lehrer/Schulmädchen-Fantasie und dann ist Chloé gekommen (!) und hat sie wahr werden lassen.

»Die klingen ja wirklich wie versaute Yelp-Rezis«, bemerkte Mac.

»In der Tat. Schlüpfrige Lügen und Halbwahrheiten, ein Hauch unzweideutiger Humor und eine ordentliche Portion dicke Hose – im wörtlichen Sinn wie auch im übertragenen. Ladys und Gentlemen, die amerikanische Sexindustrie!« Veronica erhob sich und fing wieder an, auf und ab zu tigern. »Hat sie denn auch mal schlechte Bewertungen bekommen? Zwei Sterne oder weniger?«

»Nur ein paar.« Mac blinzelte Richtung Bildschirm. »Ein Typ sagt, sie sei ›kühl und arrogant‹ gewesen. Hat ihr zwei Sterne gegeben. Ein anderer beschwert sich über Sachen, die ich lieber nicht laut vorlese, aber grob zusammengefasst läuft es wohl auf mangelhafte Technik hinaus. Einer sagt, sie hätte seine Anweisungen nicht befolgt. Und der Rest ist bloß fieses, zusammenhangloses Geschwafel.«

Veronica blieb vor einem gerahmten Filmposter von *Die Nächte der Cabiria* stehen, das eine rehäugige Giulietta Masina mit einer Zigarette im Mund zeigte. Etwas in Masinas verletzlicher, hoffnungsvoller Miene erinnerte sie an Grace.

»Das war nicht sein erstes Mal.«

Mac blickte hoch. »Was?«

Veronica kehrte dem Poster den Rücken zu. Der Gedanke

spukte ihr schon seit Längerem durch den Kopf. »Wenn ich richtigliege und Bellamy der Vergewaltiger ist, dann war Grace nicht sein erstes Opfer. Überleg nur mal, wie ruhig er auf dem Überwachungsvideo wirkt – er steht direkt vor dem Rezeptionisten, checkt die Mannschaft aus und hat dabei die ganze Zeit eine halb tote Frau in seiner Tasche. Während ein Stück weiter ein Sicherheitsmann steht. Er könnte auf tausend Arten auffliegen und er geht das Risiko ein. Er ist einundvierzig Jahre alt. Ich kann mir nicht vorstellen, dass er eines Tages aufgewacht ist, nachdem er sich sein Leben lang nichts hat zuschulden kommen lassen, und beschlossen hat, ab sofort Frauen zu vergewaltigten und zu misshandeln. Er muss eine Entwicklung bis zu diesem Punkt durchgemacht haben. Und bis heute ist er einfach nicht dabei erwischt worden.«

Mac sah aus, als wäre ihr übel.

»Wenn wir noch andere Opfer finden, können wir vielleicht ein Verhaltensmuster feststellen. Wir könnten beweisen, dass er ein Wiederholungstäter ist. Dann wäre es für die Jury nicht so leicht, Grace Mannings Verletzungen runterzuspielen. Das Problem ist nur: Wie sollen wir das anstellen, wenn ihn nie jemand anzeigt?«, fuhr Veronica fort, inzwischen wieder auf halbem Weg zur Küche.

»Die, äh, netten Hippies aus dem Teeladen unten wissen immer, wann du vorbeikommst, um über einen Fall zu reden«, bemerkte Mac mit gesenkter Stimme und einem bedeutungsvollen Blick Richtung der Bodendielen.

Veronica lächelte und blieb stehen. Dann ging sie zurück zum Sofa und setzte sich neben Mac.

Auf dem Laptop war immer noch die Website *The Erotic Critique* geöffnet.

»Also, die Bewertungen sind doch chronologisch geordnet, oder? Veronica spähte über Macs Schulter hinweg auf den Bildschirm. »Kannst du mal bis ganz nach unten scrollen? Damit wir das letzte Datum haben, an dem jemand sie bewertet hat?«

Mac klickte auf den Button *Nach Datum ordnen* und ein neues Fenster erschien.

Herzlich willkommen zurück, Veronica!
Sie haben diese Premiumfunktion zum letzten Mal vor 9 Jahren und 8 Monaten benutzt. Für ein noch aufregenderes, intensiveres Erlebnis aktualisieren Sie bitte HIER Ihre persönlichen Daten und Zahlungsinformationen.

Mac brach in schallendes Gelächter aus. Veronica stöhnte auf und verdrehte die Augen. Kurz darauf reichte sie ihrer Freundin ihre Visa-Karte. Ein paar Minuten später hatte Mac die Bewertungen nach Datum geordnet und drehte den Laptop ein wenig zur Seite, damit Veronica besser sehen konnte.

»Sieht aus, als wäre der letzte Eintrag vom achtundzwanzigsten März.

Veronica starrte auf den Bildschirm. Nach der Attacke auf Grace waren insgesamt noch fünf Bewertungen gepostet worden.

Zwei Benutzer hatten Grace fünf Sterne gegeben, einer drei und zwei nur einen.

professorXXX: 3/5 Sternen. Hat sich geweigert, zu mir nach Hause zu kommen, obwohl ich dafür extra gezahlt hätte. Ich musste ein Zimmer im teuersten Hotel der Stadt buchen. Mit solchen Sachen ist sie wahrscheinlich bisher durchgekommen, weil sie hübsch ist. Ansonsten kann ich nicht klagen – sie hat sich ordentlich ins Zeug gelegt, um mich zufriedenzustellen, und wenigstens musste ich im Grand hinterher nicht selber sauber machen.

mr_kiss_and_tell: 1/5 Sternen. War aufmüpfig und hat meine Anweisungen nicht befolgt.

top_dog: 5/5 Sternen. Genauso umwerfend wie angepriesen. Bildhübsches Mädchen, kultiviert und unterhaltsam. Nach ein paar Treffen konnte ich sie überreden, mit mir zum Sundance Festival in Park City zu gehen. Sie hat sich wunderbar eingefügt und wäre ohne Probleme selbst als Star durchgegangen – alle haben sie angestarrt und überlegt, woher sie sie kennen. Einmal hab ich sogar James Franco dabei erwischt, wie er mit ihr geflirtet hat!!

playhard69: 1/5 Sternen. TOTALER REINFALL!!!! Termin war DREI MONATE im Voraus vereinbart und sie hat mich VERSETZT. Kein Anruf, keine Mail. Vielleicht ist die kleine SCHLAMPE sich ja zu fein für mein Geld?

master_P: 5/5 Sternen. ChloéChloéChloéChloéChloé. Das ist alles, was man noch rauskriegt, wenn sie Hand anlegt.

Veronica kniff die Augen zusammen. Wäre der Vergewaltiger dreist genug, eine Bewertung für ein Mädchen abzugeben, das er beinahe umgebracht hatte? Wieder dachte sie an Mitch Bellamy, der in der Lobby des Neptune Grand mit dem Rezeptionisten scherzte. Ja. Sollte er der Täter sein, war er wahrscheinlich überzeugt davon, im Recht zu sein. Seiner Auffassung nach hatte ihm das Universum die Erlaubnis erteilt, Frauen zu benutzen und anschließend wie Müll zu entsorgen, weil es ihn die vorherigen Male damit hatte davonkommen lassen.

»ProfessorXXX scheint hier in der Gegend zu wohnen«, sagte sie leise. »Er wollte, dass Grace zu ihm nach Hause kommt. Und das Sundance Festival ist im Januar, darum nehme ich mal an, dass top_dog mit seiner Bewertung einfach ein bisschen spät dran war. Bleiben also noch playhard69, master_P und mr_kiss_and_tell übrig.« Sie beugte sich vor und stützte die Ellenbogen auf die Knie. »Kannst du mal ihre Profile öffnen?«

Mac klickte playhard69 an. Er hatte keinerlei persönliche Informationen angegeben – was keine große Überraschung war –, aber auf seiner Seite erschienen alle anderen Bewertungen, die er abgegeben hatte. Neben Grace' hatte er offenbar noch Larissa Greys, Angelica Starrs und Alexis van Dynes Dienste in Anspruch genommen, die allesamt in Neptune arbeiteten.

Das brachte Veronica auf eine Idee. »Wir müssten die User heraussuchen, die Frauen in verschiedenen Städten bewertet haben, und die, die viele in San Diego bewertet haben.«

Mac starrte sie an. »Du glaubst, Bellamy wäre dumm genug …?«

»Keine Ahnung. Ist ein ziemlicher Schuss ins Blaue. Nicht jeder Typ, der eine Prostituierte bucht, springt gleich danach aus dem Bett und schreibt eine Bewertung, klar. Aber wenn Bellamy ein Wiederholungstäter ist, war Grace nicht sein erstes Callgirl.« Veronica beugte sich zu Mac vor. »Vielleicht ist es gar nicht schlimm, dass ihn bisher niemand angezeigt hat. Vielleicht verrät er sich ja selbst durch seine Posts.«

Sie gingen die Einträge durch. Vierzehn von Grace' Kunden hatten sich in mehreren Städten am erotischen Büfett bedient. Aber nur einer von ihnen hatte nach Grace' Vergewaltigung eine Bewertung abgegeben.

mr_kiss_and_tell.

Der Verfasser des Posts war Kunde von mehr als dreißig Edel-Prostituierten. Doch es war schwer, die exakten Daten zu bestimmen; immerhin war es möglich, dass er Wochen verstreichen ließ, bevor er seine Bewertungen schrieb. Aber die meisten dieser Mädchen arbeiteten in Städten im Westen der Vereinigten Staaten: Boise, Albuquerque, Las Vegas, Salt Lake City, Seattle, L. A. Alles Universitätsstädte mit einer Basketballmannschaft in der ersten College-Liga – Städte, die ein Basketballcoach vermutlich hin und wieder bereiste.

»Er steht auf jeden Fall auf einen bestimmten Frauentyp, so viel ist mal klar«, sagte Veronica mit einem Blick auf die Liste. Die Mädchen waren alle *klein, schlank, zierlich*. Sie waren alle sehr jung, zumindest soweit Mac und Veronica das von den Bildern her beurteilen konnten – auf den meisten Profilfotos waren die Gesichter nicht zu erkennen. Alle waren Edel-Callgirls. Und auf Rollenspiele spezialisiert.

Ich habe einen ganzen Schrank voller Kostüme und kann's kaum erwarten, sie für dich anzuziehen.

So zu tun, als wäre ich jemand anders, törnt mich an!

Ich verwandle mich gern in genau das Mädchen, von dem du träumst.

Mac starrte auf das Foto einer schlanken Brünetten in einem tief ausgeschnittenen Kleid, die eine Champagnerflöte in der Hand hielt. »Ich kapiere einfach nicht, wie jemand das über sich bringt. Selbst wenn das Ganze nicht so saugefährlich wäre, würde ich doch nie im Leben irgendwelche dahergelaufenen Ekeltypen an mein Allerheiligstes lassen.«

Veronica erwiderte nichts. Es war nicht so, als könnte sie sich plötzlich vorstellen, selbst ins Business einzusteigen, aber Grace kam ihr eben einfach ganz normal vor. Wie ein Mädchen, mit dem sie unter anderen Umständen vielleicht sogar hätte befreundet sein können.

mr_kiss_and_tell hatte fleißig Bewertungen verteilt. Den

meisten Mädchen gab er drei oder vier von fünf Sternen und beurteilte ihre Leistungen in einem Ton, der an eine Mischung aus Hugh Hefner und Simon Cowell erinnerte.

> *Yvette hatte perfekte Brüste, volle Lippen und einen durchtrainierten Körper, aber die Laute, die sie von sich gegeben hat, waren grotesk.*

Oder:

> *Delia war nett und fügsam, aber ihre Kleidung hat mir nicht gefallen. Warum denkt jeder gleich, dass ich auf Leder und Strapse stehe, nur weil ich unterwürfiges Verhalten verlange? Dafür war ihre Performance im Bett sehr gut.*

Ein paar andere Mädchen hatten, wie Grace, nur einen Stern von ihm bekommen. In diesen Bewertungen war sein Tonfall deutlich schärfer: Tonya Vahn aus L. A. hatte sich *wie eine arrogante Zicke aufgeführt. Sah kein bisschen wie auf dem Foto aus.*

Eine Nikki Valentine aus Albuquerque war ihm nicht gepflegt genug gewesen:

> *Ihre Blondierung war halb rausgewachsen, die Nägel waren nicht lackiert und sie hatte das billigste Kleid an, das mir je untergekommen ist. Für 400 Dollar die Stunde erwarte ich eine Prinzessin und keine Pennerin.*

»Was für ein Charmebolzen«, brummte Mac.

»Irgendeinen Grund wird es schon haben, dass er für Sex bezahlen muss«, entgegnete Veronica. »Morgen müssen wir anfangen, die Kriminalregister in den betreffenden Städten zu durchsuchen. Wir brauchen ungelöste Fälle aus den letzten vier

Jahren und dann gucken wir, ob einer zu unserem passt. Aber ich bin mir ziemlich sicher, dass Grace recht hat – selbst wenn irgendwelche dieser Frauen hier vergewaltigt wurden, hätten die meisten wahrscheinlich keine Anzeige erstattet.«

»Und was machen wir dann?«

»Darf ich noch mal kurz an den Computer?«

Mac reichte ihr den Laptop.

Veronica loggte sich in einen ihrer privaten E-Mail-Accounts ein und überlegte ein paar Minuten. Dann fing sie an zu tippen.

Ich schreibe Ihnen in der Hoffnung, dass Sie mir vielleicht helfen können. Ich weiß, dass Sie Wert darauf legen, die Namen Ihrer Kunden geheim zu halten, aber ich ermittle gerade in einem Vergewaltigungsfall, der eine Ihrer Kolleginnen hier in Südkalifornien betrifft, und ich habe den Verdacht, dass der Mann ein Wiederholungstäter sein könnte. Derzeit versuche ich, ein Muster in seinem Verhalten zu entdecken, um ihn auf diese Weise vielleicht aufhalten zu können. Im Anhang finden Sie ein Foto des Verdächtigen. Wenn Ihnen irgendetwas dazu einfällt, kontaktieren Sie mich bitte per Telefon oder E-Mail.

Veronica machte sich keine großen Hoffnungen. Wenn diese Frauen den gewalttätigen Freier nicht angezeigt hatten, war es höchst unwahrscheinlich, dass sie sich einer völlig Fremden anvertrauen würden. Aber Grace hatte erwähnt, dass es Foren gab, wo die Frauen einander vor schwarzen Schafen unter den Freiern warnten. Diese Frauen, oder zumindest einige von ihnen, sorgten sich umeinander. Veronica hoffte, dass die Nachricht über eine Kollegin, die vergewaltigt worden war, zumindest die eine oder andere von ihnen dazu bewegen würde, ihr zu antworten.

Veronica und Mac schickten die E-Mail an jedes Mädchen, das mr_kiss_and_tell bewertet hatte. Einige von ihnen, die offenbar im Moment nicht arbeiteten, hatten ihre Profile deaktiviert. Ein paar Nachrichten kamen direkt zurück, weil die Adressen nicht mehr gültig waren. Aber Veronica stellte sich vor, wie die Mail sich ihren Weg durchs halbe Land bahnte und mitsamt dem kleinen roten Wichtig-Ausrufezeichen in Dutzenden von Posteingängen landete. Vielleicht war ja der richtige darunter. Vielleicht würden sie auf diesem Weg tatsächlich die Frau finden, die ihnen helfen konnte, Mitch Bellamy dingfest zu machen.

KAPITEL 30

»Oh Mann, die ist doch viel zu lang.« Eli Navarro betrachtete sich im Spiegel vor der Umkleidekabine. Die Beine der Hose, die er gerade anprobierte, stauchten sich auf Höhe seiner Knöchel. »Dafür müsste man ja mindestens zwei Meter groß sein.«

Keith lächelte. Sie waren bei Brautigan's, einem großen Kaufhaus in Neptunes Mall, mit dem Ziel, Elis Gerichtsgarderobe ein wenig aufzustocken. Im Hintergrund lief leise Klaviermusik und im Durchgang zu den Umkleidekabinen lungerte ein kriecherischer Verkäufer.

»Das gehört so, damit man sie auf die richtige Länge kürzen kann. Dreh dich mal um.« Eli gehorchte. Keith nickte. »Siehst du, überall anders sitzt sie. Und jetzt bringen wir sie zum Schneider und lassen sie umnähen.«

Eli schüttelte leicht den Kopf. »So viel Geld für 'ne Hose, die nicht mal passt. Und dann soll man noch mehr ausgeben, um sie ändern zu lassen?«

»Vertrau mir in dieser Angelegenheit einfach, Eli. Es lohnt sich.« Keith verschränkte die Arme vor der Brust und lehnte sich mit dem Rücken an eine holzvertäfelte Säule. »Wenn du erst mal die drei Millionen eingeheimst hast, wirst du ganz schnell vergessen, wie es war, Kleidung von der Stange zu tragen.«

Wider Willen musste Eli grinsen. »Immer langsam, Sheriff, die Hühner werden erst am Abend gezählt.«

Weevil war der Einzige, der Keith immer noch mit seinem ehemaligen Titel ansprach. Keith fühlte sich seltsam geschmeichelt. Er kannte den Jungen schon lange, hatte mit angesehen, wie er vom Kleinkriminellen zum Kopf der PCH-Bikergang aufgestiegen war. Meistens war er es selbst gewesen, der den Jungen immer wieder verhaftet hatte. Und als es dann ausgesehen hatte, als würde Eli sein Leben langsam in den Griff bekommen, war er eigenartig stolz gewesen. Er hatte sich damals stets für ihn eingesetzt und daran hatte sich bis heute nichts geändert.

»Tja, ich glaube eben tatsächlich, dass wir gute Chancen haben, einen reichen Mann aus dir zu machen.«

Keith hatte bei seiner Suche nach Zeugen einen kleinen Erfolg verbuchen können. Nachdem er wochenlang von Tür zu Tür gezogen war, hatte er nun drei Personen gefunden, die bereit waren, auszusagen, dass von Deputy Harlon manipulierte Beweise zu ihrer unrechtmäßigen Verurteilung geführt hatten. Keiths Ansicht nach hatten sie dadurch im Prozess gegen das Sheriff's Department einen recht guten Stand.

»Ich habe auch nicht vor, alles für schnieke Hosen, Fernseher oder Diamantohrringe rauszuschmeißen, Sheriff«, sagte Eli, der inzwischen zurück in die Umkleide getappt war und dessen Stimme durch die Öffnung über der Tür zu Keith drang. »Ich will ein Haus für Jade und Valentina kaufen. Selbst wenn die beiden mich nicht zurückwollen, kriegen sie wenigstens ein ordentliches Zuhause. Und Valentina schicke ich auf eine von diesen Mussolini-Schulen. Sie wissen schon, die, wo die Kinder durch Basteln und Spielen und so lernen.«

»Ich glaube, du meinst Montessori.«

»Ja, genau.« Die Tür schwang auf und Eli hatte wieder seine abgewetzten Jeans und einen Kapuzenpullover an. »Außerdem will ich was anlegen. Damit sich mein Geld schön von selbst vermehrt, wissen Sie?«

»Aber ein *kleines* bisschen Glitzerglitzer wird doch wohl trotzdem drin sein, oder?« Keith beugte sich verschwörerisch zu ihm vor. »Die eine oder andere unvernünftige Entscheidung kannst du dir dann bestimmt leisten.«

Eli grinste breit. »Ich muss zugeben, ich hab drüber nachgedacht, ob ich mir nicht 'nen Segway holen soll, einfach nur um die Gesichter der Jungs zu sehen, wenn ich damit angerollt komme. Entweder das oder eine Xbox One. So eine will ich schon haben, seit das neue *Call of Duty* draußen ist.«

Keith reichte ihm einen Stapel Kleiderbügel. Über seinen Armen hing ein Wust aus Hosen, Jacketts, Hemden und Krawatten. »Okay, bezahlen wir erst mal das hier und dann gehen wir zu Ben & Jerry's. Ich lade dich ein – aber verrat's Veronica nicht. Eigentlich bin ich auf Diät.«

Keith bezahlte die Kleider mit seiner Kreditkarte. Wenn Eli den Prozess gewann, würde er ihm das Geld zurückzahlen, und wenn nicht, würde Keith es einfach als Spende für die Wähltnicht-Dan-Lamb-Kampagne ansehen.

Sie fuhren mit der Rolltreppe nach unten und machten sich auf den Weg zum Ausgang, als Keith hinter sich eine vage bekannte Stimme hörte.

»Keith? Keith Mars?«

Er erstarrte und auch Eli neben ihm blieb stehen. Sie befanden sich zwischen den Damenschuhen und der Kosmetikabteilung und in der Luft lag eine schwere Mischung unterschiedlicher Parfüms. Langsam drehte er sich zu Marcia Langdon um.

Sie trug Jeans und Blazer und hatte sich offenbar vor Kurzem die Haare schneiden lassen. Sie waren jetzt nicht mehr lang genug für den strengen Dutt, wie sie ihn auf ihren Army-Fotos getragen hatte, doch der neue Bob ließ sie beinahe genauso steif und kompromisslos wirken. Zumindest aber war die Frisur eine Spur stylisher und das war es, was in Neptune zählte. Man konnte schließlich nicht erwarten, dass eine Petra Landros oder eine Celeste Kane – oder irgendeine der anderen gut betuchten Damen, die in diesem Moment um sie herumschwebten und Schuhe mit zu hohen Absätzen anprobierten – für eine Frau stimmte, die aussah wie eine Samuraiversion von Ayn Rand.

»Marcia. Lange nicht gesehen.« Keith streckte ihr die Hand entgegen und sie schüttelte sie einmal kräftig. »Ich habe gar nicht gewusst, dass du wieder in der Stadt bist, bis die Nachricht über deine Kandidatur öffentlich wurde.«

»Ich bin schon seit Februar wieder hier, aber ich habe mich ein bisschen im Hintergrund gehalten.« Ihr Lächeln war nicht gerade herzerwärmend, aber immerhin freundlich. »Eigentlich hatte ich vor, in den Ruhestand zu gehen. Aber das Problem kennst du sicher. Es ist schwer, sich zurückzulehnen und tatenlos zuzusehen, wie die eigene Heimatstadt sich zu einem Synonym für ›Justizversagen‹ entwickelt.«

Keith steckte die Hände in die Taschen und musterte sie. Es war fast unheimlich: Einen Moment lang war es, als schöbe sich das Gesicht des jungen Mädchens, als das er sie gekannt hatte, über das der älteren Frau. Ihre Augen und Nase waren dieselben wie früher, auch wenn ihre Züge nun von tiefen Krähenfüßen und Stirnfalten dominiert wurden.

Er deutete neben sich. »Das hier ist Eli Navarro.«

»Mr Navarro.« Sie gab ihm die Hand. »Ich verfolge Ihren Prozess mit großen Interesse.«

»Ja?« Eli warf Keith einen fragenden Blick zu und wandte sich dann wieder an Marcia. »Tja, ich kann nur sagen, ich hoffe, Sie verpassen unserem sogenannten Sheriff einen ordentlichen Arschtritt.«

Zu Keiths Überraschung grinste sie.

»Um ehrlich zu sein, waren Sie es, der mich dazu bewogen hat, zu kandidieren. Über diesen Mann rege ich mich seit Monaten auf, aber ich habe angenommen, dass ich daran sowieso nichts ändern könnte. Erst als Sie mit Ihrem Fall an die Öffentlichkeit gegangen sind, dachte ich … na ja, einen Versuch ist es allemal wert, was?«

»Na klar.« Eli trat von einem Fuß auf den anderen.

Marcia blickte wieder Keith an. »Und du. Du hast großartige Arbeit geleistet, Keith. Ich habe deine Bücher gelesen.«

»Ach, die …« Keith lächelte bescheiden. »Das war nur ein kleines Zwischenspiel, damit ich meine Miete bezahlen konnte. Als Privatdetektiv lebt man ja so ziemlich von der Hand in den Mund, darum dachte ich mir, wechsle ich doch vorübergehend in die viel sicherere, viel vorhersehbarere Buchbranche, um mich über Wasser zu halten.«

Marcia lachte. »Tja, ich bin jedenfalls ein großer Fan von dir. Aber ich will dich auch gar nicht länger aufhalten. Es war schön, dich wiederzusehen, Keith, wirklich.«

»Viel Glück, Marcia.«

Keith und Eli blieben noch einen Moment stehen und blickten ihr nach, als sie in der Schuhabteilung verschwand. Mehrere Frauen schienen sie zu erkennen und eine von ihnen ging sogar zu ihr, um ihr die Hand zu schütteln.

»Die war ja richtig nett. Finden Sie nicht?«, bemerkte Eli, der nun wieder Keith ansah, während sie sich auf den Weg zu Ben & Jerry's machten. Keith antwortete nicht gleich.

Die Familie Langdon hatte drei Häuser von Keiths kleiner Einzimmerwohnung entfernt gewohnt. Wie so viele Väter in der Nachbarschaft war Mr Langdon eines Tages verschwunden. Mrs Langdon hatte in einer Textilfabrik am Stadtrand gearbeitet. Keith, der zu der Zeit einundzwanzig und frischgebackener Deputy im Sheriff's Department gewesen war, hatte sie als sanfte Frau in Erinnerung, deren Gesicht immer ein bisschen besorgt oder ängstlich wirkte.

Damals hatte er viel auf der Veranda gesessen, um seinem düsteren Apartment zu entfliehen, und sich über kurz oder lang mit Marcia angefreundet, die oft auf dem Weg zu dem kleinen Supermarkt an der Ecke bei ihm vorbeikam. Da sie altersmäßig nur vier Jahre auseinanderlagen, gab es viel, worüber sie sich unterhalten konnten: die San Diego Padres, Lehrer, ihrer beider Hass auf ABBA.

Marcia war von einem komplett anderen Schlag, als er es zu Highschool-Zeiten gewesen war. Keith war immer zwischen den Technikfreaks und der Künstlerclique gependelt. Damals war er Bassist in einer lokalen Rockband gewesen, die in einer Zeit, als der Punkrock aufkam, uncoolerweise Springsteen und Warren Zevon coverte. Marcia dagegen war begeistertes Mitglied des Junior-Reservisten-Corps, sozial ein bisschen ungeschickt und Lieblingskind sämtlicher Lehrer. Keith hatte sie jedoch immer für ihre kompromisslose Ehrlichkeit und ihre unverrückbaren Überzeugungen geschätzt.

Und dann war da noch Tauntaun gewesen – Bobby *Tauntaun* Langdon, ein Hüne von so imposanter Statur, dass er wie gemacht war für die Offensive Line des Footballteams. Er war zwei Jahre älter als Marcia und hatte die Mannschaft mit seinem Dampfwalzen-Blocking in die Highschool-Landesliga katapultiert. Trotz seines Status als Footballheld war er einfach ein netter Kerl, der zur Stelle war, wenn es darum ging, eine Prügelei zu schlichten, oder bereit war, bei Partys den Fahrer zu spielen.

Zumindest bis zu seinem Schulabschluss. Mit dem Ernst des Lebens nach der Highschool schien Tauntaun nicht klarzukommen. Er verlor den Boden unter den Füßen und dümpelte ziellos dahin. Eine Zeit lang hörte Keith nur Gerüchte, aber bald darauf stellte sich heraus, dass Tauntaun sich offenbar einer Gang angeschlossen hatte, die auf der Strandpromenade Gras verkaufte und in Ferienwohnungen einbrach, um Musikanlagen zu klauen.

Im Sommer nach Marcias Abschlussjahr dann wurde Keith als Verstärkung angefordert, als zwei seiner Kollegen mit einem Durchsuchungsbefehl die kleine Wohnung der Langdons filzten. Bei seiner Ankunft kamen die beiden gerade mit fünfzehn Kilo Kokain, das Tauntaun säuberlich gestapelt in seinem Kleiderschrank gelagert hatte, aus dem Haus. Marcias Bruder behauptete zunächst, er habe die Drogen für jemand anderes aufbewahrt, doch als er dann keine Namen nennen wollte – oder konnte –, wanderte er in den Knast.

Es war Marcia gewesen, die ihrem eigenen Bruder die Polizei auf den Hals gehetzt hatte. Die auf die Drogen gestoßen war, als sie frische Wäsche in den Schrank ihres Bruders räumen wollte. Die sich jedes Mal in Grund und Boden geschämt hatte, wenn die Polizei auftauchte, um Tauntaun zu verhaften – wegen Vandalismus, Trinkens in der Öffentlichkeit oder irgendwelcher Einbrüche. Am Abend nach Tauntauns Verhaftung hatte Keith aus der Wohnung der Langdons Geschrei und das Poltern von Möbeln gehört. Erst später hatte er erfahren, dass Mrs Langdon Marcia rausgeworfen und sie angeschrien hatte, sich nie wieder blicken zu lassen. Marcia hatte zu dem Zeitpunkt schon ein Militär-Stipendium für die UCLA gehabt. Sie hatte Neptune verlassen und war nie zurückgekommen. Bis heute, dreiunddreißig Jahre später.

Und Tauntaun? Der war ein paar Jahre später im San-Quentin-Gefängnis unter der Dusche erstochen worden.

Als Keith und Eli durch die langen Flure der Mall liefen und dabei dahinschlurfenden Teenagern und Müttern mit Kinderwagen auswichen, musste Keith an die Panik in Tauntauns Gesicht denken, als er von den Polizisten in den Streifenwagen verfrachtet worden war. Die Sache hatte Keith nie ganz losgelassen, obwohl er nicht so recht sagen konnte, warum. Bei einem Test im Rahmen der Gerichtsverhandlung war bei Tauntaun ein IQ von gerade mal siebenundachtzig gemessen worden, aber selbst er musste gewusst haben, dass es keine gute Idee war, kiloweise Kokain in seinem Zimmer zu bunkern. Er hatte ein Verbrechen begangen und war dabei geschnappt worden. So lief es nun mal im Leben.

Aber wer verpfiff seinen eigenen Bruder?

Vielleicht war an der Sache doch mehr dran gewesen. Vielleicht hatte Marcia ja versucht, ihren Bruder zur Vernunft zu bringen, bevor sie die Polizei verständigt hatte. Vielleicht hatte sie geglaubt, es sei zu seinem eigenen Besten. Wie auch immer es abgelaufen war, sie war von Grund auf ehrlich. Und, was noch viel wichtiger war, sie war nicht Dan Lamb.

Weevil warf Keith einen prüfenden Blick zu, als sie sich in der Schlange vor Ben & Jerry's anstellten. »Alles in Ordnung? Sie wirken so … aus dem Konzept gebracht.«

Keith holte tief Luft und lächelte dann. »Alles in Ordnung.« Als die lächelnde Verkäuferin sich nach ihren Wünschen erkundigte, holte er sein Portemonnaie heraus und gab ihre Bestellung auf. »Ich habe nur gerade daran gedacht, wie gut Marcia sich als Sheriff machen wird.«

KAPITEL 31

Der Himmel über San Diego war blau und wolkenlos, als Veronica in ein ruhiges Wohngebiet einbog, sorgsam auf Abstand zu dem weißen Nissan vor ihr bedacht, in dem Bellamy und seine sechzehnjährige Tochter unterwegs zu seiner Exfrau waren.

Aus Frust und Ungeduld hatte Veronica spontan beschlossen, ihn zu beschatten. Die E-Mails an die Callgirls waren bislang nur auf Schweigen gestoßen und auch die Überwachung von Bellamys Kreditkarten und Bankkonten hatte nichts ergeben.

Genau wie Veronicas Beschattungsaktion bislang. Die drei vergangenen Male, die sie Bellamy gefolgt war, war er von seiner Wohnung direkt zum PSU-Campus und anschließend wieder nach Hause gefahren und hatte auf dem Weg nur kurz gehalten, um sich etwas zu essen zu holen. Danach hatte er seine Wohnung nicht mehr verlassen. Das war nicht unbedingt überraschend. Bellamy war ein sehr kontrollierter Mensch – natürlich nur so lange, bis er das nächste Mal austickte. Und nachdem die Polizei von San Diego ihn gerade erst verhört hatte, war es kein Wunder, dass er nun den Musterbürger spielte.

An diesem Nachmittag jedoch hatte er seine Routine unterbrochen und war mit seiner Tochter zu einem Gebrauchtwagenhändler gefahren, wo die beiden über einen Parkplatz voller zehn Jahre alter Toyotas geschlendert waren. Bellamy hatte offenbar gedacht, er würde seiner Tochter mit der Aussicht auf ein eigenes Auto eine Riesenfreude machen. Von ihrem Beobachtungsposten ein paar Parkreihen weiter hatte Veronica seine anbiedernden Worte aufgeschnappt: »… nichts Besonderes, ich weiß, aber es wäre ganz allein deins!«

Das Mädchen war schon die ganze Zeit sehr still und wirkte missmutig und schlecht gelaunt. Ob das an der Gesellschaft ihres Dads lag, seinem Autogeschmack oder etwas ganz anderem, konnte Veronica nicht sagen. Seine Exfrau hatte das alleinige Sorgerecht für die Kinder zugesprochen bekommen und Bellamy durfte die beiden nur nach vorheriger Absprache sehen. In den offiziellen Akten hatte es zwar keinerlei Hinweise auf Missbrauch oder Vernachlässigung gegeben, dennoch erschien Veronica diese Regelung ungewöhnlich.

Vielleicht hat sie ja gedroht, mit irgendetwas an die Öffentlichkeit zu gehen, wenn er ihr nicht die Kinder lässt. Gut möglich, dass sie von den Prostituierten wusste – oder selbst sein erstes Opfer war.

Jetzt hielt Bellamy den Wagen am Fuß eines Hanggartens an, dessen Bepflanzung wohl danach ausgewählt worden war, wie gut sie der südkalifornischen Trockenheit trotzen würde. Neben den Kindern hatte seine Frau nach der Scheidung auch noch das Haus abgestaubt. Es war ein hübscher, zweistöckiger Bau mit Blumenkästen vor den Fenstern und wesentlich komfortabler als Bellamys Zweizimmerwohnung in einem trostlosen Apartmentkomplex namens Sunset Cove, der weder Blick auf Sonnenuntergänge bot noch in der Nähe irgendeiner Bucht gelegen war.

Aber Mitleid habe ich trotzdem nicht mit dem Kerl, dachte Veronica. *Er scheint schließlich trotzdem genug Geld zu haben, um sich für 500 Dollar die Stunde Callgirls zu buchen.*

Ohne langsamer zu werden, fuhr Veronica an dem Nissan vorbei und hielt ein paar Blocks weiter am Straßenrand. Sie zog ihr Handy aus der Tasche und tat so, als würde sie telefonieren. Im

Außenspiegel beobachtete sie, wie die miesepetrige Tochter aus dem Wagen stieg und sich auf den Weg die Auffahrt hinauf machte, ohne ihren Vater zum Abschied auch nur zu umarmen. Bellamy wartete unsicher neben seinem Auto, bis seine Tochter im Haus verschwunden war. Dann stieg er wieder ein und ließ den Motor an.

Veronica sah auf die Uhr ihres Handys. Es war fast halb sechs; ihr Vater hatte Logan und sie für diesen Abend zum Essen eingeladen. Wenn sie pünktlich sein wollte, musste sie sich jetzt auf den Rückweg machen. Sie seufzte und legte den Gang ein. In diesem Moment fuhr Bellamy auf sie zu. Im Rückspiegel sah sie, wie seine blassblauen Augen schmal wurden.

Eine Sekunde lang war sie sicher, dass er sie erkannt hatte. In der nächsten aber überholte er sie, setzte den Blinker und bog nach links ab, um vermutlich nach Hause zu fahren und sich auf dem Weg noch schnell irgendein skandalös ungesundes, in Alufolie gewickeltes Abendessen zu besorgen.

Als Veronica vor Keiths Haus hielt, konnte sie bereits die brutzelnden Burger riechen.

Nachdem sie vor ein paar Monaten ausgezogen war, hatten Keith und sie sich angewöhnt, sich einmal in der Woche zu einem Vater-Tochter-Abendessen zu treffen, bei dem sie in Ruhe zusammensitzen und plaudern konnten. Denn obwohl sie sich ein Büro teilten, gab es Wochen, in denen sie einander kaum zu Gesicht bekamen. Und seit Logans Rückkehr war er ein willkommener, wenn auch leicht verkrampfter Zuwachs bei ihren wöchentlichen Familienessen.

Als Veronica die Gartenpforte öffnete, kam Pony schrill kläffend auf sie zugestürmt. Sie hockte sich hin und kraulte den Welpen. Keith stand in Hawaiihemd und Shorts am Grill, während Logan mit einem beschlagenen Glas Wasser am Gartentisch saß. Als er Veronica kommen sah, warf er ihr einen erleichterten Blick zu.

»Perfektes Timing. Du hast das Schlachten, Ausweiden und Grillen verpasst und kommst genau rechtzeitig zum Essen«, begrüßte ihr Vater sie.

»Ich würde nie auf die Idee kommen, mich zwischen zwei Männer und ihre blutigen Rituale zu drängen. Und außerdem dachte ich mir, so ein handfestes Fleisch-auf-Feuer-Spektakel ist doch eine gute Gelegenheit, damit ihr euch ein bisschen besser kennenlernt.«

Alle nahmen um den Tisch Platz. Im Garten ringsum wurde es langsam dunkler. Keith häufte sich Salat auf den Teller und reichte die Schüssel dann an Logan weiter.

»Haut rein, ihr zwei.«

»Ich muss wirklich sagen, selbst nach drei Monaten an Land ist ordentliches Essen immer noch ein echtes Erlebnis«, meinte Logan. Er nahm seinen Burger vom Teller und betrachtete ihn einen Moment lang selig, bevor er herzhaft hineinbiss. Dann schloss er die Augen und stieß einen zufriedenen Seufzer aus.

»So ein einsilbiges Lob ist doch wirklich das beste«, erwiderte Keith, während er Pfeffer über seinen Salat streute.

Veronica hing ihren Gedanken nach, während Keith und Logan Small Talk hielten. Sie überlegte, ob sie am nächsten Tag wieder nach San Diego fahren sollte oder nicht. Es wäre ein Samstag, also würde es kein Basketball-Training geben. Vielleicht würde Bellamy diesmal ja ernsthaft seine Routine durchbrechen. *Andererseits hockt er vielleicht auch bloß den ganzen Tag in seiner Bude und guckt den Sportkanal, und alles, was ich zu sehen bekomme, ist sein in der Sonne schmurgelndes Auto.*

Logans Handy vibrierte. Er warf einen Blick auf das Display und runzelte die Stirn. »Oh, das ist ein Kumpel von der Truman. Wäre es okay, wenn ich da kurz drangehe?«

»Mach ruhig«, sagte Keith lächelnd.

Logan stand vom Tisch auf und trat, das Telefon schon am Ohr, durch die Glasschiebetür ins Haus. Pony tappte ihm hinterher.

Keith sah Veronica an. »Du bist heute Abend irgendwie nicht richtig da. Was ist denn los?«

Sie schüttelte den Kopf. »Tut mir leid, Dad. Dieser Fall treibt mich einfach in den Wahnsinn.«

Sie fasste kurz die neusten Entwicklungen, seit sie das Ergebnis von Bellamys DNA-Test bekommen hatte, für ihn zusammen. Ihr Vater hörte zu und hob nur kurz die Augenbrauen, als sie *The Erotic Critique* erwähnte, um gleich darauf zufrieden zu nicken, als er hörte, wie Mac und sie die Bewertungen durchkämmt und mr_kiss_and_tell herausgefiltert hatten.

»Aber das ist jetzt drei Tage her und keine einzige dieser Frauen hat auf meine E-Mail geantwortet«, schloss Veronica. »Ich habe keine Aussagen von anderen Opfern, keine Zeugen, keine anderen Spuren.« Sie stocherte mit der Gabel in ihrem Salat herum. »Ich habe ihn sogar ein paarmal beschattet, aber soweit ich das beurteilen kann, verhält er sich vollkommen unauffällig. Jetzt weiß ich einfach nicht mehr, was ich noch machen soll.«

Keith lehnte sich auf seinem Stuhl zurück und machte ein nachdenkliches Gesicht. »Hast du mal versucht, mit Lamb zu reden?«

Einen Moment war nichts zu hören außer einem fehlzündenden Auto irgendwo in der Gegend.

Veronica starrte ihren Vater ungläubig an. »Lamb? Wie sollte der mir denn helfen?«

»Na ja, das Verbrechen hat sich schließlich in seinem Zuständigkeitsbereich ereignet.« Keith lächelte freudlos. »Er könnte zum Beispiel einen Durchsuchungsbefehl besorgen.«

Veronica schnaubte. »Na klar. Ich rufe einfach kurz meinen

alten Kumpel Dan Lamb an und frage, ob er nicht Lust hat, mir aus der Patsche zu helfen.«

»Lamb weiß, dass sein Erfolg bei der Wahl von den Statistiken abhängt. Eine mögliche Festnahme wird er sich nicht durch die Lappen gehen lassen.«

Veronica, der plötzlich der Appetit vergangen war, legte ihre Gabel beiseite. Aber ihr Dad hatte recht; etwas anderes blieb ihr kaum übrig. Und Lamb könnte inmitten des Wahlchaos tatsächlich verzweifelt genug sein, ihr zuzuhören.

Sie sah auf, als sie das Geräusch der Terrassentür hörte. »Da bist du ja wieder. Das hat aber lange –«

Sie brach ab, als sie Logans kalkweißes Gesicht sah. Eine gezackte Tränenspur zog sich über eine seiner Wangen und er biss sich auf die Lippe, um seine Gefühle unter Kontrolle zu halten. Instinktiv stand Veronica auf, ihre Haut fühlte sich plötzlich klamm an.

Einen Moment lang stand er einfach bloß da, das Telefon immer noch umklammert. Dann sah er ihr in die Augen. »Es gab einen Unfall«, sagte Logan schließlich. »Auf der Truman.«

KAPITEL 32

Lieutenant Vincent *Bilbo* Malubay, neunundzwanzig Jahre alt, Navy-Pilot, Ehemann und Vater, hatte seinen Spitznamen der Partie Dungeons and Dragons zu verdanken, die er allwöchentlich im Gemeinschaftsraum der USS Truman anleitete. Anscheinend hieß in Wirklichkeit kein Pilot Maverick oder Iceman – die realen Rufzeichen waren hauptsächlich peinlich, albern oder ekelig. Penntüte, Fozzy, Kotze. Logans war schlicht Klappe, was Veronica naheliegend erschien.

Bilbo hatte einen Beutel voll zwanzigseitiger Würfel und ein Monster Manual von zu Hause mitgebracht und jeden Sonntag mit ein paar anderen bekennenden Nerds einen der langen Klapptische in Beschlag genommen, um zu spielen. Logan hatte nur ein einziges Mal, mehr oder weniger aus Spaß, mitgespielt.

»Ich war ein *Barde*«, berichtete er Veronica nun grinsend. »Ich musste die ganze Zeit Limericks über die anderen Figuren dichten.«

»Die waren bestimmt entzückt.« Sie drückte seine Hand.

Es war der Morgen nach dem Anruf und sie standen in der Schlange vor dem Schalter der Delta Airlines, um Logan für seinen Flug zur Beerdigung einzuchecken. Gestresste Reisende eilten in alle Richtungen, müde Eltern scheuchten ihre Kinder vor sich her zur Sicherheitskontrolle und College-Studenten mit Kapuzenpullovern und Rucksäcken machten sich kurz vor Semesterbeginn auf den Weg zurück in ihre Wohnheime. Logan trug seine kakifarbene Uniform und eine Feldmütze, die ihn noch fünf Zentimeter größer wirken ließ, als er ohnehin schon war. Immer wieder warfen ihm Leute verstohlene Blicke zu, als sie in dem belebten Terminal an ihnen vorbeihasteten.

Bilbo hatte sich am späten Donnerstagabend auf dem Rückflug von einer sechsstündigen Mission im Persischen Golf befunden. Es war ein reiner Routineeinsatz gewesen. Er hatte schon Dutzende Nachtlandungen hingelegt, manchmal sogar bei heftigem Seegang mit ständig hin- und herwogender Landebahn. Aber diesmal war es schiefgegangen. Anscheinend hatte Bilbo den Anflugwinkel falsch kalkuliert, als er seine Hornet landen wollte. Er war zu niedrig angeflogen und gegen die Rampe geprallt. Das Flugzeug war wie ein Geschoss aus zerschreddertem Metall Funken sprühend über das Flugdeck geschlittert.

Logan rieb sich über die Augen und ließ sie einen Moment geschlossen.

Veronica fiel auf, wie müde er aussah. Er hatte kaum geschlafen, seit er den Anruf erhalten hatte.

Als er die Augen wieder aufmachte, flammte unvermittelt Wut darin auf. »Es ist einfach nicht fair. Bilbo hat diese Landung hundertmal hinbekommen. Der hätte seine Maschine auf einem Zehncentstück landen können. Und dann macht er einen winzigen Fehler. *Einen* Fehler, wo es absolut keinen Spielraum für Fehler gab.«

Das hättest du sein können. Das hättest genauso gut du sein können. Der Gedanke brachte Veronica an den Rand der Hysterie – die Vorstellung, wie knapp sie selbst einer solchen Katastrophe entkommen waren. Aber das konnte sie Logan nicht sagen. Sie konnte ihm nicht sagen, dass sie in den sechs Monaten, die er weg gewesen war, jeden einzelnen Wikipedia-Artikel über Abstürze von Kampfflugzeugen gelesen hatte, den es gab.

Dass sie, wieder und wieder, alles über *g*-LOC, Zusammenstöße in der Luft und jede Art von technischen Pannen recherchiert hatte, die dazu führen konnten, dass ein Kampfjet mit über 600 km/h auf die Erde krachte. Sie hatte ihm nichts davon erzählt, dass sich unter ihre Betroffenheit und ihr Mitleid mit Bilbo und seiner Familie auch ein perverses Gefühl der Erleichterung mischte. Wenn es so leicht passierte, dass ein erfahrener Pilot aus dem Leben gerissen wurde, dann war sie dankbar für jene paar Monate in seliger Unwissenheit darüber, wie kurz davor sie die ganze Zeit gestanden hatte, Logan zu verlieren.

»Ich wünschte, du könntest heute Abend dabei sein«, sagte er plötzlich. Seine Worte rissen Veronica aus ihren Gedanken. Sie drückte abermals seine Hand.

»Ich brauche nur noch einen Tag.«

»Kannst du nicht einfach ein paar Anrufe aus dem Hotel machen?«

»Lamb reagiert nicht auf meine Anrufe und ich will, dass er einen Durchsuchungsbefehl für Bellamys Computer und Telefon besorgt. Ich nehme morgen früh den ersten Flieger nach Seattle, versprochen.«

Logan entgegnete nichts. Seine Finger lagen schlaff und schwer in ihrer Hand. Sie trat dichter neben ihn, schlang die Arme um seine Taille und versuchte, die Schuldgefühle zu verdrängen, die sich in ihrer Brust breitmachten.

»Na, komm. Du gehst doch heute Abend sowieso mit den Jungs aus deiner Einheit was trinken. Und ich bin morgen pünktlich zur Beerdigung da.«

»Veronica.«

Sie blickte zu ihm hoch. Einen Moment lang stand er schweigend da, den Mund leicht geöffnet, als suchte er nach den richtigen Worten.

»Die wollen, dass ich zurückgehe.«

Sie runzelte die Stirn. »Zurück wohin?«

»An Bord. Sie sind unterbesetzt.« Logan fuhr sich mit der Hand über das Gesicht. »Du weißt schon, jetzt wo Bilbo nicht mehr da ist, fehlt eben einer.«

»Schon klar, aber ...« Ein paar Leute in der Schlange drehten sich zu ihr um. Erst da fiel Veronica auf, wie schrill ihre Stimme geworden war. Als sie weiterredete, achtete sie darauf, sie gedämpft zu halten. »Logan, du bist an Land stationiert. Und zwar noch für fünf Monate, mindestens.«

»Ich weiß. Aber die brauchen mich da, Veronica.«

»Moment mal.« Ihr Herz geriet plötzlich ins Stolpern. Die ganze Welt schien ein Stück zur Seite zu kippen. »Haben sie gesagt, dass du zurückkommen *musst*? Ist das ein Befehl?«

»Nein, aber –«

»Dann kannst du also auch Nein sagen.«

»Veronica ...«

»Du kannst Nein sagen.« Wieder drehten sich Leute zu ihr um. Es war ihr egal. »Wenn du wolltest, könntest du hierbleiben.«

Er legte ihr die Hände auf die Schultern und zwang sie, ihn anzusehen. »Hör mal, ich habe noch nicht entschieden, was ich machen will, okay? Aber das ist nun mal mein Job. Dafür bin ich ausgebildet worden, dafür habe ich mich krummgearbeitet. Ich habe mir dieses Leben ausgesucht. Gerade du solltest das verstehen.«

Veronica öffnete den Mund, um etwas zu erwidern. Doch bevor sie die Gelegenheit dazu hatte, rief die Frau am Ticketschalter sie auf.

Logan trat nach vorn und wies sich aus. Er gab seine Tasche auf und dann gingen sie in unbehaglichem Schweigen zusammen zur Sicherheitskontrolle. Als sie in der nächsten Schlange standen, zögerte Logan einen Moment. Er sah ihr in die Augen und zum ersten Mal an diesem Tag hatte Veronica das Gefühl, dass sie einander wirklich nah waren. Sie strich ihm über die Wange; er nahm ihre Hand, drückte einen sanften Kuss darauf und ließ sie wieder los.

»Lass uns das nach der Beerdigung besprechen, okay?« Dann schloss er Veronica in die Arme und gab ihr einen liebevollen Kuss auf die Stirn.

Sie zwang sich zu einem Lächeln. »Okay.«

Um elf Uhr erreichte Veronica das Sheriff's Department. Am Empfang saß eine junge Polizistin, die ihr Haar am Hinterkopf zu einem straffen Zopf geflochten hatte. Als sie Veronica auf sich zukommen sah, warf sie ihr einen mürrischen Blick zu. Auf ihrem Namensschild stand *Gandin*.

Veronica trat vor die Theke. »Ich würde gern den Sheriff sprechen, wenn möglich. Es geht um einen Fall, in dem ich ermittle.«

Die Frau hob skeptisch eine geschwungene, übermäßig gezupfte Augenbraue. »Sie können ein Kontaktformular ausfüllen und es bei mir hinterlegen«, bot sie an. »Oder ich kann Ihnen die Nummer von unserer Hotline für Hinweise aus der Bevölkerung geben.«

Veronica tat so, als würde sie darüber nachdenken. »Von der Hotline, ja? Interessant. Und wen genau würde ich da erreichen?«

»Sie würden direkt zu einem diensthabenden Deputy weitergeleitet.« Die Frau stützte sich auf die Theke. »Und dann füllt der ein Kontaktformular aus und hinterlegt es bei mir.«

Veronica lächelte liebenswürdig und stützte sich ebenfalls auf die Theke, bis sie und die Frau sich auf Augenhöhe gegenüberstanden. »Das Problem ist, Deputy Gandin, dass meine Informationen von begrenzter Haltbarkeit sind. Ich habe leider keine Zeit zu warten, bis ich dieses ausgeklügelte System durchlaufen habe, mit dem bei Ihnen ein Blatt Papier von A nach B gelangt. Also, wenn Sie bitte –«

»Veronica?«

Sie blickte auf und sah, dass nach ihr Deputy Norris Clayton das Foyer betreten hatte – ein kräftig gebauter Mann mit länglichem, ernstem Gesicht. Seine Uniform, makellos sauber und mit beinahe militärischer Sorgfältigkeit gebügelt, spannte ein wenig über seiner Brust.

Veronica lächelte. Sie hatte sich immer noch nicht ganz daran gewöhnt, Norris – ehemaliger Schlägertyp aus ihrem Highschool-Jahrgang und früherer Kopf einer Trenchcoat-Mafia-Bande – in Uniform vor sich zu sehen.

»Hallo, Deputy. Was gibt's Neues in der Strafverfolgungsbranche?«

»Nicht viel – neuer Tag, neuer Donut.« Norris warf der Frau hinter der Theke einen Blick zu und schien erst jetzt die Anspannung zwischen den beiden zu spüren. Er sah Veronica wieder an. »Was gibt's denn?«

»Ach, na ja, du weißt schon. Verbrechensbekämpfung und so.«

Norris schenkte ihr ein schiefes Lächeln. Als er Gandins Blick auffing, presste er schnell die Lippen aufeinander, um es zu verbergen. »Komm doch mit durch. Vielleicht kann ich dir ja helfen.«

Veronica nickte Gandin kühl zu und folgte Norris.

»Lass dich von ihr nicht stressen«, meinte er, sobald sie außer Hörweite waren. »Brittany ist eigentlich okay. Aber Lamb hat sie da am Empfang geparkt und lässt sie nichts als Akten sortieren und Kaffee kochen. Laut der Richtlinien ist er verpflichtet, ein paar Frauen einzustellen, aber das heißt natürlich noch lange nicht, dass er sie auch zu Einsätzen schickt. Darum ist sie chronisch angepisst.«

Veronicas Grinsen erstarb. Sie drehte sich noch einmal zu der

Frau am Empfang um und verspürte wider Willen Mitleid mit ihr. »Das kann man ihr wohl kaum verübeln.«

»Hmm. Okay, also was ist los?«

Veronica warf einen Blick auf Lambs geschlossene Bürotür. »Na ja, ich brauche einen Durchsuchungsbefehl und unglücklicherweise ist Lamb der Einzige, der mir den beschaffen kann. Was meinst du, wie stehen meine Chancen, dass er kurz Zeit für mich hat?«

Norris schnaubte. »Für dich? Im Moment würde ich mal schätzen, schlecht bis unterirdisch. Der ist auf hundertachtzig, seit ihr diesen Prozess angeleiert habt.«

»Das ging von Weevil aus«, protestierte Veronica. »Ich habe ihm diese Macht-den-Mistkerl-fertig-Parole jedenfalls nicht eingetrichtert.«

Er zog eine Grimasse. »Spielt keine Rolle. Wenn er dich hier drin sieht, kann ich dir garantieren, dass er sofort in die verfrühte Mittagspause abzieht.«

»Norris, dieser Typ, hinter dem ich her bin – der ist gefährlich. Wirklich gefährlich«, erklärte sie ruhig.

Er musterte sie einen Moment. Dann seufzte er. »Ich kann dir nichts versprechen, Veronica. Kann gut sein, dass er dich achtkantig rausschmeißen lässt.«

»Damit komme ich klar. Falls er dich damit beauftragt, kannst du das Ganze gern ein bisschen dramatischer gestalten.«

Norris warf ihr einen weiteren langen Blick zu und dann, als er sich nicht mehr anders zu helfen wusste, schüttelte er grinsend den Kopf.

Wenige Minuten später standen sie im Flur vor Lambs Büro und Norris klopfte.

»Was?«, drang Lambs Stimme gedämpft zu ihnen heraus.

»Sheriff, ich habe hier gerade einen Hinweis in einem Fall bekommen, der Sie interessieren könnte.«

Einen Moment lang war nichts zu hören. Veronica sah Norris fragend an und er zuckte mit den Schultern.

»Es geht um die Vergewaltigung im Neptune Grand. Letzten März?«, versuchte er es weiter.

»Kommen Sie rein.«

Norris öffnete die Tür und ging hinein. Veronica blieb noch einen Moment draußen stehen und lauschte.

»Tut mir leid, dass ich störe, Sheriff. Aber ich habe hier eine junge Frau, die zu wissen meint, wer der Täter ist.«

»Worauf warten Sie dann noch, Clayton? Schicken Sie sie rein, verdammt.«

Veronica trat durch die Tür und wedelte theatralisch mit den Händen. »Tadaaaa!«

Lambs Gesicht lief augenblicklich dunkelrot an und sein Mund verzog sich zu einem angewiderten Ausdruck, wie ihn die meisten Leute für Hundescheiße unter dem Schuh reservierten. »Du«, knurrte er förmlich.

Es kostete Veronica alles, was sie an Selbstbeherrschung aufbringen konnte, um nicht zu antworten: Ich!

»Hören Sie, Lamb –«

»Raus. Mit. Ihr«, spie er mit zusammengebissenen Zähnen, als wollte er den Satz in Stücke reißen.

»Hören Sie mir bitte nur eine Sekunde zu!« Veronica legte die Hände auf seinen Schreibtisch. »Ich habe Informationen zu einem offenen Fall. Und zwar wichtige.«

»Als würde mich interessieren, was unsere kleine Miss Zivilprozess zu sagen hat.« Lamb wandte sich an Norris. »Sie ist eine falsche Schlange, Clayton. Alles, was sie uns hier anschleppt, ist Gift. Bringen Sie sie raus, und wenn sie wiederkommt, kriegt sie eine Anzeige wegen Falschaussage.«

Norris zögerte. »Soll ich noch ihre Aussage aufnehmen, bevor ich sie rausschmeiße, Sheriff?«

»Schon gut.« Veronica trat einen Schritt zurück und hob zum Zeichen ihrer Kapitulation die Hände. »Dann gehe ich wieder. Aber tun Sie sich selbst einen Gefallen und machen Sie eine Luminol-Probe in Zimmer 3031 des Neptune Grand. Ich garantiere Ihnen, dass Sie Blutspuren finden werden.« Sie wandte sich zum Gehen. Lambs Stimme hinter ihr war ein kurzes, abgehacktes Bellen.

»Halt.«

Veronica blieb stehen und unterdrückte ein zynisches Grinsen. Als sie sich wieder umdrehte, hatte Lamb das Kinn auf die Hand gestützt und wartete.

»Ich dachte, wir hätten schon eine DNA-Analyse in dem Fall gemacht«, sagte er.

»Ja. Und dann habe ich noch eine zweite durchführen lassen und die hat eine Übereinstimmung mit meinem Verdächtigen ergeben. Aber er behauptet, der Sex wäre einvernehmlich gewesen.« Sie zögerte.

Früher oder später findet er es sowieso raus.

»Das Opfer ist ein Callgirl. Das San Diego Police Department hat den Typen zum Verhör bestellt, aber sein Anwalt hatte ihn nach weniger als einer Stunde wieder draußen. Er meinte, sie hätte wohlbehalten sein Zimmer verlassen und dass jemand anderes sie angegriffen haben muss, nachdem er Sex mit ihr hatte. Es ist offensichtlich, dass er lügt, aber San Diego verfolgt den Fall nicht weiter. Na ja, und streng genommen fällt das Verbrechen ja auch in Ihr Zuständigkeitsgebiet, darum können nur Sie nachweisen, dass die Tat in dem Hotelzimmer stattgefunden hat, Sie könnten sein Telefon und seinen Computer einkassieren –«

»Moment, Moment, Moment.« Lamb schüttelte den Kopf. »Du glaubst doch wohl nicht im Ernst, dass ich darauf anspringe. Eine Prostituierte?«

»Die *vergewaltigt* wurde«, ergänzte Veronica. »Und gewürgt.

Und so brutal zusammengeschlagen, dass sie danach zwei Wochen im Krankenhaus lag.«

Ein hässliches Grinsen breitete sich auf seinem Gesicht aus. »Gut, aber wenn sie eine Prostituierte ist, dann reden wir hier ja eher von, sagen wir, Ladendiebstahl als von Vergewaltigung, stimmt's?«

Norris neben ihr versteifte sich.

Einen Moment lang blieb Veronica die Luft weg. Sie starrte über den Schreibtisch hinweg und ihr Blick fokussierte sich auf einen einzigen Punkt: Lambs feixendes Gesicht. »Ein Mädchen wurde beinahe ermordet, Lamb. Und Sie wissen genauso gut wie ich, dass Sexualstraftäter nicht aufhören, bis sie gestoppt werden. Wenn dieser Typ irgendwann jemanden umbringt, der Ihrer Meinung nach den juristischen Aufwand wert ist – und das *wird* er –, sorge ich dafür, dass jeder erfährt, wie Sie sich geweigert haben, gegen ihn zu ermitteln.« Sie drehte sich auf dem Absatz um, marschierte aus Lambs Büro und knallte die Tür hinter sich zu.

KAPITEL 33

Der Tahoma Nationalfriedhof war eine üppig begrünte Fläche etwa dreißig Meilen außerhalb von Seattle. In der Ferne ragte der Mount Rainier wie der Geist eines Berges auf: blass und in Wolkenfetzen gehüllt.

Veronicas Taxi bog zwanzig Minuten vor Beginn der Zeremonie auf den Parkplatz ein. Sie hatte den frühestmöglichen Flug genommen, aber der Start hatte sich verzögert und sie war die ganzen drei Stunden über nervös und gereizt gewesen.

Ich bin vollkommen umsonst hiergeblieben, hatte sie gedacht, während sie stumpf aus dem Fenster starrte. *Wie bin ich auch auf die Idee gekommen, dass Lamb mir tatsächlich helfen würde? Warum bin ich nicht einfach gleich mit Logan geflogen? Er hätte mich gebraucht und ich habe wie immer nur an den Job gedacht. Tja, falsche Entscheidung.*

Sie hatte sich am Flughafen von Seattle auf der Toilette umgezogen – ihr schwarzes Seidenkleid war von ihrer Tasche leicht verknittert.

Jetzt ging sie kurz ins Informationszentrum des Friedhofs, um sich zu erkundigen, wo genau die Beerdigung stattfand, und machte sich dann so schnell wie möglich auf den Weg über das weite Areal.

Ein gehetztes Flattern erfüllte ihre Brust. Sie hatte Beerdigungen noch nie gemocht. Gut, das galt wohl für so ziemlich jeden, wenn man mal von den in schwarze Spitze gehüllten Oneiroi-Fans dieser Welt absah. Aber sie konnte schon allein mit der Funktion einer Beerdigung – dem »Abschließen«, der Gelegenheit zur Trauer – nichts anfangen. Vielleicht lag das daran, dass die meisten Menschen, die sie verloren hatte, gewaltsam zu Tode gekommen waren. Ihre Art, den Toten Ehre zu erweisen, war es immer gewesen, in Aktion zu treten – den Mordfall lösen, damit der Schuldige bestraft wurde. Aber was machte man, wenn es niemanden gab, den man bestrafen konnte? Wenn es keine Antworten zu finden gab? Wie akzeptierte man einen solchen Verlust, ohne darüber den Verstand zu verlieren?

Es dauerte zehn Minuten, bis sie die richtige Stelle gefunden hatte. Auf einer großen Steinterrasse standen Reihen von weißen Klappstühlen. Etwa hundert Leute waren dort, viele in blauer Galauniform – die meisten von ihnen Offiziere, aber es waren auch ein paar rangniedrigere Matrosen mit ihren weißen Mützen darunter.

Auf einer Staffelei lehnte ein großes Foto von Bilbo. Es zeigte einen jungenhaft wirkenden Filipino mit fröhlich leuchtenden Augen. Hinter ihm stand eine amerikanische Flagge – das Ganze sollte feierlich wirken, offiziell, aber Bilbo sah aus, als wäre er kurz davor, loszulachen.

Ganz vorne, vor dem Bild, saß eine Frau. Das musste Bilbos Ehefrau sein. Veronica konnte ihr Gesicht nicht sehen, nur den kleinen Jungen, vielleicht zwei Jahre alt, der auf ihrem Schoß stand und mit großen, neugierigen Augen die versammelte Trauergemeinde musterte. Die Schultern der Frau wirkten verkrampft und sie blickte starr geradeaus. Sie schien nichts von dem, was rings um sie passierte, wirklich wahrzunehmen, nicht mal die Leute, die sich zu ihr herunterbeugten und sie direkt ansprachen.

Veronica suchte sich einen Platz in der letzten Reihe. Logan war einer der Sargträger, darum würde sie ihn erst nach der Zeremonie treffen.

»Woher kanntest du Vincent?«

Veronica wandte sich der Frau neben ihr zu. Sie war ungefähr Mitte zwanzig und blass, mit Stupsnase und einem Hauch korallenrotem Lippenstift auf dem breiten Mund. Sie fächerte sich verstohlen mit dem Programmzettel Luft zu.

»Gar nicht, um ehrlich zu sein. Mein Freund war mit ihm zusammen auf der Truman stationiert.«

Die Frau lächelte. In ihrer linken Wange bildete sich ein Grübchen. »Noch eine Soldatenfreundin, wie schön! Das heißt, genau genommen bin ich jetzt wohl eine Soldaten*gattin*. Ich heiße Cathy.«

»Veronica.« Sie gaben einander die Hand.

Cathy stieß einen leisen Seufzer aus. »Es ist so traurig, oder? Ich habe Vince nur ein einziges Mal getroffen, aber ich bin ziemlich gut mit Allison befreundet. Mein Mann ist gerade im Einsatz, auf der USS Henry Pritchett.«

Sie wurden von einem einsetzenden Choral unterbrochen, bei dessen ersten Klängen sich die Leute erhoben und zu dem gepflasterten Pfad hinter ihnen umwandten. Dort hatte ein weißer Leichenwagen gehalten und sechs Männer in weißer Galauniform waren dabei, schweigend den mit einer Flagge bedeckten Sarg aus der Hecktür zu ziehen. Veronica entdeckte Logan unter ihnen, das Gesicht angespannt vor unterdrückten Emotionen.

Ein Offizier nahm neben dem Leichenwagen Aufstellung, sein Rücken stocksteif. »Ehrenwache, Achtung!« Seine Stimme war tief und volltönend. »Präsentiert das Gewehr!«

Alle in Uniform salutierten.

Veronica ließ den Blick über die Zivilisten schweifen, um zu sehen, was sie tun sollte. Die meisten hatten die Hand aufs Herz gelegt, also tat sie es ihnen nach.

Während die Sargträger sich langsam vorwärtsbewegten, stellte Veronica sich unweigerlich die Frage, was sich wohl in dem Sarg befand. Was war von Lieutenant Malubay noch übrig gewesen, nachdem sein Flugzeug auf dem Schiffsdeck zerschellt war? War es seiner Frau gestattet gewesen, ihn ein letztes Mal zu sehen? Hatte sie neben seiner Leiche sitzen dürfen, seine Hand nehmen, ihm übers Gesicht streichen? Oder war nichts mehr da gewesen, was sie hätte betrauern können?

Logan ging so dicht an Veronica vorbei, dass sie ihn hätte berühren können. Noch nie in ihrem Leben hatte sie sich so sehr danach gesehnt wie jetzt, aber sie ließ die Hand über ihrem Herzen liegen und mühte sich nach Kräften, nicht an ein Paralleluniversum zu denken, in dem es Logan war, der in dieser Kiste lag.

Dann hielt die Musik inne und die Sargträger setzten ihre Bürde auf einem langen, niedrigen Sockel neben dem Bild auf der Staffelei ab. Als ein Geistlicher in schwarzem Talar das Podium betrat, ging die Ehrenwache durch den Mittelgang zurück und nahm hinter der Trauergemeinde Aufstellung.

Veronica schloss die Augen, als Logan sie abermals passierte. Sie meinte beinahe, sein Aftershave riechen zu können, ein Hauch von Sandelholz und Zitrus.

»Wir haben uns heute hier versammelt, um Abschied von Lieutenant Vincent Michael Malubay zu nehmen.« Die Stimme des Geistlichen klang selbst durch die Lautsprecher leise und sanft. »Von einem jungen Mann, dessen Mut und Überzeugung eine Inspiration für all diejenigen war, die die Ehre hatten, ihn zu kennen.«

Neben Veronica kramte Cathy nach einem Taschentuch, dunkle Mascaraspuren zogen sich über ihr Gesicht. Überall um sie herum waren vereinzelte, heisere Schluchzer zu hören. Allison in der ersten Reihe saß völlig reglos da.

Die Traueransprache des Geistlichen war kurz, aber eloquent

und aufrichtig. Er zählte Bilbos Verdienste auf – seine Orden, seine Auszeichnungen, seine außerordentlichen Leistungen als Pilot. Bilbo hatte gehofft, es eines Tages zu den Blue Angels, der Kunstflugstaffel der Navy, zu schaffen.

»Er wollte, dass der kleine Anthony ihn fliegen sieht«, sagte der Geistliche mit einem Blick zu dem kleinen Jungen in den Armen seiner Mutter.

Dann erhoben sie sich wieder, diesmal für eine dreifache Ehrensalve. Die Schützen bewegten sich perfekt synchron und ihre Schüsse hallten über den Friedhof. Logan und einer der anderen Sargträger gingen zurück nach vorne. Sie nahmen gemeinsam die Flagge vom Sarg und falteten sie zusammen, während ein einzelner Hornist zu spielen begann.

Veronica krallte die Finger in ihren Rock. Sie beobachtete Logans Hände, seine kontrollierten, feierlichen Bewegungen. Und mit einem Mal hatte sie das Gefühl, ihn klarer zu sehen als je zuvor und zugleich wie aus Tausenden Meilen Entfernung. Er kniete vor Allison nieder und nahm einen Augenblick lang ihre Hand, bevor er ihr die zusammengefaltete Flagge reichte.

Jemand berührte Veronica am Arm. Sie sah Cathy an, die nach oben deutete, und ihr wurde bewusst, dass alle anderen ebenfalls zum Himmel hochblickten. Vier Flieger rasten wie ein ungleichmäßiges V über die wolkenlos blaue Fläche. Eine Minute behielten sie ihre unerschütterliche Formation bei. Dann, ohne Vorwarnung, löste sich einer von ihnen aus der Gruppe. Die anderen drei blieben auf Kurs. Der vierte dagegen flog in einer weiten Kurve davon, allein auf dem Weg zu fernen Horizonten.

In diesem Moment begann Allison Malubay zu weinen. Sie warf den Kopf zurück, die Flagge an sich gepresst, ihren Sohn umklammernd, und schrie zum Himmel auf, bis ihre Stimme sich im Dröhnen der Flugzeuge verlor.

Etwas später stand Veronica unsicher am Rand der Menge, während sich die Trauernden still zu Grüppchen zusammenfanden. Logan war im Leichenwagen mit zum Grab gefahren. Sein Blick war nicht ein einziges Mal kurz zu ihr geschweift, als er in Habachtstellung auf seinen Befehl, hinter dem Sarg herzumarschieren, gewartet hatte. Es kam Veronica beinahe surreal vor, ihn so formell zu sehen. Ein Teil von ihr hätte fast lachen wollen. Das da vorne war schließlich der Junge, der sich vier Jahre lang von einer Nachsitzstunde zur nächsten gelümmelt hatte. Doch ein anderer Teil von ihr sah mit Unbehagen, wie er sich stramm und in perfektem Gleichschritt mit den anderen Sargträgern bewegte.

Gib's doch zu, Veronica – es macht dich fertig zu sehen, wie ernst er bei der Sache ist. Weil du dir die ganze Zeit eingeredet hast, diese Navy-Episode wäre bloß eine Phase, die neuste Spinnerei eines verwöhnten, reichen Bengels. Aber das ist es nicht. Nicht im Geringsten.

Sie warf einen verstohlenen Blick zu Cathy hinüber, die jetzt mit vier anderen Frauen zusammenstand. Eine von ihnen hatte ein kleines Mädchen bei sich, ungefähr sechs Jahre alt, eine andere ein Baby in einem Tragetuch vor der Brust. Sie hatten alle riesige, praktische Handtaschen dabei und trugen Schuhe mit moderaten Absätzen. Cathy fing Veronicas Blick auf und winkte. Veronica näherte sich ihnen beinahe schüchtern.

»War das nicht eine wunderschöne Zeremonie?«, fragte Cathy. »Seine Eltern wollten das Ganze ursprünglich in der Kapelle stattfinden lassen, aber Allison hat auf einem Gottesdienst im Freien bestanden. Sie wollte sichergehen, dass er seine Flieger nicht verpasst.« Sie wandte sich an die anderen. »Das ist übrigens Veronica. Veronica, das hier sind April, Lucia, Anne und Jasmine.«

Alle nickten und begrüßten sie murmelnd.

»Ich nehme mal an, dass Allison jetzt komplett hierherziehen wird, oder was meint ihr?«, fragte Anne.

»Na ja, ihre Eltern wohnen schließlich hier. Die werden ihr mit Anthony helfen.« Cathy sah Veronica an. »Vince' Stützpunkt war in San Diego, aber nach Anthonys Geburt ist Allison zurück nach Seattle gezogen, um näher bei ihrer Familie sein zu können, während er auf Einsätzen war. Ist nicht einfach, mit so einem kleinen Spatz ganz allein zu sein.«

»Das kannst du laut sagen«, schaltete sich Jasmine, die Frau mit dem Baby, ein. Sie wippte auf den Fußballen auf und ab und wiegte ihre Tochter in ihren Armen. »Mein Mann musste weg, kurz bevor die Kleine hier auf die Welt gekommen ist.«

Veronica sah sich in der kleinen Gruppe um. Alle fünf Gesichter zeigten den gleichen Ausdruck – freundlich, traurig, resigniert. »Seid ihr alle mit Navy-Offizieren zusammen?« Die anderen nickten.

»Wie … wie haltet ihr das aus?«, platzte es aus ihr heraus. »Ich meine, ich habe die ersten sechs Monate, die wir getrennt waren, schon kaum überstanden. Wie erträgt man das über so viele Jahre?«

Die fünf wechselten Blicke und Veronica kam sich plötzlich kindisch vor. Da beklagte sie sich über eine sechsmonatige Trennung, während eine andere Frau gerade ihren Mann verloren hatte. Aber sie musste es einfach wissen: Wie gingen die anderen mit der Angst um, mit dem Gedanken an abstürzende Flugzeuge, der permanenten Furcht vor einer Verlustmeldung? Wie ertrugen sie die ständigen Abschiede?

Cathy legte Veronica die Hand auf den Arm. »Leicht ist es nicht. Man muss so viel warten. Ständig irgendwelche Sachen aufschieben. Und nicht nur die großen Fragen. Mir fallen jeden Tag mindestens hundert Sachen ein, die ich Nate erzählen will. Ich habe inzwischen immer ein Notizbuch dabei, in dem ich so etwas aufschreibe, weil ich am Telefon sonst immer alles vergesse.«

Die anderen Frauen lachten. Veronica war mehr nach Weinen zumute.

Cathy schien es zu bemerken. Sie blickte ihre Freundinnen an und dann Veronica. »Wir kümmern uns umeinander, während unsere Männer nicht da sind. Das hilft sehr – Freundinnen zu haben, die einen unterstützen, Leute, die wissen, was man gerade durchmacht. Du wirst schon sehen.«

In diesem Moment sah Veronica Logan, der den gepflasterten Pfad zurückkam. Er war allein und hielt sich kerzengerade, die Schultern gestrafft. Ihre Blicke trafen sich. Er lächelte nicht, aber sein Gesicht wurde weicher. Veronica verabschiedete sich mit entschuldigender Miene von den anderen.

»Tut mir leid, ich muss gehen. Danke. Ich …« Sie gab auf und lief los.

Sie trafen sich ein paar Meter abseits der Menge. Veronica traute sich kaum, ihn anzufassen, unsicher, ob sie damit gegen irgendeine Art von Etikette verstieß. Einen Moment lang standen sie bloß da und sahen einander schweigend an.

Ihr Blick fiel auf seine Bandschnallen, ein komplexes Gewirr farbiger Balken gleich über seinem Herzen. Er hatte ihr einmal erklärt, was jede davon zu bedeuten hatte, aber sie konnte sich an nichts mehr erinnern. *Sein Leben ist mir immer noch so fremd.* Streifen aus Rot und Blau und Grün flossen ineinander, als ihr Tränen in die Augen stiegen. Sie schlang ihre Arme um ihn – zum Teufel mit der Etikette. Das Gesicht an seine Brust geschmiegt, schloss sie die Augen.

Sie wusste, dass er sich entschieden hatte zu gehen, bevor er auch nur den Mund aufmachte. Aber eine letzte glückliche Minute lang wollte sie so tun, als würde er bei ihr bleiben. Eine letzte Minute lang hielt sie ihn einfach nur im Arm, und er sie.

KAPITEL 34

»Ich dachte ja immer, Ergebnisse sprechen für sich, aber wie es scheint, sieht meine Kontrahentin das anders.« Sheriff Dan Lamb blickte in die Menge, die Augen rund vor gespielter Ungläubigkeit. Idiotisches Gelächter und Gejohle erhob sich.

Veronica, die am hinteren Ende des Vortragsraums stand, tippte wütend auf ihr Handy ein: *Irgendwie will man ihm heute noch viel dringender eine reinhauen als sonst.*

Es war der erste Dienstag im September und die Wählerinnenvereinigung von Neptune hatte eine Podiumsdiskussion zwischen dem amtierenden Sheriff und seiner Herausforderin organisiert. Normalerweise ließen sich zu lokalpolitischen Veranstaltungen höchstens Rentner und diejenigen, für die damit eigene Interessen verbunden waren, blicken, aber an diesem Abend war ein bunter Querschnitt der Einwohnerschaft Neptunes erschienen, um sich anzuhören, was die Kandidaten zu sagen hatten. Petra Landros war da, zusammen mit einer Gruppe Unternehmer, die die Handelskammer repräsentierten. Inga Olofson, die zu Veronicas Highschool-Zeiten die Büroleiterin des Sheriff's Departments gewesen war, saß neben ihrem Mann in der ersten Reihe. Außerdem zählte Veronica ein halbes Dutzend Deputys in Zivil, darunter auch Norris. Keith und Cliff saßen in der ersten Reihe, direkt vor Lambs Rednerpult.

Was anfangs nach einem Solo-Spaziergang für Lamb ausgesehen hatte, hatte sich zu einem der hitzigsten Sheriff-Wahlkämpfe seit Jahren hochgeschaukelt. »Bürger für Dan Lamb« nahm einen Gutteil der Sendezeit des Lokalfernsehens in Beschlag. Sein neuster Wahlwerbespot begann mit einer alten Super-8-Sequenz, die Marcia Langdon als junge Soldatin bei einer privaten Motorradtour mit mehreren anderen muskulösen, kurzhaarigen Army-Frauen zeigte – eine von ihnen saß hinter Marcia Langdon und hatte ihr die Arme um die Taille geschlungen. Kurz darauf zeigte der Spot einen Screenshot aus dem Video, in dem jemand die burschikose Soldatin hinter Langdon gegen einen wild tätowierten Weevil Navarro ersetzt hatte. Dan Lamb selbst lieferte als Voice-over die Schlusszeile: »Meine Kontrahentin beendet ihre Vorträge gern mit dem Satz ›Springen Sie auf!‹. Tja, bevor wir dieser Aufforderung nachkommen, sollten wir uns vielleicht lieber die Frage stellen: Sind wir auch wirklich ihr Typ?«

Langdon, die in diesem Wahlkampf nur über halb so viele Mittel verfügte wie Lamb, hatte seinem Sperrfeuer aus Gemeinheiten nichts als eindringliche Reden und ihr würdevolles Auftreten entgegenzusetzen. Sie gab regelmäßig Interviews und trat bei Bürgerversammlungen in der ganzen Stadt auf – die ärmeren Gegenden, das war Veronica gleich aufgefallen, mit eingeschlossen. Sie hatte die Unterstützung von drei Gewerkschaften und Horden junger, idealistischer Menschen, die in T-Shirts mit ihrem Konterfei vor den Supermärkten standen und Antragsformulare zur Wählerregistrierung verteilten, damit jeder, der wählen *wollte*, es auch *konnte*.

Langdon stand an ihrem Rednerpult auf der anderen Seite des Podiums und lauschte mit unverhohlener Verachtung Lambs Worten.

»Seit ich im Amt bin«, fuhr Lamb fort, »ist die Zahl der Festnahmen um dreißig Prozent angestiegen. Wir holen die Verbrecher von der Straße und stecken sie ins Gefängnis, wo sie hingehören. Die Kriminalitätsrate ist so niedrig wie seit zehn Jahren nicht mehr. Und meine Kontrahentin versucht, Ihnen allen weiszumachen, dass das etwas Schlechtes ist.«

»General Langdon?« Die Moderatorin wandte sich wieder Marcia zu.

Statt ihrer Uniform von den PR-Fotos trug Marcia heute einen kobaltblauen Hosenanzug. Aus irgendeinem Grund wirkte sie darin sogar noch tougher. Sie beugte sich zum Mikrofon vor. »Von Sheriff Lamb existiert ein Video, auf dem er Logan Echolls droht, ihn für den Mord an Bonnie DeVille zu verhaften und vor Gericht zu bringen, ob er der Täter ist oder nicht, und betont, es reiche ihm völlig, dass die Öffentlichkeit Echolls für schuldig halte. Ich fürchte, dass der amtierende Sheriff in seiner Fixierung auf Ergebnisse gern die eine oder andere Abkürzung wählt. Wodurch nicht nur das Risiko besteht, dass unschuldige Bürger im Gefängnis landen, sondern dass die Menschen das Vertrauen in unser Rechtssystem verlieren. Ich kann mir keinen verheerenderen Weg vorstellen, die Glaubwürdigkeit einer Strafverfolgungsbehörde außer Kraft zu setzen.«

Veronicas Handy vibrierte. Sie warf einen Blick auf das Display und las Leos Antwort: *Bäm!* Sie unterdrückte ein Grinsen. Leo sah sich den Livestream des Rededuells an und die beiden schrieben sich die ganze Zeit über Nachrichten.

Lamb zog ein finsteres Gesicht. »Das ist komplett aus dem Zusammenhang gerissen, wie ich schon mehrfach erklärt habe. Unsere Abteilung hat wesentlich mehr geleistet, um die Sicherheit in unserer Stadt zu erhö–«

»Und wessen Sicherheit genau, Sheriff?«, fuhr Langdon dazwischen. »Etwa die der knapp vierzig Personen, die aussagen, dass ihnen in den vergangenen drei Jahren von Ihren Leuten manipulierte Beweismittel untergeschoben wurden? Die der unzähligen Bürger, die sich im Gespräch mit mir darüber beklagt haben, dass es mitunter mehr als *eine Stunde* dauert, bis Sie einen Streifenwagen in Gegenden schicken, deren Postleitzahl Ihnen nicht gefällt? Oder die der fünfzehn Prozent von Neptunes Einwohnerschaft, die unterhalb der Armutsgrenze leben und fünfundachtzig Prozent Ihrer Verhaftungen ausmachen?«

Applaus brandete auf. Veronica sah, wie Brittany Gandin, die junge Polizistin von der Empfangstheke, mit einfiel. Ein paar Reihen weiter saß Petra Landros, ihre Miene kühl und undurchdringlich. Lamb runzelte die Stirn und ließ seinen Blick über das Publikum schweifen.

Veronicas Handy vibrierte abermals.

Ich weiß ja nicht, ob du von da, wo du stehst, sein Gesicht sehen kannst, schrieb Leo, *aber ich habe ihn gerade in Großaufnahme vor mir und ich glaube, wir sind soeben Zeugen des Augenblicks geworden, als Lamb erkannt hat, dass er möglicherweise verlieren wird.*

Veronica hatte Leo abgesehen vom Wahlkampf auch über den Manning-Fall auf dem Laufenden gehalten, obwohl es zu dem Thema nicht viel Neues gab. Noch immer hatte keins der Mädchen, denen sie gemailt hatte, geantwortet. Langsam begann sie sich mit dem Gedanken vertraut zu machen, dass sie die Ermittlungen möglicherweise aufgeben musste. Dass sie keinen Weg finden würde, Bellamy die Vergewaltigung von Grace Manning nachzuweisen. Doch genau diese Aussicht war es, die sie bis tief in die Nacht im Büro hielt, um noch ein letztes Mal die Akten durchzugehen oder seine Kreditkartendaten zu überprüfen.

Außerdem hatte sie sich auf diese Weise nicht weiter mit dem Pfandhaus-Streit befassen müssen. Sie hatte den Fall so lange aufgeschoben, dass die Kundin Mars Investigations schließlich gekündigt hatte, was bedeutete, dass ihnen ein Grundhonorar von zweitausend Dollar durch die Lappen ging. Keith, der selbst die Nase voll von den ständigen Anrufen der Frau hatte, hatte sich bei Veronica bedankt – und es vielleicht sogar ehrlich gemeint. Aber ihr war bewusst, was sie getan hatte: Sie hatte ihren Partner im Stich gelassen, um in einem Fall zu ermitteln, von dem sie regelrecht besessen war.

Und Veronica war auch klar, dass sie eigentlich mehr Zeit mit Logan verbringen sollte, bevor er wieder weggeschickt wurde. Aber er hatte im Moment selbst einen Termin nach dem anderen bei Ärzten, Anwälten und Steuerberatern. »Ist nicht so einfach, seine Finanzen zu verwalten, wenn man irgendwo auf dem Ozean rumschippert«, hatte er gesagt. »Außerdem habe ich ein Loch im Zahn und die Navy-Dentalschlachter bewegen sich in puncto Patientenorientiertheit ungefähr auf dem Niveau von *Der kleine Horrorladen.*« Gerade war er auf einem Surftrip mit seinem Kumpel Dick Casablancas und hatte Veronica inmitten halb gepackter Kisten zurückgelassen, wo sie eine verwirrte und nervöse Pony zu trösten versucht hatte, die die gespannte Atmosphäre in der Wohnung spürte.

Veronicas überreizte, sprunghafte Gedanken kehrten zurück in die Gegenwart, wo sich die Diskussion immer mehr aufheizte. Oben auf dem Podium versuchte Lamb verzweifelt, das Publikum wieder für sich zu gewinnen.

»Hören Sie, ich habe fast mein ganzes Leben in Neptune verbracht. Ich kenne die Menschen hier, ich weiß, wie sie ticken.« Er schlug mit der Faust auf sein Pult. »Mein Bruder ist im Dienst für diese Stadt gestorben.«

Es wurde still im Raum. Ob man Lamb nun mochte oder nicht, wenn es um einen verstorbenen Polizisten ging, verhielt sich niemand respektlos. Veronica hatte gehört, dass Dan Lamb seinen toten Bruder schon im Wahlkampf vier Jahre zuvor ins Feld geführt hatte, als wären sie Kennedys.

»Ich habe für das Amt des Sheriffs kandidiert, um sein Andenken zu ehren. Und ich denke, wenn ich nicht erfolgreich gewesen wäre, würde ich hier und heute nicht vor Ihnen stehen und Sie erneut um Ihre Stimme bitten. Ich habe diese Stadt zu einem sichereren Ort gemacht. Ich habe dafür an vorderster Front gekämpft. Und das habe ich für Donny getan.«

Die Moderatorin wandte sich Langdon zu. »General, möchten Sie dazu etwas sagen?«

Die leichte Krümmung von Langdons Lippen ebnete sich zu einer langen, schmalen Linie. Sie sah kurz auf ihre Notizen und dann wieder ins Publikum. »Jeder Verlust ist für unser Department tragisch. Ich habe Don Lamb nie kennengelernt, aber ich bin sicher, dass er ein fähiger, umsichtiger Sheriff war.«

Es erschien Veronica eine Spur zu hart, Leo ein schlichtes LOL als Reaktion darauf zu schicken. Don Lamb war ein boshafter Vollidiot gewesen, aber er war tatsächlich im Dienst gestorben. Außerdem würde Leo sowieso genauso darüber denken wie sie. Er hatte schließlich für den verstorbenen Sheriff gearbeitet.

»Und doch würde es ein schlechtes Licht auf das Andenken ebenjener Männer und Frauen werfen, die ihr Leben im Dienst für unsere Stadt gelassen haben, wenn wir tatenlos zusehen, wie im Sheriff's Department Willkür und Korruption um sich greifen. Wenn ich diese Wahl gewinne, werde ich moralisch vertretbares und verantwortungsvolles Handeln zu meiner obersten Priorität machen. Ich werde dafür sorgen, dass jedem Bürger von Neptune Gerechtigkeit zuteilwird, egal was er auf dem Bankkonto hat. Ich danke Ihnen.«

Klarer Sieg nach Punkten, tippte Veronica in ihr Handy. *Abgang Langdon.*

Zwanzig Minuten später, als sich der Saal langsam leerte, trat Veronica auf dem beigefarbenen Linoleumflur zu Keith und Cliff. Sie grinste.

»Man sollte meinen, irgendwann hat man es über, den Mann

öffentlich gedemütigt zu sehen. Aber es wird von Mal zu Mal besser.«

Cliff blieb ernst. Er rieb sich das Kinn und seine Miene war besorgt. »Freuen wir uns lieber nicht zu früh.«

»Ach komm, Cliff, du kennst doch den Spruch: Geteilte Schadenfreude ist doppelte Schadenfreude.« Veronica boxte ihm leicht gegen die Schulter.

Cliff schüttelte den Kopf. »Er sah verängstigt aus. Und ein verängstigter Lamb ist gefährlich.«

Ein Stück den Flur hinunter öffnete sich eine Tür. Marcia Langdon trat heraus, gefolgt von einer kleinen Entourage, auf dem Weg zu einem kleinen Empfang auf der Grünfläche vor dem Bürgerzentrum.

Sie war kleiner, als Veronica erwartet hatte, vielleicht um die eins siebzig, und ihre Bewegungen waren zackig und effizient.

»Keith! Wie schön, dass du gekommen bist.« Es war das erste Mal, dass Veronica sie lächeln sah. Marcia schüttelte Keith die Hand und warf einem jungen Mann aus ihrem Gefolge, der sich Notizen machte, einen Blick zu. Dann wandte sie sich an Veronica. Ihr Blick war durchdringend, prüfend, und Veronica bemerkte, wie sie unwillkürlich die Schultern straffte. »Und Sie müssen die berüchtigte Veronica sein.« Ihre Hand fühlte sich kühl und trocken an. »Ich habe Ihre Karriere mit großem Interesse verfolgt.«

»Das beruht auf Gegenseitigkeit«, erwiderte Veronica.

»General?« Einer ihrer Berater deutete auf seine Uhr. Marcia nickte.

»Ich habe leider nicht viel Zeit, aber ich hoffe, wir sehen uns bald wieder.«

»Können wir nicht einfach jetzt gleich wählen?« Veronica seufzte, als Langdon durch den Haupteingang nach draußen verschwand. »Ich meine, wo steht denn geschrieben, dass wir Lamb noch zwei Monate behalten müssen?«

»Im Stadtrecht, nehme ich an«, sagte Keith. »Hat irgendwas mit Regierungsperioden und Wahlrecht zu tun.«

»Ach, das sind doch bestimmt eher allgemeine Leitsätze als unumstößliche Regeln«, beharrte sie.

»Na, wer sagt's denn, ganz die studierte Juristin«, bemerkte Cliff. Er wollte gerade weiterreden, als mit einem Mal die Tür zur Aula aufging.

Dan Lamb kam heraus, seine Miene finster. An seiner Seite ging Petra Landros.

Eine hässliche Röte stieg ihm ins Gesicht. »Mars. McCormack.« Er bedachte sie mit einem zähnefletschenden Lächeln.

»Sheriff«, erwiderte Cliff.

Lambs Lächeln wurde breiter. Aber es reichte nicht bis zu seinen Augen. »Wie man hört, habe ich Ihnen für Navarros kleinen Publicity-Gag zu danken.«

»Das dürfte dann wohl Ihre ermittlerische Höchstleistung des Jahres sein. Hoffentlich haben Sie sich schon ein Häkchen auf Ihrer *Ergebnis*liste gemacht.« Veronica malte einen riesigen Haken in die Luft.

»Genießen Sie den Moment«, riet Lamb ihnen und strich sich über das zurückgegelte Haar. »Gewinnen werden Sie nie.«

»Kann sein«, sagte Keith, der noch immer recht sorglos klang. »Aber wenn wir uns nächsten Monat vor Gericht treffen und die Anwälte Ihnen die Hölle heißmachen, wenn Sie sprachlos zusehen, wie sich die Beweise gegen Sie bis an die Decke stapeln …« Er hielt inne, ohne Lamb aus den Augen zu lassen. Als er dann weitersprach, war seine Stimme so kühl und hart wie Langdons. »Dann denken Sie an eins: Das ist alles für Jerry Sacks.«

Lamb lief noch röter an. Er öffnete den Mund, doch ehe er etwas entgegnen konnte, schob Petra ihn entschlossen in Richtung Ausgang.

Cliff und Keith blickten ihm noch immer nach, als Veronicas

Handy vibrierte. *Wahrscheinlich Leo, der wissen will, ob er irgendetwas Wichtiges verpasst hat, nachdem der Livestream zu Ende war.* Sie warf einen Blick auf das Display.

Es war keine Kurznachricht. Sie hatte eine E-Mail bekommen.

AW: EHEMALIGER KUNDE EVTL. GEWALTTÄTIG

Es war eine Antwort auf ihre Nachricht an die Callgirls.

Hallo, Ms Mars!
Ich habe vor ein paar Wochen Ihre E-Mail bekommen und überlege seitdem hin und her, ob ich antworten soll oder nicht. Diskretion und Vertraulichkeit sind in meinem Job sehr wichtig, wie Sie wahrscheinlich wissen, und meine Karriere hängt davon ab, dass ich die Geheimnisse meiner Kunden für mich behalte. Aber ich kann einfach nicht guten Gewissens schweigen, wenn es so aussieht, als würde es schlimmer werden.
Ich erinnere mich an diesen Kunden. Und zwar deshalb, weil ich nach dem Treffen mit ihm für die nächsten anderthalb Wochen alle anderen Termine absagen musste. So lange, bis die blauen Flecken wieder weg waren. Nein, ich weiß nicht, wie er in Wirklichkeit heißt. Mir hat er gesagt, sein Name sei Bobby, und er hat im Hilton in San Jose gewohnt. Am Telefon hat er zu mir gesagt, ich solle mich wie eine Konkubine verhalten, ganz unterwürfig und demütig. Als ich im Hotel ankam, war erst noch alles okay. Wir hatten ein Mal Sex, wofür er auch bezahlt hatte. Es waren aber noch ein paar Minuten übrig, darum hat er gefragt, ob wir noch mal könnten. Ich habe ihm gesagt, dass das 200 Dollar extra kosten würde, und da ist er ausgerastet. Er hat mich am Hals gepackt und mich gegen die Wand gedrückt. Ich habe versucht, mich zu befreien, aber

er war ziemlich stark. Irgendwann habe ich das Bewusstsein verloren, und als ich zu mir kam, lag er wieder auf mir. Ich habe mich nicht mehr gewehrt, weil ich Angst um mein Leben hatte. Als er fertig war, hat er mich auf dem Boden liegen gelassen und ist duschen gegangen. Da bin ich aufgestanden und abgehauen.
Wenn möglich, würde ich lieber nichts mit der Polizei zu tun kriegen oder mit den Informationen an die Öffentlichkeit gehen, weil mein Lebensunterhalt von meinem Job abhängt. Aber wenn ich Ihnen irgendwie anders helfen kann, melden Sie sich. Viel Glück.
Gruß,
Bethany Rose

KAPITEL 35

Veronica fuhr vom Bürgerzentrum aus direkt nach Hause. Sie hatte die E-Mail an jeder roten Ampel wieder und wieder gelesen, zu gleichen Teilen erfüllt mit Abscheu und Triumph.

Nicht dass ich es toll finde, wenn sich meine schlimmsten Befürchtungen über die Menschheit bestätigen. Aber ich hatte recht. Endlich hatte sie den Beweis dafür, dass Bellamy mr_kiss_and_tell war.

Zurück in ihrer Wohnung, rief sie gleich sein Profil bei *The Erotic Critique* auf und suchte nach seiner Bewertung für Bethany Rose.

> *1/5 Sternen. Ziemlich abtörnend, wenn ich um jeden Cent feilschen muss. Andererseits kommt das dem echten Feste-Freundin-Erlebnis wahrscheinlich ziemlich nah, stimmt's? Aber mal ehrlich, eine Stunde ist eine Stunde. Wenn ich dich für eine Stunde bezahle, dann bist du mir gefälligst auch sechzig Minuten deiner Zeit schuldig.*

Bellamy war leichtsinnig geworden. Er war mindestens zweimal mit einer Vergewaltigung davongekommen und jetzt ging er noch einen Schritt weiter und verleumdete seine Opfer online. Veronica konnte sich vorstellen, dass er die Tatsache, nicht erwischt oder bestraft worden zu sein, wie einen Freifahrtschein wertete, eine Art stillschweigende Genehmigung für sein Verhalten. Denn so funktionierten Psychopathen und so kam es zu Eskalationen.

»Reden ist Silber, Schweigen ist Gold, Mr Kiss and Tell«, murmelte sie. »Mal sehen … über wen hast du noch was geschrieben?«

Sie begann, die anderen 1-Stern-Bewertungen durchzugehen, und notierte sich die Namen der Frauen auf einem Whiteboard, das sie aus der Abstellkammer geholt hatte, zusammen mit ihren Heimatstädten und dem Datum der Posts. Abgesehen von Grace hatten noch vier weitere Mädchen nur einen Stern bekommen. Nikki Valentine, die ihm nicht gepflegt genug gewesen war, hatte er im März 2012 bewertet. Im April 2013 hatte er seinen Eintrag über Bethany Rose gepostet und im Dezember gleich zwei auf einmal: einen über Tonya Vahn aus L. A. *(Hat sich wie eine arrogante Zicke aufgeführt. Sah kein bisschen wie auf dem Foto aus.)* und einen über Madelyn Chase aus Las Vegas *(Hat meine Anweisungen nicht befolgt.)*.

Die letzten beiden Mädchen schienen entweder heute nicht mehr als Callgirls zu arbeiten oder sie hatten ihre Namen geändert, denn ihre Websites existierten nicht mehr. Veronica notierte sich auch das auf ihrem Whiteboard.

Bethany Rose war die Einzige, die auf ihre E-Mail geantwortet hatte, und Veronica rechnete nicht damit, dass sich daran noch etwas ändern würde.

Sie griff nach ihrem Handy. Dann wählte sie die Nummer, die Tonya Vahn unter den Kontaktdaten auf ihrer Profilseite angegeben hatte. Die Nummer war nicht mehr vergeben.

Als Nächstes versuchte sie es bei Madelyn. Eine Computerstimme sagte: »Hinterlassen Sie eine Nachricht nach dem Piepton.«

»Hallo, Madelyn.« Veronica stieß ein verlegenes Kichern aus.

»Hier ist Angie. Oh mein Gott, mir ist das echt ein bisschen peinlich, ich hab so was noch nie gemacht. Aber, also, mein Freund wird bald dreißig und da dachte ich mir, ich mache ihm ein ganz, äh, spezielles Geschenk. Darum wollte ich mal anfragen, ob du auch mit, äh, Pärchen arbeitest. Es wäre nett, wenn du mich unter dieser Nummer zurückrufen könntest. Danke!«

Anschließend besprach sie ihre eigene Mailbox mit Angies Quietschstimme neu. *Von einem Alter Ego zum anderen.*

Dann sah sie auf die Uhr; es war kurz nach neun.

»Was meinst du, wann Callgirls normalerweise Telefonsprechstunde haben, Pony?«

Pony legte den Kopf schief und wedelte mit dem Schwanz. Veronica kraulte sie hinter den Ohren und wählte dann die Nummer von Nikki Valentines Profil, um auch ihr eine Nachricht zu hinterlassen. Sie erschrak, als beim dritten Klingeln jemand abnahm.

»Hallo?«

Veronica umklammerte den Hörer unwillkürlich fester. »Nikki, hör mir bitte kurz zu, ja? Eine Freundin von mir, die als Callgirl arbeitet, ist vor Kurzem vergewaltigt worden, und ich habe den Verdacht, dass derselbe Typ irgendwann im Winter 2011 oder Frühjahr 2012 auch dich angegriffen hat. Bitte, ich bin nicht von der Polizei. Ich will dich nicht in Schwierigkeiten bringen. Ich versuche nur, ein paar Antworten zu bekommen, und dazu bräuchte ich deine Hilfe.«

Am anderen Ende der Leitung herrschte Schweigen.

Veronica hielt den Atem an und lauschte. Einen Moment lang dachte sie, Nikki hätte einfach aufgelegt. Dann aber hörte sie ein leises Klicken. Das Geräusch eines Feuerzeugs, gefolgt von einem hastigen Zug an einer Zigarette.

»Mich hat noch nie ein Kunde vergewaltigt.«

Veronica umfasste das Handy an ihrem Ohr wie etwas Zerbrechliches, so als könnte sich ihre zarte Andeutung einer Spur in Luft auflösen, wenn sie zu fest drückte. »Wenn ich dir ein Foto schicke, könntest du mir dann zumindest sagen, ob du den Mann wiedererkennst?«

»Ich rede nicht über meine Kunden.«

»Dieser Mann ist ein Psycho, Nikki.«

Wieder folgte eine Pause.

»Okay, schick mir das Bild.«

Veronica nahm kurz das Telefon vom Ohr und sandte Nikki eine Porträtaufnahme von Bellamy, die sie auf der Website der PSU-Basketballabteilung gefunden hatte. Als Nikki sich wieder meldete, stellte Veronica überrascht fest, dass sie lachte, es war ein tiefes, freudloses Glucksen.

»Ach, dieses Stück Scheiße. Klar, an den erinnere ich mich. Dachte, er könnte mich mal richtig schön hart rannnehmen. Hat mich gegen die Wand gedrückt und mir ins Gesicht geschlagen. Mir ist sogar 'ne Ecke vom Zahn abgebrochen. Aber ich hab nach meinem Freund geschrien.« Veronica hörte ein kleines Kussgeräusch, als Nikki abermals an ihrer Zigarette zog. »Als Marty mit ihm fertig war, konnte der Kerl kaum noch laufen. Nicht zu fassen, dass er es danach noch mal bei jemand anderem probiert hat.«

Veronica setzte sich kerzengerade auf. Das Auswärtsspiel in Tucson, als die Spieler Bellamys Verletzungen gesehen hatten. »Moment mal – war das zufällig in der Nacht des dritten Februar?«

»Weiß ich nicht mehr. Aber es ist ungefähr zwei Jahre her.«

»Hast du jemals irgendwen darüber informiert? Die Polizei oder –«

»Na siiicher«, unterbrach Nikki sie und zog das zweite Wort in die Länge. »Glaubst du etwa, ich würde heute noch arbeiten, wenn ich damit zu den Bullen gegangen wäre? Nee, nachdem

Marty den Kerl zusammengeschlagen hatte, war die Sache für mich erledigt.«

»Darf ich dir mal eine logistische Frage stellen?«

»Klar, raus damit.«

Veronica stützte die Unterarme auf ihren Schreibtisch. »Wie konnte dein Freund schnell genug da sein, um dir zu helfen? Hat er irgendwo gesessen und gelauscht?«

»Ja. Wenn ich mich auswärts mit einem Freier treffe, wartet er draußen auf dem Gang für den Fall, dass ich schreie.«

»Schöpft denn da niemand Verdacht? Also, die Hotelmitarbeiter oder andere Gäste?«

»Du würdest dich wundern, wie wenig es die Leute interessiert, was im Zimmer nebenan vorgeht.« Das Mädchen klang resigniert, beinahe angewidert. »Wenn ihn irgendwer anspricht, sagt er einfach, er wartet auf einen Freund. Man braucht nur so zu tun, als hätte alles seine Richtigkeit, dann lassen die Leute einen normalerweise in Ruhe.«

Stimmt. Die Strategie hatte Veronica selbst schon oft genug angewandt.

»Hat er sonst noch irgendwas gemacht, außer dich zu schlagen?«

»Nein. Ich bin angekommen, er hat mich kurz von oben bis unten angeglotzt und beschlossen, das Arschloch raushängen zu lassen. Manche Kerle suchen einfach nur nach einem Anlass. Er hatte an allem, was ich gemacht habe, was auszusetzen. Hat mich die ganze Zeit ›blöde Schlampe‹ genannt. Nicht dass mich das groß interessiert hätte – ist schließlich sein Geld –, und ist auch nicht so, dass mich vorher noch nie irgendwer beschimpft hätte, aber er ist immer wütender geworden, als hätte er sich absichtlich in Rage geredet oder so. Auf einmal ist er ganz dicht an mich rangekommen und hat gesagt, ich würde aussehen wie 'ne Nutte, dann hat er mich geschlagen und das war's dann.«

Veronica schwieg einen Moment lang und dachte nach.

»Sonst noch was? Wär gut, wenn wir dann die Leitung freimachen könnten.«

»Ich gehe davon aus, dass du nicht bereit wärst, eine offizielle Aussage über dieses Geschichte zu machen, oder?«

Das Mädchen schnaubte bloß.

Veronica seufzte. »Okay. Okay, danke, Nikki. Du hast mir schon mal sehr weitergeholfen.«

»Ich hoffe, deiner Freundin geht's gut.« Sie legte auf.

Veronica kreiselte mit ihrem Drehstuhl hin und her. Bellamy hatte aus seinem Fehler gelernt. Er hatte herausgefunden, was passierte, wenn er einem Mädchen die Gelegenheit ließ zu schreien. Darum hatte er angefangen, sie zu würgen, zuerst vielleicht nur, um sie zum Schweigen zu bringen, aber dann hatte er möglicherweise Gefallen daran gefunden. Daran, sie zu würgen und ihnen wehzutun.

Das Klingeln des Telefons riss sie aus ihren Gedanken. Auf dem Display leuchtete eine Nummer mit der Vorwahl von Las Vegas auf.

»Ja, hier ist Angie?«, zwitscherte sie.

»Hi, Angie, hier ist Isabella.« Die Stimme, ein kehliges Schnurren, klang jung. »Du hattest angerufen?«

Veronica runzelte kurz die Stirn und hielt sich das Telefon ans andere Ohr. »Entschuldigung, wer ist da?«

»Du hattest versucht, Madelyn zu erreichen, aber die arbeitet nicht mehr bei dieser Agentur. Ich dachte, ich rufe einfach mal an und sehe, ob wir nicht vielleicht was ausmachen können.«

Veronicas Herz schlug schneller. »Madelyn ist nicht mehr bei der Agentur?«

»Also, wenn ihr einen Dreier –«

»Ist ihr irgendetwas passiert? Weißt du, wo Madelyn jetzt ist?«

Isabella schwieg. Dann: »Moment mal kurz.«

Sie schien den Hörer weggelegt zu haben. Veronica wartete. Es dauerte fast drei Minuten, bis Isabella zurückkam.

»Wer ist da?«, verlangte sie zu wissen.

»Mein Name ist Veronica Mars. Ich bin nicht von der Polizei. Ich bin Privatdetektivin. Ich versuche zu beweisen, dass ein Mann in mehreren Städten Edel-Callgirls vergewaltigt und zusammengeschlagen hat. Und ich haben den Verdacht, dass er vielleicht auch Kunde bei Madelyn war.«

»Darüber rede ich nicht am Telefon«, sagte Isabella. »Kannst du nach Vegas kommen?«

Veronica lehnte sich in ihrem Stuhl zurück. »Vielleicht. Kennst du Madelyn Chase persönlich?«

»Komm morgen Abend ins Mercury. Und wenn du da bist, ruf mich auf dieser Nummer zurück und gib mir deine Zimmernummer durch.«

»Ist Madelyn etwas zugestoßen, Isabella?«, fragte Veronica eindringlich.

Doch das Mädchen hatte schon aufgelegt.

KAPITEL 36

»Pony, aus! Aus!«

Veronica kniete sich neben dem Welpen auf den Boden und versuchte, ihm einen von ihren Lieblingsstiefeln zu entwinden. Es war der Morgen nach dem Telefonat mit Isabella und Veronicas halb gepackter Koffer lag aufgeklappt auf dem Bett. Unter einem zusammengelegten Paar Jeans lugte die Hartschalenkassette ihres kleinen, stupsnasigen Revolvers hervor.

Pony stieß ein kleines angestrengtes Grunzen aus und ihre Hinterbeine rutschten vor Aufregung auf dem Boden hin und her, während sie weiter an dem Stiefel zerrte.

Veronica seufzte und gab auf. So würde das Leder bloß Bissspuren davontragen. Sie stemmte das Kinn auf die Hände und sah dem Hund in die Augen. »Warum nimmst du nicht lieber Daddys Sachen zum Draufrumkauen? Er hat da so eine Bomberjacke, die ein paar Löcher gut vertragen könnte.«

»Das habe ich gehört«, drang Logans Stimme aus dem Flur zu ihr.

Veronica setzte sich auf, als er den Kopf durch den Türspalt steckte. Seine Wangen waren rosig, das Haar sonnengebleicht. Lächelnd lehnte er im Türrahmen.

»Da bist du ja wieder! Ich habe die Wohnungstür gar nicht gehört.« Sie stand auf und gab ihm einen Kuss auf die Wange.

»Das liegt an meiner tollen militärischen Ausbildung«, sagte

Logan. Geräuschlos tänzelte er ein paar Schritte vor und zurück. »Da lernt man zu schleichen wie ein Panther.«

»Ach, ja? Kriegt man denn im Cockpit eines fünfzig Millionen teuren Kampffliegers oft Gelegenheit zum Schleichen?«

»Die SEALs sind nicht die Einzigen mit coolen Moves.« Er beugte sich zu Pony herunter, die ihm das Kinn leckte. »Wie geht's meinen beiden Mädels?«

»Eine von uns hat in deinen Schuh gepinkelt. Und die andere hat den ganzen Morgen gekläfft«, antwortete Veronica. »Wie war der Ausflug? Hattet ihr *krasse* Wellen?«

»Hatten wir tatsächlich.« Logan bemerkte den Koffer und runzelte die Stirn. »Was ist denn hier los? Willst du weg?«

»Nur für eine Nacht. Ich muss wegen eines Falls nach Vegas fliegen. Aber Donnerstagnachmittag bin ich wieder da, vorausgesetzt, alles läuft glatt.« Erst jetzt sah sie den braunen Papphefter ins Logans Hand. »Was ist das denn alles?«

»Papierkram. Für die Truman.« Er öffnete die Mappe und präsentierte Veronica einen Stapel Formulare. »Die will ich heute Nachmittag zur Post bringen.«

Unwillkürlich wich Veronica zurück.

Logan hob die Augenbrauen und schenkte ihr ein ironisches, resigniertes Lächeln. »Okay, dann los. Halte dein bestes Columbia-Jura-Absolventinnen-Plädoyer. Mal wieder.«

»Mir gehen langsam die Ideen aus«, erwiderte sie und versuchte, ihre Stimme unbeschwert klingen zu lassen. »Es sei denn, es würde etwas ändern, wenn ich dir meine Version von *Billy Don't Be A Hero* vorsinge?«

»Mir passiert schon nichts. Die Typen, gegen die wir kämpfen, haben nichts, womit sie eine Hornet aus der Luft holen könnten.«

»Dir ist schon klar, dass ich gerade bei der Beerdigung eines deiner Kameraden war, oder?« Sie starrte Logan in die Augen und ein wütender Impuls zuckte unvermittelt ihre Wirbelsäule hoch. »Und dass es Wikipedia-Einträge über jeden einzelnen Flugunfall in der Geschichte der Navy gibt?«

Seine Miene verfinsterte sich. »Ach, Veronica. Ich komme dir schließlich auch nicht mit so was, dabei ist dein Job mindestens genauso gefährlich wie meiner. *Du* willst doch gerade nach Las Vegas jetten und ich will lieber gar nicht wissen, was du da vorhast. Du arbeitest zu den absurdesten Zeiten und hast ständig mit gefährlichen Leuten zu tun. Mir gefällt das auch nicht, aber ich habe gelernt, es zu akzeptieren, das ist nun mal der Eintrittspreis, den ich für deine Welt zahlen muss.«

Ihre Wangen röteten sich. »Na, wie lange hattest du dir *das* Argument denn schon zurechtgebastelt?«

»Na ja, es ist halt das naheliegendste.«

Sie hob die Hände. »Hör mal, ich verlange ja gar nicht, dass du bleiben lassen sollst, wozu du dich nun mal entschlossen hast. Es wäre nur einfach schön, wenn du wenigstens nicht so tun würdest, als wäre nichts dabei. Tu nicht so, als hättest du keine Wahl. Tu nicht so, als würdest du dich an einem ganz normalen Tag auf den Weg zur Arbeit machen. Es *ist* etwas dabei, Logan. Dir könnte etwas zustoßen. Ich könnte –« Sie hielt inne. Sie hatte sagen wollen *Ich könnte dich verlieren*, aber sie biss sich im letzten Moment auf die Zunge.

Veronica holte tief Luft und warf einen Blick auf ihre Uhr. »Du, ich muss jetzt wirklich los, ich darf meinen Flug nicht verpassen. Wir reden später weiter, okay?«

»Später, klar.« Logan seufzte.

Sie musterte ihn und in ihrer Brust keimten Schuldgefühle auf, als ihr klar wurde, wie wenige *Später* ihnen noch blieben. Aber sie musste herausfinden, was Isabella wusste.

Genauso, wie er zurück zu seiner Einheit muss, sagte sie sich. Denn so tickten sie beide nun mal, daran war nichts zu ändern.

KAPITEL 37

Das Mercury Resort und Kasino, eins der neusten Hotels am Las Vegas Strip, war ein riesiger, dreiunddreißigstöckiger Koloss. Es wartete mit fünf unterschiedlichen Restaurants auf, einem Nachtclub, vierzig Edel-Boutiquen, einem Spa mit Rundumservice und der Quicksilver, der längsten Wasserrutsche der Welt – eine verschlungene Röhre, die vom achtzehnten Stock des Hotels bis hinunter in den amöbenförmigen Pool führte. Es war ein Xanadu, das Samuel Taylor Coleridge wohl enttäuscht hätte, aber dafür genau die Kragenweite jedes texanischen Dermatologen war, der einmal ordentlich Geld auf den Kopf hauen wollte.

Veronica blieb einen Moment vor ihrem Hotelzimmer zum Schnäppchenpreis von 300 Dollar pro Nacht stehen. Ein Stück den Flur hinunter stand ein kleiner schwarzer Tisch mit einem riesigen Ikebana-Arrangement darauf, einem surrealen Geflecht aus gebogenen Pflaumenzweigen und Iris. Sie sah sich um und platzierte rasch eine winzige schnurlose Kamera hinter dem Gesteck. Diese war mit ihrem Handy synchronisiert und direkt auf die Zimmertür gerichtet.

Dann ging sie hinein und wählte Isabellas Nummer.

Die Mailbox sprang an: »Hi, hier ist Isabella. Bitte hinterlassen Sie eine Nachricht.«

»Hallo, also ich bin jetzt im Mercury, Zimmer 347. Hier ist Veronica.«

Herzlichen Glückwunsch, Veronica. Du hast soeben dein erstes Callgirl gebucht.

Dann setzte sie sich hin und wartete.

Niemand hätte dem Mercury Hotel Schlichtheit vorwerfen können. Ihr Zimmer war mit dickem, amethystfarbenem Teppichboden ausgelegt. Graue, mit ausladenden Schnörkeln gemusterte Tapeten überzogen die Wände, und die Vorhänge, wie auch die Tagesdecke auf dem Bett, waren blütenweiß. Die Sitzfläche des Samtsessels allerdings wies einen kleinen Riss auf, der den Blick auf einen Zentimeter gelbe Schaumstofffüllung freigab. Die Glamour-Fassade in Vegas war imposant, aber dünn. Man brauchte nicht sonderlich tief zu graben, um auf die weniger ansehnliche Realität gleich unter der Oberfläche zu stoßen.

Isabella hatte keinen genauen Zeitpunkt für ihr Treffen genannt und Veronica hatte auch nicht danach gefragt. Eine Stunde verging, dann noch eine. Jedes Mal, wenn sie Schritte im Flur hörte, griff sie nach ihrem Handy und checkte die Kamera. Doch alles, was sie sah, waren Touristen auf dem Weg zurück in ihre Zimmer.

Sie überlegte, ob sie noch einmal in der Agentur anrufen sollte, aber nach ihrem Telefonat hatte sie das Gefühl, dass Isabella kein Mensch war, der sich gern drängen ließ. Also wartete Veronica weiter, zu aufgekratzt, um den Fernseher einzuschalten oder den New Yorker aufzuschlagen, den sie sich zum Lesen ins Flugzeug mitgenommen hatte.

Vielleicht hat sie ja kalte Füße gekriegt. Oder jemand hat verhindert, dass sie herkommt. Der Gedanke fuhr ihr eiskalt bis hinunter in den Magen. Bei ihren Recherchen hatte sie den Eindruck bekommen, dass die meisten Callgirl-Agenturen kaum besser waren als Zuhälter, sondern die Mädchen ganz genauso unter Druck gesetzt und manipuliert wurden. Was, wenn jemand beschlossen hatte, Isabella zum Schweigen zu bringen?

Als plötzlich ein leises Klopfen an der Tür ertönte, zuckte Veronica zusammen und sah auf ihr Handy. Das Display war schwarz. Die Person vor der Tür musste die Kamera mit dem Objektiv umgestoßen haben.

Sie stellte sich auf die Zehenspitzen und lugte durch den Türspion. Dort stand Isabella. Im Gegensatz zu den Callgirls in den meisten anderen Städten zeigten die Mädchen aus Vegas auf ihren Websites offen ihre Gesichter; sowohl Isabella als auch Madelyn Chase waren deutlich zu erkennen gewesen, als Veronica sie gegoogelt hatte. Isabella hatte sehr üppige Kurven; sie ähnelte einer jüngeren Monica Bellucci – wenn diese das Wort »GODDESS« über den Ansatz einer Brust tätowiert gehabt hätte.

Veronica öffnete die Tür. »Isabella …« Sie verstummte, als sich ein bulliger Mann, der um die Ecke versteckt gewesen war, an ihr vorbei ins Zimmer drängte. Isabella folgte ihm und schloss schnell die Tür hinter sich. »… und Begleitung«, schloss Veronica.

Der Mann war mindestens eins neunzig groß, sein Schädel war komplett kahl und er lächelte nicht. Ein schwarzes Sakko spannte sich über seinem massigen Oberkörper. Sein Kopf war riesig, seine Gesichtszüge wirkten derb und regelrecht steinern, wie grob aus einem Felsblock gemeißelt. In seinen Ohrläppchen glitzerten Goldringe.

Veronica wich ein paar Schritte zurück, als er sich vor ihr aufbaute. Sie stieß gegen die Bettkante und verlor das Gleichgewicht. Der Mann streckte einen muskulösen Arm nach ihr aus und packte sie bei der Schulter. Einen Moment lang versteifte sie sich, bevor ihr klar wurde, dass er sie nur vor dem Fallen bewahren wollte.

»Langsam.« Seine Stimme war ein grollender Bass.

Veronica konnte plötzlich wieder atmen und die Luft fuhr ihr stechend in die Lunge zurück. Behutsam löste sie sich aus seinem Griff.

»Ich wusste nicht, dass du jemanden mitbringst. Sonst hätte ich uns eine Käseplatte bestellt. Eine Runde Bellinis. Und vielleicht ein paar Callgirls zur Gesellschaft. Wir hätten eine richtige kleine Party daraus machen können«, sagte Veronica trocken, während sie zwischen Isabella und dem Riesen hin und her blickte.

»Witzig. Die ist richtig witzig, findest du nicht auch, Sweet Pea?« Isabella lehnte sich an die Wand und neigte cool und überheblich das Kinn. Sie griff in ihre Handtasche und zog ein graviertes Zigarettenetui hervor.

»Ich fürchte, das hier ist ein Nichtraucherzimmer«, merkte Veronica an.

Isabella zündete ihre Zigarette an und blies eine lange Rauchwolke in Veronicas Richtung. »Tja, dann werden sie dir wohl 200 Dollar extra berechnen. Die reinsten Aasgeier, ich sag's dir.«

Veronica fragte sich kurz, ob sie in eine Falle getappt war. Ob die beiden in Wirklichkeit darauf aus waren, sie auszurauben oder Schlimmeres. Sie dachte an die Pistole, die sie in einem Holster im Kreuz trug. Aber dafür schien jetzt nicht der richtige Moment – noch nicht. Sie zwang eine ruhige Miene auf ihr Gesicht, während Sweet Pea rasch ins Badezimmer ging, dort das Licht einschaltete und sich umsah. Dann kam er zu ihnen zurück.

Isabella hob wieder ihre Zigarette an die Lippen und blies den Rauch diesmal über Veronicas Kopf hinweg. »Ich hab von dir gelesen. Nach dieser Sache mit Bonnie DeVille. Du bist kleiner, als ich dachte.«

»So? Tja, und ihr seid mehr Leute, als ich dachte«, gab Veronica mit einem Blick auf Sweet Pea zurück. »Also hat wohl keine von uns das bekommen, worauf sie sich eingestellt hatte.«

Jetzt meldete sich Sweet Pea zu Wort. »Ging nicht anders. Du rufst aus heiterem Himmel an und fragst uns nach vermissten Mädchen, da muss ich ja mal nach dem Rechten sehen.«

Veronica horchte auf. »Nach vermissten Mädchen? Madelyn Chase wird vermisst?«

Sweet Pea wechselte einen Blick mit Isabella, bevor er weiterredete. »Seit letztem Dezember.«

Veronica wurde plötzlich flau. Sie starrte Sweet Pea an, um herauszufinden, ob das Ganze eine Finte war. Seine Miene verriet nichts.

»Wusstest du das etwa nicht?«, fragte Isabella. Sie klang beinahe verärgert.

Veronica schüttelte den Kopf. »Nein, ich … ich weiß so gut wie gar nichts über Madelyn. Darum bin ich ja hier.«

Sweet Pea zog den Stuhl unter dem Schreibtisch hervor und bot ihn Isabella an. Als diese ungeduldig den Kopf schüttelte, setzte er sich selbst darauf.

»Was weißt du denn dann?«, wandte er sich wieder an Veronica.

Veronica verschränkte die Arme vor der Brust. »Ich weiß, dass Verschwiegenheit für einen Privatdetektiv ungefähr genauso wichtig ist wie im Escort-Business«, entgegnete sie. »Ich kann euch keine Einzelheiten über den Fall erzählen, in dem ich ermittle.«

Isabella stieß sich von der Wand ab und fuchtelte mit ihrer Zigarette durch die Luft. »Du wusstest, dass Maddy was passiert ist, und darum solltest du jetzt lieber anfangen zu reden oder ich –«

»Hey.« Sweet Peas Stimme war nicht laut, aber sie erfüllte den gesamten Raum. Er warf Isabella einen bedeutungsvollen Blick zu. »Wir wollen hier *alle* irgendwelche Informationen, okay?« Er drehte sich wieder zu Veronica um. »Wie wär's, wenn du erst mal erzählst, was du von uns erfahren wolltest, und dann sehen wir weiter?«

Veronica ließ sich langsam auf die Bettkante sinken. *Ich kann ihnen den Fall ja grob umreißen. Eine Hand wäscht die andere.*

»Eine Bekannte von mir aus Neptune wurde im März von einem Kunden misshandelt. Sie arbeitet auch als Callgirl. Ich versuche, ihr dabei zu helfen, zu beweisen, dass es eine Vergewaltigung war. Ich nehme an, ihr könnt euch selber vorstellen, warum das nicht so ganz einfach ist.« Sie warf einen Blick zu Isabella hinüber, die inzwischen wieder an der Wand lehnte. »Ich versuche, andere Opfer ausfindig zu machen. Wenn ich ein Verhaltensmuster aufzeigen kann, hätte ich gleich viel mehr in der Hand. Dann kann die Polizei den Fall nicht länger ignorieren.«

Isabella schnaubte abfällig.

Sweet Pea runzelte die Stirn. »Und wie kommst du auf die Idee, dass der Typ auch Madelyn was angetan haben könnte?«, fragte er.

Veronica zögerte. Isabella zumindest schien sie gegoogelt zu haben. Und irgendetwas sagte ihr, dass auch Sweet Pea cleverer war als die meisten Vertreter seiner Zunft. Wenn sie ihnen zu viel verriet, lief sie Gefahr, dass die beiden derselben Spur von Hinweisen folgen würden, wie sie es getan hatte. Sie hatte keine Ahnung, was sie mit den Informationen anfangen würden, und kein Interesse daran, die nächsten Wochen auf einem Pulverfass zu sitzen. »Könntet ihr mir vielleicht erst ein bisschen mehr zu Madelyns Verschwinden erzählen?«, wich sie aus. »Ist irgendwer auf der Suche nach ihr?«

»Was glaubst du, warum wir hier sind?« Isabella ging zum Waschbecken in der Ecke und ließ Wasser in einen Becher laufen. Sie warf ihre Zigarettenkippe hinein und stellte den Becher auf den Tisch. Als sie sich wieder umdrehte, wirkte sie etwas ruhiger.

»Ich meinte die Polizei.«

»Tsss, die Polizei, mit denen hab ich schon geredet«, ereiferte sich Isabella. »Einen Dreck hat die das interessiert. Die haben Maddys Bild in irgendeiner Akte, aber sie unternehmen nichts, um sie zu finden.« Sie setzte sich Veronica gegenüber auf die

Bettkante. Ihre Augen waren dunkel, fast schwarz – rastlos und durchdringend. »Maddy war meine Freundin. Ich will wissen, was mit ihr passiert ist.«

»Seit wann genau wird sie denn vermisst?«

»Sechster Dezember 2012«, antwortete Isabella, ohne überlegen zu müssen. »Das war ein Freitag. Wir haben uns gegen neun auf ein paar Cocktails im Emerald's getroffen. Ich hatte um elf einen Termin im Four Seasons. Maddy hatte noch keinen Kunden an dem Abend und hat überlegt, ob sie ein bisschen sondieren gehen soll.«

»Sondieren?«, hakte Veronica nach.

»Ja, manchmal ziehen wir durch die Kasinos und quatschen irgendwelche Typen an, beobachten, wer gewinnt und wer verliert. Ist 'ne ziemliche Mistarbeit, weil man den ganzen Strip rauf- und runterlatschen muss und ziemlich oft keinen findet oder seine Zeit mit irgendwem verschwendet, der dann doch total knickerig ist. Das machen wir nur, wenn in den letzten Wochen nicht viel reingekommen ist. Madelyn war drauf und dran, einfach nach Hause zu gehen und sich den Abend freizunehmen. Aber ein paar Minuten bevor ich losmusste, hat sie einen Anruf bekommen. Von einem Kunden.« Isabella strich die Quasten an einem der Kissen glatt und zog die Stirn kraus. »Sie hat mit ihm ausgemacht, sich um Mitternacht mit ihm zu treffen. Danach bin ich direkt gegangen. Und das war das letzte Mal, dass ich sie gesehen hab.«

»Wann hast du danach wieder versucht, sie zu erreichen?«, fragte Veronica. »Und wie lange hat es dann noch gedauert, bis dir der Verdacht kam, dass irgendetwas nicht stimmt?«

»Ich hab ihr am nächsten Morgen eine Nachricht geschrieben. Aber es kam keine Antwort. Fand ich zwar ein bisschen komisch, aber noch keinen Grund, Alarm zu schlagen. Unsere Arbeitszeiten sind so chaotisch, dass wir manchmal wochenlang nichts voneinander hören. Aber ein paar Abende später hatte sie einen Termin mit einem richtig dicken Fisch – einem ihrer Stammkunden, den sie nie grundlos versetzt hätte – und zu dem ist sie nicht aufgetaucht. Da wussten wir dann, dass irgendwas faul ist.«

Veronica zog die Brauen zusammen. »Sie ist ganz allein zu dem Termin mit diesem Last-Minute-Kunden gegangen? Über den sie nichts wusste?« Sie warf Sweet Pea einen Seitenblick zu. »Handhabt ihr das in eurer Agentur immer so?«

Sweet Pea verzog keine Miene. »Normalerweise schicken wir immer wen mit den Mädels raus, erst recht, wenn sie jemand Neues treffen. Mad hat an dem Abend angerufen und gefragt, ob jemand mitkommen kann, aber es war gerade keiner frei. Sie wollte den Job trotzdem annehmen. Versuch mal, 'ner Nutte Vorschriften zu machen, dann weißt du, was ich meine.« Isabella schnaubte wieder, diesmal jedoch klang es eher belustigt als wütend. »Ich bin ja kein Zuhälter. Und die Mädels, die sind selbstständige Unternehmerinnen. Wir sind nur für die Buchungen und Sicherheit da. Also ist sie alleine los.« Er ballte reflexartig die Fäuste. »Aber du hast recht. Das war ein Fehler. Und ich mag keine Fehler.«

Irgendwie war sein geschäftsmäßiges Auftreten fast noch Furcht einflößender, als wenn er getobt oder geknurrt hätte. In diesem Moment war sich Veronica hundertprozentig sicher, dass Sweet Pea kein Problem damit hatte, anderen Menschen wehzutun, methodisch und kaltblütig.

»Wisst ihr irgendetwas über diesen Kunden?«, fragte sie. »In welchem Hotel er wohnte oder wer er war?«

»Hat sich als Mike vorgestellt. Und gewohnt hat er hier, im Mercury. Maddy sollte Sweet Pea die Zimmernummer texten, aber das hat sie nicht gemacht. Manchmal war sie einfach ein bisschen schusselig«, erwiderte Isabella.

Veronica antwortete eine Weile nicht. Es war nur zu leicht,

sich vorzustellen, wie Madelyn Chase Bellamys Zimmer erreichte und vergaß, Rückmeldung zu geben, bevor sie klopfte. Vielleicht hatte sie sich gedacht, einfach kurz vom Badezimmer aus die Kurznachricht zu schreiben, wenn sie herausgefunden hatte, ob der Typ in Ordnung war oder nicht. Nur dass sie dazu keine Chance mehr gehabt hatte, weil Bellamy gelernt hatte, schnell zuzuschlagen, wenn er erst mal in Fahrt war.

»Wart ihr bei ihr zu Hause oder habt ihr mal bei ihrer Familie nachgefragt?«

»Maddy hatte keinen Kontakt mehr zu ihrer Familie«, sagte Isabella. »Ich hatte immer das Gefühl, dass das ziemliche Arschlöcher sind. Sie ist in Westtexas aufgewachsen, aber sie hat mir erzählt, dass sie mit sechzehn von zu Hause abgehauen ist. Und ja, ich war in ihrer Wohnung. Ich hatte einen Schlüssel – hab mich immer um ihre Katze gekümmert, wenn sie unterwegs war. Na ja, sie war jedenfalls nicht da, aber ihre ganzen Sachen schon. Nichts hat darauf hingedeutet, dass sie ihre Koffer gepackt hatte oder so. Und außerdem war ja Taffy da – Maddy hat dieses blöde Vieh geliebt. Sie hätte sie nicht allein zu Hause gelassen, ohne jemanden zu bitten, sie zu füttern.«

»Ich gehe mal davon aus, dass Madelyn Chase nicht ihr richtiger Name ist, oder?«

Isabella schüttelte den Kopf. »Natürlich nicht. Aber ich hab, ehrlich gesagt, keine Ahnung, wie sie wirklich heißt. Auf ihrem Klingelschild stand Molly Christensen, aber der war auch nicht echt, wie sich rausgestellt hat.« Sie verdrehte die Augen. »Die Bullen waren natürlich gleich viel heißer darauf, sie zu finden, als sie spitzgekriegt haben, dass Maddy unter falschem Namen unterwegs war.«

»Dieser Typ, den du in Verdacht hast. Hat der vielen Mädchen was getan?«, fragte Sweet Pea beiläufig, als erkundigte er sich nach dem Wetter.

Veronica zögerte. »Dreien ganz sicher. Madelyn wäre Nummer vier, wenn sich die Sache hier bestätigt.«

Er nickte langsam. »Okay, ich bin jetzt mal ganz offen, weil ich das Gefühl hab, du nimmst die Geschichte wirklich ernst.« Er verschränkte seine riesigen Hände im Schoß. »Dir ist sicher genauso klar wie uns, dass die Bullen keinen Finger krumm machen werden, um den Kerl hopszunehmen. Selbst wenn irgendein Mädchen bereit ist auszusagen, worauf ich nicht wetten würde. Und dann heißt das noch lange nicht, dass du auch einen Bullen findest, der dabei mitspielt, genauso wenig wie 'nen Anwalt, 'nen Richter, 'ne Jury. Aber es gibt auch noch andere Wege.« Der Mann tat nichts Bedrohliches, als er das sagte – er ließ weder die Fingerknöchel knacken noch ballte er die Faust –, aber seine Worte jagten Veronica trotzdem einen Schauder über den Rücken.

»Andere Wege?«

Er zuckte mit den Schultern. »Na ja. Du könntest mir zum Beispiel ein paar Infos über den Typen geben. Und dann fährst du zurück in dein nettes kleines Vorstädtchen am Meer und ich sehe zu, dass sich die richtigen Leute drum kümmern.«

Die Luft fühlte sich plötzlich dick an, so schwer lastete das Schweigen über dem Raum. Veronica spürte Isabellas Blick auf sich, durchdringend und erwartungsvoll. Sie dachte an Dan Lambs fieses Grinsen, als sie ihn um Unterstützung gebeten hatte. Würde es überhaupt einen Unterschied machen, wenn sie ein weiteres Opfer fand – oder ein Dutzend? Diese Mädchen lebten in einer anderen Welt, fernab der normalen Gesellschaft. Das Gesetz bot ihnen keinerlei Schutz. Sie waren entbehrlich.

»Danke, Sweet Pea. Aber ich glaube, ich mache lieber auf meine Art weiter.«

Sein Kiefer spannte sich leicht an, aber er versuchte nicht, sie umzustimmen. »Wenn du meinst.« Dann stand er auf, ging zu dem kleinen Schreibtisch und zog eine Schublade auf. Er fischte einen Notizblock heraus und kritzelte etwas auf den obersten Zettel, den er anschließend abriss und Veronica reichte. »Meine Handynummer. Falls du es dir doch noch anders überlegst.«

Im ersten Moment wollte sie protestieren, ihm den Zettel zurückgeben, ihn wegwerfen. *So arbeite ich nicht*, hätte sie am liebsten gesagt. *So verdorben diese Welt auch ist, ich muss sauber bleiben.*

Aber sie tat nichts davon. Stattdessen faltete sie den Zettel zusammen und steckte ihn in ihre Handtasche. »Falls ich es mir doch noch anders überlege«, wiederholte sie.

KAPITEL 38

Es war Dienstagmorgen und die Sonne hing noch niedrig über den Hügeln im Osten. Der Strand lag nahezu verlassen da, abgesehen von ein paar vereinzelten Surfern, die ihre Bretter aus dem Wasser schleppten. In der Luft hing der leicht fischige Geruch von Salz und Algen. Veronica und Logan saßen auf einer alten karierten Decke und sahen Pony dabei zu, wie sie in der Brandung herumtollte.

Logan trug seine kakifarbene Uniform – Hemd und Hose in fast demselben Ton wie der Sand unter ihm. Seine Mütze lag auf der Kühltasche und seine Schuhe und Socken waren ordentlich neben der Decke positioniert. Er musste mittags am Stützpunkt sein. Von dort würden sie ihn ausfliegen – über Norfolk, Virginia, nach Italien und dann – in einer letzten Etappe – zurück auf die Truman, die irgendwo im Arabischen Meer lag.

Die Reste ihres Frühstückspicknicks waren auf der Decke verteilt: Plastikdosen mit Obst, Quiche Lorraine, Schokocroissants und halb leere Kaffeetassen. Veronica hatte kaum etwas angerührt und lustlos an ihrem Essen herumgepickt, Logan dagegen hatte alles probiert und ordentlich zugelangt. »Von echtem Essen muss ich mich erst mal wieder verabschieden«, hatte er, den Mund voller Blaubeeren und Ananas, erklärt. »Das muss ich genießen, solange ich die Gelegenheit habe.«

Sie sahen zu, wie Pony sich abwechselnd in die Wellen stürzte, um im nächsten Moment wieder vor ihnen zu fliehen, und sich dabei fast überschlug vor Aufregung. Sie war fast doppelt so groß wie an dem Tag, als sie sie aus dem Tierheim geholt hatten, und inzwischen sogar zu riesig, um auf Logans Schoß zu sitzen. Was allerdings nicht bedeutete, dass sie es nicht weiterhin versuchte – Veronica hatte mindestens drei Bilder, auf denen der Hund ihren Freund halb unter sich begrub. Eins davon war ihr Desktophintergrund.

»Wie soll ich Pony bloß ohne dich aufziehen?«, fragte sie. »Du weißt doch, was aus Welpen wird, die keine starke Vaterfigur in ihrem Leben haben. Wenn sie erwachsen ist, entwickelt sie bestimmt einen Daddy-Komplex.«

Das war kein ernsthafter Umstimmungsversuch; die hatte Veronica aufgegeben, nachdem Logan seinen Papierkram verschickt hatte. Sie hatte all ihre Gefühle – Wut, Angst, Traurigkeit – in sich hineingefressen und sich gezwungen, zu lächeln und so zu tun, als wäre alles in bester Ordnung. Er würde sowieso gehen, ob es ihr nun gefiel oder nicht. Es würde niemandem nutzen, wenn sie ihre letzten gemeinsamen Tage im Streit verbrachten.

Und da sag noch mal jemand, Veronica Mars wäre nicht gut darin, Konflikten aus dem Weg zu gehen, dachte sie bitter.

Aber es gab auch so genug Windmühlen, gegen die sie kämpfen konnte. In den Wochen seit ihrem Trip nach Las Vegas hatte sie bei ihren Ermittlungen gegen Bellamy kaum an Boden gewonnen. Sie hatte noch einmal Bethany Rose gemailt, um zu fragen, ob sie eventuell bereit sei, eine Aussage bei der Polizei zu machen, aber keine Antwort bekommen. Dann hatte sie eine weitere Mail an Tonya Vahn geschickt, das Mädchen, dessen Telefonnummer nicht mehr aktuell gewesen war, und sie angefleht, sich zu melden, falls sie irgendwelche Informationen habe. Fehlschlag Nummer zwei.

Ohne eine weitere Zeugenaussage konnte sie nicht viel tun. Nichts als Mitch Bellamy weiter zu beschatten und abzuwarten, in der Hoffnung, dass ihr ein Durchbruch gelingen würde, bevor er sich sein nächstes Opfer suchte.

Wenigstens behält Mac seine Kontobewegungen im Blick, sodass wir es mitbekommen, wenn er irgendetwas plant. Das ist zumindest ein kleiner Trost. Und dann habe ich ja immer noch Sweet Peas Handynummer – na ja, nicht dass ich ihn wirklich anrufen würde.

Manchmal allerdings dachte sie tatsächlich darüber nach, holte den Zettel aus ihrem Portemonnaie und starrte darauf. Dann träumte sie von einem anderen, knallharten Universum, in dem sie einfach einen sehr muskulösen, sehr entschlossenen Mann losschicken konnte, der sich der Fälle annahm, die sie auf juristischem Wege nicht lösen konnte.

Das und die Vorbereitungen für Logans Abreise verursachten ein Gefühl der Hilflosigkeit bei ihr. Sie hatte angefangen, morgens joggen zu gehen, nur um etwas zu tun zu haben. Sie lief am Strand entlang und durch ihr Wohngebiet in der Hoffnung, einfach irgendwann zu erschöpft zum Nachdenken zu sein. Bis jetzt hatte es nicht funktioniert, aber immerhin hatte sie ihre Zeiten um ein paar Sekunden verbessert. Außerdem folgte sie fieberhaft der Berichterstattung zur Sheriff-Wahl. Sie las jeden Artikel über Marcia Langdon, den sie in die Finger bekam, brütete über Umfrageergebnissen und versuchte, daraus Schlüsse über den Wahlausgang zu ziehen. In der vergangenen Woche hatte sie Keith ein paarmal bei seinen Fällen ausgeholfen, damit er sich auf die Vorbereitungen für Weevils Prozess konzentrieren konnte. Es war nicht viel, aber alles war besser als diese elende Warterei.

Immer wieder schossen ihr die Worte der Soldatenfrauen bei der Beerdigung durch den Kopf wie ein griechischer Chor. *Wir kümmern uns umeinander. Du wirst schon sehen.* Doch auch dadurch ging es ihr nicht besser. Sie *wollte* gar nicht zu diesem Klub gehören. Sie wollte sich nicht daran gewöhnen, von dem einen Menschen, nach dem sie sich jeden Tag sehnte, getrennt zu sein.

»Veronica.«

Sie tauchte aus ihren Gedanken auf und sah Logan an. Er blickte aufs Meer hinaus und schien konzentriert die Wellen zu beobachten, die Stirn leicht gerunzelt.

»Wir kriegen das hin. Das weißt du doch, oder?«, fragte er.

Sie wollte so gern Ja sagen. Es ihm versichern, ihnen den Morgen nicht verderben. Sie hatte das Gefühl, dass Cathy und die anderen Frauen genau das tun würden. Aber sie brachte einfach kein Wort heraus.

»Na, das ist ja ermutigend«, murmelte er und wandte ihr das Gesicht zu.

Veronica umschlang ihre Knie. »Logan, das ist einfach alles noch so neu für mich. Dieses Kommen und Gehen, dieser ewige Kreis aus Verlieren und Zurückbekommen und dann doch wieder Verlieren.«

»Du *verlierst* mich nicht, Veronica.« Er fuhr sich mit der Hand durchs Haar. »Das weißt du, oder? Ich verlasse dich nicht.«

»Aber bei mir bleibst du auch nicht.«

Einen Moment lang schwiegen sie. Veronicas Schultern waren angespannt und ihre Fingernägel bohrten sich in ihre Handflächen. Als Logan wieder etwas sagte, war seine Stimme leise. Sie sah in seine Augen. Sein Blick war ernst und traurig.

»Hör zu, Veronica, ich weiß, dass du sauer bist, weil ich mich früher zurückgemeldet habe.« Sie blinzelte überrascht. Er grinste. »Tut mir leid – aber so eine gute Schauspielerin bist du nun mal nicht. Und ich stamme schließlich aus einer Familie schlechter Schauspieler, also sollte ich das wohl beurteilen können. Jedenfalls hast du wirklich jedes Recht, sauer zu sein. Ich kann das verstehen. Aber das hier hat überhaupt nichts mit dir zu tun. Ich finde es schrecklich, dich hier zurückzulassen. Ich hasse es. Aber ich muss es einfach tun, denn das bin nun mal *ich*. Du hast keine Ahnung, was dieser Job mir bedeutet.«

»Dann erklär es mir.«

Er fuhr sich mit der Hand übers Gesicht. Ein paar Minuten lang schien er seine Gedanken ordnen zu müssen.

»Du warst ja neun Jahre weg, darum hast du nur das Nachher-Bild zu sehen gekriegt. Aber das Vorher-Bild – na ja, sagen wir mal, das war nicht ganz so schön. Ich hing ziemlich an der Flasche. Und andere Sachen habe ich auch genommen, zum Teil echt fieses Zeug.« Logan lachte freudlos. »Du weißt ja, wie das hier läuft. Solange man es als ›Party machen‹ verkaufen kann, sagt keiner was. Aber langsam lief es echt aus dem Ruder. Sogar Dick hat sich Sorgen gemacht und das will schließlich etwas heißen.« Er schüttelte den Kopf. »An manches kann ich mich kaum erinnern. Einmal zum Beispiel bin ich bei irgendeiner fremden Frau ins Haus marschiert, weil ich dachte, es wäre Dicks. Sie hat mich pennend auf dem Sofa gefunden. Ich hatte riesiges Glück, dass sie nicht die Polizei gerufen hat. Aber weißt du, was das Schlimmste daran war? Es war mir total *egal*.«

Veronica wurde eng ums Herz, als schlösse sich ein Paar Klauen darum. Aber sie sagte nichts.

»Mir kam alles nur noch sinnlos vor. Ich kann mich an einen Morgen erinnern, als ich eine Ewigkeit einfach auf meinem Surfbrett saß. Ich war so weit rausgepaddelt, wie es ging, und die Wellen waren super, aber ich konnte mich einfach nicht dazu durchringen, aufzustehen. Stattdessen habe ich darüber nachgedacht, mich einfach ins Wasser fallen und treiben zu lassen. Zu sehen, ob Ertrinken vielleicht gar nicht so schlimm ist.« Er blickte zum Himmel hoch. »Wäre wahrscheinlich keine große

Sensation gewesen. Wieder mal ein Hollywood-Sprössling, der mit seinem ach so harten Leben nicht klargekommen ist.«

Veronica holte tief Luft. Zu dieser Zeit war sie in Stanford gewesen – und hatte ihr Bestes getan, alles zu vergessen, was sie hinter sich gelassen hatte. *Logan* zu vergessen. Während sie über durchlernte Nächte und steife Akademikersprache gestöhnt hatte, hatte er ganz ruhig darüber nachgedacht, seinem Leben ein Ende zu setzen.

Logan erzählte weiter. »So ging das ein paar Jahre lang und es wurde immer schlimmer und schlimmer. Und irgendwann wäre ich wohl wirklich dabei draufgegangen. Ich hätte mich umgebracht, ganz sicher, wenn Dr. Galway nicht gewesen wäre. Ich weiß nicht, ob du dich an ihn erinnerst, er war Professor für Geschichte am Hearst. Nach meiner zweiten Überdosis ist er plötzlich an meinem Krankenhausbett aufgetaucht. Damals hatte ich das Studium schon lange geschmissen, aber aus irgendeinem Grund wohl einen bleibenden Eindruck bei ihm hinterlassen. Tja, wie sich herausgestellt hat, war er früher mal Kampfflieger. Er hat mir gesagt, ich wäre wie geschaffen dafür. Er hat mich in einer Entzugsklinik angemeldet und dafür gesorgt, dass ich am Ball bleibe. Danach hat er mich dazu gebracht, mich wieder am Hearst einzuschreiben, und ein paar Anrufe getätigt, um mich an der Offiziersschule unterzubringen.« Logan hob eine Handvoll Sand auf und ließ die Körnchen durch seine Finger rieseln. »Und auf einmal habe ich endlich klargesehen. Zum ersten Mal gab es in meinem Leben etwas, das die Anstrengung wirklich wert schien. Etwas, das, na ja, zu etwas *gut* ist, weißt du?« Er lachte, verlegen über seine eigene Inbrunst. »Sorry – das war gerade der billigste Navy-Werbespot der Welt. Neuer Versuch: *Ich wollte bloß diesen scharfen Kampfpilotenanzug und ein bisschen Weltkulturerbe dem Erdboden gleichmachen.*«

»Da spricht der Mann, der mein Herz erobert hat«, sagte Veronica und strich ihm sanft über den Rücken.

»Hör zu, du kennst mich jetzt schon so lange«, fuhr Logan fort und die Eindringlichkeit kehrte in seine Stimme zurück. »Ich bin das lebende Beispiel dafür, dass es möglich ist, uneingeschränkte Freiheit zu haben – von vorne bis hinten bedient und verhätschelt zu werden – und sich gleichzeitig absolut wertlos zu fühlen. Du kannst dir dieses Gefühl nicht vorstellen, Veronica, weil du in deinem ganzen Leben keinen dermaßen wertlosen Tag verbracht hast. Aber für mich war das wie eine … Offenbarung.« Er griff nach ihrer Hand und sah ihr fest in die Augen. »Darum versuche bitte zu verstehen, dass ich nicht irgendeinem idiotischen Todeswunsch hinterherrenne. Dieser Job hat mir das Leben gerettet.«

Die Welt verschwamm vor Veronicas Augen und sie stellte halb verwundert fest, dass ihr die Tränen übers Gesicht rannen. Einen Moment lang konnte sie keinen klaren Gedanken fassen; sie hörte nur immer wieder dieselben Worte durch ihren Kopf hallen. *Ob Ertrinken vielleicht gar nicht so schlimm ist. Zweite Überdosis.* Sie spürte, wie Logan ihre Hand drückte, und drückte zurück.

Mit einem Mal prallte eine nasse, flauschige Kugel gegen sie. Pony kam auf die Decke geprescht und bedeckte alles mit einer Sandschicht. Veronica deutete mit dem Finger auf den Welpen.

»Sitz«, befahl sie.

Pony leckte ihr den Finger ab und rannte dann im Kreis um sie herum.

Veronica sah Logan an. »Siehst du? Sie ist jetzt schon völlig außer Kontrolle. Das ist ein Hilfeschrei.« Sie wischte sich hastig die Augen und kraulte Pony den Nacken. Dann holte sie tief Luft. »Akzeptanz war noch nie eine meiner Stärken. Aber ich gebe mir Mühe, Logan. Ich brauche einfach nur ein bisschen Zeit.«

»Kein Problem«, entgegnete er. Er schlang ihr den Arm um die Taille. »Im Warten habe ich inzwischen ziemlich viel Übung.«

»Wer hätte gedacht, dass du mal der Geduldigere von uns beiden sein würdest?« Sie lehnte ihre Stirn an seine.

So blieben sie ein paar Minuten sitzen und blickten einander in die Augen. Und in diesem Moment schien nichts von dem, was war oder was noch sein würde, mehr wichtig. Umgeben vom Geschrei der Möwen und dem Rauschen der Wellen, mit dem Hundewelpen, der sich an Veronicas Bein kuschelte, schienen Logan und sie genau an dem Ort zu sein, an den sie gehörten: Seite an Seite, irgendwo am Ende der Welt.

KAPITEL 39

»Was meinst du? Mehr Käse? Weniger Käse? Anderen Käse?«

Keith hielt ein Schälchen mit gehacktem Mozzarella hoch und sah Veronica über die Kücheninsel hinweg fragend an.

Veronica, die gerade Tomaten schnitt, hielt kurz inne und blickte mit hochgezogener Augenbraue auf. »Wann ist denn jemals die Antwort *weniger* Käse?«

»Auch wieder wahr.« Keith kippte den kompletten Inhalt des Schälchens in die Schüssel und rührte ihn unter.

Es war Mittwochabend und ihr erstes Vater-Tochter-Abendessen seit Logans Abreise in der Vorwoche. Keith hatte Veronica in den letzten Tagen nicht oft zu Gesicht bekommen. Angeblich war sie wegen irgendwelcher kleineren Fälle viel unterwegs gewesen, aber Keith ahnte, dass Logans Abreise ihr zu schaffen machte. Sie hatte schon immer gedacht, sie sei so gut darin, ihre Gefühle zu verbergen. Und er hatte es nie übers Herz gebracht, ihr zu sagen, wie leicht ihre Fassade zu durchschauen war.

Wenigstens gab es genug, womit sie sich ablenken konnte. Sie hatte ein paar neue Fälle angenommen und sprang nebenbei immer wieder für ihn ein, damit er sich auf Elis nahenden Gerichtstermin konzentrieren konnte. Keiths Beitrag dazu war jetzt mehr oder weniger abgeschlossen. Er hatte so viele Zeugen ausfindig gemacht, wie er konnte, und einige von ihnen überzeugt, vor Gericht auszusagen, nachdem er ihre jeweiligen Fälle durchgegangen war, um zu entscheiden, wer im Zeugenstand am glaubwürdigsten wirken würde. Währenddessen hatte er aus Sorge vor Sabotage alle möglichen Sicherheitsvorkehrungen getroffen, hatte bei Eli und Lisa Choi zu Hause Kameras und Alarmschalter installiert und ihnen erklärt, wie sie ihre Autos überprüfen sollten, bevor sie einstiegen. Lisa hatte sich davon kein bisschen aus der Ruhe bringen lassen, Eli dagegen war sichtlich nervös. »Im Ernst jetzt? Sie glauben, irgendwer könnte versuchen, mich aus dem Weg zu räumen?«

Keith hatte seine mit Narben überzogenen Arme ausgebreitet, als wollte er sagen: *Das beste Beispiel steht vor dir.* »Glaubst du etwa, dass es irgendein Meth-Junkie war, der im Januar in Sacks' Wagen gerast ist?«

Bis zur Verhandlung waren es noch drei Wochen und Keiths Nerven lagen blank. Er wurde sich bewusst, dass er regelrecht auf eine Hiobsbotschaft wartete – aber was sollte eigentlich passieren? Lamb hatte nicht den Mumm, direkt unter den Augen der Öffentlichkeit irgendetwas Gewaltsames zu versuchen, aber er würde sich auch nicht hinsetzen und Däumchen drehen. Dieser Gedanke machte Keith Sorgen.

Er richtete seine Aufmerksamkeit wieder auf die Lasagne. Mit künstlerischer Präzision streute er die letzten Mozzarellabrösel über die Form und begutachtete sein Werk. Ein seltsames kleines Flackern regte sich in seiner Brust. »Deine Grandma hat die beste Lasagne der Welt gemacht. Ich kriege bis heute die Soße nicht richtig hin.«

Veronica legte das Messer weg und stützte das Kinn auf die Faust. »Du bist so komisch nostalgisch in letzter Zeit, ist dir das mal aufgefallen? Ist das ein Zeichen deiner fortgeschrittenen Vergreisung? Oder stimmt wirklich irgendwas nicht?«

»Hey, auch ein erwachsener Mann darf doch wohl um seine Mommy trauern, ohne sich dafür zu schämen.«

»Klar, von mir aus, aber es geht ja nicht nur um Grandma. Du redest ständig von deinen Highschool-Zeiten und deinem 74er GTO, mit dem du durch die Straßen von Omaha gekachelt bist. Ich warte nur noch auf den Moment, in dem du eine Tüte Werther's Echte aus der Tasche ziehst und versuchst, Pony welche davon anzudrehen.«

Keith krümmte den Rücken und imitierte Grandpa Simpsons Stimme: »Das erinnert mich daran, wie ich mal nach Hampton gefahren bin, was zu damaliger Zeit noch Hampstead hieß. Da habe ich mir eine Zwiebel an den Gürtel gehängt, das war damals üblich …«

Veronica warf ein Geschirrtuch nach ihm. »Schon gut, du Quatschkopf, red dich nur weiter raus. Aber vergiss nicht, dass ich auch mal Psychologie studiert habe. Ich durchschaue deine emotionalen Verdrängungsmechanismen auf den ersten Blick.«

Dann sind wir ja schon zu zweit. Der Gedanke brachte Keith zum Lächeln. *Mars und Mars, beide stets überzeugt, der beste Detektiv im Raum zu sein, obwohl wir einander sowieso in- und auswendig kennen.*

»Okay, Dr. Mars. Vielleicht entwickle ich mich ja wirklich zu einem alten Nostalgiker.« Er zuckte mit den Schultern. »Könnte vielleicht ein bisschen daran liegen, dass Marcia wieder hier ist. Die meisten Leute, die ich damals kannte, sind lange weggezogen. Meine Eltern sind beide tot. Gibt einfach nicht mehr viele Leute, mit denen man über die gute alte Zeit plaudern kann.«

»Wart ihr denn Freunde?« Veronica nahm eine Karotte von der Gemüseplatte und biss hinein. »Das ist schon lustig, oder? Ihr seid beide Gesetzeshüter geworden und habt damals – was, drei Häuser voneinander entfernt gewohnt?«

Ihr Vater zögerte. Freunde. Auf diese Frage hatte er sich schon seit Längerem eingestellt, aber er wusste immer noch nicht, wie er sie beantworten sollte. Um Zeit zu schinden, hob er Pony hoch, die inzwischen so groß geworden war, dass er dafür in die Knie gehen musste.

»Nein«, sagte Keith schließlich. »Freunde nicht direkt. Aber ich mochte sie. Sie war nicht gerade eine Stimmungskanone, aber wenn man sie näher kennenlernte, hatte sie einen knochentrockenen Humor. Sie war ziemlich kratzbürstig und hat sich von niemandem etwas gefallen lassen.«

»Eine Frau ganz nach meinem Geschmack«, bemerkte Veronica.

Aus irgendeinem Grund verspannte sich bei der Vorstellung sein Kiefer. Es war ein durchaus treffender Vergleich; Marcia war wirklich clever, zielstrebig und ehrgeizig. Alles Eigenschaften, die er auch an seiner Tochter liebte und zu denen er sie erzogen hatte. Trotzdem schüttelte er den Kopf. »Sie konnte auch furchtbar stur und voreingenommen sein. Aber das ist jetzt fünfunddreißig Jahre her. Wir waren beide noch so jung damals. Ich habe keine Ahnung, wie sie heute ist, abgesehen davon, dass sie eine glänzende Karriere beim Militär hingelegt hat und gerade ordentlich den Wahlkampf aufmischt.«

»Glaubst du, sie wäre ein guter Sheriff?«

Keith zuckte mit den Schultern. »Keine Ahnung. Aber sie war lange bei der Militärstrafverfolgungsbehörde und das ist kein Spaziergang, darum bin ich mir ziemlich sicher, dass sie sich gut schlagen würde. Und schlechter als Lamb kann sie ja kaum sein.«

»Eher nicht.«

Keith bückte sich, um die Lasagne in den Ofen zu schieben, als mit einem Mal ihre beiden Handys piepsten. Veronica schnappte sich ihres als Erste.

»Von Cliff«, sagte sie. Keith schloss die Ofentür und sah Veronicas gerunzelte Stirn, als er sich wieder aufrichtete. »Er schreibt: Channel Four, sofort.«

Das vage Gefühl von Paranoia, das schon seit Wochen in seinem Inneren lauerte, verwandelte sich plötzlich in ausgewachsene Panik. Keith grapschte nach der Fernbedienung und schaltete den kleinen Küchenfernseher ein. Bilder von Autounfällen und »unglücklichen« Stürzen zuckten ihm durch den Kopf, von Lisa oder Eli in einer Blutlache.

Doch angesichts dessen, was sich ihnen auf Channel Four schließlich präsentierte, schien Keiths Herz zu Stein zu erstarren.

Weevil stand, in der Hose und dem Jackett, die Keith ihm gekauft hatte, auf einem Podium vor dem Gerichtsgebäude. Zuckende Blitzlichter erhellten sein Gesicht. Er hatte den Kopf ein wenig geneigt und sprach in ernstem Ton ins Mikrofon. »Ich bin eben ein ganz normaler Typ und diese schnieken Anwälte haben versucht, mich umzukrempeln. Die prozessgeile Gesellschaft, in der wir leben, will uns weismachen, wir könnten alle unsere Probleme lösen, indem wir einfach jemanden verklagen, anstatt dass wir uns einfach mal hinsetzen und in Ruhe darüber reden.«

Keith stöhnte laut auf und ließ sich auf einen Stuhl fallen. Aus dem Augenwinkel sah er, dass Veronica mit einem der Thekenhocker vorliebnahm. Unfähig zu glauben, was er sah und hörte, starrte er auf den Bildschirm.

»Also die Wahrheit ist einfach, dass in meinem Fall Fehler passiert sind. Aber nach einem langen Gespräch mit Sheriff Lamb glaube ich nicht mehr, dass es dabei um ein grundsätzliches Problem des ganzen Departments geht«, redete Weevil weiter. »Ich bin sicher, dass der Sheriff sich darum kümmern wird, damit niemand wieder so was durchmachen muss.«

»Du linkes Arschloch«, fauchte Veronica.

»Mr Navarro, auf welche Entschädigungssumme haben Sie und der Sheriff sich geeinigt?«, rief ein Reporter.

Weevil beugte sich wieder vor. »Über die genauen Konditionen kann ich leider nichts sagen.«

»So ein *linkes Arschloch*!«, wiederholte Veronica. »Nach allem, was wir für ihn getan haben. Nach allem, was wir auf uns genommen haben, um ihn aus der Scheiße zu holen –«

»Veronica«, mahnte Keith. Seine Stimme klang in seinen Ohren, als käme sie aus weiter Ferne. Er drehte sich zu seiner Tochter um.

»Aber, Dad, er … wir …«, stammelte sie. »Du wärst beinahe draufgegangen bei dem Versuch herauszufinden, was da bei Weevils Fall faul war. Du hast monatelang daran gearbeitet. Du hättest doch am allermeisten Grund, sauer zu sein.«

»Ich *bin* sauer. Glaub mir, ich bin sauer«, erwiderte er mit verhaltener Wut. »Aber es lässt sich nun mal nicht ändern, Veronica. Darum können wir uns jetzt genauso gut hinsetzen und uns einen schönen Abend machen, so wie wir es geplant hatten. Wir werden Lamb kaum fertigmachen, indem wir uns zu Tode hungern.«

»Lamb? Von wegen! Wenn ich Weevil in die Finger kriege, dann …«

Keith holte tief Luft. »Schätzchen, lass einfach gut sein, ja? Wir haben uns seit Wochen kaum gesehen. Auf dem Festplattenrekorder wartet eine halbe Staffel *True Detective* und in vierzig Minuten kommen sechstausend Kalorien in Form von geschmolzenem Käse und Hackfleisch aus dem Ofen.« Er ging zu ihr und legte ihr den Arm um die Schultern. »Heute ist unser Vater-Tochter-Abend. Und ich will nicht, dass uns diese Leute den auch noch verderben.« Keith gab sich Mühe, neutral zu klingen, aber es gelang ihm nicht ganz, die Bitterkeit in seiner Stimme zu unterdrücken. Denn er war für alles gewappnet gewesen, hatte mit einem schmutzigen Kampf gerechnet, aber nicht damit. Er hätte nie gedacht, dass Eli Navarro sie derart hängen lassen würde. Plötzlich fühlte er sich einfach nur noch elend.

Veronica schaute zu ihrem Vater hoch, in ihrem Blick lag noch immer Wut, aber als sie das Gesicht ihres Vaters sah, wurde auch ihre Miene sanfter, vor Sorge. »Okay. Komm, setzen wir uns hin.«

Sie schob ihn zur Wohnzimmertür. Dann blieb sie stehen, sodass Pony ihr in die Hacken lief. »Weißt du was? Ich fand immer *deine* Lasagne-Soße perfekt.« Dann schlang sie die Arme um die Taille ihres Vaters und drückte ihn an sich, bevor sie ihm die Tür aufhielt.

KAPITEL 40

Pan Valley war, genau wie Neptune, eine Kleinstadt im gemeindefreien Balboa County. Aber da hörten die Ähnlichkeiten auch schon auf. Fünfzehn Meilen landeinwärts gelegen, hatte Pan Valley keine Küste zu bieten und somit auch keinen florierenden Tourismus, keine Filmstar-Einwohner und keine aufstrebenden Technologie-Unternehmen. Es war eine reine Arbeiterenklave, eine staubige Ansammlung einfacher Häuser mit briefmarkengroßen Vorgärten.

Jade Navarros Mutter Rita war pensionierte Lehrerin und bewohnte einen gepflegten Bungalow in der Nähe der Pan Valley High. Sie war begeisterte Gärtnerin und ihr Gärtchen quoll förmlich über vor Säckelblumen und Rudbeckien. In einer steinernen Vogeltränke planschten und tobten Finken und Schwalben und aus dem Schatten einer Heckenkirsche lugten zwei Plastikhasen mit Sonnenhüten hervor.

Am Donnerstagmorgen, einen Tag nachdem die außergerichtliche Einigung verkündet worden war, hielt Veronica vor dem Haus. Sie sah sofort, dass Weevil dort war: In der Auffahrt parkte sein Motorrad. Einen Moment lang blieb sie im Auto sitzen und starrte auf die Tür.

Und was hast du jetzt vor, Veronica? Du kannst schließlich nicht einfach ins Haus seiner Schwiegermutter platzen und ihm den Marsch blasen, so gern du das auch tätest. Außerdem lässt sich ja sowieso nichts mehr ändern. Die Papiere sind längst unterschrieben.

Aber sie wollte Antworten. Wenigstens das war er ihr schuldig, nach allem, was sie zusammen durchgemacht hatten. Sie stieg aus und schloss die Autotür hinter sich.

Weevil trat auf die Veranda. Seine Schultern waren verlegen hochgezogen und er hatte die Hände in den Taschen seiner Jeans vergraben. Sie trafen sich am unteren Ende der Treppe.

»Wirf mir an den Kopf, was du willst, aber ich möchte nicht, dass Valentina was davon mitbekommt. Also hast du etwas dagegen, wenn wir hier draußen bleiben?«

Veronica verzog spöttisch den Mund. »Wie jetzt – soll deine Tochter etwa nicht herausfinden, was für ein Verräter du bist? Schämst du dich eigentlich kein bisschen, Weevil?« Er blickte zu Boden, aber Veronica ließ sich nicht beirren. »Wäre ja auch verrückt, sie in dem Glauben aufwachsen zu lassen, dass es in einer Stadt wie Neptune so etwas wie Gerechtigkeit gibt. Sie sollte lieber so früh wie möglich herausfinden, wie die Dinge hier laufen. Mit genug Geld lässt sich schließlich alles kaufen, stimmt's? Alles hat seinen Preis.«

»Kannst du vielleicht mal kurz von deinem hohen Ross runterkommen?« In Weevils Augen funkelte Ärger. »Ich hab's kapiert, okay? Tut mir ja leid, dass ich deinen moralischen Standards nicht genüge. Aber ich hatte nun mal keine Wahl.«

»Man hat immer eine Wahl«, zischte sie. »Man kämpft so lange, bis man merkt, dass man verloren hat, und dann kämpft man weiter.«

»Ich sag's dir echt ungern, aber dein Kreuzzug interessiert mich nicht, klar? Das Einzige, was ich die ganze Zeit wollte, war mein Leben zurück. Meine Familie. Weißt du, was es für ein Gefühl ist zu wissen, dass Menschen sich auf einen verlassen und man sie enttäuschen muss?« Er starrte ihr eindringlich ins

Gesicht. »Anscheinend nicht. Dann will ich's dir mal erklären. Man fühlt sich hilflos. Wie der letzte Dreck. Und das hab ich nicht ertragen, okay? Ich ertrage es nicht, dass jemand anderes meiner Tochter was zum Anziehen kauft, weil ich nicht dazu in der Lage bin. Ich würde mich lieber noch mal anschießen lassen, als mich so zu fühlen.«

»Das Geld, das der Prozess dir eingebracht hätte –«

»Der Prozess hätte mir *überhaupt* nichts eingebracht.« Weevil fuhr sich mit der Hand über den Kopf. »Sieh's doch ein, V – Lamb und Konsorten haben jeden Richter in der Stadt in der Tasche. Ich hatte von vornherein keine Chance.«

»Wir haben dir eine verschafft, Weevil! Mein Dad und ich. Cliff. Lisa. Lamb hatte die Hosen voll. Und das aus gutem Grund. Diese Richter, von denen du da redest – die gehorchen nicht Lamb, sondern demjenigen, der Macht hat. Und davon hat Lamb mit jeder neuen peinlichen Schlagzeile immer mehr verloren, mit jedem neuen Zeugen, der auf den Plan trat, jedem Wähler, der plötzlich das Gefühl hatte, dass er dazu beitragen könnte, Lamb ein für alle Mal aus dem Amt zu kicken.«

Weevils Blick wanderte wieder zu Boden. »Ich weiß. Und es tut mir leid. Wirklich. Besonders, dass ich deinen Dad hab hängen lassen. Er hat mehr für mich getan, als ich verdient habe, und damit muss ich jetzt leben. Aber dieser Prozess hätte Monate dauern können – Monate, in denen ich nicht hätte arbeiten können.« Er sah wieder hoch und in seinen Augen lag nun ein flehentlicher Ausdruck. »Jetzt kann ich Jade endlich ein Haus kaufen. Ich kann meine Schulden abbezahlen und vielleicht sogar eine neue Werkstatt aufmachen oder so. Ich kann mein Leben wieder in Ordnung bringen.«

Veronica erwiderte nichts. Ihr Körper war noch immer steif vor Wut und das Blut pulsierte heiß und dick durch ihre Adern. Es schien, als gäbe es nichts mehr zu sagen.

Plötzlich erschien Valentina hinter Weevil auf der Veranda. Sie trug ein lilafarbenes Sweatshirt mit kleinen Hunden auf der Brust. »Die Ponys fangen an, Daddy! Komm, sonst verpasst du das Lied!«, kommandierte sie. Dann sah sie Veronica und wurde mit einem Mal ganz schüchtern, steckte den Zeigefinger in den Mund und versteckte sich hinter den Beinen ihres Vaters. Veronica versuchte, sie anzulächeln. Valentina starrte bloß zurück.

»Ich bin sofort da, Kleines. Geh schon mal rein und sing ganz laut für mich mit, ja?« Während er das sagte, wandte Weevil den Blick keine Sekunde von Veronica.

Valentina zögerte kurz, dann rannte sie zurück ins Haus.

»War's das? Da drinnen warten nämlich meine Tochter und ein sprechendes Einhorn auf mich«, sagte er.

Sie warf ihm einen letzten verächtlichen Blick zu. »Oh ja, das war's, glaub mir. Einen schönen Morgen noch, Weevil. Wir sehen uns.«

Er schien noch etwas sagen zu wollen. Dann aber zuckte er bloß mit den Schultern und drehte sich um. Einen Moment später war er verschwunden.

Veronica setzte sich ins Auto und knallte wütend die Tür hinter sich zu. Ausflüchte. Immer kamen alle nur mit *Ausflüchten*. Andererseits hatte sie Weevil selbst geraten, zu Jade zurückzugehen und für sein Kind zu sorgen.

Was hättest du denn gemacht, Veronica? Hättest du das Geld genommen, deiner Familie, den Menschen zuliebe, die dir wichtig sind? Oder hättest du weitergekämpft, auch wenn es immer wahrscheinlicher geworden wäre, dass du verlierst? Selbst wenn du dafür die Leute hättest enttäuschen müssen, die auf dich zählen?

Sie wollte nicht darüber nachdenken. Es gab einfach keine Antwort auf diese Frage, angesichts der sie sich nicht wie ein komplettes Miststück gefühlt hätte.

Mit einem Mal fühlte sie ihr Handy in der Tasche vibrieren

und zog es hervor. Die Nummer auf dem Display sagte ihr nichts.

»Hallo?« Sie lehnte sich in ihrem Sitz zurück und ließ den Schlüssel im Zündschloss baumeln.

Die Stimme am anderen Ende war mädchenhaft hoch und hob sich fragend am Satzende. Einen Moment lang dachte Veronica, es würde tatsächlich ein Kind mit ihr sprechen.

»Ähm … hallo. Ich bin Rachel. Rachel Fahy. Ich würde gern mit Veronica Mars sprechen?«

»Hier ist Veronica.«

»Oh. Ach so, ähm, hallo. Du hattest mir eine E-Mail geschrieben. Wegen des Typen, der mich vergewaltigt hat?«

Kein Kind. Ein Opfer. Beinahe wäre Veronica das Telefon aus der Hand gerutscht. Schnell umklammerte sie es fester.

»Ist da Tonya? Tonya Vahn?«

»Ähm, ja. Unter dem Namen arbeite ich. Manchmal.«

Tonya Vahn. Das Mädchen aus Los Angeles, das fünfte Callgirl, dem Bellamy eine schlechte Bewertung gegeben hatte. Das kein bisschen wie auf dem Foto aussah.

»Der Typ hat dich also auch vergewaltigt?«, fragte Veronica im Versuch, ruhig zu bleiben. »Kannst du mir beschreiben, was genau passiert ist?«

Die Stimme des Mädchens am anderen Ende schien kurz zu versagen. »Tut mir leid. Ist immer noch ziemlich schwer, darüber zu reden.«

»Kein Problem. Lass dir Zeit.«

»Ich war den größten Teil des letzten Jahres in Therapie, um darüber wegzukommen. Meine Therapeutin hat mir geraten, dass ich dich anrufen soll. Sie meinte, das könnte vielleicht helfen.«

Veronica sagte nichts. Sie wartete nur.

»Es war letztes Jahr im Oktober …«

Die Geschichte, die Rachel Fahy nun erzählte, war nichts Neues für Veronica. Rachel hatte den Anruf spät am Abend bekommen. Sie hatte sich für zweihundert Dollar zusätzlich zu einem Last-Minute-Treffen mit einem neuen Kunden bereit erklärt. Wie immer hatte er sie gebeten, sich unterwürfig zu geben. Er wollte, dass sie ihm zu Diensten war, den Blick gesenkt hielt und nur flüsterte. Sie trafen sich in der kleinen Wohnung, die Rachel für ihre Kundenbesuche benutzte, und er kam exakt zur vereinbarten Uhrzeit. Rachel beschrieb einen »Mann mittleren Alters, weiß, dünnes Haar, sehr groß und ziemlich kräftig«. Sie berichtete, er habe von Anfang an unzufrieden gewirkt. »Das Erste, was er gesagt hat, war, dass ich ›fetter‹ wäre als auf meinen Fotos.« Hier schlich sich zum ersten Mal ein Anflug von Ärger in ihre Stimme. »Kann sein, dass ich ein paar Pfund zugelegt hatte, aber so dramatisch war es auch nicht.«

Dramatisch genug für einen Typen, der nur nach einem Vorwand suchte, um jemandem wehzutun, dachte Veronica. *Dramatisch genug für einen Typen, der sich ein regelrechtes Ritual erarbeitet hatte, das er nun immer wieder abspulte.*

Zuerst hatte Rachel noch versucht, ihn zu beschwichtigen. Sie hatte sich Mühe gegeben, ihre Rolle zu spielen, sich immer wieder für ihr Erscheinungsbild entschuldigt und ihn angebettelt, ihr zu verzeihen. Doch als er nicht aufhörte, sie zu beleidigen, hatte sie sich schließlich erdreistet, ihm vorzuschlagen, sich besser ein anderes Mädchen zu suchen.

Veronica versuchte, sich Rachel vorzustellen. Genau wie Grace hatte sie ihre Website deaktiviert, doch auf der Seite, die Mac im Cache gefunden hatte, war eine junge Frau mit der Figur einer Ballerina zu sehen gewesen – lange Beine, hervortretende Schlüsselbeine, gertenschlank mit zarten Konturen. Sie stellte sich denselben Körper mit ein paar Pfund mehr auf den Rippen vor. Stellte sich vor, wie Rachel zurückgewichen war, Richtung

Tür, angewidert von diesem Mann und seiner mürrischen, herrschsüchtigen Art.

Bis mit einem Mal eine kräftige Hand hervorschoss und sich um ihren Hals legte.

Von diesem Punkt an glich ihre Geschichte bis ins Detail denen von Bethany Rose und Grace Manning. Er hatte sie gewürgt, vergewaltigt und zusammengeschlagen. Und dann hatte er sie, allein und blutend, auf dem Boden der Wohnung zurückgelassen.

»Ich konnte drei Tage lang nicht gehen. Ich habe mich einfach bloß ins Bett gehievt, mich zusammengerollt und bin nicht wieder aufgestanden, bis ich das Gefühl hatte, mich wieder rühren zu können.«

»Und du hast keine Hilfe gerufen? Nicht die Polizei? Oder einen Arzt?«

»Nein.«

Veronica spürte, wie Enttäuschung in ihr aufstieg. Natürlich hatte sie ihn nicht angezeigt. Wenn sie das getan hätte, wäre Bellamys DNA in der Datenbank gelandet und hätte einen Treffer mit der Probe ergeben, die Veronica ihm abgenommen hatte.

»Aber an sein Gesicht kannst du dich erinnern? Könntest du ihn identifizieren?«

»Ja. Könnte ich. Das auf dem Bild, das du geschickt hast, das war definitiv er. Dieses Gesicht werde ich nie vergessen.«

Veronica schloss die Augen. Die Sonne schien durch die Windschutzscheibe herein und das Auto heizte sich langsam auf. Würde das hier irgendetwas ändern? Ein weiteres Callgirl, das ohne DNA-Spuren, ohne jede Art von Beweisen vor Gericht nicht bestehen würde. Aber es könnte genug sein, um einen Durchsuchungsbefehl zu bekommen.

»Wärst du bereit, auszusagen, dass dieser Mann dich angegriffen hat, Rachel?«

Es folgte eine kurze Pause, bevor das Mädchen wieder etwas sagte. »Ich weiß nicht. Ich … ähm … habe keine Anzeige erstattet, weil ich nicht wollte, dass irgendjemand erfährt, womit ich mein Geld verdiene. Ich will meiner Familie keine Schande machen. Sie wissen nichts davon. Bis heute nicht. Aber dieser Typ – was der mir angetan hat …« Die Stimme des Mädchens löste sich in Tränen auf.

Veronicas Kehle zog sich vor Mitleid zusammen. Sie biss sich heftig in die Wange, um ruhig zu bleiben. Ihr Bauchgefühl sagte ihr, dass es in diesem Moment das Beste war zu schweigen, dass dieses Mädchen ganz von sich aus die richtige Entscheidung treffen würde.

Minuten vergingen. Rachel Fahy schnappte ein paarmal heftig nach Luft. Sie weinte noch immer, aber nach einer Weile konnte sie zumindest wieder sprechen.

»Er hat mein Leben zerstört. Ich kann kaum noch meine Wohnung verlassen, ich habe vor allem und jedem Angst. Ich musste sogar das College schmeißen. Eine Zeit lang habe ich Pillen genommen und die haben auch geholfen, aber dann auf einmal nicht mehr, und dann haben sie alles nur noch schlimmer gemacht. Ich bin total am Ende. Ich bin dreiundzwanzig und am Ende.« Sie keuchte, als hätte sie Schmerzen. »Ja, okay. Ich sage aus. Ich mache, was immer nötig ist.«

Veronica saß plötzlich kerzengerade. Sie redete noch ein paar Minuten mit Rachel und besprach die Einzelheiten. Dann legte sie auf und wartete eine Weile, um sich zu sammeln, bevor sie wieder nach ihrem Handy griff und Leo anrief.

Er sagte nicht mal Hallo. »Lass mich raten – ich soll dir einen Gefallen tun.«

»Begrüßt du so etwa eine alte Freundin, die kurz davor ist, dir die Festnahme deines Lebens auf dem Silbertablett zu servieren?«

»Hm, habe ich dieses Versprechen nicht schon mal gehört? Ich glaube, ich habe mich einfach noch nicht von der letzten einmaligen Gelegenheit erholt.«

Veronica wechselte mit dem Telefon ans andere Ohr. »Ich habe gerade mit einem weiteren Opfer von Bellamy telefoniert. Sie wird morgen früh in Los Angeles zu Polizei gehen und eine Aussage machen. Meinst du, das könnte genug sein, um einen Durchsuchungsbefehl zu bekommen?«

»Ja, ich denke schon. Und diesmal erinnert sich das Opfer an die Attacke?«

»Nur zu gut. Sie hat sich bereit erklärt, Bellamy zu identifizieren.«

»Ich werde mal in L. A. anrufen und sehen, ob die das Prozedere ein bisschen beschleunigen können. Ich rufe dich morgen zurück.«

»Leo, du bist der Beste.« Sie legte auf. Dann ließ sie den Wagen an und fuhr los.

Ich sollte wahrscheinlich nicht darauf hoffen, dass Bellamy Andenken an seine Taten aufhebt, aber vielleicht findet sich ja irgendetwas auf seinem Computer oder seinem Handy. Vielleicht stoßen wir ja auf etwas, das uns hilft, die Puzzleteile zusammenzusetzen.

Aber dafür war eine gehörige Portion Glück vonnöten. Und bislang war das Glück nicht auf ihrer Seite gewesen.

KAPITEL 41

»Also haben wir den armen Kerl übers ganze Schiff gescheucht und jeden, der ihm begegnet ist, nach dem ›Relingshobel‹ fragen lassen. Das ist echt der älteste Witz der Welt, darum wussten natürlich alle sofort, was Sache ist, und haben ihn weitergeschickt, nach dem Motto: ›Ach so, könnte sein, dass der irgendwo im Maschinenraum rumliegt.‹ Oder: ›Hm, zu dumm, den haben wir gerade wieder zurückgebracht, frag mal unten bei der Ausrüstung nach.‹«

Am Freitag, eine Woche nach Rachel Fahys Anruf, saß Veronica zu Hause an der Küchentheke und skypte mit Logan. Es war früher Abend und sie hatte die Fenster aufgemacht, sodass das leise Donnern der Brandung zu ihr hereindrang. Pony – die Veronica inzwischen bis zum Knie reichte – saß zu ihren Füßen, fröhlich und aufgeregt, Logans Stimme zu hören. Ein paar Tischlampen tauchten den Raum in sanftes Licht und aus Veronicas iPod-Dockingstation plätscherte leise Neko Case.

Im Persischen Golf war es kurz nach sechs Uhr morgens und Logan war bereits seit ein paar Stunden auf den Beinen. Er trug Sportklamotten, weil er nach dem Skypen noch ein paar Meilen im Trainingsraum laufen wollte, bevor seine Schicht anfing.

Veronica nahm sein Gesicht begierig in sich auf. Es war nicht einfach gewesen, in den Wochen seit seiner Abreise Termine zu finden, zu denen sie beide Zeit zum Telefonieren hatten. Bei jedem Anruf fühlte sie sich in den ersten paar Minuten unsicher, beinahe schüchtern, so als müssten sie erst mal eine Weile plaudern, um warm zu werden und den richtigen Rhythmus zu finden.

»Na ja, jedenfalls hat er die Hälfte seiner Schicht damit zugebracht, diesen Hobel zu suchen, und als er wiederkam, meinte er allen Ernstes zu Shepard: ›Ihr müsst echt mal ein bisschen Ordnung schaffen auf diesem Kahn. Habt ihr schon mal überlegt, die verschiedenen Hobel nach dem Alphabet zu sortieren, damit man sie leichter auseinanderhalten kann?‹ Mann, ich hatte gerade einen Schluck Wasser getrunken. Kam zur Nase wieder raus.«

Veronica lächelte. »Ah ja, ein Klassiker. Was denkt ihr Scherzkekse euch bloß als Nächstes aus? Habt ihr schon mal in der Küche angerufen und gefragt, ob die da unten auch schön aufpassen, dass das Wasser nicht anbrennt?«

»Zunächst mal heißt das *Kombüse* und außerdem sollte man es sich mit den Köchen nicht verscherzen. Die sind auch so schon verrückt genug.« Er grinste schief. »Na ja, wir mussten da alle mal durch. Ist so eine Art Initiationsritus.«

»Dann bin ich ja froh, dass es nicht nur Studentenverbindungen und den Hell's Angels vorbehalten bleibt, ihre neuen Mitglieder zu schikanieren«, entgegnete sie.

Doch sosehr sie Logan auch vermisste, ihre Gedanken schweiften immer wieder ab. Sie wartete auf einen Anruf von Leo. Er hatte ihr versprochen, sich bei ihr zu melden. Die Polizei von San Diego hatte sich am Dienstag einen Durchsuchungsbefehl für Bellamys Wohnung beschafft, aber so etwas brauchte eben seine Zeit, besonders wenn ein Computer im Spiel war. Sie versuchte, sich zu konzentrieren. *Über den Fall kannst du dir später noch Gedanken machen. Wer weiß, wann du Logan das nächste Mal sprichst?*

»Wie geht's Pony?« Logan reckte suchend den Hals, als könnte er dadurch besser über die Tischkante lugen. »Mittlerweile muss sie doch schon groß genug sein, um einen Sattel zu tragen.«

Veronica nahm den Laptop und kippte ihn ein Stück, damit Logan den Welpen sehen konnte. Er gurrte ihren Namen und sie rannte aufgeregt im Kreis. »Sitz«, befahl er.

Pony gehorchte.

»Verdammt! Ich hab's immer noch nicht geschafft, sie davon zu überzeugen, dass ich genauso viel Autorität habe wie du«, beklagte sich Veronica. »Pony, sitz.«

Pony kläffte und wackelte mit dem Hinterteil, dann stürmte sie eine Runde durchs Wohnzimmer.

Veronica warf Logan einen verzweifelten Blick zu. »Siehst du? Ohne dich herrscht hier das totale Chaos.«

»Das liegt an der guten alten militärischen Strenge«, erwiderte er. »Stimmt's, Pony? Stimmt's, mein kleines böses Mädchen?«

Der kleine Hund hechtete seiner Stimme entgegen und winselte leise. Logan lächelte.

»Hör mal, ich muss gleich los«, sagte er. »Meine Zeit ist bald um. Bist du sicher, dass bei dir alles okay ist?«

»Bei mir? Klar, mir geht's gut. Wieso?«

»Ich weiß nicht. Du wirkst irgendwie so abwesend.«

Veronica spürte, wie ihre Wangen warm wurden. »Tut mir leid. Mir geht gerade nur 'ne Menge durch den Kopf, das ist alles. Vielleicht könnte ich auch eine Kostprobe von dieser berüchtigten militärischen Strenge vertragen.« Sie gab sich Mühe, heiter und anzüglich zu klingen, aber ihre Worte wirkten hohl.

Logan musterte sie besorgt, aber bevor einer von ihnen noch etwas sagen konnte, wurde der Bildschirm schwarz. Die Verbindung war tot.

Wie betäubt blieb Veronica vor dem Computer sitzen. So etwas passierte öfter; manchmal rief Logan sie gleich darauf zurück, um sich wenigstens noch zu verabschieden. Manchmal aber auch nicht. Es war immer frustrierend, zermürbend und auch ein bisschen beängstigend. Eins der vielen Dinge, mit denen sie würde leben müssen, wenn sie ihre Beziehung am Laufen halten wollte.

Schließlich stand sie auf und streckte sich. Dann blickte sie hinunter zu Pony, die auf mehr Kommandos zu warten schien.

»Sitz«, sagte Veronica. Pony wedelte mit dem Schwanz und ihr Hinterteil machte keinerlei Anstalten, sich gen Boden zu bewegen. Veronica seufzte, hockte sich hin und streichelte sie. »Mir fehlt er auch«, murmelte sie.

Sie seufzte abermals und warf einen Blick auf ihr Handy. Nichts. Ohne darüber nachzudenken, suchte sie Leos Nummer heraus und drückte auf *Anrufen*.

»Hey. Tut mir leid. Ich weiß, du wartest wahrscheinlich schon darauf, von mir zu hören«, meldete sich Leo.

»Mit angehaltenem Atem«, erwiderte sie. Es war seltsam, wie viel leichter es ihr im Moment fiel, sich mit Leo zu unterhalten als mit Logan. *Seltsam, wirklich? Wir arbeiten immerhin zusammen an einem Fall. Daran liegt's.* Trotzdem wurde ihr Tonfall bei diesem Gedanken gleich ein bisschen übermütiger. »Was hast du für mich, D'Amato?«

»Tut mir leid, Veronica, aber wir haben immer noch nichts in der Hand. Es gab keinerlei Beweismaterial in der Wohnung – oder zumindest haben wir nichts gefunden.«

Diese Neuigkeit versetzte Veronica einen Stich. Sie holte Luft. »Aber irgendwas muss doch zu finden gewesen sein.«

»Sieht nicht so aus. Die Wohnung war komplett sauber. Bellamy hatte kein bisschen vom üblichen Perversenkram rumfliegen – keine Pornos, kein Sexpielzeug, keine einschlägigen Fotos. Und gerade kam der Bericht von unserem Computerexperten rein. Der hat auf Bellamys Festplatte auch nichts Verfängliches entdeckt.«

Veronica schloss die Augen. Die Wohnungsdurchsuchung war

ihre letzte Hoffnung gewesen. Solange sie keine handfesten Beweise hatten, stand Bellamys Wort – das Wort eines erfolgreichen Basketballtrainers – gegen das von einer Handvoll Prostituierten, die bis vor Kurzem entweder gelogen oder die Polizei gemieden hatten. *Er kommt wieder damit davon. Es sei denn …*

»Veronica? Worüber grübelst du nach?«, fragte Leo. Er klang leicht besorgt.

»Ich muss Schluss machen. Hab noch eine Menge zu erledigen«, antwortete sie ausweichend. »Ich ruf dich morgen wieder an. Könnte sein, dass ich dann noch mal deine Hilfe brauche.«

»Wobei denn? Veronica, was –«

»Wir hören uns, Kumpel. Ich bin dir echt was schuldig.« Sie legte auf, bevor er noch etwas sagen konnte.

Veronica blieb einen Moment sitzen und starrte ins Leere. Dann zog sie den Spielplan des Pacific-Southwest-Basketballteams hervor und überflog die nächsten Termine: Seattle, Eugene, Las Vegas … Bingo.

Der kleine Zettel steckte in ihrem Portemonnaie, leicht verknickt, aber immer noch lesbar. Sie kramte ein Einweghandy aus ihrer Tasche – sie hatte immer ein oder zwei davon dabei, nur für alle Fälle – und wählte.

Es klingelte nur ein einziges Mal, bevor sich eine Baritonstimme meldete. »Ja?«

»Sweet Pea. Hier ist Veronica. Ich habe dich und Isabella neulich zu Madelyn befragt.«

»Ja, ich weiß«, erwiderte er schlicht.

»Ich hätte da ein paar Neuigkeiten.«

»Ach ja?«

Ihre Finger schlossen sich fester um das Telefon. Sie holte tief Luft. »Ja. Sieht aus, als wäre der Mann, für dessen Kontaktdaten du dich interessiert hast, in ein paar Wochen wieder in Vegas. Und ich weiß ziemlich genau, wo er zu finden sein wird.«

KAPITEL 42

Das Stardust-Restaurant war eine glitzernde Höhle mit hohen Decken und befand sich einen Stock über dem Kasino des Mercury Resort. Die Wände waren mit purpurfarbenem Samt überzogen und die ausladenden Kronleuchter mit bunten Kristallen behängt, die kleine violette, rote, blaue und grüne Farbflecken durch den Raum tanzen ließen. Die Tische waren voll besetzt mit Leuten bei einem späten Abendessen. Es war nach zehn Uhr abends, aber Las Vegas wachte gerade erst auf.

Veronica nippte an ihrem Merlot und ließ den Blick durch den Raum schweifen. Ihr gegenüber saß ein Mann mit schwarzem Bart und Hornbrille, der gerade ein Stück von seinem Filet Mignon abschnitt. In seinem Tweedjackett wäre er problemlos als Professor durchgegangen. Sie musste sich zusammenreißen, um nicht loszuprusten vor Lachen.

»Was?«, fragte Leo. »Was ist denn so witzig?«

»Ach, nur … irgendwie alles.« Sie griff sich ans Kinn. »Hast du dir den in den paar Wochen wachsen lassen?«

»Hey, wir D'Amatos sind eben ein haariges Völkchen.«

Veronica erhaschte einen Blick auf sich selbst im Spiegel hinter Leos Kopf. Sie war genauso verkleidet wie er. Ihr Haar war unter einer gewellten brünetten Perücke verschwunden und die dicke Schicht Rouge und der dunkle Lippenstift ließen sie mindestens fünf Jahre älter wirken. Mit dieser Aufmachung würden sie beide kaum jemanden täuschen, der genauer hinsah, aber es würde sie auch niemand auf den ersten Blick erkennen. Wenn sie vielleicht auch ein bisschen viel aufgetragen hatten, mussten sie sich zumindest keine Sorgen machen, dass sie irgendjemandem im Hotel bekannt vorkamen.

Es war Ende Oktober – zwei Wochen nach der ergebnislosen Durchsuchung von Bellamys Wohnung und zwei Monate nachdem Veronica das letzte Mal im Mercury gewesen war. Veronica und Leo hatten sich um zehn Uhr morgens auf den Weg gemacht; er hatte sie mit seinem alten Mustang an ihrer Wohnung abgeholt und sie waren mit offenem Verdeck durch die Wüste gebraust. Diesmal begleitete er sie nicht als Leo D'Amato, Detective des San Diego Police Department, sondern als Leo D'Amato, Privatmann mit beeindruckendem Bartwuchs.

»Okay, hättest du gern noch einen Nachtisch oder …?« Veronica hob vielsagend eine Augenbraue.

Leo grinste. »Du Luder«, scherzte er. »Los, gehen wir nach oben.«

Als sie das Kasino durchquerten, mussten sie sich einen Weg zwischen Bauchtaschen tragenden Damen mittleren Alters und verschwitzten, rotgesichtigen Herren hindurch bahnen. Ein paar elegante Frauen in Paillettenkleidern glitten durch die Menge wie Meereswesen und Veronica fragte sich kurz, ob das wohl Prostituierte waren.

Sie nahmen den Aufzug nach oben zu ihrem Zimmer und schlossen sorgsam die Tür hinter sich ab. Veronica kickte ihre Schuhe von den Füßen und entledigte sich ihrer Perücke. Es war furchtbar warm darunter gewesen; ihre Kopfhaut war feucht und ihr Haar zerzaust. Sie setzte sich auf die Bettkante, zog ihren Laptop auf den Schoß und klappte ihn auf.

»Okay, Coach D'Amato, während hier bei SportsCrime Central die Spannung steigt, werfen wir doch mal einen Blick ins

Zimmer von Falcons-Trainer Mitch Bellamy, der sein ganz eigenes Aufwärmritual hat«, gab sie die Sportkommentatorin.

Eine leicht pixelige Videoaufnahme erfüllte den Bildschirm. Sie zeigte einen Raum, der genauso aussah wie Veronicas eigenes Hotelzimmer, bis hin zu der purpurfarbenen Tagesdecke und den eigenartigen Gemälden mit geometrischen Figuren an der Wand. Mitch Bellamy lag, an ein halbes Dutzend Kissen gelehnt, auf seinem Bett.

»Sieht aus, als wäre er noch allein«, stellte Veronica fest.

Leo schlüpfte aus seinem Sakko und setzte sich neben sie. »Um wie viel Uhr hat er denn eingecheckt?«

Veronica sah in der Kurznachricht nach, die Mac ihr geschickt hatte. »Einundzwanzig Uhr fünfunddreißig. Nach dem Abendessen mit der Mannschaft, nehme ich mal an.«

Die Pacific Southwest Falcons waren für ein Freundschaftsturnier nach Vegas gekommen. An diesem Nachmittag waren sie von den Oregon Ducks haushoch geschlagen worden. Veronica und Leo hatten sich das Spiel auf dem Fernseher in ihrem Hotelzimmer angesehen, während sie sich von der langen Autofahrt erholt hatten. Zabka war, krebsrot im Gesicht, am Spielfeldrand auf und ab gestürmt. Bellamy dagegen hatte jedes Mal, wenn die Kamera ihn erwischt hatte, ruhig und konzentriert gewirkt. Veronica hatte eine Gänsehaut bekommen. Sie hatte noch lebhaft vor Augen, wie er vor Wut gerast hatte, als er sie in seinem Büro überrascht hatte.

Also lässt du dich wohl nur Frauen gegenüber so richtig gehen. Frauen, von denen du dir sicher bist, dass du sie ungestraft misshandeln kannst, hatte sie gedacht.

Das Team war nicht im Mercury abgestiegen. Sie logierten, wie auch alle anderen teilnehmenden Mannschaften, im Caesars. Auch Bellamy hatte dort ein Zimmer, aber Mac hatte gut eine Woche zuvor herausgefunden, dass er sich über seine private Kreditkarte zusätzlich ein Zimmer im Mercury gebucht hatte – im selben Hotel, in dem er sich vor fast einem Jahr mit Madelyn Chase getroffen hatte.

Das konnte nur eins bedeuten: Er plante, den Abend »in Gesellschaft« zu verbringen, und wollte nicht, dass die Uni davon erfuhr.

Veronica beobachtete, wie Bellamy sich durch die Fernsehsender zappte. Alle paar Augenblicke warf er einen Blick auf die Uhr und trommelte ungeduldig mit den Fingern aufs Bett. Er seufzte tief. Als es endlich an seiner Tür klopfte, sprang er vom Bett auf. »Wird auch Zeit, verdammt.«

Veronica spürte, wie sich Leo neben ihr versteifte, als Bellamy durch sein Hotelzimmer stampfte. Die Kamera war so ausgerichtet, dass sie einen Großteil des Raumes erfasste – sie befand sich hinter einem geschickt drapierten Volant knapp unter der Decke –, nur der kleine Flur, der zur Tür führte, war nicht zu sehen. Eine Weile mussten sie sich nur mit dem Ton begnügen.

Die Tür öffnete sich. Bellamys Stimme ertönte, leise und grantig: »Du bist zu spät.«

Eine weibliche Stimme antwortete: »Tut mir leid, Baby. Ich hab mich wirklich beeilt.«

Eine kurze Pause folgte, dann fragte Bellamy: »*Du* bist Morgan?«

»Wenn du willst.« Die Stimme der Frau klang neckisch, irgendwie unschuldig und anzüglich zugleich.

»Was soll das –«

»Wollen wir nicht erst mal reingehen? Ich bespreche so was nicht so gern zwischen Tür und Angel, weißt du?«

Veronica wäre jede Wette eingegangen, dass Bellamy es genauso hasste, unterbrochen zu werden, wie er unpünktliche Callgirls hasste. Nach einem Moment jedoch schloss sich die Tür und die beiden erschienen auf dem Bildschirm.

Das Mädchen war groß und kurvig, mit einem vollen, sinnlichen Gesicht. Sie trug ein eng anliegendes Cocktailkleid und silberne High Heels und hatte ihr dickes dunkles Haar am Hinterkopf hochgesteckt. Sie stand etwas breitbeinig da, die Hüfte leicht angewinkelt. Anerkennend sah sie sich um. »Schön hier. Wirklich ein hübsches Zimmer.« Dann wandte sie sich Bellamy zu. »Tut mir leid, Baby, Morgan konnte leider nicht kommen. Sie hatte einen Autounfall auf dem Weg hierher. Es geht ihr gut, keine Sorge, aber ihr Wagen hat einen Totalschaden. Sie hat mich angerufen und mich angebettelt, herzukommen und zu sehen, ob du vielleicht auch mit mir vorliebnehmen würdest. Ich bin Kenzie.«

Veronica sah Bellamys Hände ganz leicht zucken. Sie grinste voller Genugtuung. Bellamys Verhalten war durch seine vielen Taten vorhersehbar geworden. Er mochte es nicht, wenn seine Fantasien durchkreuzt wurden, genauso wenig wie Mädchen, die sich nicht ans Drehbuch hielten. Morgan, das Mädchen, das er bestellt hatte, hatte sehr viel mehr seinem gewohnten Typ entsprochen: schlank, zierlich, zartgliedrig. Jemand anderen zu bekommen, noch dazu eine so vorlaute Amazone – das war so weit von seinem Drehbuch entfernt, wie es nur ging.

Die Frau schien seine Unentschlossenheit zu spüren. Sie legte ihm die Hand auf den Unterarm. »Ich werde dich nicht enttäuschen.« Ihre Stimme klang jetzt sanfter, schmeichelnder.

Er zog seinen Arm weg. »Von mir aus.« Er musterte sie von oben bis unten. »Aber geh dich erst mal waschen. Wisch dir diesen Lippenstift da ab, der sieht billig aus. Und wenn du fertig bist, entscheide ich, ob du bleiben kannst oder nicht.«

Sie lächelte kokett. »Ich bin mir ziemlich sicher, wenn du erst mal siehst, was ich zu bieten habe, willst du mich gegen niemanden mehr eintauschen.« Sie ging ins Badezimmer und Bellamy tigerte ein paar Minuten lang rastlos im Zimmer hin und her, schüttelte Kissen auf und schob irgendwelche Sachen auf dem Tisch zurecht.

Kurz darauf ging die Badezimmertür wieder auf und die junge Frau kam heraus. Sie trug jetzt ein kurzes, eng anliegendes Negligé. Das Haar floss ihr offen über die Schultern und der Lippenstift war verschwunden. Über der Wölbung einer ihrer Brüste war ein schmales Tattoo zu sehen. Auf dem Video war es nicht gut zu erkennen, aber Veronica wusste auch so, wie der Schriftzug lautete: GODDESS.

»Na, gefällt's dir?«, fragte das Mädchen und drehte eine langsame Pirouette.

»Guck mich nicht an!«, bellte Bellamy. Dann stieß er ihr den Zeigefinger auf die Brust. »Mann, warum müsst ihr Schlampen euch eigentlich immer mit diesen verschissenen Tattoos entstellen? Damit siehst du aus wie 'ne billige Nutte.«

»Nutte? Ja. Billig? Nein.« Sie lächelte kühl und wich kein Stückchen zurück, als sich sein Finger in ihr Fleisch bohrte. »Und Beschimpfen kostet extra, darum solltest du lieber ein bisschen netter zu mir sein, wenn du nicht willst, dass der Preis in die Höhe schießt.«

Einen Moment lang dachte Veronica, das Video wäre eingefroren. Bellamy stand völlig reglos da, als müsste er erst mal verarbeiten, was sie gerade gesagt hatte. »Kenzie« stemmte die Hände in die Hüften wie Wonder Woman.

Veronica blieb eine halbe Sekunde Zeit, um die Frau für ihren Mumm zu bewundern, bevor Bellamys Hand vorschoss, um sie bei der Kehle zu packen.

Das Mädchen duckte sich reflexartig unter seinem Griff hindurch, mit einer Behändigkeit, die Veronica ihr gar nicht zugetraut hätte. Sie erhaschte einen Blick auf Bellamys schockiertes Gesicht, als er danebengrapschte. Im nächsten Moment verzog er schmerzhaft das Gesicht, als die Frau ihm mit voller Wucht das Knie zwischen die Beine rammte. Er sank zu Boden, die Hände in den Schritt gepresst, und sie trat erneut nach ihm, diesmal mitten ins Gesicht.

Dann, während er noch immer zusammengekrümmt auf dem Boden lag, machte sie einen Schritt über ihn hinweg und entriegelte die Tür. Ihre Absätze sanken in den weichen Teppich. Die Tür ging auf und ein riesiger, bulliger Mann betrat das Zimmer, die Schulterpartie seines Sakkos bis zum Bersten gespannt. Wie so viele Männer aus der Security-Branche bewegte Sweet Pea sich elegant und nahezu geräuschlos.

»Tag, Mr Kiss and Tell«, sagte er. Seine Stimme war ein sanfter Singsang. Er musterte den Mann vor sich aufmerksam, professionell. Veronica wurde klar, dass er versuchte, Bellamys Kraft abzuschätzen.

»Scheiße, wer sind Sie denn?«, stöhnte der Basketball-Coach. Er kämpfte sich mühsam auf die Beine. Sein Gesicht war rot angelaufen und ein dünnes Blutrinnsal sickerte aus seiner Nase.

Sweet Pea zog sein Sakko aus und reichte es dem Mädchen. Dann krempelte er sich die Ärmel hoch.

Veronica fragte sich kurz, was er wohl Morgan erzählt hatte, dem Mädchen, das Bellamy ursprünglich gebucht hatte. Der Plan war gewesen, dass Sweet Pea sie in der Lobby abfangen, ihr eine Aufwandsentschädigung zahlen und sie wieder nach Hause schicken sollte.

»Ein Freund von Madelyn Chase. Ich gehe davon aus, dass Sie sich an sie erinnern. Sie haben sich gleich den Flur runter mit ihr getroffen, so vor ungefähr ’nem Jahr.« Auf Bellamys Gesicht dämmerte langsam Entsetzen. Sweet Pea nickte, als hätte sein Verdacht sich damit bestätigt. »Und jetzt würde ich Ihnen gerne ein paar Fragen über Madelyn stellen.« Er sah zu dem Mädchen, das ihn ins Zimmer gelassen hatte. »Willst du vielleicht lieber unten in der Lobby warten, Schätzchen?«

Isabella blickte Bellamy direkt in die Augen und ein Lächeln breitete sich auf ihrem Gesicht aus. Dann setzte sie sich auf einen Sessel, schlug die Beine übereinander und legte die Hände in den Schoß. »Nein, nein, kümmert euch gar nicht um mich«, sagte sie. »Ich gucke gerne zu.«

KAPITEL 43

Am darauffolgenden Abend traten Veronica und Leo aus dem Mercury und mitten hinein in das bunte Treiben auf dem Strip.

Betrunkene Touristen torkelten die Straße entlang und schlürften geeiste Getränke aus halbmeterhohen Gefäßen. Im Süden durchschnitt der Scheinwerferstrahl des Luxor Hotels den trüben Himmel, im Norden ragte leuchtend der Stratosphere Tower in die Höhe. Jeder Zentimeter dazwischen blinkte, dudelte, glitzerte und dröhnte.

Sie machten sich auf den Weg und wichen dabei einer Gruppe von Touristen aus, die an einem Stand auf dem Bürgersteig CSI-Fanartikel kauften. Gleich nach dem Gedränge mussten sie an einer Reihe Card Snapper vorbei. Veronica blickte stur geradeaus, aber einem besonders hartnäckigen Typen gelang es, dem erschrockenen Leo eine Karte in die Hand zu drücken. Veronica schob ihn weiter, und als sie an den Männern vorbei waren, sahen sie sich die Karte an.

Leo wurde knallrot, drehte sie kurz in den Händen und ließ sie dann fallen. »Was soll das denn?«, fragte er und sah sich zu der Gruppe Männer hinter ihnen um.

Veronica bückte sich und hob die Karte wieder auf. Eine Frau mit riesigen Silikonbrüsten war darauf zu sehen, die Brustwarzen von Photoshop-Sternchen verdeckt. *Ruf Mai an*, stand am oberen Rand. *In zwanzig Minuten vor deiner Tür.*

»Ganz schön dreist«, bemerkte Leo, während er mit kritischem Blick die Männer beobachtete, die weiterhin versuchten, jedem, der an ihnen vorbeikam, ihre Karten unterzujubeln.

»Das hier ist nicht dein Zuständigkeitsbereich, Detective«, erinnerte ihn Veronica. »Außerdem haben wir gleich einen Termin. Also lass dich nicht ablenken.«

Er verzog kurz das Gesicht, bevor er mit den Schultern zuckte und ihr folgte.

Veronica warf die Karte in einen Mülleimer.

Das Desert Bluffs, Las Vegas' neuste Golfanlage, hatte erst vor ein paar Monaten eröffnet und lag direkt hinter dem Mercury. Die weitläufige Rasenfläche war von Palmen und Akazien gesäumt und bot achtzehn Löcher, ein halbes Dutzend Wasserspiele und das größte Sandloch von Nordamerika. Leo und Veronica erreichten das Klubhaus um kurz vor zehn. Dort warteten zwei Personen auf sie, ein Mann und eine Frau.

Leo trug Anzug und Krawatte und sein Bart war verschwunden. Heute war er wieder als Detective Leo D'Amato unterwegs. Soweit das San Diego Police Department wusste, hatte er sich ein paar wohlverdiente Urlaubstage genommen und war für ein langes Wochenende nach Vegas gefahren, um dort im Kasino sein Glück zu versuchen und sich eine Vorstellung des Cirque du Soleil anzusehen, als Veronica ganz unerwartet einen Hinweis bekommen hatte. Was ein überaus praktischer Zufall war, denn so hatte er die Polizei von Las Vegas gleich bei den Ermittlungen unterstützen können, die in Verbindung mit dem Vergewaltigungsfall zu stehen schienen, an dem er in San Diego gerade noch selbst gearbeitet hatte.

»Ist vielleicht gar nicht so schlecht«, hatte er zu seinem Chef am Telefon gesagt. »Ich habe hier sowieso schon mein letztes Hemd verspielt. Zeit, dass ich mich wieder an die Arbeit mache.«

Leo gab erst der Frau die Hand. »Detective Garcia. Vielen Dank für Ihre Hilfe.« Sie war etwa Mitte vierzig und ihr kurzes dunkles Haar von grauen Strähnen durchzogen. Sie trug eine dicke Arbeitshose aus Leinen und dazu schwere Stiefel. »Das hier ist Veronica Mars, die Privatdetektivin, von der ich Ihnen am Telefon erzählt hatte.«

»Freut mich, Sie kennenzulernen, D'Amato. Mars. Das hier ist Kevin Cornell, der Manager der Golfanlage.« Sie deutete auf den blassen, schlanken Mann neben ihr, der einen Anzug im englischen Schnitt trug. Er sah Leo gereizt an.

»Wie lange wird das denn dauern? Unser erster Abschlag morgen früh ist um halb neun. Wenn die Sache bis dahin über die Bühne wäre –«

Garcia lachte. »Ich versuche schon die ganze Zeit, ihm zu erklären, dass der Golfplatz jetzt ein Tatort ist, aber er scheint es nicht zu begreifen. Es wird morgen um halb neun keinen Abschlag geben, Mr Cornell.«

»Wir bemühen uns natürlich, schnell fertig zu sein«, schaltete Leo sich ein. »Aber Detective Garcia hat recht. Sie werden die Termine für morgen höchstwahrscheinlich canceln müssen. Zumindest die am Vormittag.«

Cornell stöhnte leise auf, widersprach aber nicht mehr.

»Die Hunde haben da draußen definitiv angeschlagen, aber die genaue Stelle konnten wir noch nicht bestimmen«, wandte sich Garcia wieder an Veronica und Leo. »Sieht nach einer langen Nacht aus.«

Sie stiegen alle zusammen in ein Golfcart, mit Cornell am Steuer, und fuhren los in die Dunkelheit Richtung Loch Nummer sieben.

Die Fahrt wirkte traumgleich, beinahe surreal. Das sanfte Schaukeln des Golfwagens, der durch die hügelige Landschaft glitt, vermittelte den Eindruck eines Nachtflugs mit einem Segelflieger. Vor ihnen zeichnete sich ein dunklerer, horizontaler Streifen ab: eine Reihe Bäume. Hoch oben zuckten die Lichter des Strips über den Himmel wie eine Aurora Borealis.

Selbst im Dunklen war nicht zu übersehen, wie unglaublich grün und üppig der Golfplatz war. Rechts und links von ihnen erstreckten sich künstliche Seen, die Ufer dicht mit Rohrkolben bewachsen. Das Gras wirkte samtweich.

Und das alles mitten in der Wüste, dachte Veronica bei sich. *Wen interessiert schon die Wasserknappheit?*

Vor ihnen kamen ein paar Flutscheinwerfer in Sicht, in deren Licht sich mehrere Gestalten bewegten. Das Sandloch mit dem Spitznahmen »Little Mojave« nahm gut zweitausenddreihundert Quadratmeter der grünen Fläche ein. Damit schlug es knapp das »Hell's Half Acre« im Pine-Valley-Golfklub, New Jersey, und setzte neue Standards in Sachen Sandloch-Dimensionen.

»Von wem genau haben Sie noch mal diesen Hinweis bekommen?« Garcia drehte sich auf dem Vordersitz zu ihnen um.

Leo warf Veronica einen Blick zu.

Veronica lächelte freundlich. »Könnten wir uns darauf einigen, dass es ein anonymer Informant war, und es dabei belassen?«

Garcia grinste. »Wir sind in Las Vegas, meine Liebe. So läuft die meiste Polizeiarbeit hier.«

Sie hielten am Rand einer mit Flatterband abgesperrten Fläche und duckten sich darunter hindurch. Vier Leute in Overalls schaufelten, harkten und karrten Sand beiseite.

Cornell vergrub das Gesicht in den Händen und stöhnte.

»Keine Sorge, Mr Cornell.« Veronica schenkte ihm ein strahlendes Lächeln. »Das haben Sie im Nu wieder in Ordnung gebracht. Für so etwas kommt doch die Versicherung auf.«

Garcia reichte Leo eine Schaufel. Veronica schnappte sich ebenfalls eine von dem kleinen Stapel Werkzeuge. Schweigend machten sie sich an die Arbeit.

Es ging nur langsam voran. Sie hatten keine Ahnung, wie tief sie graben mussten, was auch der Grund war, weshalb die Spurensicherung keinen Bulldozer hatte einsetzen wollen. Bei einem so schweren Fahrzeug bestünde die Gefahr, dass Beweismittel zu Schaden kamen. Doch das Sandloch hatte die Ausmaße von gut vier Basketballfeldern, was eine ziemlich große Fläche war, um sie per Hand umzugraben. Die Hunde hatten zwar geholfen, das Terrain etwas einzugrenzen, aber nicht viel.

Veronicas Rücken schmerzte und sie bekam Blasen an den Händen. Sie dachte an das, was sie am Abend zuvor erfahren hatte, nachdem sie die Kamera an dem Punkt ausgeschaltet hatte, als Sweet Pea sich mit hochgekrempelten Ärmeln vor Bellamy aufgebaut hatte. Sie hatte nicht weiter zugesehen, um später glaubhaft abstreiten zu können, dass sie etwas mit der Sache zu tun hatte, vor allem jedoch hatte sie nicht miterleben wollen, was in dem Zimmer als Nächstes geschah. Stattdessen hatte sie wieder ihre Perücke aufgesetzt und war nach unten in die Hotelbar gegangen, wo anderthalb Stunden später Sweet Pea zu ihr gestoßen war. Er hatte sich auf den Hocker neben sie gesetzt und eine Cola bestellt.

»Ich hätte gedacht, nach der Aktion bräuchtest du etwas Stärkeres«, bemerkte sie, ohne ihn anzusehen.

»Nee. Ich bin seit acht Jahren trocken.« Er trank einen Schluck. Dann wandte er sich Veronica zu und gab ihr die Informationen, die sie brauchte. Seine Stimme war leise, aber bestimmt: »Little Mojave.«

Veronica stellte mit Erstaunen fest, wie geordnet er wirkte. Sein Sakko war glatt und sauber, sie registrierte keinerlei Blut- oder Schweißflecken, keinen latenten Geruch nach Eisen, keine blauen Flecken. Man hätte meinen können, er käme geradewegs aus dem Büro.

»Was?«

»Little Mojave. Das ist das Sandloch auf der Desert-Bluffs-Golfanlange. Die war letzten Dezember noch im Bau, damals als Maddy verschwunden ist.«

Veronica spürte, wie ihr das Herz schwer wurde. Natürlich war ihr von ihrem ersten Treffen mit Sweet Pea und Isabella an klar gewesen, dass Madelyn Chase – oder Molly Christensen oder wie auch immer ihr wirklicher Name lautete – höchstwahrscheinlich tot war. Doch nun so nüchtern die Tatsachen geschildert zu bekommen, versetzte ihr trotzdem einen Stich. »Und Bellamy …«

»Der ist auf dem Weg in die Notaufnahme. Izzi hat an der Rezeption Bescheid gesagt, dass sie Schreie aus dem Zimmer gehört hat. Und vor fünf Minuten hab ich draußen einen Krankenwagen gesehen.«

Der Gedanke hätte sie erschaudern lassen sollen, aber das tat er nicht. Sie hatte ihre Wahl getroffen. Sie hatte von vornherein gewusst, wie die Sache ausgehen würde. Manchmal gehörte das eben zum Job.

Es war kurz nach drei Uhr morgens, als Garcia einen Schrei ausstieß. Der Rest des Teams rannte zu ihr. Nur Veronica ließ sich Zeit und legte langsam ihre Schaufel hin. Es gab keinen Grund zur Eile. Nicht mehr.

Ein halb verwester Fuß ragte aus der Erde unterhalb der Sandschicht.

Sie hatten Madelyn Chase gefunden.

KAPITEL 44

Kurz nach dem Mittagsansturm betrat Veronica Miki's Diner. Aus den Boxen drang Dick Dales Sechzigerjahre-Surfrock und die halsbrecherischen Tempowechsel und kreischenden Gitarren schienen nicht recht in die nachmittägliche Ruhe zu passen. Die meisten Tische waren leer. Veronica blieb einen Moment im Eingang stehen und wartete.

Dann erspähte sie die Person, mit der sie verabredet war. Grace Manning, in der rosafarbenen, unvorteilhaften Uniform des Diners, ihren Notizblock in der Brusttasche.

Grace sah auf, winkte kurz und bedeutete Veronica, sich einen Platz zu suchen. »Ich bin in einer Minute bei dir. Muss mich nur noch kurz für die Pause ausstempeln.« Sie war schon dabei, ihre Schürze aufzubinden, und legte sie sich über den Arm.

Veronica setzte sich an einen Tisch unterhalb eines Plastiksurfers, der auf einer riesigen Welle ritt – derselbe Tisch, an dem sie zusammen mit Keith auf Weevils Urteil gewartet hatte. Sie schlüpfte aus ihrer Jacke und legte sie neben sich auf die Bank.

Grace hatte im Herbst ihre Studiengebühren für das nächste Semester nicht zahlen können. Sie hatte sich von der Uni abgemeldet und schob nun so viele Schichten im Diner, wie sie nur kriegen konnte. Veronica hatte erst an diesem Morgen davon erfahren, als sie Grace angerufen hatte, um ihr zu erzählen, dass sie Bellamy überführt hatten. Vorher war sie so sehr in den Fall vertieft gewesen, dass sie gar nicht daran gedacht hatte, Grace nach ihrem Studium zu fragen. Und diese, still und verschlossen, wie sie war, war erst heute mit der Neuigkeit herausgerückt. Veronica war bestürzt gewesen. Sie und Keith hatten jahrelang knapp oberhalb der Armutsgrenze gelebt, aber sie waren immer irgendwie über die Runden gekommen. Es hatte sie nie so hart getroffen wie Grace – die kein Geld hatte und, was noch viel schlimmer war, keine Familie.

»Hey!« Nach einem Moment tauchte Grace neben der Sitzecke auf. Sie stellte ein Tablett mit zwei Tassen Kaffee und zwei Stück Kuchen auf den Tisch. »Geht aufs Haus«, verkündete sie. »Einer der Vorteile, wenn man hier arbeitet.«

»Danke.« Veronica musterte das Mädchen. Sie hatte erwartet, dass Grace noch feindseliger sein würde als zuvor, verbittert über ihren verlorenen Studienplatz. Stattdessen wirkte sie zwar nicht unbedingt überglücklich, aber immerhin freundlich. Ihre Wangen waren voller als bei ihrer letzten Begegnung und sie machte insgesamt einen ruhigeren, weniger angespannten Eindruck. »Wie geht es dir, Grace?«

Grace setzte sich ihr gegenüber. »Na ja, meine Füße tun weh und irgend so ein Trottel hat mich heute Morgen direkt als Erstes mit Orangensaft getauft, aber ansonsten ganz gut.« Sie schüttete zwei Döschen Milch in ihre Tasse und rührte ihren Kaffee mit zügigen, eleganten Bewegungen um. Dann fragte sie zögernd, mit bemüht ruhiger Stimme: »Also … dieser Typ. Ist der jetzt im Gefängnis?«

»Noch nicht. Im Moment liegt er im Krankenhaus. Aber sobald es ihm ein bisschen besser geht, wandert er hinter Gitter, genau.«

»Krankenhaus?« Grace runzelte die Stirn.

Veronica trank einen Schluck Kaffee. »Ja, ich fürchte, irgendjemand hat ihn sich ein bisschen zur Brust genommen. Die Polizei hat ihn im Krankenhaus offiziell verhaftet, aber sein Zustand ist – na ja, er wird wohl noch mindestens eine Woche dableiben müssen.«

Ha, ein bisschen zur Brust genommen – *die Untertreibung des Jahrhunderts,* dachte Veronica. Sweet Peas gründliche Behandlung hatte Bellamy zwei gebrochene Finger, vier Rippenfrakturen, eine gerissene Milz und einen Lungenkollaps beschert. Veronica war froh, dass niemand sie fragte, wie sie sich in der Rolle fühlte, die sie bei seiner Überführung gespielt hatte. Im Allgemeinen verurteilte sie jede Art von Gewalt, aber bei Bellamy hatte sie das Gefühl gehabt, dass er eine spezielle Behandlung verdiente.

Und da war sie offensichtlich nicht die Einzige. Ein kaltes Lächeln breitete sich auf Grace' Gesicht aus, während sie mit beiden Händen ihre Kaffeetasse umklammerte.

»Schwer zu sagen, wie es jetzt weitergeht«, fuhr Veronica fort. »Sie suchen immer noch nach Beweisen. Aber an dem Opfer, das in dem Sandloch vergraben war, wurden Haare gefunden, die mit Bellamys DNA übereinstimmen.«

Die Leiche war als die der achtzehnjährigen Kimberley Weir aus Odessa, Texas, identifiziert worden – auch bekannt unter dem Namen Madelyn Chase. Die Gewebezellen unter ihren Fingernägeln waren noch im Labor, aber Veronica war zuversichtlich, dass auch diese sich als Bellamys herausstellen würden. Abgesehen davon sprachen Rachel Fahys Aussage und die Samenspuren, die bei Grace gefunden worden waren, relativ sicher für eine Verurteilung.

»Also ist es immer noch nicht vorbei«, sagte Grace, den Blick gesenkt.

Veronica legte ihre Hand auf Grace'. »Es wird nie ganz vorbei sein.«

Einen Moment lang saßen sie schweigend da. Aber es gab noch

mehr zu besprechen. Veronica wappnete sich innerlich, bevor sie weiterredete. »Ich muss dich warnen, Grace, es könnte sein, dass der Fall an die Öffentlichkeit gelangt, wenn es zu einem Prozess kommt. Offiziell sollen die Zeugen natürlich anonym bleiben, aber in der Praxis funktioniert das leider nicht immer.«

Das Mädchen nickte. »Ich weiß. Das habe ich mir schon gedacht.« Sie zuckte leicht mit den Schultern. »Neulich Abend habe ich Lizzie am Telefon davon erzählt. Sie lebt jetzt in New York – arbeitet da als Köchin, habe ich das eigentlich schon erwähnt?« Sie lachte leise. »Bis dahin hatte ich ihr nichts davon gesagt. Keine Ahnung, warum. Sie ist die Einzige aus meiner Familie, mit der ich jemals reden konnte. Na ja … außer Meg.« Ihre Stimme versagte kurz, als sie den Namen ihrer ältesten Schwester aussprach. »Vielleicht war es mir einfach bloß peinlich. Nicht nur der Job, sondern … der Vorfall selbst. Ich wollte irgendwie nicht, dass sie weiß, was mir passiert ist. Das war dumm, schon klar.«

Veronica dachte daran, wie lange sie ihr eigenes Geheimnis gewahrt hatte. Ihrem Vater hatte sie bis heute nicht von Shelly Pomroys Party erzählt – ein Teil von ihr hatte ihn immer vor diesem Wissen schützen wollen. »Es war überhaupt nicht dumm. Aber ich bin froh, dass du es ihr erzählt hast. Mit so etwas solltest du einfach nicht allein sein.«

Grace nickte. »Es war nicht das allerangenehmste Telefonat. Aber sie weiß jetzt Bescheid und sie ist der einzige Mensch, dessen Meinung mir noch wichtig ist. Für mich war es auch gut. Ich glaube, ich hatte angefangen, mich ein bisschen zu sehr an die ganze Lügerei zu gewöhnen. Irgendwann hatte ich den Punkt überschritten, an dem eine Notlüge nicht mehr nur eine Notlüge ist, sondern … man sich irgendwie in der Rolle verliert.« Sie lächelte wehmütig. »Ist wohl so eine Art Berufsrisiko bei mir. Aber mir wird heute noch schlecht beim Gedanken daran, wie eiskalt ich am Anfang einen Mann beschuldigt habe, den ich nicht mal kannte.«

»Grace, ich weiß ja ein bisschen über deine Familie Bescheid«, sagte Veronica. »Du warst dein Leben lang zum Lügen gezwungen. Und vor dem Hintergrund finde ich, dass du erstaunlich fest mit beiden Beinen in der Wirklichkeit stehst.«

»Ach, da wir gerade davon sprechen …« Auf Grace' Gesicht breitete sich abermals ein Lächeln aus. »Ich kann's kaum erwarten, dass meine Eltern endlich herausfinden, wie ich mein Geld verdient habe. Wie gern würde ich das Gesicht meiner Mutter dabei sehen. Aber ich weiß auch so, was sie sagen würden.« Sie beugte sich ein Stückchen vor und ein fanatisches Funkeln trat ihr in die Augen: »Wenn sich die Tochter eines Priesters als Dirne entweiht, so entweiht sie ihren Vater, sie soll im Feuer verbrannt werden.«

»Sehr schön«, entgegnete Veronica sarkastisch. »Obwohl ich persönlich ja mehr fürs Steinigen bin.«

»Das ist für Hexen reserviert«, sagte Grace. »Aber falls du dich übergangen fühlst: Ich bin mir ziemlich sicher, dass die beiden auch für deinen Untergang gebetet haben. Spätestens nachdem Faith verschwunden war.« Sie stellte ihre Tasse ab, und als sie Veronica ansah, war ihre Miene schwer zu deuten. »Veronica?«

»Ja?«

»Würdest du es mir sagen, wenn du wüsstest, wo sie ist? Faith, meine ich?«

Veronica zögerte. Vor langer Zeit hatte sie ein Versprechen geleistet und sich all die Jahre daran gehalten. Aber Grace blickte sie voller Hoffnung an, beinahe verzweifelt – dieses Mädchen, das so gut wie niemanden in seinem Leben hatte, das auf einer Matratze auf dem Boden schlief und das ein Vermächtnis aus Traumata, Einsamkeit und Angst mit sich herumschleppte, mit dem es erst jetzt langsam umzugehen lernte.

»Alles, was ich weiß«, sagte sie schließlich, »ist, dass Duncan sie in Lilly umbenannt hat.«

Grace biss sich auf die Lippe. Eine Sekunde lang dachte Veronica, sie würde anfangen zu weinen. Dann aber nickte sie und griff nach ihrer Gabel.

»Na ja, jedenfalls arbeite ich jetzt fünf Tage die Woche hier«, wechselte Grace abrupt das Thema. »Mehr oder weniger Vollzeit, je nachdem, wie viele Stunden sie mir geben können. Und der Job ist eigentlich ganz in Ordnung.«

»Tut mir leid. Das ... mit dem Hearst. Ich kann einfach nicht glauben, dass du keine finanzielle Unterstützung bekommen hast.«

Grace schüttelte den Kopf. »Ist schon okay.« Sie spießte ein Stück Kuchen auf. »Also, versteh mich nicht falsch – ich sehe das hier nicht als irgendeine tolle Prüfung, die Gott mir auferlegt hat, um meinen Charakter zu formen. Aber ich werde mich auch nicht davon aufhalten lassen. Entweder kriege ich das Geld fürs College irgendwie zusammen oder ich muss mir eben einen anderen Weg einfallen lassen, wie ich bekomme, was ich will. Wer weiß, vielleicht gehe ich auch einfach nach New York oder London und das Hearst College kann mich mal.«

»Das ist doch mal eine Ansage«, befand Veronica und hob ihren Kaffee zum Zuprosten. Leise stießen sie ihre Tassen über dem Tisch aneinander.

Grace' Miene wurde wieder weicher. Sie starrte auf ihren Kuchen und ihre Unterlippe schob sich in einem nachdenklich schmollenden Ausdruck nach vorn. Als sie wieder hochsah, waren ihre Wangen rosa. »Wie oft bedanken sich die Leute eigentlich bei dir?«

Veronica schluckte ihren Kaffee hinunter und räusperte sich. »Nicht ganz so oft, wie sie ›Sie haben mein Leben zerstört‹ sagen, aber etwas öfter als ›Wenn ich dich in die Finger kriege‹.«

»Wenn du nicht so hartnäckig gewesen wärst, hätte ich mich wahrscheinlich mit dem Grand außergerichtlich geeinigt und könnte weiter zum Hearst gehen. Ich weiß gar nicht, warum ich dir und deinem verdammten Sinn für Gerechtigkeit überhaupt dankbar bin«, meinte Grace trocken. Dann lächelte sie. »Aber … danke, Veronica.«

Veronica wusste nicht, was sie sagen sollte. Sie sah Grace einen Moment in die Augen, bis das Mädchen schließlich lächelnd mit den Schultern zuckte und sich auf den Weg zurück in die Küche machte.

Veronica schob sich ein Stückchen Kuchen in den Mund. Und während sie sich die zuckrige Köstlichkeit auf der Zunge zergehen ließ, kam ihr eine Offenbarung. In diesem Moment wurde ihr klar, dass sie niemals reich sein würde. Sie fand ihre Rolle als hartgesottene Detektivin tröstlich. Sie konnte sich keine größere Schmach vorstellen, als sich emotional manipulieren zu lassen. Sich benutzen zu lassen. Also warum bedeutete ihr der Dank eines Mädchens, das sie angelogen und sie hinters Licht zu führen versucht hatte, mehr als ein dicker Scheck von irgendeinem Firmenkunden, der von Anfang an im Recht gewesen war?

Da hast du was zum Grübeln, dachte sie. *Vielleicht kannst du deinen Kindern ja eines Tages begreiflich machen, warum ihre Mom sich für ein Leben mit billigem Kuchen und schlechtem Kaffee entschieden hat – genau wie ihr Großvater.*

KAPITEL 45

»Schätzchen, kannst du schon mal die Nachos rüberbringen? Ich muss noch die gefüllten Champignons in den Ofen schieben.«

Veronica nahm das Tablett von Keith entgegen. »Klar.«

Eine Woche war seit Veronicas Rückkehr aus Las Vegas vergangen und nun standen sie in der Küche ihres Dads und verliehen einem Party-Büfett den letzten Schliff, von dem die komplette Union Army in Gettysburg satt geworden wäre. Platten mit Gemüsesticks, Mini-Quiches, Chips und Dips standen wild durcheinandergewürfelt auf jeder freien Fläche. Es war Wahltag und Keith hatte alle zu sich nach Hause eingeladen, die bis zur Verkündigung der Ergebnisse ein bisschen moralische Unterstützung gebrauchen konnten. Im Moment kauerte er in einer Schürze mit der Aufschrift *Kiss the Cop* vor dem Ofen und kämpfte mit einem Blech voller weißer Champignons mit Semmelbrösel-Käse-Füllung.

Veronica schob die Küchentür auf. Das Wohn- und Esszimmer war brechend voll mit Freunden und Nachbarn. Überall sah sie bekannte Gesichter: Polizisten im Ruhestand oder langjährige Kumpel von Keith, die bei der Feuerwehr oder als Rettungssanitäter arbeiteten. Sogar ein paar Leute aus ihrer alten Wohngegend waren gekommen. Von Keiths Lehnsessel aus winkte ihr Inga zu. Lisa Choi stand in der Tür und teilte sich mit ihrer Frau Lindsay einen Teller Erdbeeren und Gouda. Mac und Wallace saßen auf dem Sofa, den Blick starr auf die Wahlsendung im Fernsehen gerichtet, während Mac geistesabwesend Pony hinter dem Ohr kraulte.

Der Esszimmertisch bog sich bereits unter Käseplatten, Weinflaschen, Gemüsedips und einem Berg Schokomuffins, den Veronica am Nachmittag gebacken hatte. Sie schaffte etwas Platz für die Nachos und stellte gerade die Schale ab, als Cliff neben ihr auftauchte.

»Und, wie sieht's aus?«, fragte sie und trat einen Schritt zur Seite, als er nach einem Pappteller griff.

»Immer noch ziemlich knapp. Könnte ein langer Abend werden.«

Die Wahlbüros hatten seit drei Stunden geschlossen, aber obwohl schon ein Großteil der Stimmen ausgezählt worden war, lagen die Kandidaten im Rennen um das Sheriff-Amt zu sehr gleichauf, als dass man schon eine Prognose hätten wagen können. Veronica seufzte.

»Na ja, wenigstens haben wir genug zu essen, um den drohenden Weltuntergang zu überstehen.«

»Das ist ja beruhigend. Noch mal was von unserem guten Freund Judas gehört?«

Veronica warf ihm einen strafenden Blick zu. »Dad hat ihn für heute Abend eingeladen, um zu zeigen, dass er ihm nicht böse ist, aber ich glaube nicht, dass er auftauchen wird. Als ich mit ihm geredet habe, hat er ziemlich zerknirscht gewirkt.«

»Ich sag dir was. Wenn Lamb heute Abend verliert, ist die Sache vergeben und vergessen. Schwamm drüber.« Cliff steckte sich eine Kirschtomate in den Mund.

Sie lächelte. »Und wenn er gewinnt?«

»Vier weitere Jahre mit Lamb als Sheriff wären wahrscheinlich genug Strafe für uns alle zusammen«, sagte Cliff. »Und außerdem darf Eli nicht zu meiner Geburtstagsparty kommen.«

Veronica sah ihm nach, als er mit seinem vollgeladenen Teller zurück in den Wohnbereich marschierte. Sie hatte Weevil selbst noch nicht ganz vergeben. Aber vor ein paar Tagen hatte er ihr ein Foto geschickt, ohne Worte. Auf dem Bild war er zusammen mit Jade und Valentina am Strand zu sehen gewesen, die ihn bis zum Hals in den Sand eingegraben hatten, und sie alle lachten.

Plötzlich fielen ihr seine Worte wieder ein. *Weißt du, was es für ein Gefühl ist zu wissen, dass Menschen sich auf einen verlassen und man sie enttäuschen muss?* Wie weit würde *sie* gehen, um für die Menschen zu sorgen, die auf sie zählten? Was für Kompromisse würde sie eingehen? Sie dachte an Bellamy, der mit Handschellen an sein Krankenhausbett gefesselt war. Sie dachte an Grace' Gesicht im Diner, als sie ihr eröffnet hatte, dass er für seine Taten verurteilt werden würde. Sie konnte die Frage weniger beantworten als je zuvor.

In diesem Moment klopfte es an der Haustür. Veronica schüttelte ihre Gedanken ab und öffnete.

Draußen auf der Veranda stand Leo, der unter einer schwarzen Lederjacke Hemd und Krawatte trug. In der Hand hielt er eine Flasche Wein. Sie hatten sich seit der langen Rückfahrt nach Neptune am Sonntag nicht mehr gesehen. Nach ihrer Entdeckung waren sie beide erschüttert, aufgekratzt, traurig und erleichtert auf einmal gewesen. Sie hatten nicht viel geredet, aber einmal hatten sie an einer Raststätte kurz hinter dem Joshua Tree National Park haltgemacht und an einem Picknicktisch Burger mit fettigen Pommes gegessen. Der Himmel über der Wüste war strahlend blau gewesen und die Landschaft so trocken und leuchtend wie Herbstlaub. *Die Ostküste kann ihren* Indian Summer *behalten*, hatte sie gedacht. *Wir haben unsere eigene Landschaft hier.*

»Weißt du, Veronica, ich finde, wir ergänzen uns echt super«, hatte Leo auf einmal das Schweigen gebrochen.

Veronicas Wangen waren plötzlich warm geworden, als sie daran denken musste, wie sie sich zehn Jahre zuvor geküsst hatten. Zu behaupten, dass sie sich während ihrer Zusammenarbeit an diesem Fall Leos Zuneigung für sie nicht bewusst gewesen war, wäre eine Lüge gewesen. Und sich selbst einzureden, dass sie dieses Wissen nicht ein kleines bisschen genoss, erst recht. Denn die hässliche Wahrheit, die sie spätnachts heimsuchte, wenn sie keinen Schlaf fand, war, dass sie Leos Gefühle insgeheim erwiderte.

Bis zu diesem Moment jedoch hatte sie den Gedanken daran tief in sich vergraben gehalten. Ein bisschen ähnelte er dem Moment, als sie die Kamera ausgeschaltet hatte, bevor Sweet Pea sich Bellamy vornahm. Sie wollte um jeden Preis glaubhaft abstreiten können, irgendetwas über die Sache zu wissen.

Leo war hier. Er hatte sich nicht dafür entschieden, sie allein zu lassen. Ihr Dad liebte ihn. Keith musste sich nicht den Kopf darüber zerbrechen, wie er ein positives Verhältnis zu ihm aufbauen konnte. In Veronicas Innerem tobte ein wahres Gefühlschaos und sie hatte gerade erst angefangen, sich damit auseinanderzusetzen. *Ich bin mit Logan zusammen und ich liebe ihn mehr, als ich jeden anderen Mann lieben könnte, und wir haben eine reelle Chance, trotz allem miteinander glücklich zu sein, und das kann ich nicht einfach wegwerfen, weil jemand anders vielleicht greifbarer ist.* Dann erst war ihr aufgefallen, dass Leo weiterredete.

»Hast du mal daran gedacht, bei der Polizei anzufangen? Klar, du müsstest erst mal auf Streife gehen, aber ich bin mir ganz sicher, dass du es in Nullkommanichts zum Detective bringen würdest. Die Eingangsprüfungen an der Akademie sind im Dezember.«

Sie hatte gelächelt. Ihre wirren Gedanken hatten sich beruhigt. Sie war sicher knallrot im Gesicht gewesen, ein Zustand, in dem ihr Vater sie gern mit dem Halleyschen Kometen verglich. Ihr

Leben war so schon voller Komplikationen, warum musste ihr Gehirn sich bloß immer wieder neue ausdenken?

»Ich? Als Polizistin?« Sie hatte gelacht. »Kannst du dir etwa vorstellen, wie ich meinem Chef Bericht erstatte? Komm schon, D'Amato. Ich bin eine tickende Zeitbombe. Eine Rebellin. Eine Einzelkämpferin. Und außerdem heißt das ja nicht, dass wir nicht trotzdem öfter zusammenarbeiten können, nur weil ich weiter selbstständig bleibe. Ich finde, bei diesem Fall haben wir beide ziemlich davon profitiert. Und ich weiß nicht, ob Detective Veronica Mars vom San Diego Police Department sich genauso waghalsig in den Sumpf des Verbrechens gestürzt hätte.«

»Glaubst du nicht? Ich bin mir nämlich ziemlich sicher, dass Detective Veronica Mars das getan hätte. Und das wäre vielleicht tatsächlich ein Problem.« Er hatte gegrinst, ein paar von ihren Pommes stibitzt und sie in den Ketchup getaucht. »Na gut, aber falls dir jemals der Sinn nach Altersvorsorge und sonstigen Privilegien steht, sag Bescheid. Manchmal ist es gar nicht so schlecht, sich an die Regeln zu halten.«

Veronica öffnete die Haustür ihres Dads weiter, um Leo hereinzulassen.

»Hab's leider nicht früher geschafft«, sagte er an die ganze Gruppe gewandt. »Und, haben wir schon gewonnen?«

»Nein. Aber verloren auch nicht. Schön, dass du da bist.«

»Danke für die Einladung. Wow, ihr habt aber ordentlich aufgefahren.« Leo winkte kurz Mac und Wallace zu und stellte seine Weinflasche auf den Tisch, als Keith mit den fertigen Champignons aus der Küche kam.

»Detective!«, rief der, als er Leo sah. »Willkommen, willkommen! Ich hoffe, Sie haben Hunger mitgebracht.«

»Ohne den gehe ich nie aus dem Haus«, erwiderte Leo grinsend.

Keith klopfte ihm kameradschaftlich auf die Schulter. Dann

ging er weiter ins Wohnzimmer, um die Horsd'œuvres herumzureichen.

Leo wandte sich wieder Veronica zu und sein Blick war plötzlich ernst. »Wie geht's dir?«

»Ganz okay. Abgesehen davon, dass uns höchstwahrscheinlich weitere vier Jahre mit Lamb ins Haus stehen.«

»Tja, kann gut sein. Aber das heißt schließlich auch, dass du ihm weitere vier Jahre lang das Leben zur Hölle machen kannst.« Seine Augen blitzten.

Im Raum kam plötzlich Unruhe auf, übertönt von Lisas strengem »Psssst!«.

Veronica huschte zur Tür, um zu sehen, was passierte.

Auf dem Bildschirm war Martina Vasquez mit ihrer üblichen Betonfrisur erschienen. Sie stand mit einem Mikrofon in der Hand auf den Stufen vor dem Gerichtsgebäude. »Wie es scheint, kann es sich nur noch um Minuten handeln, bis wir das Ergebnis der Sheriff-Wahlen von Balboa County erfahren. Und nur für den Fall, dass Sie sich fragen, warum wir nicht längst einen der beiden Kontrahenten zum Sieger erklärt haben: Das liegt daran, dass sich keiner von ihnen klar in Führung befand, als die Stimmzettel des letzten Wahlbezirks hereinkamen. Aber die Wahlkommission hat uns soeben darüber informiert, dass die letzten Stimmen ausgezählt seien und man sich auf die Verkündung des Ergebnisses vorbereite.«

Inga hatte sich die Hände vor den Mund geschlagen und die Augen weit aufgerissen. Mac auf dem Sofa umklammerte ihre Knie.

»Wir-gewinnen-wir-gewinnen-wir-gewinnen-wir-gewinnen«, brabbelte Keith, aber niemand achtete auf ihn, weil alle gebannt auf den Bildschirm starrten.

»Diese Zahlen müssen selbstverständlich noch einmal überprüft werden, aber es sieht ganz danach aus, als hätte sich die

Herausforderin Marcia Langdon einen Vorsprung erkämpft – hauptsächlich durch Stimmen aus den überwiegend von sozialen Minderheiten besiedelten Außenbezirken. Den Hochrechnungen zufolge wird sie die Wahl mit einem Vorsprung von weniger als zweihundert Stimmen gewinnen.«

Im gesamten Raum brach Jubel los. Wallace sprang vom Sofa auf und vollführte mitten im Wohnzimmer einen modifizierten Footballer-Siegestanz. Lisa schlang die Arme um Cliff, bevor sie sich umdrehte und ihre Frau küsste. Gläser wurden gehoben, mit Löffeln auf Töpfe und Platten getrommelt und Pony stürmte, high von der Überdosis menschlichen Kontakts, durchs Zimmer.

Veronica starrte auf den Fernseher. Dort betrat nun Marcia Langdon das Podium, um ihre Antrittsrede zu halten, inmitten von aufsteigenden Luftballons und applaudierenden Anhängern. Selbst ihr Siegeslächeln wirkte ein wenig grimmig; zufrieden und entschlossen reckte sie das Kinn vor, als sie der Menge zuwinkte. Einen Moment lang überlegte Veronica, wie sich dieses neue Leben ohne Lamb wohl gestalten würde. Würde es Langdon gelingen, das von Korruption zerfressene Sheriff's Department wieder auf Vordermann zu bringen? Würden die Reichen von Neptune sie als Sheriff akzeptieren, der sich nicht bereitwillig jeder ihrer Launen beugte? Oder würden sie einfach einen anderen Weg finden, ihren Kopf durchzusetzen?

Veronica nahm sich ein Plastik-Sektglas von dem Tablett, mit dem Keith herumging, und hob es auf den Neuanfang. Wie auch immer Neptunes Zukunft aussah, schlimmer als vorher konnte es kaum werden.

Ein paar Stunden später, nachdem sie Keith noch dabei geholfen hatte, das gröbste Chaos zu beseitigen, machte Veronica sich auf den Weg nach Hause. Pony schlief auf der Rückbank und eine ihrer riesigen Pfoten baumelte über den Rand des Sitzes.

Die Feier hatte länger gedauert als geplant. Sie hatten den Champagner entkorkt, den Cliff für alle Fälle mitgebracht hatte, und Inga hatte nach ihrem dritten Glas kaum noch aufgehört zu kichern.

Keith hatte einen Toast ausgesprochen. »Auf Marcia«, hatte er mit erhobenem Glas verkündet, »unseren neuen Sheriff.«

Cliff hatte ihm bestätigend zugeprostet und heiser ergänzt: »Und auf die Bürger von Neptune, die ihren knallharten, stahlvernieteten Arsch ins Amt gewählt haben!«

Die Gruppe hatte johlend ihre Plastik-Trinkgefäße aneinandergestoßen. Lamb war also weg vom Fenster. Veronica gestand sich ein, dass sie möglicherweise falschgelegen hatte; vielleicht konnte Neptune sich tatsächlich ändern, wenn auch langsam und mühselig. Sie war nicht ganz sicher, wie Langdon sich als Sheriff machen würde, aber zumindest würde sie anders sein. Und das war schon mal ein Anfang.

Abgesehen davon würde nun wieder Normalität einkehren – oder das, was in ihrem Leben als Normalität durchging. In ein paar Wochen würde sie nach Tucson fahren und zum ersten Mal Thanksgiving mit ihrem kleinen Bruder feiern. Dafür würde sie ihn an Weihnachten nicht sehen. Dieses Fest war Keith vorbehalten, für immer und ewig. Aber Lianne hatte für Hunter eine gebrauchte Gitarre aufgetrieben und Veronica hatte ihm bei einem Lehrer aus der Gegend eine wöchentliche Unterrichtsstunde gebucht.

Außerdem würde sie sich auf die Suche nach neuen Aufträgen machen müssen. Einige würden von Leuten kommen, die sie weder mochte noch respektierte. Andere würden zwielichtig sein, schmutzig und so tückisch wie Neptunes schwarze Seele. Wieder andere dagegen … würden etwas bewirken.

Aber eins nach dem anderen. Heute Abend hatte sie erst mal ein Date.

Sie parkte vor ihrem Haus. Pony sprang auf, sobald der Wagen stillstand, und wedelte mit dem Schwanz.

In ihrer Wohnung schaltete Veronica als Erstes das Licht ein und warf einen prüfenden Blick in den Spiegel. Dann klappte sie ihren Laptop auf.

Sie musste nicht ständig über die viele Zeit nachdenken, die Logan und sie getrennt verbrachten, über die riesige Entfernung, die das Leben zwischen sie geschoben hatte. Zumindest jetzt nicht. Jetzt dachte sie einzig und allein an ihn. Und an die Tatsache, dass er am Leben war. Dass er etwas tat, was ihn stolz machte und ihm Kraft verlieh. Dass sie ihn liebte. Und in diesem Moment war ihr das genug.

Aus ihrem Computer ertönte eine Melodie. Sie klickte auf *Annehmen* und Logans Gesicht erschien auf dem Bildschirm. Seine Miene hellte sich auf, als er sie sah.

»Ich war nicht sicher, ob du es schaffen würdest«, sagte er.

Veronica lächelte. »Ich bin hier.«